DE TERUGKEER VAN HET WEESMEISJE

Ook verschenen van Anne Jacobs bij Xander Uitgevers

Het weesmeisje (2019)

De moed van het weesmeisje (2019)

De erfenis van het weesmeisje (2020)

Het landhuis (2020)

Anne Jacobs

De terugkeer van het weesmeisje

Uitgegeven door Xander Uitgevers BV
www.xanderuitgevers.nl

Oorspronkelijke titel: *Die Tuchvilla – Rückkehr in die Tuchvilla*
(Die Tuchvilla, Band 4)
Oorspronkelijke uitgever: Blanvalet Verlag
Vertaling: Sylvia Wevers
Omslagontwerp: Sander Patelski
Omslagbeeld: © Omelist | Dreamstime.com en
© Magdalena Russocka | Trevillion Images
Auteursfoto: Marlies GbR
Zetwerk: ZetSpiegel, Best

Eerste druk 2021

ISBN 978 94 0161 382 8 | NUR 302

De bewoners van de villa

De familie Melzer
Johann Melzer (*1852-1919) Oprichter van de textielfabriek
Alicia Melzer (*1858) Geboren Von Maydorn, weduwe van Johann Melzer

Paul Melzer (*1888) Zoon van Johann en Alicia Melzer
Marie Melzer (*1895) Geboren Hofgartner, echtgenote van Paul Melzer, dochter van Luise Hofgartner en Jacob Burkard
Leopold, roepnaam Leo (*1916) Zoon van Paul en Marie Melzer
Dorothea, roepnaam Dodo (*1916) Dochter van Paul en Marie Melzer
Kurt, roepnaam Kurti (*1926) Zoon van Paul en Marie Melzer

Elisabeth Winkler, roepnaam Lisa (*1893) Geboren Melzer, gescheiden van Klaus von Hagemann, dochter van Johann en Alicia Melzer
Sebastian Winkler (*1887) Tweede echtgenoot van Lisa Winkler
Johann (*1925) Zoon van Lisa en Sebastian Winkler
Hanno (*1927) Zoon van Lisa en Sebastian Winkler
Charlotte (*1929) Dochter van Lisa en Sebastian Winkler

Katharina Scherer, roepnaam Kitty (*1895) Geboren Melzer, weduwe van Alfons Bräuer
Alfons Bräuer (*1886-1917) Eerste echtgenoot van Kitty Scherer

Henriette Bräuer, roepnaam Henni (*1916) Dochter van Kitty Scherer en Alfons Bräuer
Robert Scherer (*1888) Tweede echtgenoot van Kitty Scherer

Andere familieleden
Gertrude Bräuer (*1869) Weduwe van Edgar Bräuer
Tilly von Klippstein (*1896) Geboren Bräuer, dochter van Edgar en Gertrude Bräuer
Ernst von Klippstein (*1891) Echtgenoot van Tilly von Klippstein
Elvira von Maydorn (*1860) Schoonzus van Alicia Melzer, weduwe van Rudolf von Maydorn

De personeelsleden in de villa
Fanny Brunnenmayer (*1863) Kokkin
Else Bogner (*1873) Kamermeisje
Maria Jordan (*1882-1925) Kamenierster
Hanna Weber (*1905) Meisje voor alles
Humbert Sedlmayer (*1896) Huisknecht
Gerti Koch (*1902) Kamenierster
Christian Torberg (*1906) Tuinman
Gustav Bliefert (*1889-1930) Tuinman
Auguste Bliefert (*1893) Voormalig kamermeisje
Liesl Bliefert (*1913) Keukenmeisje, dochter van Auguste Bliefert
Maxl (*1914) Zoon van Auguste en Gustav Bliefert
Hansl (*1922) Zoon van Auguste en Gustav Bliefert
Fritz (*1926) Zoon van Auguste en Gustav Bliefert

1

Maart 1930

FANNY BRUNNENMAYER STOPTE MET roeren in de schaal en luisterde naar het getimmer in de aanbouw, dat helemaal in de keuken van de villa te horen was.

'Het begint weer,' bromde ze geïrriteerd. 'Ik had gedacht dat het gebonk nu eindelijk afgelopen was.'

'Nog lang niet,' zei Gerti, die aan de lange tafel zat en een beker koffie met melk dronk. 'Twee ramen lekken en de badkamer voldoet nog steeds niet aan mevrouw Elisabeths wensen.'

Ruim twee jaar geleden waren ze begonnen om aan de achterkant van de villa een vleugel aan te bouwen met twee verdiepingen. Daar woonde Elisabeth nu, de oudste dochter van de Melzers, met haar man Sebastian Winkler, hun drie kinderen en hun personeel. Er waren woon- en slaapvertrekken en op zolder waren een paar kamers voor de personeelsleden. De keuken bleef in het hoofdgedeelte van de villa, evenals de eetkamer op de eerste verdieping. Daar nuttigden de familieleden gezamenlijk de maaltijden. Die voorwaarde had Alicia Melzer gesteld voordat ze met de aanbouw akkoord was gegaan. Zoals het ging met werklui, moest er zelfs na de verhuizing telkens weer wat gebeuren. Onlangs had mevrouw Elisabeth nog verzucht dat dit huis waarschijnlijk eeuwig een bouwplaats zou blijven.

Fanny Brunnenmayer schudde haar hoofd en ging weer verder met het deeg voor de spätzle. Voor vijf volwassen eters en vijf kinderen was er een grote hoeveelheid nodig, en daar kwamen de personeelsleden nog bij, die ook veel trek hadden. Voor de familie was er rundergoulash als hoofdgerecht, het personeel moest genoegen nemen met speksaus bij de spätzle. Er moest bezuinigd worden in de villa, de tijden waren allesbehalve rooskleurig. Het arme Duitsland had na de verloren oorlog niet meer echt kunnen opkrabbelen, wat natuurlijk kwam door de hoge herstelbetalingen die het Duitse Rijk aan de overwinnaars van de Wereldoorlog moest betalen.

Fanny Brunnenmayer ging op een keukenstoel zitten en begon hard met een lepel tegen het deeg te slaan, waardoor ze flink begon te zweten.

'Kom hier, Liesl!' riep ze in de richting van het fornuis, waar Liesl Bliefert net twee briketten in legde zodat het water voor de spätzle goed aan de kook gebracht kon worden.

'Ik kom eraan, mevrouw Brunnenmayer!'

Augustes dochter Liesl was nu al sinds twee jaar keukenmeisje in de villa. Ze was behendig, begreep alles heel snel en zag zelf wat er gedaan moest worden. Je hoefde haar maar zelden aanwijzingen te geven. Ze was totaal niet ambitieus, zoals Gerti vroeger wel was geweest. Liesl was gewillig, altijd vriendelijk en stelde nooit nieuwsgierige vragen. Ze had een goed geheugen en onthield hoe de gerechten klaargemaakt moesten worden. Ja, Liesl was echt het bekwaamste keukenmeisje dat Fanny Brunnenmayer in haar lange loopbaan had gehad. Afgezien dan van de jonge Marie Hofgartner, die nu al lang de vrouw van Paul Melzer was. Zij was van begin af aan van een heel ander kaliber geweest en had het in zich gehad om de mevrouw te worden, ook al was ze als arm weeskind in de villa gekomen.

'Al die liefdespaartjes hier in de villa,' mopperde Gerti. 'Humbert en Hanna, en nu ook nog Liesl met tuinman Christian. We mogen wel uitkijken dat we niet aangestoken worden. Nietwaar, Else?'

Er klonk een doffe klap. Else was met haar hoofd, dat ze op haar armen had gesteund, op de tafel gegleden.

'En nu wegwezen hier!' brulde de kokkin.

Gerti stond op en liep snel de keuken uit.

'Zij kan ook nooit eens haar mond houden, die roddelaarster,' zei Fanny Brunnenmayer geïrriteerd. 'Gerti was vroeger zo'n lief meisje, maar sinds ze kamenierster is, doet ze me elke dag meer aan Maria Jordan denken. God hebbe haar ziel, het arme mens. Maar mijn hemel, wat was dat mens een kwelling, zeg.'

Liesl kon zich de kamenierster nog maar vaag herinneren, want toen Maria Jordan op tragische wijze om het leven was gekomen, was Liesl nog maar een klein meisje geweest. Maria Jordan was vermoord door haar echtgenoot, een aan lagerwal geraakte kerel. Hij scheen nog steeds in het tuchthuis te zitten om te boeten voor zijn gruwelijke daad.

'Ach, ik denk dat Gerti hier niet gelukkig is,' zei Liesl tegen Fanny Brunnenmayer. 'Ze volgt in de avonduren een cursus waarbij ze op een schrijfmachine leert typen.'

Dat was zelfs voor de kokkin, die normaal alles van het personeel wist, een nieuwtje. Zozo, Gerti wilde op kantoor werken. Terwijl ze zich al tot kamenierster had opgewerkt. Sommige mensen waren ook nooit tevreden.

'Het is een schande,' bromde Fanny Brunnenmayer. Ze stond inmiddels met de houten plank en het keukenmes bij het fornuis, want het water kookte bijna en ze moest de spätzle schaven. Ze wilde nog iets zeggen, maar hield het voor zich, omdat er haastige voetstappen bij de keukendeur klonken.

'Jezus Maria, dat is Rosa met de kinderen,' riep ze naar Liesl. 'Kijk uit dat niemand te dicht bij het hete fornuis komt als ik de spätzle schaaf.'

'Ik pas op, mevrouw Brunnenmayer!'

Het meisje had nog net tijd om het deeg voor de kokkin klaar te zetten voordat de keukendeur openvloog en de uitgelaten kinderen naar binnen renden.

Er waren in de villa tijden geweest dat het voor de kinderen van de familie streng verboden was om naar het personeel in de keuken te gaan. Mevrouw Alicia Melzer vertelde daar af en toe over. Ook later, toen de verschrikkelijke gouvernante Serafina von Dobern de scepter zwaaide in de villa, mochten de kinderen absoluut niet in de keuken komen. Maar sinds Elisabeth Winkler weer in de villa was komen wonen en haar derde kind had gekregen, een meisje dit keer, waren er andere gewoontes ontstaan. En Marie Melzer, haar schoonzus, had er al helemaal niets op tegen dat de vierjarige Kurt, haar innig geliefde nakomeling, met zijn neven Johann en Hanno in de keuken vertoefde.

'Doooooorst!' riep de vijfjarige Johann, die als eerste bij de lange keukentafel aankwam. 'Appelsap, Bruni. Alsjeblieft!'

Johann had rood haar, wat zijn moeder Elisabeth aanvankelijk vreselijk had gevonden, maar waar ze zich inmiddels mee had verzoend. Vooral omdat haar oudste wel een sterk jongenslijf en een energiek karakter had. De vierjarige, sierlijke Kurt volgde zijn neef als een schaduw. Ze waren onafscheidelijk en Kurt logeerde vaak bij zijn tante Lisa aan de noordkant van de villa. Hij wilde liever bij Johann slapen dan bij Leo en Dodo, zijn grote broer en zus.

Achter Johann en Kurt kwam Rosa Knickbein, de altijd vriendelijke kinderjuffrouw, de keuken in met de driejarige Hanno aan de hand. Ze had een wandelingetje in het park met hen gemaakt en natuurlijk wilden de drie kinderen per se nog even gauw langs de keuken voordat ze naar boven gingen om zich om te kleden en hun handen te wassen.

Het was inmiddels druk bij het fornuis. Liesl viste de spätzle die klaar was uit de pan en deed die voor de familie in een van de dure porseleinen schalen, terwijl de kokkin onvermoeibaar verder schaafde. Huisknecht Humbert verscheen in het gangetje van de keuken om zijn donkerblauwe jasje met de gouden knopen aan te trekken, dat hij droeg als hij boven de maaltijden serveerde. Humbert was na zijn uitstapje in de cabaretscene van Berlijn berouwvol naar de villa teruggekeerd. De positie van huisknecht was net weer vrijgekomen en ze hadden hem met plezier weer aangenomen. Hij was al jaren goed bevriend met Hanna, die na een ernstig fabrieksongeval door Marie Melzer in de villa was aangenomen. Ze hingen aan elkaar als broer en zus, hoewel sommige roddelaars iets anders beweerden.

'Doe de runderbouillon in twee schalen van het goede servies, Hanna,' commandeerde de kokkin. 'En strooi er wat van de fijngesneden peterselie over, die daarginds op de houten snijplank ligt.'

Hanna haastte zich om te doen wat haar was opgedragen. Ze was een goedhartig, lief meisje. Het zou nooit in haar zijn opgekomen dat zij als kamermeisje niet was aangesteld voor klusjes in de keuken. Ze hielp overal waar ze haar nodig hadden. Ze zorgde voor de kinderen, bracht Alicia Melzer, die ze aanbad, haar hoofdpijnpoeder en klopte samen met Else de tapijten uit.

'Schiet eens op!' zei Rosa Knickbein. 'Drink op, Kurti. We moeten naar boven.'

Pruilend liepen de drie jongens met de kinderjuffrouw de keuken uit en de hal in, om daar de trap van de familie naar de eerste verdieping te nemen. Handen wassen, omkleden, haren kammen – dat soort overbodige procedures vonden ze allemaal verschrikkelijk, maar grootmoeder Alicia lette er streng op dat de kleinkinderen netjes gekleed en met schone handjes aan tafel zaten. Zo was het in haar jeugd geweest en zo had ze het met haar eigen kinderen gedaan. En hoewel de tijden en de gebruiken veranderd waren, wilde ze deze mooie traditie in ere houden.

Humbert droeg de soepterrines naar de etenslift. Hoewel hij in de oorlog aan zijn rechterhand gewond was geraakt, serveerde hij de gerechten elegant en zelfverzekerd. Geen enkele andere huisknecht in de villa had het zo goed gekund als hij. Alleen als het onweerde, raakte hij in paniek. Dan moest je er rekening mee houden dat hij denkend aan de loopgraven en kogelregens onder de tafel kroop en niet in staat was zijn werk te doen. De Wereldoorlog, waaraan hij tegen wil en dank had moeten deelnemen, had zijn sporen nagelaten bij deze gevoelige man, zoals bij zovelen.

Hanna en Liesl deelden in de keuken borden en bestek voor de personeelsleden uit. Else pakte de bekers voor het appelsap uit de kast en tuinman Christian kwam door de achterdeur binnen om ook het middagmaal te nuttigen. Hij was jaren geleden bij de ongelukkige Maria Jordan in dienst geweest, die een winkel in de Milchstraat had gehad. Na de afschuwelijke gebeurtenis had hij een poosje in de tuinderij van Gustav Bliefert gewerkt, waar hij Liesl had ontmoet en op slag op de jonge meid verliefd was geworden. Inmiddels was de vroeger zo magere en blonde jongen uitgegroeid tot een statige jongeman. Hij had brede schouders en stevige armspieren gekregen van het werk in de tuin en er waren heel wat meisjes die naar hem lonkten. Maar Christian had alleen oog voor Liesl, zeker sinds Paul Melzer hem een baan als tuinman van de villa had aangeboden. Hij was in het tuinhuis gaan wonen, waar vroeger de Blieferts hadden gewoond, die inmiddels naar een nieuw huis waren verhuisd. Hij had het oude, uitgewoonde huisje met veel liefde en verstand van zaken opgeknapt en mooi ingericht, en nu wachtte iedereen vol spanning of Liesl zin had om er als Christians vrouw in te trekken. Overigens wist niemand of de jonge tuinman haar al een aanzoek had gedaan, want hij was vreselijk verlegen en weinig spraakzaam. Ook nu zei hij alleen 'eet smakelijk' tegen iedereen en bleef verder zwijgend op zijn plek zitten, helemaal aan de kop van de lange tafel, direct naast de eierkast. Met verlangen in zijn ogen keek hij naar Liesl, die de zware pan met de speksaus op tafel zette.

'Hallo, Christian,' riep Gerti naar hem. 'Wat heb je leuke gebloemde gordijnen voor het slaapkamerraam gehangen. Die zal je bruid vast mooi vinden.'

Christians oren werden donkerrood en Liesl roerde zo krachtig met de pollepel in de speksauspan dat Gerti een paar spetters van de vette saus over zich heen kreeg.

'Kijk uit!' riep ze en ze veegde een druppel saus van haar mouw. 'Ik heb deze jurk vanochtend schoon aangetrokken.'

'Sorry, hoor,' zei Liesl met een schalkse grijns. 'Ik ben gewoon niet zo handig.'

De maaltijd nam zijn beloop. De enige die ontbrak, was Humbert. Hij zou er pas later bij komen, als de familie hem boven niet meer nodig had. Gerti voerde het woord, ze vertelde met een gewichtige blik dat meneer Winkler, de echtgenoot van mevrouw Elisabeth, zich grote zorgen maakte over de toekomst van het Duitse Rijk.

'Omdat er alweer een regering moest aftreden nadat de Rijksdag het niet eens kon worden.'

Niemand aan tafel maakte zich druk om dit nieuws. Else deed nog een lepel speksaus op haar spätzle, Hanna schonk in alle rust appelsap in de bekers. Veranderende regeringen en voortdurende ruzies in de Rijksdag maakten deel uit van het dagelijks leven in de republiek. De betogingen van de communisten en de NSDAP in de straten waren veel erger, en ook de Stahlhelm-organisatie werd gevreesd, omdat de leden in uniform liepen en wapenstokken bij zich hadden. O wee als twee vijandige groepen elkaar ontmoetten, dan vlogen de stukken ervanaf. Mensen werden zonder aarzelen in elkaar geslagen en degenen die de pech hadden in zo'n gevecht terecht te komen, belandden vaak met gebroken botten en een bloedend hoofd in het ziekenhuis.

'Dat soort dingen gebeurden vroeger onder de keizer niet,' merkte Else op. 'Toen heerste er nog recht en orde. Maar aangezien we een republiek hebben, is niemand zijn leven nog zeker.'

Niemand sprak het tegen. Er waren niet veel enthousiaste aanhangers van de Weimarrepubliek, noch onder het personeel, noch onder de familieleden. Vooral Paul Melzer, de directeur van de fabriek, was ontevreden over de republiek. Dat hadden Rosa Knickbein en Humbert verteld en die hoorden allebei veel op de eerste verdieping.

'Het kan zo niet langer,' had meneer onlangs uitgeroepen. 'Dringend noodzakelijke beslissingen worden niet genomen, omdat geen enkele partij de ander een succes gunt.'

De enige die de republiek verdedigde, was Sebastian Winkler, die

Gerti meestal 'de echtgenoot van mevrouw Elisabeth' noemde. Maar zelfs hij was niet tevreden, aangezien de communisten geen meerderheid hadden in de Rijksdag.

'Waarom maakt iedereen zich zo druk?' vroeg Fanny Brunnenmayer minachtend en ze schraapte het restje speksaus uit de pan. 'Tenslotte is alles op de een of andere manier altijd doorgegaan, nietwaar?'

Daarmee was het onderwerp politiek van tafel. Hanna vertelde dat de veertienjarige Leo nu aan het conservatorium les kreeg van een beroemde Russische pianiste en dat zijn zus Dodo elke dag de krant doorbladerde om te zien of er iets over de luchtvaart in stond.

'Dodo heeft een album waarin ze alles plakt wat ze over vliegtuigen kan vinden. Ze is er constant mee bezig.'

'Het is toch niet normaal dat een vrouw in een vliegtuig vliegt,' klaagde Else terwijl ze met een tandenstoker tussen haar tanden pulkte. 'Dat is iets voor mannen!'

2

'ZIE JE WEL, TANTE lisa,' zei Dodo opgewonden. 'Messerschmitt gaat toch verder met de bouw van de M20. Hier staat dat ze het staartvlak hebben verbeterd.'

Elisabeth Winkler zat op de bank met de kleine Charlotte op haar schoot, die ze griesmeelpap voerde. Het kleine meisje opende gretig haar mondje en zwaaide bij elke nieuwe lepel opgewonden met haar dikke armpjes. Marie had haar schoonzus al verschillende keren gewaarschuwd dat ze haar dochter te vaak voedde, maar Charlotte had gewoon altijd honger. Ze hield vooral van zoete toetjes en Lisa kon het niet over haar hart verkrijgen om haar enige dochter het eten te weigeren. Het babyvet zou in de loop van de tijd vanzelf verdwijnen, hoopte ze.

'Luister je wel, tante Lisa?' vroeg Dodo. 'De M20 is een verkeersvliegtuig. Het wordt hier in Augsburg in de Beierse vliegtuigfabriek gebouwd. En er kunnen tien passagiers in. Dat is toch geweldig, vind je niet?'

'Is dat vliegtuig niet een keer neergestort?' vroeg Lisa verstrooid. Ze moest oppassen dat Charlotte, die sinds een paar dagen besloten had zelf te eten, de lepel niet uit haar hand sloeg.

'Ja, dat was twee jaar geleden, tijdens de eerste vlucht. Toen is het staartvlak gebroken,' gaf Dodo toe. 'Maar dat kan niet meer gebeuren en daarom wil de Deutsche Lufthansa drie vliegtuigen kopen.

Stel je voor, binnenkort kun je als passagier in een vliegtuig vliegen. Als ik eenmaal pilote ben, vlieg ik met jullie allemaal naar Amerika, tante Lisa.'

Tijdens het praten pakte ze een schaar om het artikel uit de krant te knippen en in het album te plakken waar ze alles wat met de luchtvaart te maken had in verzamelde.

'Wacht, Dodo,' riep Lisa. 'Sebastian heeft de krant nog niet gelezen, je mag het vanavond uitknippen.'

Haar nichtje liet de schaar zakken en zuchtte. 'Oom Sebastian heeft er vast niets op tegen.'

'Dat hangt ervan af wat er op de achterkant staat.'

Fronsend sloeg Dodo de pagina om. 'Daar staan alleen overlijdensadvertenties, die leest oom Sebastian vast niet.'

'Nou, goed dan. Knip maar uit.'

Lisa schraapte het laatste restje pap van het bord, gaf het aan haar dochtertje en veegde Charlottes mond met het slabbetje af. Daarna zette ze haar dochter op haar voetjes en Charlotte waggelde door de woonkamer. In haar witte jurkje met ruches zag ze eruit als een mollige, goudharige engel.

Dodo was in februari veertien geworden. Ze was lang voor haar leeftijd, maar haar slanke figuur vertoonde nog geen vrouwelijke vormen, waar Dodo – zoals ze zelf altijd benadrukte – erg blij mee was. Haar golvende, lichtblonde haar was geknipt in een pagekopje dat haar geweldig stond en goed bij haar jongensachtige karakter paste.

Ze had net de foto uit de krant geknipt toen Hanna de woonkamer binnenkwam. 'Dodo, je grootmoeder vraagt of je kunt komen. Ze wil graag een wandelingetje in het park maken en heeft iemand nodig die haar vergezelt.'

Dodo vertrok haar gezicht. Wandelen met grootmoeder was niet bepaald een van haar favoriete bezigheden. Het was saai, omdat ze verschrikkelijk langzaam moest lopen en niet met haar over vliegtuigen kon praten. Integendeel, als Dodo daarover begon, kreeg ze te horen dat een jong meisje geïnteresseerd zou moeten zijn in mooie kleren en goed sociaal gedrag.

'Waarom gaat Leo niet met haar mee naar het park?'

'Je broer moet piano oefenen. Mevrouw Obramova wil dat hij binnenkort voorspeelt bij een concert op het conservatorium.'

'Leo heeft altijd een excuus,' bromde Dodo, maar ze pakte berustend het kostbare krantenknipsel op en gaf de schaar aan Hanna, zodat zij hem weer in de bureaula kon leggen.

'O ja,' zei het kamermeisje tegen Elisabeth Winkler. 'Pardon, mevrouw, dat was ik bijna vergeten. Mevrouw Grünling wacht beneden in de hal.'

'Hemel, Hanna!' zei Lisa verwijtend. 'Waarom zeg je dat niet meteen? Breng haar boven en geef het door in de keuken. Bestel thee en koekjes. De thee mag niet te sterk zijn, anders krijgt Serafina last van hartkloppingen.'

Hanna pakte snel het kinderbordje en de lepel op, legde de schaar terug en haastte zich de kamer uit. Ook Dodo had ineens veel haast. Ze had geen zin om mevrouw Grünling tegen te komen. Ze had bepaald geen goede herinneringen aan de voormalige gouvernante Serafina von Dobern.

'Dan wens ik je een aangenaam thee-uurtje, tante Lisa,' zei ze bij de deur. 'Pas op dat ze je niet bijt!'

'Brutale aap!' zei Lisa lachend en ze stond van de bank op om haar dochtertje op te pakken, die met plakkerige vingertjes aan het biedermeierkastje kwam dat net in de boenwas was gezet. Ze gaf haar een van de knuffelbeesten die overal in de woonkamer rondslingerden. Charlotte verzette zich eerst, maar drukte de witte teddybeer uiteindelijk tegen zich aan. Lisa lachte ontroerd naar haar kleine meid en voelde zich erg dankbaar dat het lot haar zo goedgezind was geweest, waardoor ze na lange omwegen uiteindelijk een vervuld bestaan leidde. Sebastian was een liefhebbende echtgenoot en vader, aan wie ze drie gezonde kinderen had geschonken, en ze leefden allemaal veilig in de schoot van de grote familie in de villa. Ja,

Lisa was inmiddels zelfs het middelpunt van de familie geworden. Marie was de hele dag bezig in haar modeatelier. Haar moeder werd oud en was heel blij dat Lisa de organisatie van het huishouden van haar had overgenomen. Ze was hier in de villa bemind en ze hadden haar nodig, en ze schonk zelf veel liefde aan iedereen die die liefde kon gebruiken.

Tot die mensen behoorde inmiddels ook weer haar jeugdvriendin Serafina, wier meisjesnaam Von Sontheim was. Ze was de weduwe van majoor Von Dobern en had het na de dood van haar man erg moeilijk gehad. Zij en haar moeder waren straatarm geweest en Serafina had als gouvernante het hoofd boven water moeten zien te houden.

De tweeling van Marie, Dodo en Leo, had nare herinneringen aan haar strenge Pruisische opvoeding en de vriendschap met Lisa was daardoor verbroken. Lisa had zich niet door haar jeugdvriendin de wet laten voorschrijven, maar had ervoor gezorgd dat Serafina als gouvernante werd ontslagen. Daarna hadden ze een aantal jaar geen contact meer gehad.

Eigenlijk had Lisa niet verwacht dat ze Serafina ooit nog in de villa zou zien. Maar het was heel anders gelopen. De voormalige gouvernante had een baan als huishoudster aanvaard bij advocaat Grünling en het had niet lang geduurd voordat ze mevrouw Grünling was geworden. Het huwelijk was kinderloos, maar leek zeker geen ongelukkig huwelijk te zijn. Grünling had zijn wilde jaren achter de rug en voegde zich gewillig naar Serafina. Ja, hij was ronduit blij dat ze zijn leven organiseerde en hem met vaste hand weer op het goede pad had geleid. Als mevrouw Grünling had ze er actief voor gezorgd dat ze haar vroegere sociale positie herwon en zo had ze ook weer contact opgenomen met haar oude vriendin Lisa. Natuurlijk ging het Serafina daarbij vooral om de connectie met de gerespecteerde familie Melzer, die een belangrijke rol speelde in de society van Augsburg. Maar omdat Lisa helemaal tevreden was met haar leven en niet haatdragend was, hadden ze het uitgepraat. Inmiddels was Serafina al twee keer in de villa op de thee uitgenodigd. Maar andersom had Elisabeth Winkler geen zin om bij Serafina op bezoek te gaan.

'Mijn lieve, goede Lisa!' riep Serafina theatraal toen de deur voor haar werd opengedaan. 'Wat zie je er geweldig uit! En dat schattige engeltje op je arm. Mijn god, ze lijkt wel door Raphael geschilderd. Zo rooskleurig en mollig, net als haar mama!'

Serafina had vroeger al vaak kleine stekelige opmerkingen in haar overdreven complimenten verweven, maar Lisa had besloten er geen aandacht aan te besteden. Ze was pas twee maanden geleden gestopt met het geven van borstvoeding en haar lichaamsvormen waren nog steeds weelderig te noemen. Maar in de komende maanden zou ze een paar kilo afvallen, dat had ze zich vast voorgenomen. Ze liet zich geduldig door haar vriendin omhelzen. De kleine Charlotte begon meteen te huilen toen Serafina met haar koude vingers over haar wangetje streek.

'Wat een kinderparadijs is je woonkamer,' zei ze. 'Ruimt de kleine Hanna nooit op?'

'Hanna is eigenlijk helemaal niet voor mij verantwoordelijk, Fientje. Ze behoort tot het huishouden van mijn schoonzus. De kinderjuffrouw is momenteel met de jongens in het park.'

Het ergerde Lisa dat ze aan Serafina moest uitleggen waarom het een rommeltje was in haar woonkamer. Gelukkig kwam Hanna net binnen met de thee en begon ze de tafel te dekken.

'Het spijt me dat u moest wachten, mevrouw Grünling,' zei ze met een slecht geweten en ze oogstte een neerbuigende glimlach.

'Nu had ik tenminste de gelegenheid om de prachtige schilderijen te bekijken die beneden in de hal hangen, mijn beste Lisa,' zei Serafina. 'De moeder van je schoonzus was echt een bijzondere kunstenares! Hoewel ze vast niet ieders smaak zijn. Ik vind het heel dapper van Paul om die schilderijen in de entreehal op te hangen.'

'Marie is erg trots op haar moeder,' verdedigde Lisa haar schoonzus, hoewel ze sommige van die kunstwerken eigenlijk ook nogal excentriek vond. Zelfs Marie had de werken die ze niet geschikt vond voor kinderogen in permanente bruikleen aan het stadsmuseum gegeven. De kunstwerken die aanvaardbaar waren, hingen in minder opvallende ruimtes zoals het kantoor of de slaapkamer van Marie en Paul. In de eetkamer had Alicia geen enkel schilderij willen hebben, maar Paul had drie schilderijen meegenomen naar de fabriek, waar ze zijn kantoor verfraaiden.

Hanna schonk de thee in, zette een schaal koekjes op tafel en nam de kleine Charlotte mee.

'Wat leef je hier ingetogen,' zei Serafina, terwijl ze room door de gesuikerde thee roerde. 'Zo teruggetrokken met je schattige kinderen. Ik had eigenlijk gehoopt dat ik je bij de kunstvereniging zou zien. Er was een vernissage die je vast interessant zou hebben gevonden.'

'Je weet dat ik zelden uitga,' antwoordde Lisa. 'Het sociale leven is mij vreemd geworden. Ik hou niet van die gesprekken die nergens over gaan, en van dat gepronk en die hele poppenkast die daar wordt opgevoerd. Er zijn zo veel belangrijkere dingen in het leven.'

'Natuurlijk, mijn liefste,' beaamde Serafina. 'Je hebt een geweldige echtgenoot die de society veracht en liever voor zijn gezin zorgt. Bovendien zet hij zich ook nog in voor de ongelukkige mensen die geen baan kunnen krijgen. Hij is een idealist, jouw Sebastian. Laten we hopen dat zijn inzet voor de Kommunistische Partei hem niet vroeg of laat in de problemen brengt.'

'Zeker niet, Serafina,' reageerde Lisa en ze leunde voorover om de schaal met koekjes naar haar vroegere vriendin te schuiven. 'Sebastian is zich volledig bewust van zijn verantwoordelijkheid voor zijn gezin.'

'Daar twijfel ik niet aan,' zei Serafina snel, terwijl haar blik iets anders zei. 'Stel je voor, gisteren vertelde mijn lieve Alois me dat hij je man heeft gezien tijdens een van die afschuwelijke marsen van de Roter Frontkämpferbund. Hij liep met een spandoek naast de mannen in uniform.'

Ze stopte even met praten om een slokje thee te nemen en zei iets lovends over de smaak ervan. Lisa luisterde nauwelijks. Het idee dat

Sebastian aan zo'n gevaarlijke betoging had deelgenomen, kwetste haar enorm. O god, hij had haar beloofd dat nooit te doen!

'Dat is absoluut onmogelijk, Serafina,' bracht ze met moeite uit.

'Ik heb Alois meteen gezegd dat hij het bij het verkeerde eind had,' riep Serafina uit. 'Hij kan zich gemakkelijk vergissen, want qua kleding en gedrag verschilt Sebastian immers nauwelijks van de arbeiders. Hij is gewoon iemand met principes, dat kun je niet genoeg waarderen, mijn liefste.'

Nee, Serafina was totaal niet veranderd. Het lukte haar nog steeds om Lisa's zere plek te vinden en de vinger erop te leggen. Het besluit van Sebastian om zijn baan als boekhouder op te geven en in plaats daarvan als eenvoudige arbeider in de weverij te beginnen, had destijds tot een heftige ruzie met Paul geleid. Sebastian was vroeger immers leraar en bibliothecaris geweest. Inmiddels sprak de hele stad erover dat de zwager van de fabrieksdirecteur zich als een arbeider kleedde. Sebastian liet zich weliswaar nooit op sociale evenementen zien, maar hij was lid van de KPD en zat in de ondernemingsraad van de fabriek, waar hij voortdurend nieuwe, onvervulbare eisen stelde die het leven van de arbeiders zouden moeten verbeteren. Hij was een bron van irritatie voor Paul, en Alicia had bezorgd gezegd dat dat er nu van kwam als je onder je stand trouwde. Alleen Marie was van mening dat je iemand als Sebastian niet met geweld kon dwingen om een leven te leiden dat niet bij hem paste. Straks ging hij er nog aan kapot. Lisa was het met haar eens. Ze hield van haar man en verdedigde hem als een leeuwin tegen iedereen die kritiek op hem had.

'Onze wereld zou beter zijn,' zei ze met overtuiging, 'als we allemaal de idealen van broederschap en onbaatzuchtigheid ter harte zouden nemen. Net zoals onze Heer Jezus Christus in de Bergrede heeft verkondigd. In dat opzicht is het idee van het communisme ook een uiterst christelijk concept!'

Zo had Sebastian haar ooit het verband tussen het christendom en het communisme uitgelegd, en ze had het goed onthouden om het aan zijn critici voor te houden als de gelegenheid zich voordeed. Per slot van rekening kon niemand iets tegen de Bergrede inbrengen. Helaas reageerde Serafina echter slechts met een neerbuigende glimlach, wat Lisa nog bozer maakte en haar tot oude, niet zo nobele gewoonten dreef. Als het moest, was Lisa best goed in het serveren van een koekje van eigen deeg.

'Wie had destijds kunnen denken, mijn beste Serafina, dat we elkaar nu als gelukkige echtgenotes weer zouden treffen en samen thee zouden drinken,' zei ze gemaakt vrolijk. 'Laatst zei Paul nog dat advocaat Grünling een heel ander mens is geworden sinds hij met jou is getrouwd.'

Serafina was zichtbaar blij met deze lof. Ze had tenslotte flink haar best moeten doen om zich weer op te werken op de sociale ladder. Er gingen geruchten dat Grünling in het begin helemaal niet tevreden was geweest met zijn huishoudster en zelfs had overwogen om afscheid te nemen van de feeks. Maar Serafina had blijkbaar begrepen hoe ze haar werkgever kon overtuigen van haar kwaliteiten, naar verluidt vooral op het gebied van de erotiek, waarover ook geruchten de ronde deden.

'Dat heeft je broer mooi gezegd, Lisa. Mijn Alois is in wezen een aardige en liefdevolle man. Hij had gewoon een betrouwbaar persoon aan zijn zijde nodig die zijn goede eigenschappen tot bloei bracht.'

Met een gracieuze beweging pakte ze een van de aangeboden notenkoekjes aan en stopte hem in haar mond. Lisa glimlachte naar haar en schoot de pijl af.

'Paul vindt zelfs dat jouw Alois iets té zachtaardig is geworden om de juridische zaken voor de fabriek te kunnen blijven behartigen. Je weet immers dat een advocaat de positie van zijn cliënt fel moet verdedigen.'

Ze hoorde een dof gekraak. Serafina had op het koekje gebeten en blijkbaar was er iets misgegaan, want ze legde haar hand voor haar mond.

'O, Fientje!' riep Lisa geschrokken uit. 'Je hebt jezelf toch geen pijn gedaan? Deze hazelnoten zijn een beetje hard als ze net uit de oven komen.'

Serafina gaf geen antwoord. Ze kauwde even, haalde een zakdoek uit haar buidel en draaide zich om, zodat Lisa niet kon zien wat ze deed. Waarschijnlijk spuugde ze het koekje weer uit.

'Zo hard als steen,' mompelde ze en ze veegde haar mond af. 'Ongelooflijk dat het personeel zoiets serveert!'

'O, het spijt me vreselijk, Fientje!'

Lisa was oprecht geschrokken door dit ongelukje, maar ze had niet heel veel medelijden. Ze schonk nog wat thee in voor Serafina, beloofde de kokkin erop aan te spreken en verzocht haar gast om haar mooie middag niet te laten bederven.

'Wil je de badkamer gebruiken? Hij is nog niet helemaal af, maar er is een grote spiegel en een marmeren wasbak.'

Serafina onderbrak haar en wees het aanbod af. 'Ik moet helaas gaan,' zei ze slissend. 'Ik moet nog een paar bezoekjes afleggen en wil je niet langer van al je plichten afhouden.'

'Natuurlijk.' Lisa knikte schijnheilig en deed geen poging om Serafina tegen te houden. 'Misschien zien we elkaar een ander keertje weer,' zei ze koeltjes.

'Zeker, mijn liefste... En dat over Alois zal Paul toch zeker als grapje hebben bedoeld, nietwaar?'

'O nee, dat meende hij zeer serieus.'

Dat was niet helemaal de waarheid, want Paul had het half serieus en half schertsend gezegd. Maar ondanks het kleine koekjesongeval was Lisa niet bereid om in te binden. Serafina had haar angsten te heftig uitgebuit en aangewakkerd.

Haar vriendin was zichtbaar bleek geworden. Ze slaagde er slechts met moeite in om zwakjes adieu te zeggen en liep naar de deur van de kamer.

'Hanna! Mevrouw Grünling wil gaan!'

Niet Hanna, maar Gerti verscheen, die beleefd een knicksje maakte voor de gast en samen met haar naar het hoofdgebouw liep. Ze leidde haar de trap af naar de entreehal, waar ze haar in haar mantel hielp. Meteen daarna ging ze weer terug naar de woonkamer van de Winklers om het theeservies op te ruimen.

'Mijn hemel,' zei ze hoofdschuddend. 'Arme mevrouw Grünling! Ze is een tand verloren. Rechtsboven zit een gat.'

'Wat vervelend,' zei Lisa met een onschuldige blik. 'Nou ja, ze heeft sowieso een kunstgebit. De tandarts zal haar wel kunnen helpen. Zeg tegen mevrouw Brunnenmayer dat haar koekjes iets te hard gebakken zijn.'

'Dat zal ik doen, mevrouw.'

Lisa stond op en liep naar het raam om te kijken of ze Rosa en de jongens zag. Wat deden ze zo lang in het park? Het was een zonnige dag, de lente hing in de lucht en op de grasvelden ontsproten eilanden van paarse krokussen en gele narcissen. Toch was het nog steeds koud en onder de jeneverbesstruiken was de aarde nog bedekt met witte rijp.

Toen ze het raam opendeed, hoorde ze opgewonden kreten. Hemel! Sebastian was beneden met de jongens met een bal aan het spelen. Wat deden ze daar? Als haar moeder het maar niet zag! Die was van mening dat voetbal iets voor arbeiders en het gewone volk was. Tuinman Christian en de zesjarige Fritz Bliefert, de jongste van Auguste, deden ook mee. Ze renden in het rond. De broeken van de jongens stonden al stijf van het vuil, omdat ze constant vielen. Zelfs de kleren van Sebastian zagen er verschrikkelijk uit, wat hem er niet van weerhield om achter Christian aan te hollen in een poging de bal van hem af te pakken. Mannen! Het waren net grote kinderen.

Tot haar opluchting ontdekte ze dat Rosa de spartelende Hanno in haar armen hield en weigerde hem op de grond te zetten. Ze was doodsbang dat hij met het wilde gestoei mee wilde doen.

'Rosa!' riep ze naar beneden. 'Breng Hanno naar boven. En de anderen ook.'

Sebastian, die haar had horen roepen, keek naar boven en zwaaide vrolijk naar haar. Hij klapte in zijn handen en riep dat het spel was afgelopen. Lisa deed het raam dicht.

Even later kwamen ze boven. Terwijl Rosa en Hanna de kinderen meenamen om hun kleren te fatsoeneren, wendde Lisa zich tot haar man met een vraag die haar sinds Serafina's bezoek bezighield.

'Zeg, liefste. Zou het kunnen dat je enige tijd geleden met een spandoek in je handen bent meegelopen met een mars van jouw partij?'

Sebastian kon niet liegen. Hij keek meteen schuldig.

'Het was een vriendendienst,' zei hij bedeesd. 'Ik kwam net langs toen ze daar liepen, en een kennis klaagde dat zijn arm vreselijk veel pijn deed en vroeg of ik even zijn spandoek wilde dragen. Dat kon ik natuurlijk niet weigeren, dat begrijp je vast wel.'

'En wat stond er op het spandoek?'

Hij haalde zijn schouders op en glimlachte onzeker. 'Ik geloof dat er iets op stond als: "Alle macht aan de arbeidersklasse". Maar ik zweer het, Lisa, ik heb het een paar straten verderop aan hem teruggegeven.'

'O, Sebastian,' zei ze verwijtend. 'Ik heb je gevraagd om nooit aan zo'n betoging deel te nemen. Je weet hoeveel zorgen ik me om je maak.'

Hij sloeg teder zijn arm om haar heen en kuste haar op haar voorhoofd. 'Begrijp het alsjeblieft, schat. Binnenkort wordt er mogelijk een nieuwe Rijksdag gekozen. We moeten laten zien dat we er zijn. En dat we sterk zijn. Dat doen de anderen ook.'

'Nee, Sebastian,' zei ze boos. 'Ik wil beslist niet dat je...'

Halverwege de zin klonk de gong voor het eten en haar man maakte van de situatie gebruik om haar bij de hand te nemen en naar het hoofdgebouw te leiden.

'Kom gauw. We kunnen ze niet laten wachten.'

3

'DOKTER? HEBT U MISSCHIEN heel even tijd?'

Tilly von Klippstein bleef in de gang staan en keek de ziekenzaal in, waarvan de deur openstond. De magere, oude vrouw in het middelste bed had haar hand opgestoken, alsof ze een verlegen scholiere was die iets wilde vragen. De resten van het middageten werden net opgeruimd.

'De dokter heeft het druk, mevrouw Kannebäcker,' zei zuster Martha streng tegen de patiënt. 'De artsen in het ziekenhuis zijn er niet alleen voor u!'

Tilly negeerde die opmerking en liep de zaal in. 'Wat is er, mevrouw Kannebäcker? Hebt u pijn?'

De oude vrouw zei van niet. Ze had een ernstige hartkwaal en had het vaak benauwd, maar ze klaagde nooit. Alleen aan haar grote lichtblauwe ogen, die in het ingevallen gezicht kinderlijk en hulpeloos leken, was te zien dat ze pijn leed. Tilly had al een paar keer met haar gepraat, wat de patiënt goed had gedaan.

'Ik wilde nog iets tegen u zeggen, dokter,' fluisterde de oude vrouw en ze wenkte Tilly naar haar bed.

Tilly aarzelde, want ze was ontboden bij een patiënt die met hersenletsel was opgenomen. Haar collega, dokter Heinermann, had zich over de patiënt ontfermd, maar er leek iets niet in orde te zijn. Toch besloot ze eerst een paar minuutjes aan mevrouw Kannebäcker te wijden voordat ze naar de mannenafdeling liep. Het bed links was leeg, de patiënt die daarin had gelegen was 's ochtends overleden. In de twee andere bedden lagen boerinnen die tijdens het werk gewond waren geraakt.

'Wat wilde u tegen me zeggen, mevrouw Kannebäcker?' Tilly boog zich over de oude vrouw en pakte haar hand. Die was koud en ze kon haar botten onder de gerimpelde huid voelen.

'Weet u, dokter,' fluisterde ze. 'Het maakt me niets uit. Begrijpt u? Ik ben niet bang voor de dood.'

Tilly wist dat het er slecht voor haar uitzag. Toch deden de woorden haar pijn. In de vijf jaar dat ze inmiddels als arts in dit grote ziekenhuis in de wijk Schwabing in München werkte, had de dood haar nog nooit onverschillig gelaten.

'Mevrouw Kannebäcker,' zei ze opgewekt. 'Wie heeft het nu over doodgaan? U bent hier tenslotte zodat u weer op de been komt.'

De oude vrouw schudde eigenwijs haar hoofd en glimlachte naar de dokter alsof ze wel beter wist. Waarschijnlijk had ze gelijk, maar dat hield Tilly voor zich.

'Het is goed zo, ik ben blij dat het einde nabij is,' zei ze zacht. 'Waarvoor zou ik nog moeten leven? Mijn lieve man en de twee jongens zijn allang heengegaan en hebben me alleen achtergelaten...'

'Maar u hebt toch zeker vrienden of familie,' zei Tilly, die zich hulpeloos voelde. 'Er is altijd een reden om te leven, mevrouw Kannebäcker.'

'Er is niemand,' zei de oude vrouw. 'Ik heb tien jaar in de fabriek gewerkt. Late ploegendienst, vroege ploegendienst. Ik ben twee keer werkloos geweest. Ik heb in de gaarkeuken gegeten en in de winter het woonkamermeubilair verstookt. Af en toe kwam de buurvrouw langs om een ei of een kopje bloem te lenen. Dat was het enige. Voor de rest was ik alleen. Maar ik had mijn herinneringen en die hielden me op de been. Je hebt aan de zonnige kant van het leven gewandeld, zei ik tegen mezelf. Nu moet je aan de schaduwkant lopen.'

Ze had de laatste zinnen moeizaam gefluisterd. Ze ademde zwaar en zweeg weer. Tilly gaf een kneepje in haar hand en fluisterde haar toe dat de schaduw ook niet eeuwig kon duren, er zouden weer betere tijden komen. De patiënt knikte en trok haar andere hand onder de dekens vandaan.

'Ik wil u dit geven, dokter,' fluisterde ze. 'Omdat u zo'n goed mens bent en naar me hebt geluisterd.'

Ze opende haar vuist, waarin iets goudkleurigs glom. Verward keek Tilly naar de kleine hanger van rode steen die aan een dunne gouden ketting was bevestigd.

'Dat gaat niet, mevrouw Kannebäcker,' zei ze zacht. 'Ik mag geen geschenken van de patiënten aannemen.'

'Neemt u het alstublieft aan! Als ik dood ben, trekt iemand het gewoon van mijn nek. En ik wil dat u het krijgt. Mijn man heeft het me gegeven toen we ons verloofden. Het zal u geluk brengen.'

Tilly vond het heel naar dat ze de wens van de oude vrouw niet kon vervullen. Maar de ziekenhuisdirectie was streng – het zou haar haar baan kunnen kosten. Gelukkig zwaaide op dat moment de deur open en verscheen zuster Martha's forse gestalte in de opening.

'Mevrouw Von Klippstein, graag naar de mannenafdeling komen,' zei ze kortaf en ze bleef in de deuropening staan wachten.

'Ik kom eraan, zuster Martha.'

Tilly boog zich over haar patiënt heen om afscheid te nemen. Ze streelde de vrouw zachtjes over haar voorhoofd en beloofde later bij haar terug te komen. Vervolgens liep ze langs zuster Martha heen en haastte ze zich de trap op naar de mannenafdeling.

Het werk in het ziekenhuis was niet gemakkelijk. Behalve Tilly waren er maar twee andere vrouwelijke artsen. Beiden waren pas vorig jaar aangenomen, maar ze waren wel gepromoveerd. Een van hen was de dochter van de hoofdchirurg. Tilly had ervoor gekozen om niet te promoveren. Ze had het belangrijker gevonden om als arts aan de slag te gaan en zieke mensen te helpen dan een titel te verkrijgen. Inmiddels had ze spijt van deze beslissing, want met name de verpleegsters namen haar zonder die titel niet serieus. Er heerste een strikte onderlinge hiërarchie in het ziekenhuis. Bovendien waren ze totaal niet flexibel als het ging om werkzaamheden die tot hun werkterrein behoorden. Af en toe permitteerden ze het zich zelfs om de jonge artsen instructies te geven, terwijl ze zich bij de oudere artsen en de afdelingshoofden gedienstig opstelden, voor hen kropen en om hun gunst streden. Omdat het nu eenmaal mannen waren. Af en toe lukte het een mooie jonge verpleegster om een arts aan de haak te slaan die met haar wilde trouwen. Maar dat gebeurde zelden. Meestal waren het korte en ongelukkige liefdesaffaires, waarover al het personeel roddelde.

Een vrouw in een witte doktersjas vonden de verpleegsters maar raar. Het wekte jaloezie en afgunst op, en het was moeilijk om haar positie bij hen te laten gelden. Tilly was er in de vijf jaar dat ze nu als arts in het ziekenhuis werkte slechts een paar keer in geslaagd. De meeste zusters waren haar bittere vijanden, onder wie zuster Martha.

Tilly wierp een blik op de klok aan de muur en zag dat het drie uur was. Haar normale dienst zat er over een half uur op. Geen wonder dat ze zo moe was. Ze had sinds de vroege ochtend amper iets gegeten, was van de ene patiënt naar de andere geroepen en tussendoor naar de spoedeisende hulp gegaan, waar ze ook nog samen met een collega voor verantwoordelijk was. Een uur geleden was er een jongeman met hersenletsel binnengebracht. Dokter Heinermann behandelde hem, maar hij leek nu ergens over te twijfelen en had haar erbij geroepen.

Hij stond in kamer veertien, waar de jongeman lag, aan het ziekenhuisbed en onderzocht de patiënt.

'Hij heeft problemen met zijn gezichtsvermogen en is duizelig,' zei hij kort aangebonden tegen Tilly.

'Is er een röntgenfoto gemaakt?'

'Natuurlijk. Daar was niets op te zien. Waarschijnlijk zijn het de gevolgen van de hersenschudding. Hij is opgestaan en heeft rondgelopen. Hij heeft zelfs geprobeerd het raam te openen.'

De jongeman leek sterk. Hij was koetsier op een bierwagen en was in dronken toestand gewond geraakt tijdens een ruzie met een collega. Hij had een klap gekregen, was voorovergevallen en met zijn hoofd tegen een paal geknald. Bij dit soort types namen de gevolgen van een dergelijk ongeluk meestal binnen enkele dagen af.

'Hebt u de hele tijd een bloedneus gehad?' vroeg Tilly aan de jongeman, die telkens weer een doek van het ziekenhuis gebruikte om het bloed op te vangen dat uit zijn neus droop.

'Ja. Het wil maar niet stoppen.'

Ze vroeg om een tissue om een paar druppels vloeistof op te vangen en zag dat er een doorzichtige rand om het bloed kwam. Hersenvocht!

'Kijk, dokter Heinermann.'

Hij staarde naar de tissue en keek haar geïrriteerd aan, alsof het haar schuld was. Schedelbasisfractuur. Dat had hij zelf moeten opmerken.

'Blijft u heel rustig liggen, meneer Kugler,' zei Tilly's collega. 'U mag in geen geval nog lopen. U wordt nog een keer onderzocht door onze hoofdarts.'

'Wat?! Nog een dokter? Ik dacht dat ik morgen naar huis mocht. Mariele, mijn bruid, zou knoedels en gerookt vlees voor me maken.'

'Morgen waarschijnlijk nog niet, meneer Kugler. Maar uw bruid kan u natuurlijk hier in het ziekenhuis bezoeken.'

'En als de knoedels dan allang opgegeten zijn?'

Nadat de artsen de ziekenzaal hadden verlaten, bleef Tilly's collega even staan en keek op zijn horloge.

'Wat vervelend,' zei hij. 'Uw dienst zit er bijna op, nietwaar? U hebt geluk. Ik zal me om deze patiënt bekommeren. Professor Sonius zal niet blij zijn dat hij nu moet opereren.'

Tilly was het ermee eens. Ze was te moe om zich verder in dit geval te verdiepen, en bovendien was het al half vier. Alleen had ze heel graag de röntgenfoto willen bekijken. Niet om het haar collega aan te wrijven, maar puur uit interesse. Zou zij de schedelbasisfractuur wel hebben opgemerkt?

'Zoiets kan altijd gebeuren,' zei ze troostend. 'Het is immers nog niet te laat voor een operatie.'

'Natuurlijk niet,' zei hij en hij glimlachte gerustgesteld. 'Fijne avond, mevrouw Von Klippstein.'

Hij draaide zich om en liep met wapperende doktersjas weg. Tilly liep naar de artsenkamer om zich om te kleden. Maar toen ze voor haar kastje stond, moest ze ineens weer aan mevrouw Kannebäcker denken, en hoewel ze uitgeput was en het ziekenhuis graag wilde verlaten, liep ze toch nog even naar de vrouwenafdeling. De deur naar de ziekenzaal stond open en er kwamen net twee jonge verpleegsters naar buiten.

'O, mevrouw Von Klippstein, goed dat u komt.'

'Wat is er?'

'Mevrouw Kannebäcker is overleden. Het moet heel snel zijn gegaan, de patiënten naast haar hebben het niet eens gemerkt.'

Ze was rustig overleden. Tilly onderzocht haar even en zag een bevrijde glimlach op het gezicht van de oude vrouw. Nu was de tijd gekomen, de schaduwen waren voorbij, ze leefde voor altijd in het licht.

Langzaam en vermoeid liep ze terug naar de artsenkamer om de overlijdensverklaring op te stellen. Ze trok haar witte doktersjas uit en wilde hem net in haar kastje hangen toen ze in een van de twee zakken een kleine bobbel zag zitten. Ze liet haar hand in de zak glijden. Het was de ketting met het hangertje. Een klein hart van robijn, in goud gevat en voorzien van een oogje.

'Het zal u geluk brengen,' had de oude vrouw gezegd. De listige dame had het in de zak van Tilly's doktersjas gestopt terwijl Tilly met zuster Martha had gepraat.

Tilly aarzelde, maar deed toen de ketting om. Het was een aandenken aan een lieve vrouw en daarom zou ze het dragen. En het was ook mooi Ernst had haar vaak sieraden gegeven, vooral in het begin van hun relatie, maar had helaas nooit haar smaak getroffen. Ze hield van eenvoudige sieraden en niet van pompeuze, dure colliers met bijpassende oorbellen. Al die goedbedoelde geschenken lagen in haar juwelenkistje. Ze droeg ze zelden.

De rit met de tram naar Pasing duurde lang. Ze was blij dat ze in elk geval een zitplaats had en niet de hele rit moest staan. Iets voor vijf uur stond ze eindelijk voor de statige villa in de Menzingerstraat, die haar man Ernst een paar jaar geleden had gekocht. Hij was erg trots op het huis. Hij had de villa en de tuin uitvoerig laten renoveren en vertelde vaak tegen zijn kennissen dat ze in de omgeving van Slot Nymphenburg woonden.

In de entreehal rook het heerlijk naar het avondeten. Het dienstmeisje kwam naar haar toe om haar mantel en hoed aan te nemen. Tilly liep de bibliotheek in, die zich naast de werkkamer bevond. Ze vertoefde daar graag. Met een zucht van verlichting liet ze zich in een van de zachte, geruite oorfauteuils zakken. Ze sloot even haar ogen en probeerde de beklemmende indrukken uit het ziekenhuis van zich af te zetten. Het lukte haar niet. Zuchtend pakte ze de post, die huisknecht Julius zoals altijd op de salontafel voor haar had klaargelegd. De factuur voor een medisch tijdschrift waar ze een abonnement op had, een uitnodiging voor een theekransje, die ze meteen in de prullenbak gooide, en een brief van Kitty. In elk geval zou ze iets hebben om over te grinniken.

Mijn lieve, ontrouwe Tilly, die ons Augsburgers helemaal vergeten is…

O jee, haar schoonzus Kitty had geen ongelijk. Volgende week werd Tilly's moeder zestig. Hoe had ze dat nu kunnen vergeten? Ze was zo druk met haar eigen beslommeringen dat ze haar lieve familie in Augsburg had verwaarloosd. Wat erg.

Terwijl ze Kitty's amusante beschrijvingen van de laatste wandaden van haar dochter Henni las, hoorde ze Ernsts stem uit de kamer ernaast. Zijn stem klonk opgewonden, zoals meestal in de afgelopen maanden. In de loop van de jaren had hij door handige investeringen en de aankoop van aandelen zijn kapitaal vergroot. De winst had hij belegd in bedrijfsaandelen en het was hem voor de wind gegaan. Nu was de Zwarte Donderdag op de beurs van New York naar Europa overgewaaid en was alles veranderd. Amerikaanse investeerders vorderden hun kredieten terug en Duitse banken en bedrijven raakten in de problemen. Tilly herinnerde zich met afschuw de ineenstorting van de bank van de Bräuers in de wereldoorlog, waarna haar vader zich uit wanhoop van het leven had beroofd. Onzin, stelde ze zichzelf gerust. Ernst was geen bankier, hij had zijn geld slim belegd en zou ook deze crisis zonder grote schade doorstaan.

Ernst kwam even later naar haar toe in de bibliotheek. 'Daar ben je, Tilly,' zei hij en hij glimlachte een beetje verstrooid. 'Heb je een vermoeiende dag gehad? Hoe vaak moet ik je nog zeggen dat je moet stoppen met het werk in het ziekenhuis! Het is echt niet nodig dat mijn vrouw geld verdient.'

Wat was hij in de afgelopen jaren veranderd, dacht Tilly. Tijdens haar studie en in de eerste jaren dat ze werkte, had hij haar liefdevol gesteund. Hij had haar telkens weer aangemoedigd om haar roeping als arts te volbrengen. Hij had hindernissen uit de weg geruimd en aan al zijn kennissen verteld dat hij zo trots op haar was.

Nu beschouwde hij zichzelf als een succesvolle zakenman. Hij ging om met de upper class van München, met adel en miljonairs, en zei tegen haar dat ze haar beroep aan de wilgen moest hangen. Hij wilde dat ze zich net als de andere echtgenotes om het huishouden bekommerde en voor haar echtgenoot zorgde.

'Ik werk niet voor het geld, Ernst,' reageerde ze. 'Dat weet je heel goed.'

'Ja, natuurlijk, natuurlijk,' zei hij en hij wreef in zijn handen. Een gebaar dat hij zich had aangewend en dat zijn radeloosheid uitdrukte. 'Laten we maar aan tafel gaan. Ik heb honger.'

De eetkamer was ingericht met meubels in oud-Engelse stijl, waar Tilly erg van hield. Ze straalden een beetje de huiselijke sfeer uit van de Britse landhuizen die ze hadden gezien tijdens hun huwelijksreis in Kent. Ook al viel de wereld uit elkaar, ook al gingen de volkeren elkaar te lijf, het onwankelbare motto van de Engelsman was: '*My home is my castle.*'

Maar ondanks de prettige inrichting van de eetkamer miste Tilly de 'gezelligheid' waar ze op had gehoopt. Het ontbrak er aan levendigheid, aan een gezin, aan de vrolijke onbevangenheid van kinderen, zoals ze het van de Frauentorstraat in Augsburg kende. Zij zat met Ernst alleen aan de grote, mooi gedekte tafel. Julius schepte de gerechten op, ze dronken wijn die aangelengd was met water en deden allebei hun best om een geanimeerd gesprek te voeren, dat echter meestal eindigde in twee monologen. Tilly vertelde over de gebeurtenissen in het ziekenhuis, terwijl Ernst over zijn zaken praatte en over zijn sociale verplichtingen, waar zij hem bij moest vergezellen. Wat dat betrof vond ze het steeds moeilijker om aan zijn wensen te voldoen. Naar de zakelijke ontmoetingen die met opera- en theateruitjes gepaard gingen, ging ze nog wel graag mee, maar de officiele aangelegenheden waar je puur je gezicht moest laten zien om erbij te horen, vond ze verschrikkelijk. En het allerergste vond ze de ongelofelijk saaie feestjes en de eeuwige vragen die ze kreeg.

U behandelt zeker alleen vrouwen, nietwaar?

Is het niet afstotelijk om elke dag zo veel zieke mensen te zien?

U zult zeker heel eenvoudige mensen ontmoeten. Mensen die zich niet elke dag kunnen wassen.

Mag u zelf injecties geven of doet alleen de dokter dat?

Het was zinloos om aan deze domme dames uit te leggen dat ze geen verpleegster, maar arts was. Ze zouden het niet begrijpen. Het zou geholpen hebben als ze een doctorstitel had gehad, maar daar had ze nu juist bewust van afgezien. Promoveren zou haar alleen maar tijd hebben gekost terwijl ze daar geen betere arts van was geworden.

En dan telkens weer dezelfde vraag: 'Hebt u kinderen, mevrouw Von Klippstein?'

'Helaas niet.'

En dan knikten ze begripvol. Natuurlijk had ze geen kinderen. Ze werkte immers en kon helemaal niet voor kleintjes zorgen. Dat ze kinderloos was doordat Ernst in de oorlog gewond was geraakt, vertelde Tilly uit respect voor haar echtgenoot nooit.

'Ach, de grootste en belangrijkste taak van de vrouw is het moederschap, nietwaar?' zeiden ze dan.

Ze had de verplichtingen die Ernst haar oplegde geleidelijk aan met allerlei smoesjes tot een minimum beperkt en inmiddels vergezelde ze hem alleen nog bij extreem belangrijke aangelegenheden, waarbij het echt heel raar was als hij zonder zijn echtgenote verscheen. Ook daarbij kostte het haar veel moeite om haar eigen wensen en gevoelens opzij te zetten, maar ze deed het voor hem.

Tijdens het dessert, dat vandaag uit ijs bestond, begon Ernst over de laatste politieke gebeurtenissen. Er was alweer een regering afgetreden, dit keer het tweede kabinet-Hermann Müller. Het was altijd hetzelfde spel in deze republiek, de geachte afgevaardigden intrigeerden, schakelden elkaar uit en verkwistten hun tijd met zinloos geruzie.

'Wie regeert ons land eigenlijk?' riep hij uit. 'Dat zou ik graag willen weten. Wie zet zich in voor de toekomst van Duitsland terwijl de afgevaardigden en ministers lopen te kibbelen? Dat is ongehoord, gezien de grote problemen waarmee het geschonden Duitse Rijk te kampen heeft!'

Tilly had niet veel te zeggen over dit onderwerp. Ze zat zwijgend op haar stoel en roerde in het dessert, dat inmiddels gesmolten was en slagroom met vanillesmaak was geworden. Ze had een paar keer geprobeerd een vraag te stellen, maar Ernst liet zich niet graag onderbreken tijdens zijn monologen. Ze eindigden altijd op dezelfde manier: 'Zo kun je geen land regeren. Het is net als in het leger: als de soldaten en officieren discussies beginnen te voeren in plaats van bevelen op te volgen, kan het leger niet marcheren. We hebben iemand nodig die zegt waar het op staat! Iemand met de persoonlijkheid van een leider die zich laat gelden. Je kunt zeggen wat je wilt, Tilly, maar die Adolf Hitler, dat is mijn man. Op hem kunnen we bouwen voor onze toekomst.'

Tilly had foto's van die man in de krant gezien en hij maakte inderdaad een zeer energieke en vastberaden indruk. Maar of hij ook de benodigde ervaring en bedachtzaamheid had voor zo'n taak, dat betwijfelde ze. Puur gevoelsmatig mocht ze hem niet. Maar politiek was, zo beweerde Ernst, geen kwestie van gevoelens. Het was een zaak waar je een helder verstand voor nodig had en dus van nature een mannenzaak. Wat dat betreft vond hij het waanzin dat vrouwen na de wereldoorlog kiesrecht hadden gekregen. Volgens Ernst was dat misschien wel een van de oorzaken van de huidige rampzalige situatie in Duitsland.

Tilly dacht er anders over, maar ze was het zat om er met hem over te twisten. Het leidde nergens toe, aangezien hij niet naar haar argumenten luisterde, maar alleen koppig zijn eigen mening verdedigde. Ja, hij was veranderd. Ernst von Klippstein was niet meer de man met wie ze vijf jaar geleden was getrouwd. Door zijn zakelijke succes had hij te veel kapsones gekregen, waarmee hij zijn lichamelijke tekortkomingen verdoezelde. Hij kocht zijn kleren in de duurste winkels, droeg loden jassen en bont, kleedde zich in avondkostuums volgens de laatste mode en droeg bij bijzondere gelegenheden een rokkostuum. Hij klaagde nog maar zelden over de vele pijnlijke littekens op zijn buik en borst. Ook het nare feit dat hij nooit een kind zou kunnen verwekken, leek hem niet meer te deren. Het was eerder Tilly die naar kinderen verlangde, maar ze sprak er nooit over.

'O ja, volgende week ben ik uitgenodigd voor een soiree bij dokter Breindorfer,' zei Ernst, nadat hij een poosje had gezwegen. 'Er komen een paar heel belangrijke mensen en het zou gepast zijn als je me vergezelt, Tilly.'

'Volgende week?' vroeg ze fronsend. 'O, dat spijt me oprecht, Ernst. Ik neem een paar dagen vrij van mijn werk en ga naar Augsburg. Mijn moeder wordt zestig.'

Geïrriteerd gooide hij zijn lepeltje in het dessertschaaltje en schudde zijn hoofd. 'Is dat echt nodig?'

Ze haalde diep adem om te voorkomen dat ze iets zei waar ze later spijt van zou krijgen. 'Dat lijkt me wel, Ernst!'

4

WAT EEN HEERLIJK WEER! Marie deed de winkeldeur van haar atelier open en liep de Karolinenstraat in om zich een beetje frisse lucht en wat zonnestralen ten nutte te maken. Er waren veel mensen op pad op deze gewone doordeweekse dag. Ze slenterden door de straten en bewonderden de etalages van de winkels. De meesten droegen hun winterjas nog, maar hadden hun hoed en wollen sjaal al thuisgelaten. Maar het was vast niet voor iedereen een genoegen, veel mensen liepen in de stad rond omdat ze werkloos waren. Er was weer een golf van ontslagen geweest en een paar winkels in de buurt hadden zelfs hun deuren moeten sluiten. Ook Marie maakte zich zorgen, alleen had zij het voordeel dat ze niet van de inkomsten van haar atelier hoefde te leven.

Het werd voorjaar, dacht ze dromerig. Het jonge loof ontsproot uit de knoppen, de natuur ontwaakte en bracht nieuw leven. Nu zou alles beter worden.

Ze had drastisch minder orders gekregen, waardoor ze eigenlijk een van haar personeelsleden zou moeten ontslaan. Maar dat wilde Marie haar medewerkers, die haar al jarenlang trouw waren, in geen geval aandoen. Meestal stuurde ze hen een uurtje eerder naar huis als er niets meer te doen was.

Nadat ze een klein rondje had gelopen, ging ze weer terug naar haar atelier. Vandaag was ze alleen met de naaisters. Mevrouw Ginsberg, die normaal samen met haar de klanten hielp, had al wekenlang last van een hardnekkige hoest en daarom had Marie gisteravond tegen haar gezegd dat ze een paar dagen thuis moest blijven. Daar was mevrouw Ginsberg niet blij mee geweest. De oorlogsweduwe werkte graag bij Marie en was zelfs haar meest betrouwbare werknemer, maar uiteindelijk had ze ingezien dat Marie gelijk had.

Over ruim een uur zou mevrouw Mantzinger komen om haar nieuwe voorjaarsmantel te passen, die al geregen was. Zij was een van de dames die tot nu toe alle kleding snel en zonder korting te bedingen had betaald. In tegenstelling tot veel andere klanten die wel kleding bestelden en meenamen als het af was, maar geen haast hadden om de rekening te betalen. Marie had inmiddels een hele stapel onbetaalde rekeningen op haar bureau liggen. Ze had herinneringen gestuurd en uiteindelijk aanmaningen geschreven, maar meestal was er niet veel aan te doen geweest. De dames hadden het geld niet. Ze zou een advocaat moeten inschakelen en de zaken laten voorkomen. Dat wilde ze niet – tenslotte waren het bijna allemaal vaste klanten en zodra de economische situatie weer beter werd, zouden ze wel betalen.

Dat ze geen advocaat wilde inschakelen, had ook te maken met advocaat Grünling, de man die Paul in dat soort gevallen inhuurde en die ze ontzettend onsympathiek vond. Om nog maar te zwijgen van zijn vrouw, de voormalige gouvernante Serafina von Dobern. Marie kon niet begrijpen dat Lisa dat verschrikkelijke mens al een paar keer in de villa op de thee had gevraagd. Hoewel de nieuw leven ingeblazen vriendschap al weer een deuk scheen te hebben opgelopen. Gerti had haar verteld dat mevrouw Grünling onlangs de villa overhaast had verlaten en dat iedereen in huis stiekem blij was geweest. Wat er precies was gebeurd, wist Gerti niet, maar Dodo had grijnzend verteld dat de 'slang' een 'giftand' had stukgebeten. Waar haar moeder haar om berispt had. Dodo was vreselijk onconventioneel. Marie maakte zich soms zorgen dat haar dochter het nog moeilijk zou krijgen in het leven. Ze toonde veel gelijkenis met haar grootmoeder, de kunstenares Luise Hofgartner, Maries overleden moeder. Een jonge vrouw die dapper en vastberaden haar weg was gevolgd en daarbij op een noodlottige manier was overleden.

Marie nam een kijkje in de naaikamer, waar haar medewerkers ijverig aan het werk waren om een aantal orders af te maken, onder andere voor Lisa en Kitty, haar jongere schoonzus. Daarna zat er niks anders op dan naar haar kleine kantoortje te gaan om de onbetaalde rekeningen uit te zoeken en aanmaningen te versturen. Misschien leverde het iets op. Ze had geld nodig om nieuwe stoffen te kunnen inkopen. Deze maand zag het er erg somber uit. Als ze de salarissen en de kosten voor materiaal, stroom en kolen had betaald, zou er niet veel meer overblijven.

'Marie? O, hier zit je, mijn lieve Marie! Ongelofelijk! Het is zo'n stralend weer en jij zit hier binnen in je donkere kantoor!'

Kitty had de deur van het kantoor opengetrokken en stond hoofdschuddend in de deuropening, met haar handen in haar zij. Ze droeg een van de elegant-sportieve kostuums die Marie voor haar had genaaid en zag er zoals altijd verbluffend uit.

'Kitty! Wat leuk dat je even langskomt,' zei Marie blij. Nu haar levendige schoonzus er was, hoefde ze tenminste even niet aan de aanmaningen te denken.

'Nou, dat werd ook tijd,' babbelde Kitty vrolijk. 'Ik moet tenslotte mijn nieuwe avondjurk passen. Heb je de witte struisveren kunnen krijgen?'

Kitty's exquise wensen waren niet altijd even makkelijk te vervullen, maar deze keer had Marie geluk gehad en had ze een aantal witte struisveren uit Amerika kunnen krijgen. Ze waren niet bepaald goedkoop, maar Robert verdiende goed en betaalde alle rekeningen van zijn veeleisende vrouw bereidwillig.

'Ik heb hem in de wintertuin gehangen, daar kun je hem in alle rust passen. Wil je er een kopje mokka bij?'

'Mokka? Nee, dank je, ik heb twee koppen koffie bij Café Brüning gedronken. Als ik nog een mokka drink, ga ik stuiteren. Maar ik heb je bij het passen nodig, mijn lieve Marie, dus laat die boekhouding nu maar zitten en kom met me mee.'

'Natuurlijk, Kitty. Overigens komt mevrouw Mantzinger zo om haar mantel te passen.'

Kitty luisterde niet meer. Ze was al in de wintertuin en Marie hoorde enthousiaste kreetjes. Glimlachend volgde ze haar schoonzus, die in haar zijden ondergoed in de met veel planten gedecoreerde serre stond. Marie hielp haar in de nauwsluitende, tot op de kuiten vallende, zwarte jurk. Op de breed uitlopende sleep waren witte pailletten en bundeltjes dunne reigerveren aangebracht.

'O god, hij is betoverend!' riep Kitty opgewonden. 'Moet je kijken, ze zweven als ik me omdraai. Ik voel me net een paradijsvogel, Marie. Ik zou weg kunnen vliegen van blijdschap. O, als Robert dit ziet! Hij zal het prachtig vinden en hem meteen willen uittrekken.'

De avondjurk was inderdaad fantastisch gelukt. Het was een uniek exemplaar dat niet nog een keer gemaakt kon worden – omdat het nu eenmaal onmogelijk was om zulke dure veren van dat formaat en die kwaliteit te krijgen. Marie trok wat aan de uitsnede op de rug, die haar iets te laag leek, maar Kitty wilde hem zo houden.

'Het is echt een droomjurk, Marie,' riep ze enthousiast. 'Ik zal hem voor Henni moeten verstoppen. Stel je voor, mijn dochter komt gewoon aan mijn kledingkasten en trekt mijn kleren aan. En helaas passen ze haar nog ook. Dat is toch niet te geloven? Ze is veertien en heeft mijn kledingmaat. En...' zei ze zuchtend.

Marie luisterde geduldig naar Kitty's geklaag over haar enige dochter. Henni was lui en haalde lage cijfers op school. Alleen in rekenen was ze verbazingwekkend goed. Ze had veel talent voor schilderen en tekenen, maar verwaarloosde dat talent omdat ze 's middags liever de stad inging om 'een vriendin te bezoeken'.

'In werkelijkheid had ze laatst met een jongen afgesproken, stel je voor! Hij heeft haar van school opgehaald en daarna hebben ze samen door de steegjes gelopen. En gisteren heeft Gertrude Henni op een bankje bij de dom betrapt. Daar zat ze taart te eten. En erger nog, ze was in gezelschap van drie jongens. De ene droeg haar schooltas, de andere de geruite sjaal en de derde had de taart gekocht.'

Marie moest haar best doen om gepast op Kitty's boosheid te reageren door verontwaardigd te kijken. Henni was net zo oud als Dodo, maar een heel ander type. Ongeveer een half jaar geleden had ze een kleine boezem gekregen. Ze had een erg slanke taille en mooie, ronde billen. Henni had algauw begrepen dat haar nieuwe vrouwelijke attributen haar aantrekkingskracht op het mannelijke geslacht nog meer vergrootten en benutte dat genadeloos.

Terwijl Marie het gelaten opnam, wond Kitty zich erover op. 'Ik begrijp niet van wie ze dat heeft. In elk geval niet van haar vader, mijn arme Alfons, die zo jong om het leven is gekomen!'

'Nee,' bevestigde Marie grinnikend, waarna Kitty weer verder praatte.

'Trouwens, je moet me echt niet alleen laten met mevrouw Mantzinger, die ouwe gifkikker. Weet je wat ze laatst tegen me zei?'

'Kitty, alsjeblieft! Ik wil die roddelverhalen niet horen!'

Maries weerstand maakte niet veel indruk op Kitty. Ze glimlachte vergenoegd. 'Ach, ik weet wel dat je de zachtaardigste persoon van de wereld bent, mijn lieve Marie. Ze roddelde ook niet over jou. Dan had ik haar ter plekke haar ogen uitgekrabd. Nee, het ging over mevrouw Ginsberg.'

'Over mevrouw Ginsberg?' zei Marie verbaasd, die haar medewerkster als een beleefde en intelligente vrouw kende die bij alle klanten geliefd was. Haar zoon Walter was Leo's beste vriend. Ze studeerden samen muziek aan het conservatorium van Augsburg.

'Precies!' riep Kitty, duidelijk verontwaardigd. 'Dat mens zei dat "die Jodin" niet goed was voor de reputatie van het atelier. Wat zeg je daar nu van?'

Marie kon het niet geloven. Tegen haar had mevrouw Mantzinger zoiets nog nooit gezegd en ze was ook altijd erg beleefd geweest tegen mevrouw Ginsberg. Misschien wat koeltjes, maar beleefd.

'Weet je zeker dat ze dat zei, Kitty?' vroeg ze benauwd.

'Denk je soms dat ik het uit mijn duim zuig?' zei haar schoonzus mokkend. 'Ik heb haar natuurlijk duidelijk gezegd dat ik er anders over denk. Toen haalde ze alleen haar schouders op. Mijn lieve Marie, je bent een grote naïveling, moet ik je zeggen. Niet alle mensen zijn zo open en oprecht als je denkt. Ik ben een lofwaardige uitzondering en hoop ten zeerste dat je dat weet te waarderen!'

'Ach, Kitty!' Marie omhelsde haar schoonzus. 'Natuurlijk weet ik dat. Ik dank je voor je openheid, ook al zijn het geen leuke dingen om te horen.'

Kitty trok tevreden haar jurk recht, keek nog een keer kritisch in de grote wandspiegel en glimlachte naar haar spiegelbeeld. Ze was nu midden dertig en nog steeds sierlijk en slank. Ze droeg haar donkere haar inmiddels op schouderlengte, stak het af en toe op of draaide het in tot een krullenkapsel. Vier jaar geleden was ze hertrouwd. Met Robert Scherer, die jaren geleden in de villa huisknecht was geweest en in die tijd vreselijk verliefd was geweest op de jonge Kitty. Later was hij naar Amerika geëmigreerd, waar hij een bewogen leven had geleid en een tragische liefde had gehad. Rijk maar gedesillusioneerd was hij naar Duitsland teruggekeerd. Daar had hij Kitty weer ontmoet, die met haar schoonmoeder en dochter in het huis in de Frauentorstraat woonde, dat ze na het faillissement van het bankiershuis Bräuer gelukkig hadden kunnen houden. Het was het juiste moment – een van die gelukkige ogenblikken die het lot soms in petto heeft en die je moet grijpen voordat het te laat is – en de twee hadden elkaar gevonden.

Marie hoorde de deurbel – dat was waarschijnlijk mevrouw Mantzinger die de mantel kwam passen. Wat vervelend. Ze wilde dat Kitty het haar niet had verteld!

'Ga maar,' zei haar schoonzus schouderophalend. 'Ik ga ondertussen je tekeningen bekijken. Zit er weer wat nieuws bij?'

Marie had constant nieuwe ideeën, die ze haastig met een paar lijnen schetste en in een van de mappen legde die in de wintertuin voor de klanten op de tafel lagen uitgespreid.

'Natuurlijk, Kitty, vooral in de blauwe map, dat zijn middagkostuums en avondjurken...'

Marie ontving mevrouw Mantzinger en liet haar de mantel passen. De vrouw zei niets over mevrouw Ginsberg, maar Marie was blij toen ze weer weg was.

Niet veel later werd de voordeur zo heftig opengetrokken dat de belletjes luid rinkelden. Henni stond in de deuropening. Haar blonde haar zat in de war en haar lichte jas onder de vlekken.

'Mama! Godzijdank!' riep ze opgewonden. 'Ik zag je auto staan en wist meteen dat je bij tante Marie was.'

'Wat is er gebeurd, Henni?' riep Kitty geschrokken. 'En wat zie je eruit! Is je mouw gescheurd?'

'Dan heb je Leo nog niet gezien, mama. En Walter,' zei Henni. 'Ze wachten buiten. Je moet Walter onmiddellijk naar de dokter brengen. Zijn linkerhand is kapot.'

De twee vrouwen liepen de winkel uit. Wat was er in hemelsnaam gebeurd? Hopelijk geen verkeersongeluk? Hoe vaak hadden ze de kinderen niet ingeprent dat ze uit moesten kijken voor vrachtwagens en automobielen als ze de straat overstaken? Op de tegenoverliggende stoep stond een groepje van vijf jongens, allemaal ongeveer even oud. Marie ontdekte meteen haar zoon Leo, die een halve kop groter was dan de rest. Hij bloedde op zijn voorhoofd en depte de wond telkens weer met zijn zakdoek. Naast haar stond de kleinere Walter Ginsberg. Zijn gezicht was lijkbleek en nat van de tranen.

'Leo! Wat is er gebeurd?'

De jongen vond het duidelijk gênant dat zijn moeder en tante zo geëmotioneerd waren. Hij wierp Henni een verwijtende blik toe voordat hij antwoord gaf.

'Het valt wel mee, mama. Maar Walter moet naar de dokter, zijn linkerhand is helemaal gevoelloos. Hij is erop gevallen toen ze hem hebben neergeslagen.'

'Wie heeft wie neergeslagen?' vroeg Kitty boos.

Als antwoord begon iedereen chaotisch door elkaar te praten en

Marie probeerde langzaam orde in hun verhaal aan te brengen. Blijkbaar waren Leo en Walter vanaf het conservatorium in de Maximilianstraat naar de tramhalte gelopen en was er onderweg een gevecht ontstaan.

'Ze hebben ons opgewacht, mama. Willi Abele uit mijn klas was er ook bij.'

'Ze hadden het op Walter voorzien, tante Marie. Van Leo wilden ze niks. Ze wilden Walter in elkaar slaan. Omdat hij een Jood is.'

'Het waren er zes. Of zeven. En wij moesten het met zijn tweeën tegen hen opnemen...'

'Alleen in het begin, Leo,' onderbrak Henni hem opgewonden. 'Want toen kwam ik met Rudi, Klaus en Benno langs. Ik zei tegen hen dat je mijn neef bent en dat ze je moesten helpen.'

Henni was heel trots dat ze hulp had kunnen inschakelen, want ze vereerde haar muzikale neef. Leo was een van de weinige jongens die haar aantrekkingskracht tot nu toe had weerstaan.

'Niet te geloven,' kreunde Kitty. 'Ze vechten op straat als de koetsiers van de bierwagens. Vertel het maar niet tegen Paultje, Marie, anders krijgt hij nog een hartaanval.'

Marie had zich intussen tot Walter gewend en bekeek zijn linkerhand. De jongen snikte van wanhoop, want hij voelde zijn vingers niet meer. 'Ik... ik kan... ik kan niet meer vioolspelen.'

'Onzin, Walter,' troostte Kitty hem. 'Hij is vast en zeker alleen maar gekneusd en geneest wel weer. Kom, stap in, ik breng je naar dokter Greiner. Of beter maar meteen naar het ziekenhuis. Marie, lieve Marie. Jij wilt vast wel even voor de andere kinderen zorgen. O, mijn god, Henni. Je jas is helemaal stuk. Je hebt toch zeker niet meegevochten? Loop snel naar het atelier en haal mijn handtas. Daar zit mijn autosleutel in.'

Marie was erg blij dat er geen andere klanten meer zouden komen. Nu kon ze de bulten en schaafwonden behandelen, pleisters plakken, vlekken verwijderen, theezetten en notenkoekjes uit de villa uitdelen.

Kitty belde later vanuit het ziekenhuis naar het atelier. 'Wees zo lief om Henni thuis te brengen wanneer je het atelier sluit,' zei ze. 'Het gaat nog een poosje duren voordat we hier klaar zijn. Walters pols is gebroken. Ze moeten hem misschien zelfs opereren.'

5

'JE MOET SPELEN DE akkoorden sterk. Niet hard, maar sterk. Jij begrijpen, Leo? Met sterk gevoel. Zo...'

Sinaida Obramova ging met haar rechterarm vlak langs hem heen en sloeg de toetsen aan. Leo beefde zo heftig vanbinnen dat hij zich amper op de muziek kon concentreren. De lerares had in haar enthousiasme zijn borstkas aangeraakt. Dat gebeurde vaak, want ze ging altijd dicht naast hem zitten op de pianokruk. Meestal raakte ze zijn elleboog of schouder aan. Dit keer had hij duidelijk haar zachte bovenarm onder haar blouse gevoeld en was er een wolkje van haar parfum naar hem opgestegen. Een geur die vreemd en Russisch was en die hem regelmatig naar het hoofd steeg als hij les kreeg van haar.

'Jij hebt begrepen?' vroeg ze en ze keek hem met haar zwarte ogen aan. 'Dat ik wil horen van jou. Probeer het nog een keer.'

Ze had echt zwarte ogen. Niet bruin, ook niet donkerbruin, maar diepzwart. Dezelfde kleur als haar haar en de volle wenkbrauwen die ze boos liet zakken. Ze kon plotseling heel kwaad worden, van het ene op het andere moment, en je wist nooit wanneer het gebeurde. Dan fonkelde er iets in alle kleuren van de regenboog in haar zwarte ogen en klonk haar donderende stem heel laag. Zodra dat gebeurde, verstijfde hij van angst. Dan zat hij roerloos op de pianokruk en liet hij de uitbarsting gefascineerd over zich heen gaan. Meestal wist hij achteraf niet meer waarom ze zo boos was geworden, maar de energie die zich boven hem had ontladen, voelde hij dan op de terugweg naar huis nog tot in zijn vingertoppen.

Hij knikte om aan te geven dat hij het had begrepen en sloeg de akkoorden aan. Hij probeerde het niet hard maar krachtig te doen en deed zijn best om niet de verkeerde toetsen aan te slaan als hij zich naar rechts boog om de hoge tonen te gebruiken. Ze ging wat naar achteren om hem niet te hinderen.

'Te zwak,' zei ze ontevreden. 'Zo speelt leraar op school. Huismuziek voor jonge meisjes. Niet concert. Niet Tsjaikovski. Waar is vuur? Je moet met vuur verbranden, allemaal die in zaal luisteren. Met vuur van grote kamermuziek.'

'Ik probeer het nog een keer, mevrouw Obramova.'

'Niet zeggen: ik probeer,' riep ze. 'Zeggen: ik wil!'

'Ik wil het proberen.'

'Nee, nee, nee!' riep ze en ze sloeg met haar vuist een aantal toetsen tegelijk aan op de onschuldige vleugel. Het klonk schel, als een wanhoopskreet. Leo trok zijn schouders op – nu was het weer gebeurd.

'Wat wil jij doen als je zit in concertzaal?' riep ze boos. Haar stem was laag. Bijna als een mannenstem. 'Als daar zijn honderd en meer mensen en willen horen Tsjaikovski-pianoconcert. Dan jij kunt niet proberen, Leo. Dan jij moet willen. Met al jouw energie. Met al jouw moed. Je moet laten zien, alles wat is in je hart. In je vingers. In je ziel.'

Bij de woorden hart en ziel sloeg ze met haar vlakke hand tegen haar weelderige boezem, die vooral in de zomer tot gelding kwam als ze haar lange jas uittrok. Daaronder droeg ze altijd een of ander lichtgekleurd blouseje met een porseleinen broche bij haar decolleté, waar het portret van een Russische grootvorstin op stond, haar grootmoeder. Het sieraad was een van de weinige aandenkens die haar familie tijdens hun vlucht uit Rusland had kunnen redden. Nadat de revolutie in 1917 was uitgebroken, waren ze meteen via Finland en Noorwegen naar Duitsland gevlucht om te ontkomen aan de bolsjewieken, de Russische communisten, omdat ze anders zouden zijn vermoord. Zijn vader had hem een keer uitgelegd dat mevrouw Obramova en haar ouders tijdens hun vlucht ongetwijfeld afschuwelijke dingen hadden meegemaakt en dat het voor hen een geluk was geweest dat ze in Augsburg een nieuw bestaan hadden gevonden.

'Ik wíl nu spelen,' zei hij toen ze even stopte met praten.

'Goed!' Ze knikte tevreden, stond op en begon heen en weer te lopen.

Dat was een opluchting voor hem, want hij kon vrijer spelen als ze niet naast hem zat. Dan was Leo zichzelf, alleen met de muziek, zonder de storende gevoelens die ze in hem opwekte. Het beroemde pianoconcert nr. 1 in b-mineur van Tsjaikovski was een zeer moeilijk stuk voor een veertienjarige pianist. Hij was het al ruim een jaar aan het oefenen en vond zelf dat er muzikaal nog ongelofelijk veel in te ontdekken viel. En er was ook zeker wat de techniek betrof nog veel om aan te werken. Over sommige passages was hij nog steeds niet tevreden. Toch had Sinaida Obramova bij de directeur van het conservatorium, dr. Gropius, gesuggereerd dat de topstudent Leo Melzer dit werk tijdens een studentenconcert in de aula van het conservatorium zou moeten opvoeren. Inmiddels was er een orkest samengesteld, dat bestond uit studenten en een paar professionele muzikanten. Dr. Gropius wilde het orkest zelf dirigeren en oefende al twee keer per week met de leerlingen.

'Dat is grote eer,' had de jonge Russin gezegd toen ze hem het nieuws vertelde. 'En grote kans voor jonge pianist.'

Dit keer was de strenge lerares enigszins tevreden met zijn spel. Ze onderbrak hem pas toen hij de ouverture met de krachtige pianoakkoorden beëindigd had en het eerste thema in wilde gaan.

'Beter, veel beter... jij ziet, jij kunt, als je wilt, Leo. Bijna goed, nog ontbreekt virtuositeit, maar voor vandaag genoeg. Nu nog derde deel. Speel passage met sprongen... Niet in tempo, maar langzaam en nauwkeurig... Is moeilijk. Maar heb moed, jij kunt dat spelen.'

Eigenlijk waren deze passages te moeilijk voor hem. Het was altijd een kwestie van geluk of de sprongen hem lukten en of hij de juiste toetsen wist aan te slaan. De snelle loopjes lukten in de les misschien moeiteloos, maar tijdens het concert waarschijnlijk niet. Dan zou hij vast niet de kracht hebben voor de virtuoze delen. Zijn lerares accepteerde dat niet en dwong hem meer te oefenen.

Vandaag lukte het weer eens totaal niet. Hoewel hij de passages in een langzamer tempo speelde, sloeg hij vaak de verkeerde toetsen aan. Sinaida Obramova liep te ijsberen door de kamer en siste geërgerd bij elke valse toon, terwijl hij geïrriteerd raakte door haar onrustige voetstappen.

'Als jij speelt zo,' onderbrak ze hem ten slotte, 'zal ik in grond zakken van schaamte. Waar ben jij met gedachten? Nog een keer, alsjeblieft!'

Het woord alsjeblieft klonk als een bevel. Leo schudde zijn handen uit en begon opnieuw. Dit keer sloeg hij de juiste tonen aan, maar ontbrak het aan muzikaliteit. Het was verschrikkelijk deprimerend. Hij had de passages dagelijks geoefend en beheerste ze nog steeds niet. Hij voelde zich moedeloos. Het concert was over drie maanden. Wat als hij faalde? Wat als hij de verkeerde noten speelde, misschien zelfs bleef steken of kramp in zijn handen kreeg? En dat in de grote aula voor het voltallige publiek. Zijn hele familie zou in de zaal zitten, alle vrienden en bekenden, de leerlingen en leraren van het conservatorium en misschien zelfs de burgemeester. Hij zou voor al deze mensen een flater slaan. En nog erger, het zou een afgang zijn voor Sinaida Obramova. Hij ging nog liever dood dan haar dat aan te doen.

'Goed. Voor vandaag genoeg,' zei ze en ze kwam naast hem bij de vleugel staan. 'Overmorgen jij zult mij voorspelen deze passage zonder fouten. Niet denken, met moed springen, je hebt juiste toon.'

Haar stem klonk nu vriendelijk en ze legde liefkozend haar hand in zijn nek. Dat deed ze vaker, bij hem en bij andere leerlingen. Het irriteerde hem dat hij het gevoel kreeg dat hij als beloning in zijn nek werd gekroeld omdat hij goed had geoefend. In zijn dromen kwamen er heel andere beelden voorbij over de manier waarop ze hem voor goede prestaties kon belonen. Natuurlijk, het waren maar dromen. Hij droomde trouwens toch heel vaak over haar. Bijna elke nacht.

Leo stopte de muziekbladen, het potlood en het notitieblaadje in zijn leren aktetas, trok zijn jas aan en zette zijn pet op. 'Tot overmorgen.'

Ze liep naar hem toe. Ze was even groot als hij. Ze strekte haar hand uit om met een stevige handdruk afscheid van hem te nemen.

'*Do svidaniya*... Tot wij ons weerzien,' zei ze en ze glimlachte naar hem.

Ze liep naar het raam, leunde met beide handen op de vensterbank en keek naar buiten. Ze keek altijd naar het noordoosten. Daar waar haar verloren thuis lag. Eén keer had ze hem verteld dat ze vaak aan haar kinderjaren en jeugd moest denken en erg naar Rusland verlangde. Vervolgens had hij er dagenlang over nagedacht hoe hij haar kon troosten. Maar toen hij over het onderwerp begon, ging ze er niet op in. Waarschijnlijk kampte ze vanbinnen met nare herinneringen die ze voor iedereen verborg. Ze was als goede muziek, die haar schoonheid en intensiteit alleen aan degene openbaarde die er helemaal voor openstond.

Buiten was de lucht bedekt met marmergrijze wolken. Het mooie voorjaarsweer had een pauze ingelast en er waaide een koude wind door de Maximilianstraat. Leo zette de kraag van zijn jas op en kneep zijn ogen tot smalle spleetjes omdat de wind een hoop stof in zijn gezicht blies. In zijn oren klonken tonen en melodieën, vooral Tsjaikovski's pianoconcert. En andere, die uit hemzelf kwamen en die hij snel terugdrong. In zijn hoofd veranderden beelden en geluiden namelijk vreemd genoeg vaak in klanken, en soms was hij bang dat hij een of andere ziekte had. In elk geval vond hij die rare tonen niet fijn als hij zich helemaal op het pianoconcert moest concentreren.

Eigenlijk moest hij snel met de tram naar huis omdat hij nog huiswerk moest maken en daarna aan de piano wilde oefenen, maar hij kon het niet over zijn hart verkrijgen om zijn vriend Walter, die niet meer op zijn geliefde viool kon spelen, in zijn eentje thuis te laten zitten. Daarom liep hij snel in de richting van Perlach om via de Karolinenstraat naar het Spenglersteegje te lopen. Sinds de vechtpartij bracht Humbert Leo elke ochtend met de auto naar school en maakte hij een omweg om Walter op te halen. Marie Melzer wilde dat mevrouw Ginsberg zich geen zorgen hoefde te maken. Leo vond het echter gênant om met de auto gebracht te worden. Zijn medescholieren lachten hem uit.

'De keizer en zijn hofnar,' had iemand geroepen. De twee vrienden hadden gedaan alsof ze het niet hadden gehoord.

'Het heeft geen zin om met idioten te ruziën,' was Walters commentaar geweest. Hij droeg zijn arm in een zwarte mitella en kon zijn vingers nog steeds niet bewegen. Niet alleen was zijn pols gebroken, er was ook een belangrijke zenuw beschadigd, hadden de artsen in het ziekenhuis gezegd. Hopelijk genas die snel weer.

Walter zat na school alleen thuis. Hij las boeken, bestudeerde bladmuziek en probeerde geduld te oefenen. Wat niet gemakkelijk was, aangezien niemand precies kon zeggen of de zenuw inderdaad weer zou herstellen of dat hij zijn vingers nooit meer zou kunnen bewegen. Leo wilde minstens een uurtje bij Walter blijven om hem op te vrolijken en meteen het huiswerk voor wiskunde over te schrijven. Zijn vriend was goed in wiskunde, een vak dat voor Leo altijd abracadabra zou blijven.

Vandaag had hij pech, want in de Karolinenstraat kwam hem een automobiel tegemoet waarin Robert en Kitty Scherer zaten. Zijn tante zag hem meteen en zwaaide naar hem. Zijn oom stopte langs de kant van de weg.

'Stap in, we rijden toch naar de villa. En kijk eens wie er bij ons in de auto zit?'

Leo was niet blij met deze ontmoeting, want achter in de auto zat uitgerekend zijn nicht Henni, Kitty's dochter. Naast haar zat tante Tilly, die in München woonde en voor de verjaardag van haar moeder naar Augsburg was gekomen.

'Ik wilde eigenlijk nog op bezoek bij een vriend...'

'Maar Leo!' zei tante Kitty hoofdschuddend. 'Je ouders willen niet dat je alleen in de stad rondloopt. En ik ben het helemaal met hen eens, na wat er onlangs is gebeurd.'

Er was niets aan te doen, hij moest op de achterbank klimmen. Tot overmaat van ramp begon tante Kitty nu het hele gênante verhaal over de vechtpartij aan tante Tilly te vertellen. En Henni, die gemene trut, smukte het verhaal nog op met details, waarbij ze zich totaal niet aan de waarheid hield, maar vooral haar eigen rol als redder in nood benadrukte.

'Dit is heel ernstig,' zei oom Robert ten slotte. 'Dit was vooral tegen Walter Ginsberg gericht. Omdat hij Joods is. Ik zal binnenkort eens met zijn moeder gaan praten.'

Leo mocht zijn oom graag. Vooral omdat hij in Amerika had gewoond en wat van de wereld had gezien. Hij sprak vloeiend Engels en zelfs Spaans. Bovendien hield hij van muziek en luisterde hij graag als Leo pianospeelde. Hij was nog niet heel oud, niet veel ouder dan tante Kitty, maar had toch al een paar grijze haren bij zijn slapen. Zijn snorretje was echter donker. Volgens die gemene Henni smeerde hij er pommade uit een rond blikje in.

'Waar wil je met mevrouw Ginsberg over praten, oom Robert?' vroeg Leo.

Robert aarzelde even, maar gaf toen antwoord. 'Je moet niet schrikken,' zei hij over zijn rechterschouder. 'Maar als ik Joods was en ze hadden mijn kind op straat aangevallen, zou ik daar de consequenties uit trekken en emigreren.'

Leo sperde zijn ogen open van verbijstering. Wilde oom Robert mevrouw Ginsberg soms overhalen om Augsburg te verlaten? Dan zou hij zijn beste en enige vriend verliezen.

'Waar moeten ze dan naartoe gaan?' stamelde hij ongelukkig.

'Robert heeft vrienden in Amerika,' mengde tante Kitty zich in het gesprek. 'Zij zouden mevrouw Ginsberg opnemen en verder helpen. Volgens Robert mag je zonder vrienden en een vaste baan niet emigreren. Ze zouden Walters moeder als verkoopster in een bakkerij onderbrengen. Nietwaar, Robert? Dat zei je toch?'

Haar man knikte bevestigend.

'En hoe moet dat dan?' wond Leo zich op. 'Walter heeft een conservatorium nodig. Hij wil violist worden.'

'Ik weet zeker dat er in de Verenigde Staten ook goede vioolleraren zijn. Maar maak je niet onnodig druk, Leo. Het is immers puur een idee en het zou kunnen dat mevrouw Ginsberg toch niet zal besluiten om Augsburg te verlaten.'

'Dat zal ze zeker niet doen,' beweerde Henni. 'Dan zou ze tante Marie immers in de steek moeten laten. En die zegt altijd dat ze niet zonder mevrouw Ginsberg kan in haar modeatelier.'

Dat stelde Leo een klein beetje gerust. Henni was dan wel vreselijk irritant, maar dit keer had ze iets heel zinnigs gezegd. Nee, mevrouw Ginsberg zou zeker niet emigreren.

De dag had nog meer rampen in petto. Oom Robert bracht net de automobiel voor de entree van de villa tot stilstand toen ze plotseling Dodo's opgewonden stem uit een van de ramen op de eerste verdieping hoorden: 'Mama! Kijk! Tante Kitty is gekomen en ze hebben tante Tilly in de auto!'

Het klonk bijna als een hulpkreet, vond Leo. Terwijl ze allemaal naar boven keken, verscheen zijn moeder voor het raam.

'Tilly!' riep ze hard naar beneden. 'Het is alsof de hemel je heeft gezonden! Kom snel boven. Kurti krijgt amper nog lucht… Je moet helpen, hij stikt!'

Snel sprongen ze allemaal de auto uit en ze haastten zich naar de voordeur, die Humbert al wijd voor hen openhield. In de hal stonden de geschrokken personeelsleden bij elkaar. Mevrouw Brunnenmayer had een begrafenisgezicht, Else was natuurlijk aan het huilen en Liesl droeg een schaal met natte, dampende handdoeken. Tante Tilly sprintte door de hal, trok onderweg haar jas uit en wierp hem samen met haar hoed naar Gerti, die beide nog net kon opvangen.

'O god,' zei tante Kitty, die bij de personeelsleden was blijven staan. 'Waarom is dokter Greiner er niet? Die komt anders ook altijd bij elk wissewasje. Hebben jullie hem niet gebeld?'

Hanna kwam uit de keuken. Haar ogen waren rood van het huilen. 'Het is zo snel gegaan,' zei ze. 'De jongen kreeg gisteren keelpijn. Mevrouw Melzer was nog boos op Rosa omdat ze met de kinderen naar het park was gegaan terwijl Kurti nog maar net genezen was van de roodvonk.'

Het was lastig om haar te verstaan omdat Else zo luid snikte en telkens weer haar neus snoot.

'Dat is echt onverantwoord,' wond tante Kitty zich op, 'om een kind dat niet helemaal gezond is mee te nemen naar het park. Die Rosa is echt zo dom als het achtereind van een varken!'

'Voorzichtig, het is vast geen normale verkoudheid,' zei oom Robert. 'Dit klinkt eerder als difterie. Heeft hij gehoest? Zo vreemd hol, zoals kinderen normaal niet hoesten?'

Fanny Brunnenmayer en Liesl hadden er geen verstand van, Else was sowieso niet aanspreekbaar, maar Hanna had 's nachts bij Kurti geslapen en kon er meer over vertellen.

'Vannacht nog niet, sinds vanochtend pas. Toen hoestte hij op een rare manier en rochelde hij een beetje. En hij was heel stil, wilde niets eten en kon de warme thee niet doorslikken. Toen hebben we dokter Greiner gehaald en die heeft hem keelpastilles voorgeschreven.'

'Keelpastilles!' riep tante Kitty en ze keek oom Robert verbijsterd aan. 'Hoor je dat? Hij heeft het kind keelpastilles voorgeschreven. Weet je, die dokter Greiner begint oud te worden. Marie had allang een andere huisarts moeten nemen...'

'Er is ook al een opvolger voor dokter Greiner. Alleen was die nog onderweg vanwege een huisbezoek en toen is dokter Greiner gewoon nog een keer gekomen,' vertelde Hanna.

Plotseling hoorden ze allerlei geluiden in de keuken en Gerti's stem, die kokend water wilde hebben. En een scherp mes en een buisje...

'Wat voor een buisje?' riep mevrouw Brunnenmayer opgewonden.

'Zo'n klein buisje van metaal, zoals een rietje, maar dan steviger... Kijk even in de keukenla.'

'Zoiets hebben we niet,' riep de kokkin en ze haastte zich terug de keuken in.

Tante Kitty staarde oom Robert paniekerig met grote ogen aan. 'O god,' fluisterde ze. 'Een mes? Wat is Tilly van plan?'

Haar man legde zijn arm om haar heen. Hij deed het heel voorzichtig, trok haar dicht tegen zich aan en fluisterde iets in haar oor. Leo had een scherp gehoor en verstond een paar zinnen.

'Ze zal een luchtpijpsnede maken. Het is de enige kans. Als ze dat destijds bij mijn dochtertje hadden gedaan, was ze niet...'

Voordat hij zijn zin af kon maken, legde tante Kitty stevig haar armen om hem heen en vlijde zich tegen hem aan. Leo werd verlegen omdat ze elkaar zo innig vasthielden en tante Kitty haar man teder op zijn wang kuste. Oom Robert had weinig verteld over zijn eerste huwelijk in Amerika, alleen dat hij erg ongelukkig was geweest. Blijkbaar had hij daar een dochtertje gehad die aan difterie was overleden. Wat verschrikkelijk! Ineens drong het tot Leo door dat het leven van zijn broertje misschien in gevaar was. Kurti, het vrolijke jongetje dat zo enthousiast met zijn gekleurde speelgoedautootjes speelde en soms 's ochtends vroeg bij hem in bed kroop om even met hem te stoeien. Misschien ging hij dood!

Niets kon hem meer in de hal houden. Hij rende de trap op en wilde Kurti's kamer binnengaan, maar tante Lisa hield hem tegen.

'Je stoort hier, Leo,' zei ze. 'Ga naar de keuken en vraag wanneer het kokende water eindelijk komt.'

Op hetzelfde moment kwam zijn moeder haar kamer uit en duwde hem haastig opzij.

'Hier is een buisje, Tilly. Kun je dit gebruiken? Het is een verlengstuk voor een potlood.'

'Ja, dat moet lukken. Waar blijft het kokende water? Hebben jullie de nieuwe arts nog een keer gebeld? Zeg tegen Paul dat hij het vanuit de fabriek moet proberen. Leg de doeken daar op het bed, Gerti.'

'Lisa, weet je waar mama is?' vroeg zijn moeder vanuit de kamer.

'Ze heeft migraine en ligt op bed.'

'Godzijdank!'

Leo stond stijf van de angst in de gang toen Hanna met een dampende pan uit de personeelsgang kwam. Ineens hoorde hij zijn broertje rochelend huilen en hij stelde zich voor dat Kurti nu zou sterven. Hij werd niet goed, tuimelde achteruit tegen de grote linnenkast aan en zakte in elkaar. Vanuit de verte hoorde hij nog Tilly's stem, die allerlei aanwijzingen gaf. Daarna luidde de deurbel, maar niemand deed open.

'Humbert!' schreeuwde iemand. 'Waar zit je? Mijn god. Liesl, doe de deur open.'

Het was de stem van Fanny Brunnenmayer, die boos stond te schreeuwen. Meteen daarna verscheen het keukenmeisje Liesl in de gang op de tweede verdieping met een jongeman met een leren dokterstas achter zich aan.

'Alstublieft, hier is het, dokter,' zei ze en ze klopte op Kurti's kamerdeur. De dokter wachtte niet, maar duwde het keukenmeisje zacht opzij en ging gewoon naar binnen.

'Dokter Kortner? Ik ben de moeder van het kind,' stelde Marie zich voor. 'Eindelijk. Mijn schoonzus heeft een luchtpijpsnede gemaakt. Ze is arts.'

'Dat was het enige juiste om te doen. Dat vind ik erg indrukwekkend van u, collega. Niet iedereen kan in zo'n situatie de kalmte en het overzicht bewaren,' zei de jongeman. 'Het spijt me verschrikkelijk en ik maak mezelf grote verwijten dat ik hier pas zo laat aankwam. Wacht, ik help u.'

Meer hoorde Leo niet omdat de kamerdeur weer dichtging. Vaag herkende hij zijn nicht Henni, die met een glas voor hem stond.

'Drink op,' zei ze en ze hurkte bij hem op de grond. 'Mensen die flauw zijn gevallen, moeten veel drinken, dan komen ze weer tot leven.'

Gehoorzaam pakte hij het glas appelsap aan en nam een paar slokjes. Hij kon het haast niet geloven, maar hij voelde zich inderdaad beter.

'Gaat Kurti dood?' vroeg hij aan Henni.

'Nog niet,' zei ze en ze keek erbij met een blik alsof zij de arts was. 'Tante Tilly heeft een gat in zijn keel geboord en er een buisje in gestopt. Zodat hij weer kan ademen. Leo? Hallo? O, hemel. Jongens kunnen echt niets hebben.'

Hij hoorde nog net die laatste zin, daarna was alles ineens donker. Spoken doolden rond in nachtelijke duisternis, wild gezang verdoofde zijn oren en hij zag Sinaida Obramova die met uitgespreide armen steeds sneller om haar eigen as draaide.

Toen hij zijn ogen weer opende, lag hij op zijn bed. Boven hem zweefde het bezorgde gezicht van zijn zus Dodo.

'Jemig, broertje, wat heb jij ons laten schrikken,' zei ze. 'Nu ging het net weer beter met Kurti en dan lig jij ineens lijkbleek in de gang en geeft geen kik meer.'

6

TILLY VOELDE ZICH SINDS lange tijd weer gelukkig en geborgen. Wat had ze dit kleine, chaotische en tegelijk zo gezellige huis in de Frauentorstraat gemist! Haar lieve moeder, die haar bij haar aankomst gisteravond zo hartelijk in de armen had gesloten, waardoor Tilly zich echt welkom had gevoeld. Kitty, die haar met haar woordenvloed had overvallen en zo veel warmte en hartelijkheid uitstraalde. En zelfs Robert had haar zonder omhaal als een broer omhelsd en welkom geheten. Henni, die inmiddels een betoverend knappe jonge meid was, was niet van haar zijde geweken en had haar verteld dat ze later ook wilde gaan werken en in elk geval haar eigen geld wilde verdienen. Ze zei dat Tilly haar grote voorbeeld was, omdat ze had gestudeerd en een echte arts was.

Het was een lange, mooie avond geweest met deze lieve mensen. Ze had een vertrouwdheid gevoeld, een nabijheid die ze vreselijk had gemist. Alsof ze jarenlang door sneeuw en ijs had gewandeld en nu eindelijk een plek had gevonden waar een warm vuur brandde. Toen haar moeder Gertrude en Henni naar bed waren gegaan en Robert zich in zijn werkkamer had teruggetrokken, was ze met Kitty alleen achtergebleven. En natuurlijk had haar schoonzus weer eens haarfijn dingen aangevoeld.

'Zeg eens, mijn arme, lieve Tilly, hoe komt het dat je met nog geen enkel woord over je echtgenoot hebt gerept?'

'Er valt niet veel te zeggen,' had ze schouderophalend geantwoord. 'Je weet immers dat we een verstandshuwelijk hebben. Ernst heeft zijn eigen interesses en ik heb mijn werk.'

'Dat klinkt niet bepaald alsof jullie een gelukkig paar zijn.'

Kitty nestelde zich lui op de bank. Ze schoof de kussens goed en legde haar voeten omhoog. Ze droeg een zijden blouse en een pofbroek, en op het tapijt stonden schattige groene pantoffeltjes. Tilly probeerde zich voor te stellen wat Ernst zou zeggen als ze in zo'n opvallende outfit voor hem zou verschijnen. Waarschijnlijk zou hij een hartaanval krijgen.

'Nou, we hebben afspraken gemaakt,' zei ze ontwijkend. 'Ik wist van begin af aan waar ik aan begon.'

Kitty rolde met haar ogen en pakte haar wijnglas om van het laatste slokje rode wijn te genieten.

'Weet je wat ik denk, Tilly? Je bent ongelofelijk ongelukkig met Ernst. En hij misschien met jou. Wil je echt je hele leven zo doorgaan?'

'Waarom zou ik ongelukkig zijn, Kitty? Ik heb mijn beroep, ik steun mijn man zo veel mogelijk, we wonen in een mooi huis...'

Haar schoonzus boog zich naar voren om het glas weer neer te zetten en keek haar onderzoekend aan.

'Is dat zo?' vroeg ze scherp. 'Dat kun je mij niet wijsmaken, Tilly. Kijk nou eens naar me! Je bent een grijze muis geworden. Grijs gezicht, grijze jurk, grijze blik. Nog een paar jaar en je wordt een grijze, verschrompelde knolraap die begint te schimmelen. Nee, ik bedoel het niet gemeen, lieve Tilly. Ik vind het heel verdrietig als ik zie wat voor een indruk je wekt. Weet je wat? Blijf gewoon een paar weken bij ons, dan zal ik je weer een beetje tot leven wekken. Ik zal je de ogen openen, de kurken uit je oren trekken en je hart uit de tralies bevrijden. Ik zal je veranderen in een gelukkige, levenslustige prinses.'

Kitty was altijd al uitbundig geweest in haar bewoordingen, zeker als ze wat wijntjes ophad, en Tilly moest uiteindelijk lachen om het beeld van een verschrompelde knolraap.

'Dat is heel lief van je, maar laten we liever gaan slapen. Ik ben nogal moe van de reis.'

'Denk over mijn voorstel na, Tilly. Ik ben vastberaden om je te redden,' hield Kitty vol. Ze sprong van de bank en kuste haar schoonzus op beide wangen.

De dag had een hoop opwinding gebracht. Wat was Tilly geschrokken toen Marie haar zo angstig uit het raam had geroepen! Natuurlijk, het kon alleen difterie zijn en er was haast geboden. Het was te laat geweest om de kleine naar het ziekenhuis te brengen, dan was hij onderweg overleden. Maar om zo'n operatie uit te voeren zonder medische instrumenten, zonder desinfecteermiddel en met een in kokend water steriel gemaakt metalen potloodomhulsel – dat was ronduit idioot geweest. En toch was het de enige mogelijkheid geweest om het kind te redden. Ze was zelf verbluft geweest dat ze zo kalm was gebleven en dat ze de mensen die haar assisteerden aanwijzingen had gegeven alsof ze in het ziekenhuis was. Vooral Gerti was een grote hulp geweest. Het was een intelligente meid. Veel te slim en getalenteerd om in de villa als kamenierster – of beter gezegd als meisje voor alles – te werken.

En toen was er iets gebeurd wat ze nooit had verwacht. De jonge arts, dokter Kortner, was de kamer in gestormd en had haar geïmproviseerde, uit nood geboren operatie hemelhoog geprezen. En zichzelf verweten dat hij te laat was gekomen en zich veel te lang bij een andere patiënt had opgehouden, wiens hartaanval hij ten onrechte als urgenter had ingeschat. Later was hij met hen naar het ziekenhuis gereden, tot Kurti goed verzorgd met een medische canule in de ziekenzaal lag.

'Het was me een groot genoegen u te leren kennen, mevrouw Von Klippstein,' zei hij bij het afscheid. 'Ik hoop dat we elkaar gauw weer zien. U zult de kleine vast in het ziekenhuis komen bezoeken, nietwaar?'

'Morgen en misschien nog overmorgen,' zei ze aarzelend. 'Daarna moet ik terug naar mijn echtgenoot in München.'

Waarom had ze de behoefte gevoeld om haar echtgenoot te noemen? Was ze onzeker geworden door Kortners lof en zijn open, warme blik? Hij was heel sympathiek en juist daarom wilde ze in geen geval dat hij iets verkeerds van haar dacht. Ze was een getrouwde vrouw die bij haar familie op bezoek was. Dat wilde ze duidelijk maken. Wat niets veranderde aan het feit dat ze het wel leuk had gevonden dat ze iets van teleurstelling in zijn blik had gezien. Glimlachend had ze hem bij het afscheid een hand gegeven en hij had die langer vastgehouden dan nodig was geweest.

De volgende dag was de zestigste verjaardag van haar moeder Gertrude. Hoewel Tilly de nacht ervoor nauwelijks had geslapen, stond ze voor zeven uur op om samen met Kitty het ontbijt klaar te maken en de cadeautjes op de ladekast te zetten. Dat Kitty zo vroeg opstond, was ongebruikelijk en zou vroeger niet gebeurd zijn. Sinds haar huwelijk met Robert Scherer was ze veranderd. Ze was, zoals ze het zelf noemde, degelijk geworden. Ze ging niet meer met haar kunstenaarsvrienden nachtbraken, maar ging samen met Robert naar concerten, vernissages of soirees. Of ze bleven thuis. Dan werkte Robert in zijn kantoor en las Kitty romans, waarover ze hem later uitgebreid vertelde.

'Is dit voor mij?' vroeg Gertrude toen ze de kamer binnenkwam.

Ze werd zo stevig door Kitty en Tilly omhelsd en gekust dat ze naar lucht hapte. 'Hoho. Willen jullie soms een oude vrouw vermoorden?' kreunde ze.

'Wat nou "oude vrouw"?' lachte Tilly. 'Je bent mijn moeder die met de dag jonger en mooier wordt. Van harte gefeliciteerd met je verjaardag.'

'Jaja,' reageerde Gertrude ontroerd. 'Nog een paar jaar en ik ga weer in een kort jurkje naar school.'

'Je mág de cadeautjes pas na het ontbijt openmaken!' riep Kitty. 'Laten we eerst koffiedrinken. O god, ik geloof dat ik ben vergeten om koffie in de kan te doen voordat ik het water erbij goot.'

Het ontbijt was een vrolijk gebeuren en duurde de hele ochtend. Henni verscheen in het zijden nachthemd van haar moeder en omdat Tilly vond dat het haar prachtig stond, liet Kitty zich overhalen om het dure gewaad aan haar dochter te schenken.

'Ach, wat maakt het uit,' zei ze na een poosje. 'Het is oeroud. Ik geloof dat Gérard het destijds in Parijs voor me heeft gekocht.'

'Hij had wel een goede smaak,' zei Robert grijnzend.

'Dat was toch jouw minnaar, mama?' vroeg Henni met fonkelende ogen. 'Hij heeft je ontvoerd en jullie gingen ongehuwd samenwonen, toch? Zoiets wil ik later ook doen.'

Kitty kreunde en beweerde dat het ontzettend dom was geweest en dat ze het niemand kon aanraden.

'We woonden in een piepklein, lelijk zolderkamertje en hadden geen geld...'

Henni liet zich niet zo snel ontmoedigen, en al helemaal niet door haar moeder.

'Jullie hadden geen geld? En waar heeft hij dat dure zijden nachthemd dan van gekocht?'

'Dat was juist de reden waarom we geen geld hadden. Hij heeft alles aan het nachthemd uitgegeven,' beweerde ze. 'Voor eten, drinken en de huur was niets meer over.'

'Dat was dom van hem,' zei Henni fronsend. 'Terwijl je voor een liefdesnacht eigenlijk helemaal geen nachthemd nodig hebt.'

Gertrude sloeg zo hard met haar vlakke hand op de tafel dat de tulpen in de vaas trilden.

'Wat is dit nu voor een losbandige discussie op mijn verjaardag? Wat moet Tilly wel niet van ons denken?'

Iedereen moest lachen om deze berispende opmerking, ook Tilly. Maar terwijl Robert vervolgens een grappige anekdote vertelde die hij en Kitty tijdens hun huwelijksreis in Amerika hadden meegemaakt, bedacht Tilly een beetje somber dat zijzelf nooit een echte huwelijksnacht had gehad. Haar grote liefde, de jonge dokter Moebius, was niet meer teruggekomen van het front. Meer dan één enkele kus was hun niet gegund geweest. Met Ernst had ze in het begin wel het bed gedeeld, maar hun aanrakingen waren vluchtig en onbeholpen geweest en een paar maanden nadat ze getrouwd waren, hadden ze gescheiden slaapkamers ingericht.

'Hemel, Tilly,' onderbrak Kitty haar gedachten. 'Wat kijk je treurig. Robert, maak eens een fles champagne open. Gertrude is vandaag jarig en we hebben tot nu toe alleen nog met koffiekopjes op haar geproost.'

'Ik wil ook een glas champagne,' zei Henni. 'Op grootmoeder Gertrudes verjaardag mag ik dat wel, toch?'

De knal die Robert veroorzaakte toen hij de fles ontkurkte, viel samen met het gerinkel van de deurbel. Humbert stond op de stoep met een grote doos in zijn handen. 'De taart!'

De grote doos, door iedereen bewonderd, werd met Roberts hulp naar de keuken gebracht, waar Humbert hem behendig openmaakte. Er verscheen een kunstwerk van twee lagen, met slagroom en chocolade, versierd met roosjes van suikerglazuur en dunne blaadjes van marsepein. VOOR JE JUBILEUM! stond er in roze letters op.

'En dat in deze magere tijden!' zei de jarige. 'Ik ben ontroerd. Wil je de Melzers hartelijk bedanken namens mij? En zeg dat ik enorm veel respect heb voor mevrouw Brunnenmayer.'

Humbert sloeg het glas champagne dat Robert hem aanbood beleefd af. Hij had haast, want hij moest Kurti's ouders naar het ziekenhuis brengen.

'Ach, hemel,' riep Kitty. 'We hebben zo lang ontbeten dat we de lunch hebben overgeslagen en de eerste koffiegasten al bijna komen. Maak maar gauw onze cadeautjes open, Gertrude.'

Tilly keek naar het gebeuren en voelde een vreemde onrust. Nee, ze zou er vandaag niet aan toekomen om haar kleine patiëntje in het ziekenhuis op te zoeken. Ze zou pas morgen bij hem langs kunnen gaan, voordat ze naar het station ging. Ja, dat zou ze zeker doen. Misschien zou ze dan ook nog de kans krijgen om afscheid te nemen van dokter Kortner. Had hij niet gevraagd of ze hem in het ziekenhuis wilde bezoeken? Ach, wat was ze dom. Dacht ze nou echt dat hij daar op haar zou wachten? Waarschijnlijk was de champagne haar naar het hoofd gestegen.

Inmiddels waren de voorbereidingen voor de gasten in volle gang.

'Henni! Je wilt onze gasten hopelijk niet in je nachthemd ontvangen! Ga onmiddellijk naar boven en trek een mooie jurk aan.'

'Maar dit is Parijse elegantie, mama.'

'Nu!'

Tilly genoot van de heerlijke chaos, het gelach en de kleine ruzietjes, de drukte, het geschuif met stoelen, het geweldige volle leven in het vrij kleine huis. Hoe had ze het in hemelsnaam uitgehouden in de verlammende stilte in de grote villa in München? Misschien had Kitty inderdaad wel een heel klein beetje gelijk dat ze zich eenzaam had gevoeld en zich in zichzelf had teruggetrokken. Als ze in de spiegel keek, zag ze een ernstige, magere vrouw met vermoeide ogen.

Het was een gezellige drukte rond de koffietafel. Lisa was inmiddels gearriveerd met haar man en kinderen. Paul en Marie zouden later komen, zij gingen eerst nog naar het ziekenhuis. Mizzi schonk koffie in en Gertrude had de eer om de fantastische verjaardagstaart aan te snijden. Tilly had na één stukje al het gevoel dat ze al lang niet meer zo veel en zo overvloedig had gegeten. Bovendien kreeg ze veel complimenten voor haar medische ingreep van de voorgaande dag. Sebastian zei dat veel meer vrouwen dit mooie en belangrijke beroep zouden moeten uitoefenen en dat het een schande was dat er zo weinig vrouwen in de Rijksdag zaten. Tilly vond zijn mening, die niet iedereen aan tafel deelde, bijzonder. Lisa's echtgenoot kwam misschien wat onhandig over, maar Tilly had wel respect voor zijn overtuigingen.

Tegen half vijf stonden de Melzers op de stoep. Marie en Paul leken uitgeput en bezorgd, Alicia klaagde over haar hart en Leo leek met zijn gedachten elders te zijn. Alleen Dodo was net zo levendig en energiek als altijd. Ze viel Tilly om de nek, stelde allerlei vragen over het werk in het ziekenhuis en leidde het gesprek vervolgens naar de luchtvaart door te vragen of Tilly al eens had gevlogen. Dat leek haar erg handig voor een arts. Bijvoorbeeld bij een treinongeluk. Of een verkeersongeval. Met een vliegtuig zou ze in een mum van tijd ter plekke zijn…

In tegenstelling tot haar welbespraakte dochter was Marie nogal zwijgzaam. Het was duidelijk aan haar te zien dat ze zich grote zorgen had gemaakt om haar zoontje, en hetzelfde gold voor Paul. Gelukkig ging het beter met Kurti. De zwelling in zijn keelholte was geslonken en hij kon weer normaal ademen. Morgen wilden de artsen het buisje verwijderen. Het was nog niet bekend wanneer zijn ouders hem weer mee naar huis konden nemen. Later gingen de gesprekken over de fabriek. Tot nu toe waren er nog geen mensen ontslagen. De textielfabrieken hadden een paar jaar geleden vergelijkbaar moeilijke tijden meegemaakt en het personeelsbestand moeten terugbrengen. Nu hoopten ze de huidige crisis beter te kunnen doorstaan, hoewel de orderpositie er niet goed uitzag.

'De handelaren zijn bang om nieuwe producten in te kopen, omdat de afzet stagneert. Ze ruimen eerst hun magazijnen leeg en wachten af. En uitgerekend nu besluit onze regering om de belastingen te verhogen. Hoe kunnen de mensen iets kopen als ze steeds minder geld in hun portemonnee hebben?'

Robert zei dat hij vermoedde dat er weer inflatie zou komen, zoals na de oorlog, maar Paul dacht van niet. Sebastian klaagde over het hoge aantal werklozen. Hij werkte zelf als vrijwilliger in een arbeidershuis in de Mittelstraat en maakte daar dagelijks mee hoe slecht de mensen het hadden. Gertrude fluisterde tegen Tilly dat het arbeidershuis in de Mittelstraat een inrichting van de KPD was en dat Lisa zich grote zorgen maakte vanwege de betrokkenheid van haar man bij deze partij.

'Het is voor de Melzers erg vervelend om een communist in de familie te hebben,' fluisterde ze. 'Hoewel ik moet zeggen dat Sebastian helemaal niet als een communist op me overkomt. Eigenlijk is hij een heel sympathieke man...'

De telefoon rinkelde en Robert nam op. Omdat het zo lawaaierig was in de woonkamer, bedekte hij zijn ene oor om zijn gesprekspartner beter te kunnen verstaan. Hij wenkte Tilly.

'Een interlokaal gesprek uit München. Je kunt het beste naar de gang gaan, er is hier te veel herrie.'

Uit München? Tilly perste zich langs Gertrude en pakte het toestel en de hoorn aan. Robert had een lang snoer laten aanbrengen, omdat Kitty per se op de bank wilde liggen als ze aan het bellen was en daarbij een keer per ongeluk de stekker uit de muur had getrokken.

'Goedenavond, Tilly,' hoorde ze de stem van haar echtgenoot zeggen. De stem klonk vreemd in deze omgeving, bijna als die van een onbekende. 'Sorry dat ik jullie familiefeest verstoor.'

'Je wilt zeker mijn moeder feliciteren met haar verjaardag.'

'Natuurlijk. Later. Ik heb heel vervelend nieuws. Het is vast geen gunstig moment, maar ik denk dat het beter is dat je het weet voordat je morgen terugreist naar München.'

In één klap was haar vrolijke feeststemming verdwenen. Het grauwe dagelijks leven, het lege huis en de eenzaamheid – alles was weer terug.

'Wat is er gebeurd? Hopelijk niets ergs?'

Hij schraapte zijn keel, wat hij altijd deed als hij nadacht over hoe hij iets het best kon formuleren. 'Het ziekenhuis belde. Professor Sonius, de hoofdarts en directeur van het ziekenhuis. Je bent voorlopig geschorst.'

Hij zei het in korte, afgehakte zinnen en het klonk volkomen krankzinnig. Geschorst?

'Dat... begrijp ik niet,' bracht ze uit.

'Wel,' zei hij traag. 'Voor zover ik heb begrepen, wordt je de dood van een patiënt aangerekend. Een schedelbasisfractuur die niet op tijd is herkend. Ze zeggen dat jij verantwoordelijk was voor de opname van de patiënt.'

Ze begreep onmiddellijk dat haar collega de situatie had omgedraaid. De arme bierwagenkoetsier was overleden en nu kreeg zij de schuld in de schoenen geschoven.

'Dat is een schandelijke leugen! Ik heb de röntgenfoto helemaal niet aangevraagd, dat heeft dokter Heinermann gedaan.'

'Als dat zo is, moeten we misschien een advocaat inschakelen,' stelde Ernst voor. 'Ik acht het alleen onwaarschijnlijk dat je ermee wegkomt. De verpleegsters hebben blijkbaar bevestigd dat jij de patiënt hebt opgenomen. En overigens wilde je de baan sowieso vroeg of laat opgeven, nietwaar? Als mijn vrouw hoef je immers niet te werken.'

Het had niet veel zin om aan de telefoon ruzie met hem te maken. Ze zei dat ze er morgen rustig over wilde praten en hing op.

'Is er iets gebeurd, Tilly?' vroeg Robert bezorgd toen ze de woonkamer weer binnenkwam en de telefoon verstrooid op de ladekast tussen de cadeaus zette.

'Wat? Nee. Alles is in orde,' loog ze. 'Jullie krijgen allemaal de hartelijke groeten van mijn man.'

Ze was als verdoofd. Haar brein weigerde het afschuwelijke nieuws te accepteren. Het leek haar veel waarschijnlijker dat ze het allemaal had gedroomd.

7

PAUL MERKTE STEEDS VAKER dat hij liever in de villa bleef dan naar de fabriek ging. Dat verontrustte hem, want vroeger was hij er elke ochtend met veel energie naartoe gegaan. Dan rende hij de trappen van het administratiegebouw op naar zijn kantoor, waar de twee secretaresses met de ochtendpost op hem wachtten. Inmiddels zat hij langer dan nodig was in de eetkamer aan het ontbijt en moest hij zichzelf dwingen om de krant weg te leggen. De reden hiervoor was dat het leven in de villa een ingeslepen ritme volgde dat de bewoners een gevoel van vrede en geborgenheid gaf. Omstandigheden die buiten in het land en in de fabriek niet meer vanzelfsprekend waren.

Maar ook in de villa was het een en ander veranderd. Het ontbijt vond sinds enige tijd niet meer gezamenlijk plaats. Paul en Marie verschenen tegen zeven uur in de eetkamer, met Leo en Dodo, die op tijd naar school moesten. Sebastian was zelden aanwezig, omdat hij vóór de ochtendploeg in de fabriek wilde zijn. Hij zag van het ontbijt af om de personeelsleden zo vroeg in de ochtend niet te belasten. Alicia, die er vroeger streng op had toegezien dat de hele familie punctueel voor de eerste maaltijd van de dag verscheen, gaf er inmiddels de voorkeur aan om tegen half negen samen met Lisa en de kinderen te ontbijten.

'Op mijn leeftijd mag ik het mezelf gunnen om het allemaal wat minder nauw te nemen,' zei ze glimlachend. 'En het is zo fijn om de lieve kinderen om me heen te hebben. Ach, als mijn goede Johann dat nog had meegemaakt…'

'Papa heeft in elk geval zijn kleinkinderen Leo en Dodo meegemaakt en van hen genoten,' zei Paul. Het kwetste hem een beetje dat zijn moeder de veertienjarige tweeling nauwelijks nog aandacht schonk en al haar liefde en zorg op de kleintjes richtte. En vooral op Kurti, de nakomeling, die haar oogappel was. Het derde kind, dat zich zo onverwacht had aangediend, wat voor Paul en Marie een bijzondere gebeurtenis was geweest. Hun huwelijk had in de periode daarvoor zware beproevingen doorstaan en was bijna stukgelopen door de schaduwen van het verleden, maar uiteindelijk was hun liefde sterker geweest dan alles wat hen uit elkaar dreef. De kleine jongen – die zich zo fantastisch ontwikkelde en tot Pauls bijzondere vreugde met metalen autootjes speelde en de oude stoommachine leuk vond – was het onderpand van hun gezamenlijke geluk geworden.

En plotseling hadden de afgelopen dagen hem laten inzien hoe vluchtig dat geluk was en dat het onheil van de ene op de andere dag kon toeslaan en het liefste wat je had, kon wegnemen.

Paul was vreselijk aangedaan door de toestand met Kurti. Hij had midden in een belangrijke vergadering met drie opdrachtgevers gezeten toen Marie belde. Hij had veel te laat gereageerd en de zoektocht naar een arts aan zijn secretaresse overgelaten. Pas later had hij beseft dat zijn kind op het nippertje aan de dood was ontsnapt. Tot overmaat van ramp was Leo ook nog ingestort, maar gelukkig bleek hij alleen flauwgevallen te zijn doordat de opwinding en de schrik hem te veel waren geworden. Toen Kurti 's avonds in het ziekenhuis lag en ze wisten dat er goed voor hem gezorgd werd, had Paul nog lang met Marie, Lisa en zijn moeder over alle details gepraat en de goddelijke beschikking bedankt die Tilly op het moment dat de nood het hoogst was naar hen had gezonden. Pas toen ze naar bed gingen, kon Marie zich niet meer beheersen en had ze lang en wanhopig tegen zijn borst gehuild.

Als hij in de afgelopen dagen iets had geleerd, was het dat alle zorgen om de fabriek, de risicovolle kredieten, de stagnerende afzetmarkten, de economische toekomst van de villa en zijn familie allemaal niets waren vergeleken met de heftige angst om zijn kind. Hij zou alles hebben gegeven voor het leven van zijn zoon.

Op een van de daaropvolgende dagen verscheen Paul zoals zo vaak als eerste aan de ontbijttafel. Hij begroette Humbert, die een kopje koffie voor hem inschonk en daarbij meelevend naar Kurti informeerde.

'Het gaat godzijdank beter. Mijn vrouw is net het ziekenhuis aan het bellen. Hopelijk krijgt ze goed nieuws te horen.'

Hij wist dat zijn trouwe personeelsleden om het leven van de kleine hadden gevreesd. Hanna had gisteravond nog tranen in haar ogen gehad toen ze van Gertrudes verjaardag thuis waren gekomen.

'Meneer Winkler is al tegen zes uur naar de fabriek gegaan,' meldde Humbert. 'Hij vroeg of ik aan u wilde doorgeven dat hij een bespreking met de ondernemingsraad heeft en u in de loop van de ochtend van het resultaat op de hoogte zal brengen.'

Paul was niet blij met dat nieuws. Daar waren ze weer, die overbodige, dagelijkse ergernissen. Ontstemd merkte hij dat hij zich er druk om maakte. Sebastians activiteit in de ondernemingsraad was meer dan irritant. Het was kwetsend, vooral omdat Paul van mening was dat hij beter voor zijn arbeiders zorgde dan veel andere fabrikanten in Augsburg en omgeving. Zeker, ze hadden het personeelsbestand inmiddels moeten inkrimpen, maar wel zonder echt mensen te hoeven ontslaan. Het aantal arbeiders en werknemers die vanwege hun leeftijd waren gestopt, was voldoende geweest. En er was niet bezuinigd op de sociale voorzieningen. Er was nog steeds een kantine, waar één keer per dag warm eten werd uitgedeeld, hoewel het toetje was geschrapt en de porties waren verkleind. Voor Sebastian, de ijverige strijder voor de rechten van de arbeiders, was dat niet voldoende. Hij verlangde ploegendiensten van zes in plaats van acht uur voor hetzelfde loon, gratis drankjes en maar liefst twee hele weken betaald vakantieverlof voor zowel de arbeiders als de overige personeelsleden. Bovendien vond hij dat het de hoogste tijd werd om de arbeiderswoningen te renoveren. Het ontbrak er aan de noodzakelijkste voorzieningen, vooral op het gebied van hygiëne. Ze hadden dringend moderne badkamers nodig.

'Je moet doelen stellen,' had hij tijdens de laatste bespreking met zijn zwager Paul glimlachend beweerd. 'Zonder doelen geen strijd.'

'Wat dacht je van haalbare doelen?' had Paul geïrriteerd geantwoord. 'Met utopieën is niemand geholpen. Je weet heel goed dat ik in de huidige situatie moeite heb om überhaupt de volle salarissen uit te betalen.'

Bovendien was er nog een onopgeloste kwestie, iets wat nog veel erger was dan alle voorgaande problemen. In de fabriek waren pamfletten van de KPD opgedoken. De portier, Alois Gruber, die ondanks zijn vijfenzestig jaar nog steeds bij de fabriek werkte en geassisteerd werd door een jonge medewerker, had gezegd dat meneer Winkler de pamfletten had uitgedeeld. Het was niet zeker of dat echt waar was, want de oude Gruber kon Sebastian niet uitstaan. Die had namelijk aan hem voorgesteld dat hij van zijn welverdiende pensioen moest gaan genieten.

'Goedemorgen, papa. Is er nieuws over Kurti?'

Dodo haalde hem met een stormachtige knuffel uit zijn sombere gedachten, waardoor het halve broodje waar hij net een hap van had genomen bijna op het witte tafellaken viel.

'Mama is net met het ziekenhuis aan het bellen. Waar is Leo? Hij heeft zich hopelijk niet weer verslapen, of wel soms?'

Zijn dochter trok zwierig de stoel naar achteren en ging zitten. 'Geen chocolademelk, Humbert. Koffie, alsjeblieft. Met veel melk en een klontje suiker… Nee, papa. Leo is in de badkamer. Hij trekt de twee baardharen eruit die op zijn kin zijn gegroeid.'

'Baardharen?'

Dodo giechelde en pakte een broodje uit het mandje dat Humbert haar aanreikte.

'Ik zei dat het gewoon wat donshaartjes zijn die niemand ziet. Toch staat hij eindeloos voor de spiegel aan zijn kin te pulken... Mag ik de krant hebben?'

'Die ben ik net aan het lezen, Dodo.'

'Alleen het "Uit de hele wereld"-deel, alsjeblieft.'

Terwijl hij Dodo's wens vervulde, verscheen Marie ook eindelijk in de eetkamer. Ze keek opgelucht en kuste haar dochter op haar wang.

'Het gaat godzijdank goed met hem. Hij heeft gisteravond zelfs iets kleins gegeten. De wond geneest naar tevredenheid en, en dat is het belangrijkste, hij kan vrij ademen. Ik ga vanmiddag tijdens het bezoekuur om twee uur naar hem toe.'

'Dan moet je zijn autootjes meenemen, mama,' riep Dodo. 'En de rode locomotief die tante Lisa hem voor zijn verjaardag heeft gegeven. Mag ik mee? Ik ben om twaalf uur vrij...'

'Kom dan direct uit school naar het atelier en dan rijden we er samen heen,' besloot Marie.

De ergernis over Sebastian was verdwenen. Paul keek glimlachend toe terwijl Marie suiker door haar koffie roerde en de aardbeienjam pakte. Wat was ze weer knap, zijn Marie. De donkere wallen die ze van de zorgen onder haar ogen had gehad, waren bijna weg. Haar blik was helder en haar stem klonk rustig en zelfverzekerd. Hij streelde zacht over haar nek, waar een lok hing die uit haar opgestoken haar was losgeraakt. Hij vond het leuk dat ze haar haar lang droeg en niet meedeed met die belachelijke trend van korte kapsels. In menig opzicht was hij een ouderwetse echtgenoot. Hij zag in haar nog altijd het tengere meisje met de grote, donkere ogen, op wie hij als student smoorverliefd was geworden.

Niet lang na zijn moeder verscheen Leo, met twee rode vlekken op zijn kin. De kraag van zijn hemd was niet dichtgeknoopt en zijn schooltas stond open en was niet compleet. Voor zover Paul kon zien, zaten er meer muziekbladen in dan schoolboeken. Leo begroette zijn ouders met een vluchtig knikje – kusjes of andere liefdevolle gebaren vond hij sinds een tijdje gênant.

‘Een kopje koffie, graag, Humbert. Bedankt, geen suiker… Ik geloof dat ik de atlas boven heb laten liggen.’

Humbert haastte zich gedienstig naar de tweede verdieping om de vergeten atlas te halen. Dodo legde intussen twee halve broodjes met jam en honing op het bordje van haar broer, die hij in gedachten verzonken naar binnen propte.

‘Ga je om twee uur mee naar het ziekenhuis?’ vroeg ze. ‘We ontmoeten elkaar na school in mama’s atelier.’

‘Ik heb pianoles van mevrouw Obramova,’ zei hij. ‘Ik kan pas na vier uur…’

‘Dan is het bezoekuur helaas voorbij,’ zei Marie.

‘Mijn hemel!’ kreunde Dodo. ‘Voor je enige broertje kun je toch wel een pianoles overslaan?’

Leo gaf geen antwoord. Hij kauwde en dronk koffie. Toen Humbert met de atlas verscheen, sprong hij op om het grote boek in zijn schooltas te stoppen.

‘Bedankt, Humbert. Laten we maar gaan om Walter op te halen… Mama, de piano moet gestemd worden. Bovendien is het vilt bij sommige tonen te dun.’

‘Geen wonder als je er de hele tijd op hamert,’ zei Dodo spottend.

Paul ergerde zich. Volgens hem was Leo hard op weg naar een liederlijk leven als artiest, net als Kitty vroeger met haar geschilder. Hij had zich er inmiddels mee verzoend dat Leo pianoles kreeg, maar vond het maar niks dat de jongen zich vrijwel alleen op de muziek concentreerde en school verwaarloosde. Precies wat hij altijd had gevreesd.

‘Ik wil graag dat je ’s ochtends op tijd voor het ontbijt verschijnt, Leopold,’ zei hij streng. ‘Met je keurig ingepakte schooltas. Wanneer krijg je je rapport?’

‘Volgende week, papa.’

Pasen stond voor de deur, het schooljaar was bijna afgelopen. Leo had in de herfst een heel slecht tussenrapport mee naar huis genomen. ‘Het is de vraag of hij overgaat,’ stond onder de cijfers voor de afzonderlijke vakken en Leo had een hele preek gekregen van zijn vader.

Humbert verloste Leo uit de vervelende situatie door te melden dat de auto op het voorplein stond. Leo pakte snel zijn schooltas, keek nog een keer schuchter naar Paul en knikte naar zijn moeder.

'Tot later. Doe Kurti de groeten van me, mama. Ik ga morgen bij hem op bezoek, dan heb ik geen pianoles.'

Paul keek zijn zoon hoofdschuddend na. 'Dit bevalt me niet, Marie.'

'Mij ook niet,' zei ze met een zucht. 'Hij vergt te veel van zichzelf vanwege dat pianoconcert en oefent als een bezetene, terwijl ik niet het gevoel heb dat hij vorderingen maakt.'

'Misschien moeten we eens met zijn lerares gaan praten,' stelde Paul voor. 'Die Russin. Hoe heet ze ook alweer?'

'Obramova,' zei Dodo geringschattend. 'Sinaida Obramova. Ook wel de veldmaarschalkin genoemd!'

'O, echt?' Marie fronste haar voorhoofd. 'Ik denk dat ik binnenkort eens met haar ga praten.'

Het ontbijt werd afgerond. Paul ging naar zijn werkkamer om wat papieren op te halen, en Marie en Dodo haastten zich naar de hal, waar Hanna met hun mantels en een lunchpakketje op hen wachtte. Marie nam Dodo met de auto mee naar het atelier in de Karolinenstraat. Vanaf daar zou Dodo naar de St. Anna lopen, waar het meisjesgymnasium was. Buiten op het voorplein startte Humbert de bedrijfsauto om Leo en Walter naar het gymnasium St. Stefan te brengen, wat betekende dat Paul naar de fabriek moest lopen. Het gaf niet, zijn vader had dat zijn hele leven gedaan en onderweg een sigaar gerookt. Zijn zoon trad dus in zijn voetsporen, maar dan zonder de sigaar.

De fabrieksgebouwen maakten op deze regenachtige ochtend in april een bijzonder grauwe en verwaarloosde indruk. Bij twee hallen brokkelde de pleisterlaag af en de ruiten van de sheddaken moesten schoongemaakt worden, een levensgevaarlijke klus waar Paul altijd tegen opzag als het moest gebeuren. Over het algemeen zouden de trieste gebouwen er een stuk beter uitzien met een likje verf. Maar dat was een luxe die ze zich nu niet konden permitteren.

Boven in de kantoren werd nog steeds gestookt, want Pauls oude oorlogsverwonding aan zijn schouder deed zeer als het koud was. De twee secretaresses zorgden ervoor dat het warm genoeg was. Ottilie Lüders stond net bij de wasbak het kolenstof van haar handen te wassen toen hij binnenkwam, terwijl Henriette Hoffmann al achter de typmachine zat.

'Goedemorgen, meneer de directeur!' riepen ze in koor.

'Een heel goede morgen, dames!' zei hij en hij liet zich door juffrouw Hoffmann uit zijn mantel helpen.

De secretaresses vroegen hoe het met zijn zoontje ging en waren blij om te horen dat het beter ging met Kurti. Paul vroeg of juffrouw Lüders weer was opgeknapt van haar verkoudheid, wat inderdaad zo was.

'Saliethee en eucalyptussnoepjes,' verklaarde ze. 'Zeer aan te bevelen. En 's avonds een lap met varkensreuzel op de borst.'

Aan dat laatste moest Paul niet denken. Hij liep zijn kantoor in, waar jaren geleden zijn vader had gezeten, en nam de post door. De stapel die juffrouw Hoffmann op zijn bureau had klaargelegd, bevatte behalve rekeningen een aantal sollicitatiebrieven van geschoolde arbeiders die in de omgeving van München om bedrijfseconomische redenen waren ontslagen. Er waren ook maar liefst drie annuleringen van grote orders. Dat was een nieuwe klap, die de fabriek moeilijk aankon. Inmiddels teerden ze in op hun kapitaal. Hij zou de salarissen voor een deel moeten betalen van het geld dat hij bij de bank stalde en dat hij eigenlijk voor investeringen had bestemd. Als de economische situatie niet gauw verbeterde, had hij geen andere keus dan de spinnerij voorlopig stil te leggen. Wat er dan met de arbeiders gebeurde, wist hij niet. Een klein deel kon hij in de weverij en bij de stofbedrukking onderbrengen, maar natuurlijk niet tegen dezelfde voorwaarden. Degenen die konden blijven, zouden in hun salaris gekort worden, de rest zou hij moeten ontslaan. Het enige wat hij voor ze kon doen, was ze de garantie geven dat ze voorlopig in de fabriekswoningen mochten blijven wonen.

'Meneer Winkler wil u graag spreken,' meldde juffrouw Lüders met een zuur gezicht.

'Hij kan meteen doorlopen naar het kantoor hiernaast, ik kom eraan.'

Hoewel zijn zwager zich voor het hele personeel inzette, bekeken de medewerkers in het administratiekantoor de politiek geëngageerde Sebastian met argwaan. Ze vonden het maar niks dat hij zich bij de protesterende arbeiders aansloot. Bovendien stoorden ze zich aan zijn onbeholpen manier van doen en de wijze waarop hij zich kleedde. Ook vandaag droeg hij zijn oude blauwe jas met de afgescheurde kraag en een broek waar de knieën in stonden en die besmeurd was door zijn werk aan de machines in de weverij. Juffrouw Hoffmann had onlangs geklaagd dat meneer Winkler olievlekken achterliet op de stoelbekleding.

Toen Paul binnenkwam, was de huidige voorzitter van de ondernemingsraad in een meegebracht dossier verdiept. Hij keek kort naar hem op. 'Een heel goede morgen, Paul!'

'Goedemorgen, Sebastian,' mompelde zijn zwager en hij ging tegenover hem zitten. 'Vertel maar snel wat je wenst. Ik heb weinig tijd en heb ook nog iets met jou te bespreken.'

Hij werd aangekeken door viooltjesblauwe ogen, die achter de bril altijd een beetje dromerig en wereldvreemd leken. Maar je moest je niet vergissen – Sebastian Winkler wist behoorlijk goed wat hij wilde.

'Ik heb samen met de ondernemingsraad een overzicht gemaakt van de sociale omstandigheden waarin onze arbeiders en medewerkers leven,' zei hij en hij schoof een dossier over de tafel.

Hij praatte alsof zijn ondernemingsraad echt iets te melden had, dacht Paul geïrriteerd. Wist hij dan niet dat zijn baas zijn mensen zelf beter kende en er in geval van nood heel goed over na zou denken welke arbeiders zouden moeten vertrekken? Maar meneer de ondernemingsraad vond zichzelf natuurlijk heel slim en dacht dat hij het allemaal beter wist.

'Nou...' mompelde hij en hij bekeek het overzicht.

Paul moest echter wel toegeven dat Sebastian dit keer geen utopische eisen stelde, maar zich met voor de hand liggende dingen had beziggehouden, waar hij erg trots op leek te zijn.

'Dit zijn de meest actuele feiten,' prees Sebastian zijn eigen werk.

Paul knikte en klapte het dossier dicht. 'Ik denk dat we hier te zijner tijd op terug zullen komen. Bedankt voor je ijverige werk en dit overzicht, Sebastian. Ik wilde echter ook iets met jou bespreken, een ietwat onaangename...'

Hij werd onderbroken door juffrouw Hoffmann, die haar hoofd om de hoek van de halfgeopende deur stak.

'Mag ik de heren koffie brengen?'

'Graag,' zei Paul.

'Bedankt, maar voor mij niet,' sloeg Sebastian het aanbod af en hij glimlachte verlegen naar de secretaresse, waarop ze zich beledigd terugtrok.

Paul wachtte tot ze de kamer uit was en trok toen het corpus delicti uit zijn jaszak. Hij streek het glad en legde het voor zich op de tafel.

'Het gaat om deze pamfletten, Sebastian!'

Zijn zwager wierp er een snelle blik op, kreunde zacht en leunde op zijn stoel naar achteren. 'Ik was al bang dat ze in handen van de directie zouden komen.'

Paul vreesde het ergste, maar hield zich in. 'Je kent ze dus?'

Sebastian knikte, nam zijn bril af en poetste hem met een zakdoek waar de initialen JM op geborduurd waren. Hij was dus ooit van Johann Melzer, Pauls vader, geweest. Paul vond het niet leuk dat Sebastian hem gebruikte.

'Ik heb inderdaad gemerkt dat deze pamfletten in de fabriek circuleren,' begon Sebastian zijn verklaring. 'Ze hebben ze zelfs aan mij laten zien en ik heb gevraagd waar ze vandaan komen. Overigens ben ik niet bereid om de naam van de betreffende persoon te noemen. Ik kan je alleen verzekeren dat ik een gesprek met diegene heb gevoerd en hem heb gewaarschuwd dat hij dit soort dingen niet meer mag doen.'

'Het is dus een man?'

'Eh, nee, ik bedoel iemand in het algemeen.'

Paul voelde boosheid opkomen. Zijn zwager kende de schuldige, maar in plaats van zijn of haar naam te noemen, nam hij diegene in bescherming. Wat moest hij doen? Als hij Sebastian serieus onder druk zette, riskeerde hij een familieruzie. Lisa zou in elk geval haar man steunen en Alicia zou haar kant kiezen omdat ze bang was dat Lisa anders nog op het idee zou komen om samen met haar kinderen uit de villa te vertrekken.

'Ik verzoek je met klem om ervoor te zorgen dat zoiets nooit meer voorkomt, Sebastian,' zei hij op scherpe toon. Daarna moest hij zich inhouden omdat juffrouw Hoffmann binnenkwam met zijn koffie.

'Partijpolitieke betrokkenheid heeft niets te zoeken in mijn fabriek,' ging hij verder toen de deur weer dicht was. 'Als ik daar iemand op betrap, kan diegene erop rekenen dat hij of zij op staande voet ontslagen wordt, wie het ook is.'

Sebastian liet Pauls woede-uitbarsting zwijgend over zich heen komen. Het was niet van zijn gezicht af te lezen of het indruk op hem maakte. Zodra Paul was uitgepraat, begon hij op trage, omslachtige wijze zijn eigen mening te verdedigen.

'Ik zei al dat ik de betreffende persoon heb gewaarschuwd. Natuurlijk heb ik er vanwege mijn persoonlijke overtuigingen zeer veel begrip voor als een arbeider zich voor de doelstellingen van de KPD inzet...' Toen Paul wilde protesteren, hief Sebastian sussend zijn hand. 'Maar aangezien ik als het ware in twee werelden leef, in de villa waar men een luxeleventje leidt, en in de Mittelstraat, waar we proberen om zieke en arme mensen onderdak te verlenen en een warme maaltijd te geven...'

'Zei je een luxeleventje?' flapte Paul eruit.

'Ja, dat is precies wat ik zeg, zwager. Ik vrees dat je niet beseft dat van de overvloedige maaltijden die op één enkele dag in de villa geserveerd worden, een aantal arme gezinnen wekenlang gevoed zouden kunnen worden. Neem bijvoorbeeld die grote slagroomtaart gisteren op de verjaardag van mevrouw Bräuer, een dame die ik overigens zeer vereer en die in geen geval schuldig is aan de overdreven uitgaven voor haar jubileumfeest. In elk geval waren de ingrediënten van die taart – room, eieren, bloem, suiker, marsepein en chocolade – zo duur dat een aantal kinderrijke gezinnen daar dagenlang van hadden kunnen eten!'

'Ik begrijp het,' onderbrak Paul hem sarcastisch. 'Je wilt dat we in de villa op water en brood leven en van het geld dat we daarmee besparen het arbeidershuis in de Mittelstraat steunen. Klopt dat?'

Sebastian maakte met beide handen een afwimpelend gebaar. 'Dat zou niet in me opkomen, Paul. Maar als er iets meer bezuinigd zou worden in het huishouden, zou het zeker mogelijk zijn om een paar arbeiders die grote gezinnen te voeden hebben, een loontoeslag te ge...'

Vanaf de binnenplaats van de fabriek klonken luide stemmen die een einde maakten aan Sebastians pleidooi voor de behoeften van de arme mensen.

'Wat is daar nu weer aan de hand?' riep Paul en hij sprong op om uit het raam te kijken.

Bij de poort van de fabriek stond de oude portier Gruber met zijn jonge collega Samuel Knoll, een zeer slanke, donkerharige man met scherpe gelaatstrekken. Ze hadden een haveloos uitziende man met een baard tussen zich in, die aan één stuk door op hen inpraatte en smekende armbewegingen in de richting van het kantoorgebouw maakte.

'Een zwerver,' vermoedde Paul. 'Die wilde hier zeker naar binnen sluipen om de medewerkers te bestelen.'

Dat vermoeden was niet helemaal ongegrond. Het was al twee

keer voorgekomen dat dieven het fabrieksterrein op waren geslopen en wintermantels, een portemonnee en diverse paren schoenen hadden gestolen.

Hij liep naar de secretaresses en droeg juffrouw Lüders op om te informeren of ze de politie moest bellen.

'Zoals u wenst, meneer de directeur,' zei ze gedienstig. 'Alleen... Ik weet het niet zeker, maar juffrouw Hoffmann denkt ook...'

'Wat denken jullie?'

Juffrouw Hoffmann wrong haar handen, omdat ze wrevel had opgewekt bij de door haar vereerde directeur Melzer.

'We denken dat we de man daar beneden kennen. Hij kwam jaren geleden als Russische krijgsgevangene hiernaartoe.'

Paul maakte kordaat het raam open, boog zich naar buiten en riep luid in de richting van de binnenplaats: 'Breng hem naar mij toe!'

De Rus hoefde niet geleid te worden, hij liep vrijwillig voor de drie mannen uit die hem begeleidden. Toen ze het kantoor binnenkwamen, hield juffrouw Lüders haar neus dicht. Deze vreemdeling moest al heel lang dezelfde kleren hebben gedragen. Zijn donkere haar, dat een paar grijze plukken had, hing slordig en plakkerig naar beneden en zijn korte baard was borstelig, alsof hij hem met een mes had afgesneden.

De zwerver begreep meteen dat de goedgeklede blonde man in het midden van de kamer degene was die het hier voor het zeggen had. Hij maakte een buiging voor hem en sloeg de hakken van zijn afgelopen schoenen haast militaristisch tegen elkaar.

'Grigorij Sjukov,' zei hij en hij wees naar zijn borst. 'Alstublieft asiel geven. Ik ben van Sibir. Gevangene van Stalin. Grote moordenaar. *Kameradi* allemaal dood in Sibir. Alleen ik gevlucht. Gelopen tot Germanija. Duitsland, Augsburg...'

'Arme man,' zei Sebastian vol medelijden. 'Waarom zouden ze hem naar Siberië hebben gestuurd? Hij moet een ernstig misdrijf hebben gepleegd. Een moord misschien?'

Paul wist even niet wat hij moest doen en Sebastians gezwets irriteerde hem mateloos.

'Zelfs jij zou moeten weten dat de grote Stalin duizenden onschuldige mensen naar Siberië stuurt. Er wordt gezegd dat het land opnieuw verdeeld wordt. In Rusland doen ze dat door de oude eigenaren, landheren en bojaren wreed te vermoorden. Dat zijn nou de zegeningen van het communisme, mijn beste zwager!'

Sebastian maakte een verontwaardigd gebaar en zweeg, waarop Paul een poosje nadacht voordat hij besloot wat hij met de Rus moest doen.

'We moeten u helaas aan de politie overdragen, meneer Sjukov. U moet eerst gecontroleerd en geregistreerd worden. Pas daarna kunnen we erover nadenken of u misschien in aanmerking komt voor huisvesting en een baan in mijn fabriek.'

De Rus deinsde geschrokken achteruit. '*Njet polizija*,' smeekte hij. '*Posjalusta* njet, niet gevangenis... Alstublieft asiel.'

'Het is ter controle,' probeerde Paul hem te kalmeren, terwijl hij de secretaresse gebaarde de politie te bellen.

Sjukov gaf de weerstand op, hij was te zwak om een vlucht te riskeren. Hij ging op de grond zitten en barstte in tranen uit.

'Geeft u deze man een kopje koffie,' zei Sebastian tegen juffrouw Lüders, die daarop vragend naar de directeur, haar baas, keek.

Paul knikte. 'En iets te eten.'

8

'U HAD ZICH OM de patiënt moeten bekommeren in plaats van naar huis te gaan!'

Het kantoor van de directeur van het ziekenhuis was ingericht met donkere meubels. Achter het bureau stonden boekenkasten met glazen deurtjes waar medische boeken in stonden, met her en der een foto in een zilveren lijstje, een menselijk bot en de kunstzinnige voorstelling van een oor met de gehoorgangen. Professor Sonius leek voor deze achtergrond een grijsharige dwerg met een gouden bril en een half kaal hoofd. En toch was hij de man die het hele ziekenhuispersoneel deed beven.

'Mijn dienst was afgelopen, meneer de professor. Ik was al langer in het ziekenhuis gebleven dan nodig was en heb de patiënt aan dokter Heinermann overgedragen.'

Tilly voelde zich net een beklaagde, zeker omdat ze hier in haar gewone kleding zat, zonder de witte jas die haar als dokter onderscheidde. Ze was geschorst en hoorde er niet meer bij. Maar ze was niet gekomen om verwijten aan te horen, ze was hier om iets recht te zetten.

'En waarom was u niet aanwezig toen de heer Kugler werd opgenomen? U was op die dag verantwoordelijk voor de spoedeisende hulp.'

'Samen met dokter Heinermann. Hij heeft het eerste onderzoek gedaan en mij er later bij geroepen.'

De directeur bladerde door een stapel beschreven formulieren die voor hem op het bureau lag.

'Volgens zuster Martha hebt u een privégesprek gevoerd met een patiënt in plaats van meteen naar de spoedeisende hulp te gaan toen dokter Heinermann u liet roepen.'

Tilly was verontwaardigd. Ze voerde geen privégesprekken met patiënten. Mevrouw Kannebäcker had klachten gehad en daarom was ze naar haar toe gegaan.

'Dat gesprek achtte ik belangrijk, meneer de professor. Het duurde niet meer dan een paar minuten. Dat tijdverlies kan onmogelijk de oorzaak van de dood van de patiënt zijn geweest. De encefalitis waar hij aan is overleden, is voor zover ik weet na de operatie opgetreden.'

Sonius luisterde nauwelijks. Hij bladerde door de papieren en zijn gezichtsuitdrukking was en bleef onbewogen.

'U weet heel goed, mevrouw Von Klippstein, dat in zo'n geval elke minuut telt. Hoe dan ook, de familie van de heer Kugler dreigt het ziekenhuis met juridische consequenties. Dat had voorkomen kunnen worden als u op tijd ter plekke was geweest.'

'Ik heb op de diagnose van mijn collega vertrouwd. Dokter Heinermann is een ervaren en betrouwbaar arts, meneer de professor.'

'In dit geval heeft hij helaas iets over het hoofd gezien. Wat natuurlijk altijd kan gebeuren, we zijn geen goden. Als u op tijd ter plekke was geweest, zoals uw taak was, had u met de juiste diagnose een mensenleven gered en het ziekenhuis voor onaangename gevolgen behoed. Dat is nu eenmaal de stand van zaken.'

Ze voelde dat ze kansloos was. Hij leek vastberaden te zijn om haar de schuld in de schoenen te schuiven en haar te ontslaan om zijn eigen positie te redden. Als leider van het ziekenhuis had hij de dienstdoende arts, in dit geval een vrouwelijke arts, per omgaande geschorst. Dat maakte ongetwijfeld indruk op de familie. Tilly had niet eens meer de energie om de professor er nog een keer op te wijzen dat haar dienst er die dag al op had gezeten.

'Het spijt me, ik kan niets meer voor u doen.'

Het speet hem helemaal niet, dat was wel duidelijk. Hij was gewoon blij dat hij er op deze manier van afkwam. Er werd gezegd dat hij de ambitie had om de directeur van een groot ziekenhuis in Berlijn te worden, en daarbij kwam deze lelijke smet op zijn cv erg ongelegen. Tilly besefte ineens dat ze in dit ziekenhuis van begin af aan niet op haar plek was geweest. Omdat het haar nooit om een carrière was gegaan. Ze wilde mensen helpen, hen van ziektes genezen, hun leed verzachten, hun hoop bieden en, als het onontkoombaar was, hen rustig en liefdevol begeleiden op hun sterfbed.

'Ik heb een juiste diagnose gesteld en toch stuurt u mij de laan uit,' protesteerde ze toch nog één keer en ze stond op. 'Maar goed, ik moet uw beslissing accepteren. Stuurt u mijn papieren alstublieft naar mijn huisadres.'

Hij glimlachte opgelucht naar haar. 'Ik wens u voor de rest het allerbeste, mevrouw Von Klippstein. Dit ontslag vindt puur om disciplinaire redenen plaats en heeft niets te maken met uw competentie als arts, waar ik nog altijd veel waardering voor heb.'

Ze liep naar de deur zonder op zijn gezwets te letten.

'Veel geluk verder, meneer de professor!'

Ze liep het kantoor van de gevreesde directeur uit en terwijl ze door de lange gang naar de uitgang liep, had ze het gevoel dat ze van een zware last bevrijd was. Professor Sonius had geen macht meer over haar. Ze was vrij. De afdelingshoofden die in hun witte doktersjas en gewichtig kijkend langs haar heen snelden, de gemene verpleegsters, zelfs haar collega dokter Heinermann, die zo veel geluk had gehad en niet op straat werd gezet, ze gingen haar allemaal niets meer aan. Ze hoorde hier niet meer. Ze had hier nooit gehoord.

In de tram verdween de euforische stemming echter algauw en drongen andere gedachten zich aan haar op. Ze was werkloos. Haar medische kwalificatie, waar ze zo lang voor had gevochten, werd nu niet benut en de vooruitzichten op een baan in een ander ziekenhuis waren niet goed. De reden voor haar ontslag zou ongetwijfeld in haar papieren staan, ze hoefde niet eens te solliciteren. Ze was uitgeput en sloot even haar ogen. Ze dacht aan Ernst.

'Binnenkort ben je 's avonds fit en vrolijk omdat je de hele dag kunt uitrusten,' had hij onlangs blij gezegd. 'Ik zal je geld geven zodat je een paar mooie zomerkleren kunt kopen. Als mijn echtgenote is het belangrijk dat je gepast gekleed gaat.'

Hij repte er met geen woord meer over dat hij een advocaat wilde inschakelen om het ontslag aan te vechten, wat hij aanvankelijk had voorgesteld. Inmiddels was hij van mening dat ze niet helemaal onschuldig was aan dit 'spijtige ongeval'. Hoewel haar collega, die de verkeerde diagnose had gesteld, natuurlijk voor een groter deel verantwoordelijk was geweest.

'Je weet zeker wel dat dokter Heinermann met een nicht van professor Sonius is getrouwd? Zo'n band is moeilijk te verbreken.'

'Het ziekenhuis is verantwoordelijk. En degene die de operatie heeft uitgevoerd!'

'En wie was dat?'

'Professor Sonius.'

Vervolgens had hij zijn schouders opgehaald en was hij op een ander onderwerp overgegaan.

Dat was inmiddels een paar dagen geleden. Toen ze in Pasing uit de tram stapte en naar de villa in de Menzingerstraat liep, was ze verschrikkelijk terneergeslagen. Het mooie gevoel van vrijheid was vervlogen. Ze had eerder de benauwende indruk een gevangene te zijn. 'Ik zal je geld geven,' had hij gezegd. Dat was niets ongewoons of zelfs aanstootgevends. Iedere echtgenote in haar kennissenkring kocht haar kleren van het geld van haar man. Zij had echter fel op eigen bankrekeningen gestaan en had alle dingen voor haar persoonlijke behoeften zelf betaald. Dat was nu voorbij.

De mooie, verzorgde villa waar ze woonden, was omringd door een beukenhaag, die al groen begon te worden. Was dit echt haar thuis? Nee. Het was zíjn huis, zíjn tuin, zíjn eigendom. Net zoals ze zijn vrouw was. Toen ze bukte om de huissleutel uit haar tas te pakken, voelde ze ineens iets kietelen in haar nek. Ze betastte de plek en voelde een kleine bobbel onder de stof van haar jas. Het was het rode hart, dat ze aan de dunne gouden ketting om haar hals droeg, het geschenk van de arme mevrouw Kannebäcker. Ach, het had haar geen geluk gebracht, misschien kon ze het maar beter weggeven.

Ernst wachtte op haar in de eetkamer, waar ze vanaf nu dagelijks samen het middagmaal zouden nuttigen. Julius, die vroeger in de villa van de Melzers had gewerkt, droeg een donker pak met een witte das. Hij serveerde telkens eerst de heer des huizes en noemde de namen van de spijzen. Daarna trok hij zich discreet terug om het echtpaar niet tijdens hun gesprek te storen.

'Is deze onaangename kwestie nu eindelijk geregeld?' informeerde Ernst terwijl hij de soep begon te eten.

'Ja,' antwoordde Tilly kort aangebonden.

'Ik denk dat je wat ontspanning nodig hebt,' zei hij en hij glimlachte naar haar. 'Wat vind je ervan als we een paar dagen naar een leuk plaatsje aan de Ammersee gaan? We kunnen gaan wandelen, met een bootje over het meer varen, misschien zelfs al zwemmen.'

Het idee om samen met Ernst te gaan wandelen, stond haar verschrikkelijk tegen. Vorig jaar waren ze naar Sankt Moritz op wintersport geweest. Ze had het leuk gevonden om te leren skiën, maar had het al weer gauw opgegeven. Ernst kon vanwege zijn oorlogsverleden geen enkele sport beoefenen en had afkeurend naar haar gekeken. Uiteindelijk was ze gestopt met de lessen en was ze met hem gaan wandelen. Onderweg praatte hij uitsluitend over zichzelf, over zijn misère, over zijn zaken en over het geld dat hij verdiende en wilde investeren.

'Ik geloof niet dat ik ontspanning nodig heb,' zei ze snel. 'Ik wil weer gauw als arts aan het werk. Dat is het beroep waarvoor ik heb geleerd en dat ik als mijn roeping beschouw.'

Hij vertrok zijn gezicht, want dit antwoord vond hij maar niks. Hij snoof geïrriteerd, pakte zijn wijnglas en nam een slok. 'Overweeg je om een eigen praktijk te openen?'

'Waarom niet?'

Ze had inderdaad met die gedachte gespeeld. Het was een mogelijkheid om zonder de vervelende ziekenhuishiërarchie, zonder recalcitrante verpleegsters of gemene collega's helemaal op zichzelf aangewezen te zijn en te kunnen werken zonder dat iemand haar voorschreef hoe lang en intensief ze zich met iedere afzonderlijke patiënt mocht bezighouden. Alleen zou ze een flinke investering voor de huur en de inrichting van een dokterspraktijk moeten doen. Het spaargeld dat ze van haar inkomsten opzij had gelegd, zou nauwelijks voldoende zijn.

Ernst leek niet afwijzend te staan tegenover het idee. 'Ik had eigenlijk gehoopt dat je me als mijn echtgenote en begeleidster ter zijde kon staan. Maar goed, ik laat me overhalen. Jij beschouwt je beroep als arts als jouw roeping en ik ben bereid om je te steunen.'

Ze kon het haast niet geloven. Daar was hij weer, de man die ooit voor haar had gevochten en haar had gestimuleerd. Ze was hem zo oneindig dankbaar geweest dat ze zijn aanzoek had geaccepteerd en zijn vrouw was geworden.

'In de afgelopen tijd heb ik verschillende panden in de binnenstad van München verworven,' ging hij verder. 'Het was nodig om geld te beleggen, we weten immers niet of deze economische malaise nog tot inflatie zal leiden. Je zou in een van mijn huizen een praktijk kunnen openen. En ik heb veel goede vrienden en kennissen bij wie ik voor jou kan bemiddelen.'

Zo had hij het dus bedacht. Een praktijk in de binnenstad voor welgestelde patiënten. Ze kende dat soort dokterspraktijken wel. Daar werkten particuliere artsen, die vermogende patiënten allerlei kwaaltjes aanpraatten, hun overbodige medicijnen voorschreven en er een vet honorarium voor opstreken.

'Ik geloof niet dat ik in zo'n omgeving zou willen werken, Ernst,' wees ze zijn voorstel vastberaden af. 'Ik had eerder het idee om een praktijk in Giesing of Haidhausen te openen en mensen te helpen die dringend medische zorg nodig hebben, maar het niet kunnen betalen.'

'In Haidhau...' Hij verslikte zich van de schrik in zijn wijn en moest hoesten, wat door zijn oorlogslittekens zeer pijnlijk was in zijn borst en buik. Voor Tilly werd het wachten een kwelling, want hij concentreerde zich eerst op het eten. Hij benutte de tijd om zijn antwoord rustig te formuleren. En zijn antwoord was niet mis te verstaan.

'Mocht je serieus van plan zijn om in een van die wijken een praktijk te openen, dan hoef je in elk geval niet op mijn toestemming te rekenen. Een echtgenote die zich met vieze arbeiders en aan drank verslaafde figuren bezighoudt, kan ik me in mijn positie niet permitteren.'

Hij keek haar even aan om te zien of zijn woorden effect hadden en begon het gebraden vlees op zijn bord te snijden. Tilly keek een poosje toe. Toen wierp ze het servet op de tafel en liep zonder iets te zeggen de kamer uit. Hij riep haar na, maar ze reageerde niet. Ze rende snel de trap op en sloot zich op in het kamertje dat ze als garderobekamer ter beschikking had. Daar zakte ze op de fauteuil en staarde voor zich uit.

Het was heel simpel: Ernst trok aan het langste eind. Een vrouw werkte niet. Ze kon geen huis huren en geen praktijk oprichten zonder de toestemming van haar man. Een echtgenote had nauwelijks meer rechten dan een onmondig kind.

Ze bleef lang in de garderobekamer zitten. Het kamertje was het enige toevluchtsoord in het huis. Het had maar één raampje, maar het was in elk geval een plek waar ze zich in haar eentje terug kon trekken. Na een poosje hoorde ze voetstappen en iemand klopte op de deur.

'Mevrouw? Bent u hierbinnen? Meneer wil graag met u praten.'

Hij had Julius gestuurd, de lafaard.

'Zegt u maar tegen meneer dat ik geen gesprekken meer zal voeren.'

'Maar... meneer is erg boos.'

'Vertelt u hem alstublieft wat ik u heb gezegd, Julius.'

Ze hoorde hem langzaam de trap af lopen en met Bruni fluisteren, die blijkbaar onderaan de trap had gestaan. Zonder het te willen hoorde Tilly hun gesmoes.

'Ze is echt gek geworden... Nou, ze zal nog verbaasd opkijken,' wond Julius zich op.

'Onzin,' fluisterde Bruni. 'Als ik met zo iemand getrouwd was, zou ik weglopen. Die kan toch niks in bed. Hoe houdt mevrouw het vol?'

'En ik ben weer de pineut,' kreunde Julius. 'Wat zal hij kwaad zijn als ik de boodschap overbreng.'

Dienstbodes hadden nu eenmaal hun eigen mening over wat de heer en mevrouw deden. Toch liet Bruni's respectloze opmerking haar niet koud. Natuurlijk hadden Ernsts strakke verbetenheid, zijn zucht naar erkenning en zijn meedogenloze manier van zakendoen alles te maken met zijn lichamelijke gebreken als gevolg van de oorlog. Vooral het feit dat hij impotent was, was voor hem als man erg moeilijk. Tilly had zich destijds voorgenomen om hem altijd behulpzaam en geduldig ter zijde te staan, maar daar was ze nu niet meer toe bereid. Ze vroeg ze zich af of dat kwam doordat hij zich tegen een praktijk voor arme mensen had uitgesproken. Misschien was er nog een compromis te vinden tussen de privékliniek en de armenpraktijk. Als ze allebei een beetje water bij de wijn deden, kon dat toch niet zo moeilijk zijn? Ze stond op en begon heen en weer te lopen. Ze piekerde en dacht na in hoeverre ze bereid was om hem tegemoet te komen, waar haar grens lag, wat ze kon accepteren. Toen ze er uiteindelijk uit was, deed ze de deur van het slot en liep ze de trap af om met hem te praten. Ze zou zich eerst voor haar lichtgeraakte reactie in de eetkamer verontschuldigen en zeggen dat de stoppen bij haar waren doorgeslagen. Vervolgens wilde ze met hem onderhandelen.

Julius stond in de vestibule en was bezig Ernsts kamerjas op een hangertje te hangen.

'Als u meneer zoekt: hij is zojuist de stad ingegaan.'

Goed, dacht ze. Prima als hij stoom afblies. Vanavond zouden ze rustig met elkaar praten.

'Bedankt, Julius, ik zou graag een kopje koffie willen drinken in de bibliotheek.'

'Zoals u wenst.'

Het was vreselijk stil in huis. De oude meubels kraakten, de slinger van de staande klok bewoog zacht tikkend heen en weer en af en toe hoorde ze de voetstappen van de personeelsleden in de gang.

Tilly werd plotseling overvallen door het verlangen naar de drukte in Kitty's huis en liep naar Ernsts kantoor om een gesprek aan te vragen.

'Hallo? U spreekt met Henriette Bräuer. Wat kan ik voor u doen?'

Dat was Henni. Wat klonk ze volwassen aan de telefoon. En wat deed ze gewichtig. Als de situatie niet zo droevig was geweest, zou Tilly er bijna om hebben moeten lachen.

'Je spreekt met tante Tilly. Gaat het goed met jullie?'

'Tante Tilly,' jubelde het meisje. 'Bel je vanuit München? Wanneer kom je weer bij ons op bezoek? Stel je voor, mama heeft het zijden nachthemd van me afgepakt. Ze vindt dat ik er te jong voor ben. Is dat niet gemeen van haar?'

'Hm, dat is heel jammer,' zei Tilly diplomatiek. 'Het stond je echt heel goed.'

Op de achtergrond klonk Kitty's stem. 'Is dat Tilly? Geef me snel die hoorn, Henni. Pas op voor het snoer, die zit om de tafelpoot gewikkeld... Nee, niet zo. Andersom.'

Toen kwam Kitty aan de lijn. Het volle leven stortte over Tilly heen en ze nam het begerig in haar op.

'Tilly! Eindelijk! Ik heb jullie al twee keer gebeld, maar die knorrige echtgenoot van je zei dat je niet thuis was. Heeft hij wel gezegd dat ik heb gebeld? Henni, blijf alsjeblieft van mijn koffie af en haal liever Gertrude uit de keuken. Tilly, mijn engel? Ben je nog aan de lijn? Je zegt helemaal niets!'

'Ik kom niet aan het woord.'

'Dat begrijp ik niet. Ik begin gewoon een eind weg te praten en kom altijd aan het woord. Maar luister, ik moet je snel iets belangrijks vertellen voordat je strenge moeder meeluistert. Stel je voor, die aardige, knappe, blonde dokter heeft ons onlangs gebeld en naar jou gevraagd!'

Dokter Kortner. Tilly voelde zich onrustig worden. Had hij niet geprobeerd om haar het hof te maken? Ach nee, dat had ze zich vast verbeeld.

'Hij vroeg in welk ziekenhuis je werkt. Want hij kent een collega die ook in een ziekenhuis in München werkt... Maar dat is natuurlijk een smoes. Ik denk dat die man je erg leuk vindt. Is dat niet geweldig?'

'Ik weet niet wat er geweldig aan is als een vrijgezelle man belangstelling toont in een getrouwde vrouw.'

'O, het kan nooit kwaad als een man interesse heeft in een vrouw. Vooral niet als hij knap is en er werk van maakt.'

Tilly moest alweer grinniken. Tjonge, wat had ze Kitty's idiote geklets gemist. Haar enthousiasme. Haar positieve, blije instelling ten aanzien van het leven.

'Tilly? Hoe gaat het met je, mijn meisje?' riep haar moeder, die de hoorn had overgenomen. 'Heeft Ernst je getreiterd? Ik heb vaak het gevoel dat je in dit huwelijk almaar dunner en bleker wordt.'

Dat was typisch Gertrude: ze nam zelden een blad voor de mond. Ze maande Kitty stil te zijn, die op de achtergrond allerlei geluiden maakte.

'Wees nou eens even stil, Kitty. Ik versta er geen woord van.'

'Het gaat goed met me, mama,' riep Tilly in de hoorn. 'En ik beloof je dat ik gauw zal zorgen dat ik wat aankom. Ik wil hier in München een eigen praktijk openen.'

'Een praktijk? Helemaal in je eentje? Heb je daar goed over nagedacht? Kitty, hoor je dat, ze wil een dokterspraktijk openen. Helemaal alleen.'

'Dat is een geweldig idee,' tetterde Kitty. 'Zeg tegen haar dat ze de praktijk in Augsburg moet openen. Er zijn hier ontzettend veel zieke mensen. Bovendien geniet ze hier de reputatie van een grandioze arts die met een keukenmes en een potloodomhulsel het leven van een kind heeft gered.'

Tilly hoorde een motor ronken. Ze legde de hoorn op het bureau en liep naar het raam. Hij was er. Eindelijk!

'Hallo, mama? Ik moet helaas ophangen. Ernst is zojuist thuisgekomen. Ik bel morgen weer.'

'Waarom moet je dan meteen ophangen?' vroeg haar moeder geïrriteerd. 'Je laat je te veel welgevallen van je man. Die kerel is een verkapte tiran, dat heb ik altijd al geweten.'

'Tot gauw, mama.'

Ze was te laat, Ernst was de trap al op gelopen toen ze uit het kantoor de gang in liep.

'Mevrouw,' sprak Bruni haar aan. 'Ik moet aan u doorgeven dat meneer zich snel wil omkleden en daarna weer weg moet. Hij is uitgenodigd voor een soiree. En u hoeft niet op hem te wachten, want het kan laat worden.'

Ze maakte een knicksje en liep weg, zonder Tilly's antwoord af te wachten.

9

'MEVROUW MELZER! O, ik ben zo blij!'

Marie trok net de jaloezie omhoog die de kleding in de etalage tegen de ochtendzon beschermde toen mevrouw Ginsberg de winkel binnenkwam. Ze had het stuk van de tramhalte naar het atelier blijkbaar op een holletje afgelegd. Haar mantel stond open en haar zijden sjaal wapperde in de wind.

'Walter?' vroeg Marie opgewonden. 'Kan hij weer...'

Mevrouw Ginsberg knikte. Ze had tranen in haar ogen.

'Ja, sinds vanochtend. Hij zei dat hij gisteravond al zo'n rare tinteling voelde. En toen we vanmorgen zaten te ontbijten, kon hij ineens zijn middelvinger bewegen. Daarna ook zijn wijsvinger en ringvinger. Alleen zijn pink lukt nog niet.'

Haar ogen straalden van geluk en Marie kon niet anders dan haar om de nek vallen. 'Wat een zegen, mevrouw Ginsberg. Ik heb vaak aan Walter gedacht en me zorgen gemaakt. En Leo al helemaal. Hij had heel erg met Walter te doen.'

'Nu komt alles goed,' zei mevrouw Ginsberg en ze veegde de tranen met de rug van haar hand weg. 'Ik hoop dat het gips er snel af mag, dan kan hij zijn hand trainen en de achterstand wat oefenen betreft inhalen.'

Marie knikte. Ze wist dat stilstand achteruitgang betekende bij het bespelen van een instrument. Als je om de een of andere reden niet regelmatig kon oefenen, verleerde je wat je geleerd had schrikbarend snel.

'Dat zal hem zeker lukken, mevrouw Ginsberg. Overigens is er van onze kant ook goed nieuws. We mogen Kurti morgen uit het ziekenhuis ophalen. De wond is goed genezen.'

Terwijl mevrouw Ginsberg haar hoed afzette, haar mantel uittrok en snel in de spiegel haar kapsel fatsoeneerde, vertelde Marie dat Kurti erg ongeduldig was en zich verveelde, hoewel zijn bed vol lag met speelgoed dat de bezoekers voor hem hadden meegebracht.

'Vanmiddag gaat mijn schoonzus Lisa nog een keer met haar jongens bij hem op bezoek. Dan is hij afgeleid en maakt hij geen problemen,' vertelde ze ontspannen. 'En morgen is het dan eindelijk zo ver.'

Ze was zo blij dat ze eigenlijk nog over de cadeaus en verrassingen voor Kurti wilde vertellen. Over het welkomstbord dat Dodo voor hem had gemaakt en de chocoladetaart die de kokkin op instructie van haar schoonmoeder had gebakken. Maar ze hield zich op tijd in. Het salaris dat ze mevrouw Ginsberg betaalde, was wel gepast, maar niet overvloedig. Alleen de kosten voor het conservatorium vormden al een hele aanslag op haar inkomen. Walter zou waarschijnlijk nauwelijks cadeaus krijgen als hij helemaal genezen was, en zeker geen chocoladetaart.

De twee naaisters, mevrouw Schäuble en juffrouw Künzel, hadden zitten kletsen en gingen gauw aan het werk toen Marie de deur opendeed. Al te veel hadden ze niet te doen: twee voorjaarskostuums die al bijna klaar waren en een avondjurk voor mevrouw Überlinger, die echter nog geen afspraak had gemaakt om te komen passen, wat geen goed teken was. Marie besloot haar naaisters morgen een paar kleren van Lisa te geven die wijder gemaakt moesten worden. Het was beter als de vrouwen in elk geval iets te doen hadden.

Ze knikte de vrouwen bemoedigend toe en wilde net met frisse tegenzin aan de openstaande rekeningen beginnen toen ze een bekende stem vanuit de winkelruimte hoorde.

‘Een heel goede morgen, mevrouw Ginsberg, nietwaar? Natuurlijk kennen we elkaar... Kan ik de bazin van dit atelier spreken?’

‘Mevrouw Melzer? Tja, ik weet niet... Neemt u even plaats, dan ga ik even kijken.’

Marie voelde dat haar maag zich omdraaide. Dat onbeschofte mens waagde het om zomaar in haar atelier te komen. Wat een brutaliteit.

Mevrouw Ginsberg verscheen in het kantoor en deed de deur zorgvuldig achter zich dicht. ‘Mevrouw Grünling is in de winkel,’ fluisterde ze. ‘Wat zal ik doen? Zal ik zeggen dat u er niet bent?’

‘Nee, ik ga wel,’ zei Marie en ze haalde diep adem. ‘Het is in elk geval beter dan te doen alsof ik er niet ben.’

‘Goedemorgen,’ zei Marie op koele toon, waarop Serafina zich omdraaide en een glimlach opzette die hartelijk moest lijken, maar onecht overkwam.

‘Ah, mevrouw Melzer,’ zei Serafina poeslief en ze stond op om Marie te begroeten. ‘Wat hebben we elkaar al lang niet meer gezien. Ik ben zo vaak langs dit atelier gekomen en heb uw modellen in de etalage bewonderd. En vandaag dacht ik: ik waag het er gewoon op en ga naar binnen. Mevrouw Melzer is tenslotte een vrouw van de wereld, die niet burgerlijk en haatdragend is.’

Wat een achterbakse trut! Marie had haar het liefst weer de deur gewezen, maar dat was helaas risicovol aangezien ze de vrouw was van een onbetrouwbare en invloedrijke advocaat. Ze wilde Paul, die hem af en toe inschakelde, niet in moeilijkheden brengen.

‘Wat kan ik voor u doen, mevrouw Grünling?’ informeerde ze op zakelijke toon.

Serafina wilde haar een hand geven, maar omdat Marie geen enkele stap naar haar toe zette en haar vraag koel klonk, zag ze ervan af.

‘O, ik zei onlangs tegen mijn lieve vriendin Lisa dat ik voor het komende seizoen een paar leuke jurken en een mantel nodig heb. En ze zei tegen me dat daar in de hele stad geen beter adres voor is dan het atelier van haar schoonzus in de Karolinenstraat.’

Dat was ongetwijfeld gelogen, want Lisa wist maar al te goed dat

Marie de onbeschofte streken van deze intrigante nooit zou vergeven. Marie vond het jammer dat ze niet zo ad rem was als Kitty. In plaats van Serafina het antwoord te geven dat ze verdiende, zweeg ze.

Helaas liet Serafina zich niet door Maries stilzwijgen en koele, afwijzende blik imponeren.

'Weet u, beste mevrouw Melzer, we zitten uiteindelijk allemaal in hetzelfde schuitje en moeten elkaar in deze nare tijden steunen. We zien allemaal dat het overal bergafwaarts gaat. Bij de firma MAN schijnen binnenkort zo'n tweehonderd mensen ontslagen te worden omdat de orderpositie zo slecht is. Ik ben daarvan zeer goed op de hoogte, omdat mijn lieve man zich momenteel bezighoudt met van die onaangename dingen als het innen van schulden en processen wegens niet-betaalde leveringen. Hij heeft zo veel cliënten dat hij gewoon niet weet waar hij moet beginnen. De mensen zijn nerveus en maken zich zorgen om hun geld.'

Waar was die listige slang op uit? Kwam ze hier om Marie te vertellen hoe goed haar man verdiende aan de ellende van andere mensen? Dat hij het zelfs niet meer nodig had om voor de fabriek van de Melzers te werken?

'Ik dacht dat het juist nu zinvol zou zijn om in uw atelier een kostuum en een bijpassende mantel te laten maken. Mijn man vindt dat ik veel te conservatief gekleed ga en dat het bij mij ontbreekt aan het modieuze cachet.'

Daarin had hij geen ongelijk, die Grünling met zijn O-benen. Alleen had Marie helemaal geen zin om iets aan die toestand te doen, ook al zou Serafina waarschijnlijk direct betalen.

'Helaas is mijn voorraad aan stoffen momenteel zeer beperkt, mevrouw Grünling.'

Het mens was ongelofelijk opdringerig. Ze beweerde dat ze de aanwezige stoffen toch wilde zien, om daar iets van uit te zoeken.

'Zoals u wenst,' reageerde Marie onvriendelijk. 'Mevrouw Ginsberg, mijn medewerkster, zal u helpen. Ik moet me helaas excuseren, ik heb een belangrijke afspraak.'

Ze draaide zich om en liep de winkelruimte uit. Mevrouw Ginsberg had voor het kantoortje op Marie gewacht en keek haar bezorgd aan. 'Wat moet ik met haar doen, mevrouw Melzer?'

Marie had frisse lucht nodig en pakte haar mantel en hoed om dit opdringerige mens, dat zich totaal niet door haar onvriendelijke toon liet afwijzen, niet langer te hoeven verdragen.

'Laat u haar de stoffen zien en geeft u haar de mappen met patronen. Als ze inderdaad een model uitkiest, neemt u dan haar maten op. Het gebruikelijke. Passen over drie weken.'

'Moet ik een aanbetaling vragen?'

'Nee.' Zonder een afscheidsgroet liep ze door de winkelruimte langs Serafina heen naar de deur en verliet het atelier. Als Serafina nog steeds niet doorhad dat ze niet gewenst was, had ze echt een bord voor haar kop. Terwijl Marie de Karolinenstraat in liep, bedacht ze dat ze samen met Paul een strategie moest bedenken om ervoor te zorgen dat dit mens nooit meer de villa binnensloop.

Zonder dat ze het zelf doorhad, liep ze in de richting van het raadhuis. Ineens voelde ze zich belachelijk omdat ze voor Serafina Grünling op de vlucht was geslagen. Ze vertraagde haar pas, bleef op het Raadhuisplein staan en luisterde naar een spreker waar een groep mensen omheen stond. De man gebaarde heftig met zijn armen en zijn gezicht was rood van de inspanning terwijl hij zijn leuzen de menigte in slingerde. Wat zei hij eigenlijk? Hij praatte over 'het fatale burgerblok', over 'hakenkruisen' en 'catastrofepolitiek' die op een nieuwe oorlog uit zou zijn. Was het iemand van de KPD? Nee, daar stond het op de spandoeken, het was een betoging van de SPD. De omstanders leken het niet allemaal met de spreker eens te zijn. Het hagelde tegenargumenten en in een hoekje werden zelfs vuisten in de lucht gestoken. Marie liep uit voorzorg met een boog om de groep heen en belandde toen in de Maximilianstraat, niet ver van het conservatorium. Daar had ze toch al een afspraak willen maken, dus misschien zou haar vlucht uiteindelijk nog wel zinvol worden.

De entree van het oude gebouw was smal en schemerig, maar ging binnen over in een mooie hal waarvan de muren met hout bekleed waren. Een paar tellen lang bleef ze besluiteloos staan luisteren naar de losse flarden muziek die uit de leslokalen kwamen. Ze hoorde vooral pianoklanken, maar er was ook een viool bij en ergens speelde iemand klarinet. Er ging een deur open en een van de muziekdocenten, een oudere heer, kwam naar buiten. Hij zag de bezoekster in haar eentje in de hal staan en liep naar haar toe.

'Goedemorgen, mevrouw. Wacht u op iemand? Kan ik u misschien helpen?'

'Ik hoopte mevrouw Obramova te kunnen spreken,' legde ze uit. 'Maar ik heb geen afspraak met haar. Ik kwam toevallig langs.'

'Mevrouw Obramova? Als u een momentje geduld hebt, ga ik het even na.'

'Dat is erg aardig van u.'

Ze had geluk. Een paar minuten later ging er weer een deur open. Er kwam een jong meisje naar buiten, met bladmuziek onder haar arm, en achter haar verscheen Sinaida Obramova. Blijkbaar was haar al verteld dat mevrouw Melzer haar wilde spreken, want ze glimlachte naar Marie.

'Mevrouw Melzer,' zei ze met haar lage stem. 'Wat fijn u te zien. Komt u binnen, ik heb kwartiertje pauze.'

Het was koud in het leslokaal, want de ramen stonden open. Marie keek naar de oude vleugel, waar Leo drie keer per week les aan had. Een Bösendorfer, die betere tijden had gekend. Thuis oefende Leo op een gewone piano.

Mevrouw Obramova bood haar een stoel aan en haastte zich om de ramen te sluiten. Daarna ging ze tegenover Marie op de pianokruk zitten.

'Ik moet altijd hebben frisse lucht,' zei ze. 'Moet hebben wind in hoofd. U komt om te vragen naar vorderingen Leo? Is groot talent. Topstudent. Fantastische jongen.'

De pianiste droeg weer haar lange grijze jas, met een crèmekleurige zijden blouse eronder en een grijze rok op kuitlengte. Dit had ze ook bij de voorspeelavonden in het conservatorium gedragen. Had ze niets anders of hechtte ze geen waarde aan mooie kleren?

'Ik kom inderdaad om met u over mijn zoon Leo te praten, mevrouw Obramova. Hij oefent dagelijks urenlang op dat concert van Tsjaikovski…'

'Dat is fantastisch werk en grote muziek,' onderbrak de lerares haar. 'En Leo is groot vertolker, hoewel is nog jong. Hij zal hebben succes met deze concert.'

'Dat is nou net het punt,' antwoordde Marie. 'Mijn man en ik zijn van mening dat dit moeilijke stuk te veel van Leo vergt.'

De pianolerares liet nors haar volle, donkere wenkbrauwen zakken.

'Nooit! Niet te veel vergt, mevrouw Melzer. Concert is veel eisen, grote inspanning, maar Leo kan taak aan. Jonge kunstenaars moeten groeien door grote taak, mevrouw Melzer. Leo is bijzonder talent, zal zijn grote pianist.'

Het betoog van deze Russin had iets weg van kanonvuur. Het was nauwelijks mogelijk om je ertegen te beschermen of zelf aan het woord te komen. Waarschijnlijk had dat haar ook de bijnaam 'veldmaarschalkin' opgeleverd. Marie had echter niet veel zin om zich door deze dame de mond te laten snoeren.

'U hebt niet begrepen wat ik wilde zeggen, mevrouw Obramova,' onderbrak ze de lerares met stemverheffing. 'Ik zei dat deze taak te veel vergt van mijn zoon. Hij zit dagelijks tot acht uur 's avonds achter de piano en verwaarloost zijn schoolwerk. En wat mij het meest zorgen baart, is het feit dat hij niet is opgewassen tegen de moeilijkheidsgraad van het concert.'

Mevrouw Obramova hoorde haar met ongenoegen aan. Haar blik was inmiddels vijandig en ze doorboorde Marie als het ware met haar zwarte ogen. Langzaam begon Marie te beseffen waarom Leo als een bezetene oefende – hij was in de klauwen van een tiran geraakt.

'Dat is beslissing van leraar, mevrouw Melzer,' zei ze. 'In dit geval mijn beslissing. Ik heb ervaring. U niet en kunt niet oordeel geven. Ik ben pianiste, heb gestudeerd muziek in Petrograd aan conservatorium bij beroemde leraar!'

Wat een arrogant mens. Waarom was haar dat niet eerder opgevallen? Omdat iedereen altijd vol ontzag over de beroemde Russische pianiste praatte? Marie besloot haar eens aan de tand te voelen.

'U hebt in Petrograd gestudeerd? En daar ook concerten gegeven?'

'Natuurlijk! Ik heb daar gegeven vele concerten met symfonieorkest van daar! Erg beroemd! Ik was wonderkind, heb gespeeld al met twaalf jaar in concert.'

Marie liet zich niet door de neerbuigende, verwaande toon van de Russin imponeren. Petrograd heette inmiddels Leningrad. Je kon er niet zomaar naartoe reizen, want de verhoudingen waren sinds de revolutie van 1917 fundamenteel veranderd.

'U hebt ongetwijfeld het conservatorium cum laude afgesloten, nietwaar? Dat hoop ik ook voor mijn zoon.'

Het was een strikvraag en Sinaida Obramova trapte erin. 'Diploma!' riep ze uit. 'Wat is diploma? Niemand heeft nodig diploma als het gaat om muziek en kunstenaars. Leo moet spelen concert, dat is diploma. Dat is ticket voor grote carrière.'

Zou ze het conservatorium misschien helemaal niet met een examen hebben afgesloten? Nou ja, ze zou zich er makkelijk uit hebben kunnen praten. In de chaos van de revolutie waren veel documenten verloren gegaan.

'Wat dat betreft hebt u natuurlijk gelijk,' onderbrak ze mevrouw Obramova. 'Geeft u in Duitsland ook concerten? Ik zou graag eens een concert van u willen bijwonen.'

Blijkbaar had de Russin gemerkt dat ze ondervraagd werd en zoals te verwachten was, reageerde ze met een toornige woordenvloed.

'In Duitsland niemand heeft ons geholpen,' riep ze boos. 'Mijn moeder, mijn vader en kleine broer, wij komen naar Duitsland en worden gezien als vuil. Ik pas zeventien jaar oud. Geen huis, geen geld, geen vleugel om te spelen muziek. Concert spelen Duitse pianist, niemand wil horen Russische pianiste. Ik moet geven les, ik moet verdienen geld voor mijn ouders te leven...'

Ze was blijkbaar zeventien geweest toen ze vanuit Rusland naar Duitsland was gevlucht. Kon ze op die leeftijd al een beroemde pianiste zijn geweest? Misschien een rijzende ster aan de concerthemel? Mogelijk. Dan had de revolutie echt al haar hoop vernietigd. Tragisch. Alleen was ze beslist nog geen beroemde Russische pianiste geweest.

'Dat spijt me,' zei Marie luid, om de woordenvloed van de lerares te onderbreken. 'Ik wil uw pedagogische vaardigheden niet in twijfel trekken, maar ik ben van mening dat Leo dit concert beter kan afzeggen.'

Ze kneep haar zwarte ogen tot spleetjes. Ze zag eruit als een agressieve kat. 'Afzeggen? U wilt concert van Leo afzeggen? Dat is onmogelijk! *Bosche moj.* U wilt maken een fabrieksdirecteur van deze getalenteerde jongen! Leo moet hebben goede cijfers op school. *Satschem*? Waarom? Muziek, dat is leven van Leo, u wilt verbieden? Dat is grote zonde aan uw zoon, mevrouw Melzer. God zal u straffen daarvoor! En ik, Sinaida Obramova, ik laat niet toe dat u verbieden. Leo is mijn leerling. Ik maak van hem pianist.'

Marie begon er zo langzamerhand genoeg van te krijgen. Deze vrouw was niet voor rede vatbaar, ze zou andere maatregelen moeten treffen. Zelfs als dat betekende dat ze Leo van het conservatorium af zou moeten halen. Ze zou haar zoon tegen deze veldmaarschalkin beschermen.

'Ik wil uw tijd niet te veel in beslag nemen,' zei ze en ze stond op. 'U hoort nog van ons, mevrouw Obramova. Goedendag!'

De Russin slingerde Marie een laatste dreigement naar haar hoofd. 'U moet vragen uw zoon! Hij zal u zeggen dat hij wil spelen concert. Als u verbiedt, hij zal u haten.'

Kordaat verliet Marie de ruimte. Buiten stond een roodharige jongen te wachten, met zijn notenschrift onder zijn arm. Toen Marie de deur achter zich dichtsloeg, staarde hij haar met zijn grote lichtblauwe kinderogen geschrokken aan.

'Wacht nog maar even voor je naar binnen gaat,' raadde ze hem glimlachend aan. 'Mevrouw Obramova moet eerst het lokaal luchten.'

Buiten merkte ze dat het gesprek haar erg had aangegrepen. Wat een heks! Sinaida Obramova leek volkomen overtuigd te zijn van haar macht over Leo. *Hij zal u haten!* Een vreselijk dreigement voor een moeder die van haar kind hield. Het liet dit mens totaal onverschillig of Leo kapotging aan deze allesoverheersende opgave. Ze wilde een pianist van hem maken. Waarom? Deze ambitieuze jonge vrouw had haar droom op moeten geven en zocht nu op een andere manier bevestiging. Als ze dan geen grote pianiste had kunnen worden, wilde ze op zijn minst een beroemde lerares zijn. Een lerares die wonderkinderen produceerde. En daarvoor had ze uitgerekend de arme Leo uitgekozen. Waarom was ze zo blind? Wat had ze eraan als Leo tijdens het concert faalde? Helemaal niets!

Ze moesten dringend ingrijpen, voordat het op een ramp uitliep. Maar wat moest ze doen? Paul zou de kwestie op zijn manier willen oplossen en Leo simpelweg verbieden het concert te geven. Punt uit. Dat was de eenvoudigste, maar zeker niet beste oplossing. Marie vond het beter om met Leo te praten en zijn gezond verstand aan te spreken. Haar zoon moest zelf inzien dat dit concert te moeilijk voor hem was. Hij moest zelf een beslissing nemen. Maar het zou niet makkelijk zijn.

Wat een dag! Van mevrouw Ginsberg hoorde ze dat Serafina Grünling niet uit de modellen had kunnen kiezen en later terug zou komen om zich door mevrouw Melzer persoonlijk te laten adviseren. Marie kon dus rekenen op nog een confrontatie.

'Het spijt me heel erg,' zuchtte mevrouw Ginsberg met een slecht geweten. 'Ik heb gedaan wat ik kon. Ze had overal wat op aan te merken.'

'Dat is niet uw schuld, mevrouw Ginsberg. Gaat u maar naar huis, ik geef u de rest van de dag vrij. Omdat het vandaag zo'n heugelijke dag is voor u en Walter.'

Mevrouw Ginsberg was sprakeloos. Ze aarzelde aanvankelijk om het aanbod aan te nemen, maar toen Marie erop stond, stemde ze ermee in.

'Ach, mevrouw Melzer! Hoe kan ik u bedanken? Dan kan ik meteen even boodschappen doen en een middagmaal voor Walter en mij klaarmaken. Wat zal hij verrast zijn als hij uit school komt.'

Marie bleef in de deuropening staan en keek haar medewerkster na, die haastig wegliep. Daarna ging ze met een diepe zucht naar haar kantoor om de onbetaalde rekeningen door te nemen en zinloze aanmaningen te schrijven.

10

September 1930

DE LUCHT BOVEN AUGSBURG was bedekt met grijze wolken. Ze hingen loodzwaar boven de eerbiedwaardige torens en daken, maar leken nog zwaarder boven het oostelijke deel, waar tussen de stad en de Wertach, een zijrivier van de Lech, de grote fabrieken waren gevestigd. Decennialang hadden de textiel- en papierfabrieken evenals de machinefabrieken de welvaart van de stad gewaarborgd. Maar die tijd leek nu voorbij te zijn.

Paul draaide zich weg van het raam van zijn kantoor en luisterde naar de bekende geluiden. Wat zou zijn vader in zijn positie hebben gedaan? De fabriek op de normale manier laten doorgaan, tot het bittere einde? De oprichter van de fabriek was een koppige man geweest. In de oorlog had hij zich ondanks de schaarste aan grondstoffen fel tegen de productie van goedkoop papiertextiel verzet. Omdat Paul aan het begin van de oorlog onder de wapenen was geroepen, had Marie de taak op zich genomen om zijn vader van deze noodzaak te overtuigen en zo de fabriek te redden.

Nu lagen de zaken heel anders. Ze hadden geen tekort aan grondstoffen, maar aan geld. De afzet stagneerde. Ze kregen nauwelijks nog orders binnen en al helemaal niet uit het binnenland, want in

Duitsland ging het ene na het andere bedrijf failliet. En ook de export was drastisch verminderd.

Paul stond voor een heel moeilijke beslissing. Wat moest hij doen? De spinnerij stilleggen en de arbeiders ontslaan? Er zat waarschijnlijk niets anders op. In het magazijn stonden stapels kisten vol garen en het had geen zin om nog meer voorraad te produceren als ze die niet kwijt konden. Misschien was het beter om nu in te zetten op de weverij, op de mooie drukpatronen die uniek waren in Duitsland. Wanneer de economie zich zou herstellen, zouden ze de ringspinmachines weer in bedrijf kunnen nemen en de arbeiders weer kunnen aannemen. Hopelijk!

In elk geval waren de medewerkers een week geleden geïnformeerd over de aanstaande ontslagronde, na een harde strijd met de ondernemingsraad. Sebastian had er wanhopig tegen gevochten. Vergeefs, want hij trok aan het kortste eind, wat hij in tegenstelling tot zijn medestrijders niet inzag. Zelfs thuis in de villa bleef hij de discussie met zijn zwager hardnekkig voeren.

'Je moet de mensen niet ontslaan, je kunt ze elders in de fabriek inzetten.'

In een enkel geval was dat mogelijk, maar voor de grote meerderheid niet. Bijna driehonderd arbeiders moesten vertrekken.

'Wat moeten de vrouwen doen wier mannen al werkloos zijn? Moeten zij met hun kinderen verhongeren? Vaak moeten ze ook nog voor hun ouders en familieleden zorgen,' zei Sebastian. Hij wist dat de werkloosheidsuitkering niet voldoende was. De uitkeringen waren dit jaar per noodverordening verlaagd, terwijl de premies verhoogd waren.

Om Sebastian een klein succesje te gunnen was Paul akkoord gegaan met een drastische huurverlaging van de fabriekswoningen – een maatregel waartoe hij allang besloten had. Ze zouden niemand die een huurachterstand had uit zijn of haar huis zetten. Overigens zou er ook niets gerenoveerd worden, daar hadden ze de middelen niet voor. De situatie was ernstiger dan hij toegaf, want hij had bij een Amerikaanse bank een lening afgesloten om nieuwe weefmachines te kopen, die inmiddels vanwege de economische situatie teruggevorderd was.

Privé had hij ook een lening lopen om de aanbouw van de villa te financieren, en die moest hij nu ook in zijn geheel terugbetalen. Dat alles was legaal en contractueel ook zo vastgelegd.

Bovendien wees Sebastian telkens weer op de dramatische leefomstandigheden in de arbeiderswijken van Augsburg. In de Jakoberwijk, in Lechhausen, in Hochzoll en in Oberhausen heerste bittere armoede en was de situatie ellendig. Ziektes als bloedarmoede en tuberculose verspreidden zich en de criminaliteit nam toe. Dit alles was Paul niet onbekend.

'Wat moet ik dan doen volgens jou?' had hij tegen zijn zwager geschreeuwd. 'De villa verkopen? Wil je met je gezin in een arbeiderswoning gaan wonen?'

'Ik ben daar zelf te allen tijde toe bereid,' verklaarde Sebastian trots.

Paul geloofde hem op zijn woord. Alleen zou Sebastian niet meer zo opofferingsgezind zijn als Lisa en de kinderen in het spel kwamen. Sebastian zou het zijn geliefde vrouw nooit aandoen om onder dezelfde omstandigheden te moeten leven als de arbeiders. En zijn kinderen al helemaal niet.

'Overigens hebben deze verschrikkelijke omstandigheden jouw partij een hoop stemmen opgeleverd bij de Rijksdagverkiezingen van gisteren,' voegde Paul er sarcastisch aan toe.

Sebastian reageerde zeer verontwaardigd op deze galgenhumor.

'Wat heeft de KPD aan die honderdzeven afgevaardigden? De NSDAP is de op een na grootste fractie, na de SPD. Dat is een ramp! Ik snap niet hoe iemand op die Adolf Hitler kan stemmen.'

Die ochtend had in de krant gestaan dat er bij de Rijksdagverkiezingen een aardverschuiving had plaatsgevonden. De SPD had verlies geleden, wat te verwachten was. Het schrikbarend hoge verkiezingsresultaat van de NSDAP was voor Paul als een verrassing gekomen. In

Augsburg had de Bayerische Volkspartei wel stand kunnen houden, maar ook hier was de NSDAP gegroeid.

Hij was het er wel met Sebastian over eens dat de partij van Hitler een gevaar vormde voor Duitsland. En zo waren ze na de moeizame discussies in de werkkamer van de villa toch tot een compromis gekomen. Sebastian ging akkoord met de ontslagen, hoewel hij de loonsverlagingen ten stelligste zou bestrijden. Bovendien zou hij erop letten dat bijzonder schrijnende gevallen ontzien zouden worden. Daar kon Paul mee leven.

'Daarnaast zal ik mijn eigen arbeidsplaats vrijwillig ter beschikking stellen,' zei Sebastian tot slot.

'Prima!'

Paul sloeg het dossier dicht dat hij voor zich op het bureau had liggen. Hij was uitgeput en doodmoe. De afgelopen nacht had hij amper een oog dichtgedaan en hij was heel vroeg opgestaan om zijn toespraak voor de arbeiders nog een keer aan te passen. Het moest niet definitief klinken, hij wilde hun de hoop bieden dat ze in de toekomst opnieuw een arbeidsplaats bij de fabriek zouden hebben, ook al wist hij zelf niet of en wanneer dat mogelijk zou zijn.

Een paar minuten voor twee uur kondigde de fabriekssirene het einde van de vroege ochtendploeg aan en was het moment aangebroken om het moeilijkste te doen wat hij ooit als directeur van de textielfabriek had moeten doen. Juffrouw Hoffmann zette de deur van zijn kantoor op een kier. Hij zag haar bril glinsteren toen ze naar binnen gluurde. 'Meneer de directeur, de arbeiders wachten in de kantine...'

Eigenlijk bestond de kantine sinds twee maanden niet meer. De arbeiders brachten hun eigen eten mee en de grote zaal diende inmiddels als opslagruimte of zaal voor bijeenkomsten.

'Bedankt, juffrouw Hoffmann, ik kom eraan...'

Hij vouwde zijn toespraak op, stopte hem in de zak van zijn jasje en liep de voorkamer in. Daar wachtte Sebastian op hem.

'Ik ga met je mee,' zei hij. 'Ik moet voor de arbeiders verantwoording afleggen...'

Hij was vreemd nerveus, wat Paul goed kon begrijpen. Hoe lastig Sebastian soms ook kon zijn, het was dapper van hem om deze moeilijke weg te bewandelen en voor zijn overtuigingen uit te komen. Ergens had Paul daar wel respect voor.

Juffrouw Lüders hield de deur voor hen open en trok een gezicht alsof de wereld ten onder ging.

In de voormalige kantine stonden de arbeiders en arbeidsters van de spinnerij dicht opeengedrongen, omdat de ruimte voor een deel vol stond met kisten en dozen. Het was er benauwd, niemand had eraan gedacht om een raam open te doen. Er werd zacht gepraat.

Toen Paul en Sebastian binnenkwamen, verstomde het geroezemoes en werd het stil. De mensen gingen opzij om de weg vrij te maken naar het spreekgestoelte dat de oude Josef Mittermaier had gemaakt. Hij was een van de drie arbeiders die over een paar maanden met pensioen zouden gaan en daarom niet zo zwaar getroffen waren door het ontslag. Voor de anderen – voor het merendeel vrouwen – zou het heel zwaar zijn. Terwijl Paul naar het podium liep, voelde hij hun doffe blik op zich gericht. De meesten wisten wat hun boven het hoofd hing en vrijwel niemand koesterde nog echt hoop. Toch herkende hij smeekbedes in hun ogen, en de hoop dat hij het onvermijdelijke kon afwenden.

'Vandaag is een zwarte dag voor ons allemaal,' begon hij zijn toespraak en hij zag de laatste vleugjes hoop in hun blik verdwijnen. 'In de spinnerij is voorlopig de laatste dienst gedraaid, we moeten sluiten. Dat was absoluut geen gemakkelijke beslissing, maar in de huidige situatie betekent dit het minste leed...'

Hij legde uit dat er weer betere tijden zouden komen en dat hij zijn trouwe arbeiders dan weer in dienst zou nemen. Hij zou niemand vergeten, daar stond hij persoonlijk voor in. Zijn pogingen om de ontslagen iets minder ernstig te laten klinken, mislukten jammerlijk. Een paar vrouwen begonnen te huilen, anderen draaiden zich om en verlieten de zaal voordat Sebastian het woord kon nemen. Zelfs de toespraak van Pauls zwager vond niet de gehoopte weerklank en Sebastian oogstte als voorzitter van de ondernemingsraad zelfs vijandige blikken. Hij kreeg meer boosheid over zich heen dan de gerespecteerde directeur, die algauw omringd was door mensen die wilden weten hoe het nu verderging voor hen.

De betrokkenen zouden schriftelijk op de hoogte worden gesteld van hun ontslag of loonsverlaging. De secretaresses zouden het de komende dagen dus heel druk krijgen en waarschijnlijk weinig plezier in hun werk hebben. Paul liep terug naar het administratiekantoor om de voorbereide namenlijsten aan hen door te geven. De schrijnende gevallen waren allemaal met Sebastian besproken. Zij behielden wel hun baan, maar moesten genoegen nemen met een aanzienlijke loonsverlaging.

'Ach, jeetje,' zei juffrouw Hoffmann toen hij haar de dossiers overhandigde. 'Zo veel!'

'Helaas.'

Hij aarzelde even, maar besloot toen om naar de spinnerij te gaan om zeker te weten dat zijn instructies werden opgevolgd. Het was geen prettige klus, maar het hoorde bij zijn taak als fabrieksdirecteur om alle maatregelen tot het bittere einde door te voeren. Op de binnenplaats ontdekte hij Sebastian, die bij een groepje arbeidsters stond en de vrouwen vertelde dat ze lid moesten worden van de KPD. Alsof dat hun ellende kon verzachten!

In de hal zette Josef Mittermaier, die de machines jarenlang trouw had bediend, net de laatste ringspinmachine uit. Het luide, regelmatige gezoem en gesnor begon te haperen, het aandrijvingsmechanisme tufte, er klonk geratel en geklepper, sommige onderdelen trilden heftig en daarna kwam de machine met een zacht, schurend gesis tot stilstand. Het klonk alsof iemand zijn laatste adem uitblies.

'Dat was het,' riep Mittermaier naar zijn baas. 'Wacht, ik wil hem nog in de olie zetten. U moet de ringspinmachine af en toe laten draaien, anders verdikt de olie en krijgen we later problemen.'

Ze hadden de machines al een paar keer uit moeten zetten, maar hadden de spinnerij altijd alleen voor een paar dagen stilgelegd en daarna het werk weer hervat. Nu was de situatie anders. De ringspinmachines, die nog volgens de tekeningen van Maries vader, wijlen Jacob Burkard, geconstrueerd waren, zouden lange tijd stilstaan.

Paul vond de stilte in de grote hal ondraaglijk. Hier, waar je anders amper je eigen woorden kon verstaan door de herrie van de machines, kon je nu elke voetstap horen. De regen sloeg tegen de sheddaken en Mittermaier klepperde met zijn oliekan. Er zweefde nog een geur van machineolie, van de katoen die hier werd gesponnen en van de mensen die hier achter de machines hadden gestaan. Maar het zou niet lang duren voor de winter kwam en alles afkoelde, en duisternis en leegte zich meester zouden maken van deze hal. Net zoals dat in de andere textielfabrieken inmiddels al was gebeurd.

Paul wachtte tot Josef Mittermaier klaar was met zijn werk en gaf hem ten afscheid een hand. 'Ik wens u en uw familie het allerbeste, meneer Mittermaier.'

De voorman veegde snel zijn met olie besmeurde handen aan zijn broek af voordat hij Pauls hand schudde. Hij kreeg tranen in zijn ogen, alsof het afscheid voor altijd was.

'Het was soms wel zwaar, meneer de directeur,' zei hij geëmotioneerd. 'En ook al waren we het niet altijd met elkaar eens, het was wel een fijne tijd. Ik zal het allemaal missen.'

Toen Paul de hal afsloot, begon het te regenen. Het was een fijne motregen die zich waarschijnlijk tot een krachtige landregen zou ontwikkelen en de fabriek in een donker waas zou hullen.

Met geweld schudde hij de sombere gedachten van zich af. Waarom liet hij zich zo meesleuren? De fabriek hoefde immers niet helemaal te sluiten. De weverij draaide nog, de drukkers hadden nog genoeg te doen en de administratie had het ook nog steeds druk. Hij zette de kraag van zijn jas omhoog, ontdekte twee vergeten kisten op de binnenplaats en riep een van de magazijnmedewerkers. Daarna liep hij naar boven, knikte in het voorbijgaan bemoedigend naar de ijverig typende secretaresses en gunde zichzelf in zijn kantoor een glaasje cognac. Hij had net een slokje van de opwekkende drank genomen toen de telefoon op zijn bureau overging.

'Schmitt & Kummer uit Heidelberg. Moet ik doorschakelen, meneer de directeur?'

'Natuurlijk!'

Een grote kleermakerij die de stoffen graag rechtstreeks bij de fabriek inkocht. Nou, kijk eens aan! Hij had hun een paar weken geleden monsters laten sturen.

'Goedendag, meneer Melzer,' klonk het uit de hoorn. 'Hoe gaat het met u met dit miezerige weertje?'

Ze praatten even over het weer, de Rijksdagverkiezingen en de algemene economische situatie voordat Theodor Kummer ter zake kwam.

'Het gaat om een grotere partij, beste meneer Melzer. Dus we verwachten natuurlijk wel dat u ons wat de prijs betreft tegemoetkomt...'

Maar liefst tien balen bedrukte flanel en het bijpassende naaigaren erbij. Geen immens grote order, maar ook niet heel slecht. Ze onderhandelden over de prijs. Kummer was een afzetter en maakte genadeloos gebruik van de situatie, waardoor Paul veren moest laten. Uiteindelijk werden ze het eens en Kummer beloofde de bestelling morgen per telegram te bevestigen.

Nou, mooi. Paul slaakte een zucht van verlichting. Dit bood een klein sprankje hoop. De weverij had voorlopig nog werk en tegelijkertijd zou de voorraad naaigaren slinken. Het ging vooruit, ze moesten erin blijven geloven en de hoop niet verliezen. Hij dronk de cognac op en vulde het glas bij, dat had hij vandaag wel verdiend. Tegen half zes liet hij zijn hoed en paraplu aangeven en zei hij tegen zijn secretaresses dat ze geen overuren mochten maken. Morgen was er tenslotte weer een dag. Inmiddels regende het pijpenstelen en hij was blij dat hij vandaag met de auto was gegaan. Als hij was gaan lopen, zou hij ondanks de paraplu doorweekt zijn geweest wanneer hij in de villa aankwam. Hij wuifde de portier die de poort voor hem opendeed een vriendelijke avondgroet toe. Pas toen hij de oprit naar het park opreed en de villa aan het eind van de laan in een wazige regensluier opdoemde, kwamen de sombere gedachten terug.

Die vervloekte lening van de Amerikaanse bank. Ze hadden hem het geld onder relatief gunstige voorwaarden aangeboden en het zou dom zijn geweest als hij die kans niet had gegrepen. Zeker omdat de aanbouw dringend noodzakelijk was geweest, want zijn moeder was van mening geweest dat de zes slaapkamers op de tweede verdieping niet voldoende waren voor elf personen. De aanbouw was een goede beslissing geweest. Op dat moment ging het steeds beter met de fabriek en hadden ze zich ingesteld op betere tijden.

Nu was het anders. Hij moest het bedrag op de een of andere manier in relatief korte tijd bij elkaar zien te sprokkelen en had nog geen idee hoe hij dat voor elkaar moest krijgen. Tot nu toe hadden de onderhandelingen met de bank weinig hoop op betere condities opgeleverd. Als hij niet betaalde, kon er beslag worden gelegd op zijn eigendommen.

In het park zag hij Christian, die de nieuwe grasmaaier die ze uit Engeland hadden laten komen met een zeil tegen de regen beschermde. De arme jongen werkte zich uit de naad. Naast zijn taken in het park van de villa hielp hij dagelijks in Blieferts tuinderij. Gustav Bliefert was door een ontsteking in zijn been, die tot een bloedvergiftiging had geleid, onverwachts overleden, waardoor Auguste in een moeilijke positie was gekomen. Marie had zelfs twee bekwame arbeiders geregeld, zodat de tuinderij kon blijven voortbestaan en Auguste niet met haar zonen in het armenhuis belandde. In elk geval voorlopig niet. Helaas vreesde Paul dat de goede Auguste niet veel had bijgeleerd.

Paul liet de auto voor de entree staan en liep door de regen de buitentrap op. Hanna hield de deur voor hem open, nam zijn natte hoed van hem aan en zette zijn pantoffels klaar.

‘Is mijn vrouw thuis?’ vroeg hij.

'Mevrouw wacht in de bibliotheek op u.'

Marie kwam hem op de trap al tegemoet en omhelsde hem. 'Paul! Ik heb vandaag zo vaak aan je gedacht. Hoe is het gegaan? Was het erg?'

Natuurlijk was ze overal van op de hoogte. Ze had het zichzelf zelfs verweten dat ze gisteravond in slaap was gevallen en niet op hem had gewacht.

Hij troostte haar. 'Het is allemaal gelukkig enigszins goed gegaan. Maar nee, prettig was het niet. Het moest helaas gebeuren, maar ondanks alles voel ik me toch opgelucht.'

Ze hielden elkaars hand vast terwijl ze de bibliotheek in liepen, de deur achter zich dichtdeden en op de bank gingen zitten. Er was niemand in de wereld met wie hij zo'n hechte band had als met Marie, die zijn zorgen deelde en zijn vreugde verdubbelde, die soms ernstig op zijn gemoed werkte en hem tegelijk troost, moed en vertrouwen schonk.

'Het is echt niet gemakkelijk met Sebastian,' zei ze in een vlaag van ongenoegen. 'Je hebt al genoeg zorgen aan je hoofd. Moet hij nou zo nodig om elke kleinigheid strijden?'

Haar ergernis over Sebastian deed hem goed. Voor de afwisseling voelde hij zich begrepen, waardoor hij zelfs bereid was om een goed woordje voor Sebastian te doen.

'Hij overdrijft misschien wel, maar aan de andere kant respecteer ik het wel dat hij zich zo voor de arbeiders inzet.'

Ze aaide hem over zijn wang. 'Je moet beter op je gezondheid letten, Paul. Je ziet er zo bleek uit,' zei ze bezorgd. 'Als je alles in de fabriek hebt geregeld, zou je misschien een of twee dagen vrij kunnen nemen. Laten we er een paar dagen op uit trekken. We kunnen een kamer huren in een pension op het platteland en gaan wandelen, op bankjes op stille plekjes aan de rand van de weg zitten of…'

Hij grinnikte om haar voorstel. 'Misschien later, lieverd. Op dit moment kan ik niet gemist worden. Er is een nieuwe order binnengekomen en er moet nog het een en ander afgewikkeld worden.'

Ze zuchtte en zei spottend dat hij haar voor de zoveelste keer teleurstelde. Als hij haar goedbedoelde voorstellen af bleef wijzen, moest ze maar een andere reisbegeleider zoeken. Waarop hij haar stevig tegen zich aan trok en haar met een kus liet merken dat hij het daar totaal niet mee eens was.

De etensgong maakte een einde aan hun samenzijn. De plannen voor een paar daagjes weg moesten worden uitgesteld, want als de familie niet stipt op tijd voor het avondeten verscheen, werd Alicia boos.

In de eetkamer zat zijn moeder al te wachten, zoals altijd perfect gekleed en gekapt. Naast haar zat Lisa met haar dochtertje op schoot. Kurti stortte zich op zijn papa en vertelde iets over een 'stomtrein' die Dodo voor hem had 'aangestoken' en waarmee hij nu elke dag wilde spelen.

'Hij bedoelt de oude stoommachine, papa,' legde Dodo lachend uit. 'Ik heb hem laten zien hoe die werkt en ik geloof dat hij het heeft begrepen.'

Zoals altijd waren de kinderen te druk. Lisa moest haar stem verheffen, Paul riep de kleine Kurt tot de orde en Johann kreeg van zijn vader Sebastian te horen dat hij een voorbeeld moest zijn voor de jongere kinderen. Buiten stortte de regen naar beneden, het park en alles wat buiten de villa lag, verdwenen in de mist. Maar in de eetkamer was het warm en licht. Ze waren allemaal gezond, ze waren blij, ze maakten geintjes met elkaar en lachten om Kurti's grappige omschrijvingen. En vooral zat zijn Marie naast hem. Ze keek hem telkens weer glimlachend van opzij aan en soms vonden hun handen elkaar onder de beschutting van het tafelkleed, alsof ze hem wilde zeggen: ik ben bij je, mijn liefste. Ik steun je, wat er ook gebeurt.

Was hij niet een gelukkig man?

11

FRANZ SCHUBERT, IMPROMPTUS AS-majeur. Leo liet de arpeggio's van de rechterhand parelen en zag daarbij een lichtstraal voor zich die over een kristallen vaas gleed waardoor er een kleurrijke glinstering ontstond. Daarna zette hij het tegenmotief in bas in, moedig, vooruitstrevend als een schip in de deinende stroming. Het was geen zwaar, maar een heel mooi stuk. Hij hield van Schubert. Die muziek raakte je. Het kon je gelukkig en tegelijk droevig maken.

Sinaida Obramova onderbrak hem geen enkele keer. Ze liet hem het stuk tot het einde spelen en daarna was het stil. Zijn handen lagen nog op de toetsen, hij luisterde naar de nagalm van de klanken, vond er een nieuwe betekenis in en glimlachte.

'Goed afgeroffeld,' zei de lerares.

Het was als een koude wind die de muziek uit zijn hoofd veegde en een diepe teleurstelling achterliet. Vandaag was de derde pianoles na de zomervakantie. Hij had dit stuk thuis met veel passie geoefend en dacht dat hij het goed had gespeeld. Doordat het technisch niet al te moeilijk was, kon hij zich helemaal in de muziek inleven.

Zwijgend keek hij toe terwijl Sinaida Obramova in het lokaal rondliep. Ze pakte een pepermuntje uit haar handtas en stak het in haar mond. Daarna liep ze naar het raam en staarde verveeld naar buiten.

‘Czerny,’ beval ze. ‘Etude C-majeur. Langzaam. Ik wil horen elke afzonderlijke toon.’

Hij pakte het muziekblad uit zijn tas en sloeg de etude open. Het was een stuk voor beginners, een kind van vijf kon dit al spelen. Leo had geen idee wat mevrouw Obramova ermee beoogde. Toch speelde hij de noten langzaam en consciëntieus, zoals ze had opgedragen. Het was ongelofelijk saai.

De Russin had hem de vorige keer en de keer daarvoor ook al deze saaie stukken laten spelen. Waarom deed ze dat? Wilde ze zijn techniek verbeteren? Daar had ze ingewikkeldere oefeningen voor kunnen uitzoeken, deze etude was belachelijk.

Ook nu onderbrak ze hem niet. Ze bleef bij het raam staan en zoog op haar pepermuntje. Toen hij klaar was, zweeg ze even. Daarna beval ze: ‘Nog een keer!’

‘Waarom?’ waagde hij te vragen.

‘Omdat ik zeg,’ was het antwoord.

‘Maar waar is dit goed voor?’

Ze draaide zich om en hij zag dat ze haar zwarte ogen tot spleetjes had geknepen. Voor de rest was haar gezicht emotieloos.

‘Als jij niet doen wilt wat lerares zegt, is les niet mogelijk.’

Met tegenzin begon hij de etude van voor af aan te spelen. Maar het waren alleen zijn vingers, die de toetsen aansloegen. De tonen hoorde hij nauwelijks, want vanbinnen brak er iets in tweeën. Iets kostbaars, iets wat groot en mooi was geweest en zijn dromen had vervuld. Dromen waarvoor hij zich plotseling verschrikkelijk schaamde. Zijn lerares was niet aardig en begripvol. Ze was gemeen en nam wraak op hem omdat hij haar in de steek had gelaten. Haar wraak was haar onverschilligheid. Die deed meer pijn dan een woede-uitbarsting of een lange, verontwaardigde preek. De pianostudent Leopold Melzer interesseerde haar niet meer, hij had voor haar afgedaan.

Terwijl hij nog wel had gedacht dat ze blij zou zijn toen hij had besloten om het concert af te zeggen. Hij had er lang over nagedacht voordat hij het had gedurfd – net zo lang totdat hij ervan overtuigd was dat hij de juiste beslissing nam.

Er was een gesprek geweest met zijn ouders. Toen hij op een avond achter de piano was gaan zitten om een moeilijk stukje nog een keer te oefenen en het hem weer niet was gelukt. De loopjes gingen slechts af en toe foutloos en alleen als zijn vingers het bij de technisch moeilijke passages niet lieten afweten doordat ze stijf werden. Dan moest hij stoppen.

'Leo?' had zijn moeder hem op vriendelijke toon onderbroken. 'Papa en ik willen graag even met je praten.'

'Moet dat uitgerekend nu?' vroeg hij nerveus en hij probeerde het stukje opnieuw te spelen.

'Het is inmiddels vrij laat, mijn jongen. Papa wacht in de bibliotheek, kom alsjeblieft meteen mee. Ik ga alvast.'

Hoewel hij dat stomme stukje die dag per se nog een keer foutloos had willen spelen, had het geen zin om zich te verzetten of een excuus te verzinnen als zijn vader op hem wachtte. Met een zucht deed hij de klep dicht en liep de trap af. De grote staande klok in de gang sloeg negen keer. Het was later dan hij had gedacht. Nu het juni was en het zo lang licht bleef, vergat je de tijd.

In de bibliotheek waren de gordijnen dichtgeschoven en de twee staande lampen aangedaan. Zijn ouders zaten naast elkaar op de bank en hadden duidelijk over hem zitten praten, want ze verstomden toen hij binnenkwam.

'Ga zitten, Leo,' zei zijn vader en hij wees naar een van de fauteuils.

Leo deed wat hem gevraagd werd en had het onbehaaglijke gevoel dat hij tegenover een ouderlijk front zat dat tegen hem gericht was.

'Je hebt de afgelopen tijd heel erg je best gedaan met pianospelen,' begon Paul, en hij boog zich naar zijn zoon toe. 'Denk alsjeblieft niet dat we je ijver en vlijt niet weten te waarderen. Integendeel, als je met zo veel energie ergens aan werkt, is dat zeer prijzenswaardig. Alleen...'

Leo wist al wat er nu ging komen. Het was tenslotte niet hun eerste gesprek.

'Alleen vind ik dat je je energie in het verkeerde steekt. Pianospelen is een mooie en zinvolle vrijetijdsbesteding, maar wat voor jou belangrijker zou moeten zijn, is school. Je paasrapport was dramatisch, Leo!'

'Dat klopt, papa,' gaf hij berouwvol toe. 'Als ik kan blijven oefenen, beloof ik dat ik alles zal inhalen zodra het concert voorbij is.'

Het concert was al over drie weken en Leo kon nu al amper slapen 's nachts. Hij werd geplaagd door nachtmerries, werd badend in het zweet wakker en lag dan heel lang wakker. Dat mocht niemand weten, zelfs zijn ouders niet.

Zijn vader schudde zijn hoofd. 'Nee, ik denk dat je dit concert niet moet spelen, Leo. Het leidt je in de verkeerde richting, mijn zoon. Bovendien vragen mama en ik ons ernstig af of je wel tegen deze grote uitdaging bent opgewassen.'

Zijn vader legde de vinger precies op de zere plek. Leo vond absoluut niet dat de muziek hem in de verkeerde richting leidde, maar het was helaas wel waar dat hij Tsjaikovski niet foutloos kon spelen. Maar dat wilde hij niet toegeven.

'Mevrouw Obramova denkt dat het me gaat lukken,' verdedigde hij zich koppig.

Op dat moment mengde Marie zich in het gesprek. Zijn moeder kon hij vrijwel nooit iets wijsmaken – zij zag wat er werkelijk in haar zoon omging. Vaak wist ze meer over hem dan hijzelf. 'En jij, Leo?' vroeg ze op ernstige toon. 'Denk jij ook dat je dit grote werk aankunt?'

'Ik zal mijn best doen,' zei hij na een poosje ontwijkend.

Zijn vader wilde iets zeggen, maar zijn moeder legde haar hand op zijn arm en hij zweeg.

'Je moet één ding bedenken, Leo,' zei ze. 'Op het podium ben je alleen. Dan kan je lerares je niet helpen. En je ouders ook niet. Niemand kan je dan helpen. Daarom moet je het helemaal zelf beslissen.

Speel je dit concert omdat jij, Leo Melzer, dat zo graag wilt? Of doe je het om je lerares een plezier te doen?'

Hij gaf geen antwoord. Wat moest hij zeggen? Hij was er gewoon in gerold. Aanvankelijk was hij gevleid geweest door het voorstel van zijn lerares, en na een tijdje had hij gedacht dat hij de technische moeilijkheden wel kon overwinnen. Een fatale vergissing, waardoor hij niet meer vrij was, maar gevangenzat en steeds meer in de problemen kwam. Hij wilde Sinaida Obramova niet teleurstellen. Ja, dat was het. Eigenlijk speelde hij piano omdat zij het van hem verwachtte. Wat hij zelf verwachtte en wat hem met de dag steeds duidelijker voor ogen stond, was dat er een ramp naderde.

'Ik denk dat... Ik geloof dat het allebei is...' stotterde hij en hij voelde dat zijn moeder hem had begrepen.

'We willen je niets voorschrijven, Leo,' zei ze en ze keek hem glimlachend aan. 'Maar we vertrouwen erop dat je de moed hebt om naar je eigen gevoel te luisteren. Denk nog maar eens goed over alles na. En wat je ook besluit, we zullen je beslissing respecteren. Dat beloof ik je.'

Daarmee stuurden ze hem naar bed. Logisch dat hij die nacht weer geen oog dichtdeed. Hij lag in zijn bed te woelen en wist niet wat hij moest doen. Een beslissing nemen, had zijn moeder gezegd. Waarom had hij nooit eerder bedacht dat hij daar het recht toe had? Sinaida Obramova had iets bevolen en hij had gehoorzaamd. Tenslotte was ze zijn lerares en ook nog eens een beroemde Russische pianiste die haar studenten voor het conservatorium uitkoos. Er waren destijds heel wat studenten jaloers op hem geweest omdat ze uitgerekend hem les wilde geven, terwijl oudere, eveneens zeer getalenteerde studenten niet gekozen werden. Waarom zag ze niet in dat hij zou falen?

'Een of twee missers kun je je veroorloven,' had ze onlangs tegen hem gezegd. 'Is normaal, want jij bent erg jong.'

Het zouden beslist meer missers worden. Misschien moest hij zijn spel zelfs onderbreken. En het ergste was nog wel dat hij de muziek, Tsjaikovski's prachtige, grote muziek, niet goed tot haar recht kon laten komen. Omdat zijn stomme vingers er gewoon niet toe in staat waren.

Naar zijn eigen gevoel luisteren. Moedig zijn. Zijn moeder had gelijk, hij was zelf totaal niet tevreden met zijn prestatie. Uit zichzelf zou hij het nooit gewaagd hebben om dit stuk voor publiek te spelen. Als hij ooit het podium zou beklimmen, moest hij beter zijn. Om dit concert te spelen had hij minstens nog een jaar, liever nog twee jaar nodig, áls hij dit niveau ooit bereikte. Dat was de waarheid. Als hij dit de volgende dag tegen Sinaida Obramova zou zeggen, dan zou hij met zichzelf in het reine komen en zou hij haar niet teleurstellen. Integendeel. Hij wilde dit concert immers wel spelen, maar pas als hij het zo kon spelen dat ze trots op hem zou zijn. Hij zou het aan haar uitleggen en uiteindelijk zou ze het begrijpen, daar was hij van overtuigd. In de les deed ze wel vaak bot tegen hem, maar dat deed ze alleen om hem verder te brengen. Diep in haar hart was ze zachtaardig en had ze begrip.

Dat had hij werkelijk geloofd.

De volgende dag legde hij tijdens de pianoles aan Sinaida Obramova uit dat hij had besloten om het concert twee jaar uit te stellen. In eerste instantie nam ze hem niet serieus. 'Dat is plankenkoorts, Leo! Gaat weer over. Vandaag, jij hebt goed gespeeld. Ik weet dat jij prestatie kunt doen.'

Maar zijn besluit stond vast. Hij zou het Tsjaikovski-concert pas spelen als het geen moeizame vingeracrobatiek meer was, maar als hij de muziek van de componist kon voelen en tot leven kon wekken en tegelijk opnieuw kon creëren. Voor die tijd was zijn spel niets anders dan geklungel en dat wilde hij zijn gerespecteerde lerares niet aandoen.

'Ga naar huis en denk na,' beval ze hem. 'Je kunt niet afzeggen omdat je hebt slecht humeur. Orkest oefent. Dirigent verwacht veel publiek. Pers heeft gebracht artikel in krant. Jij zult spelen concert. Als je niet wilt, jij blameert lerares voor hele wereld!'

Ze maakte het hem echt moeilijk. Ze luisterde totaal niet naar zijn uitleg en wilde er niets van weten dat hij het één tot twee jaar wilde uitstellen. Het was nu of nooit. Een andere keus had hij niet.

'Ga naar huis. Morgen ik wil horen dat jij zult spelen, Leo!'

Ineens vond hij haar ongelofelijk betweterig. Ze commandeerde hem alsof hij een klein kind was. Nee, hij zou niet naar haar luisteren, omdat het sowieso alleen voor haar eigen bestwil was als hij deed wat hij zich had voorgenomen. In plaats van naar huis te gaan, klopte hij op de deur van de directeur en legde hij aan de verbouwereerde man uit dat hij het concert niet zou spelen.

'Waarom, Leo? Weet je wel wat je zegt?'

Dr. Gropius had een opengeslagen partituur voor zich op het bureau liggen en zijn dirigeerstok in zijn hand. Hij had zijn orkestdirectie geoefend. 'Het staat in de krant!' riep hij verbijsterd. 'We verheugen ons er allemaal op en er zullen een heleboel mensen naar jou willen komen luisteren.'

Van de schrik gleed zijn monocle van zijn neus, dat op de partituur viel. Nadat hij hem weer op zijn neusbrug had geklemd, keek hij Leo onderzoekend door de glazen aan, waarschijnlijk om te zien of Leo het serieus meende.

'Ik heb het met mijn ouders besproken,' zei Leo. 'Ze respecteren mijn beslissing.'

De directeur van het conservatorium gaf geen weerwoord. Hij knikte en zette de monocle weer af. 'Jouw ouders. De Melzers,' mompelde hij. 'Zozo... Nou, mijn jongen, ga dan eerst maar eens naar huis en kalmeer wat.'

Leo was enorm opgelucht toen hij terugging naar de villa. Hij had gedaan wat hij zich had voorgenomen en het was veel makkelijker geweest dan hij had gevreesd. Bevrijd ging hij thuis achter de piano zitten en speelde alle stukken die hij al die tijd had laten liggen omdat hij als een bezetene een veel te moeilijk stuk had geoefend. Bach. Mozart. Brahms. Beethoven. Haydn en Schubert. Alles leek wel nieuw voor hem. Hij drong dieper tot de muziek door, voelde de adem van de grote musici en was gelukkig. 's Avonds gaf zijn vader hem een schouderklopje. Directeur Gropius had hem gebeld en gevraagd of hij invloed wilde uitoefenen op zijn zoon. Maar zijn vader had geantwoord dat hij het besluit van zijn zoon respecteerde en erachter stond.

'Heeft hij jou ook gebeld, mama?'

'Ja, in het atelier, en ik heb hetzelfde gezegd. Ik denk dat het de juiste beslissing is, Leo. Het was zeker geen gemakkelijke beslissing, of wel?'

'Gaat wel...' pochte hij en bij wijze van uitzondering stond hij een kus op zijn wang toe.

Drie dagen later stond in de krant dat het concert van het conservatorium met de jonge pianist Leopold Melzer wegens ziekte helaas niet doorging.

De volgende dag hing er een briefje op de deur van het leslokaal. *Mevrouw Obramova is ziek, de les valt tot nader order uit.*

Bezorgd liep hij naar het secretariaat om naar haar te informeren, maar hij werd door de secretaresse, een corpulente, voormalige zangeres en kennis van dokter Gropius, afgepoeierd.

'Is het iets ernstigs?'

'Daar kan ik geen informatie over geven. We hopen dat ze snel weer beter is.'

Vergiste hij zich of keek ze hem verwijtend aan? Betekende het misschien dat het iets met hem te maken had dat Sinaida Obramova ziek was?

Peinzend ging hij naar huis. Thuis ging hij meteen achter de piano zitten, maar hij kon zich niet op de muziek concentreren.

Na een tijdje klopte Dodo op de deur. 'Ga je mee naar de bioscoop? Tante Kitty trakteert. Henni gaat ook mee.'

'Nee,' antwoordde hij lusteloos.

Zijn zus merkte meteen dat er iets niet in orde was. Gisteren was hij nog in een opperbest humeur geweest.

'Wat is er met jou aan de hand?'

'Ze is ziek.'

'Wie?'

'Mevrouw Obramova. Mijn lerares.'

'Ja, en?' Dodo was niet onder de indruk en haalde haar schouders op. 'Ze heeft vast een zomergriepje. Dat heerst momenteel. In mijn klas zijn drie meisjes ziek. Julia, Charlotte en sinds gisteren de arme Bettine.'

Leo haalde opgelucht adem. Als Sinaida Obramova griep had, hoefde hij zichzelf geen verwijten te maken vanwege het concert. Daar kon hij echt niets aan doen.

'Ga je nu mee naar de bioscoop of niet?' drong Dodo aan.

Eigenlijk had hij wel zin, maar niet samen met Henni, die irritante meid.

'Vandaag niet. Ik moet nog wat voor school doen. Je weet wel.'

Hij zwoegde op Latijnse woordjes, herhaalde saaie grammaticaregels en was 's avonds trots op zichzelf. Tenslotte had hij zijn vader beloofd om zijn cijfers op te halen en die belofte wilde hij ook waarmaken. Alleen moest hij tussen wiskundige formules en Latijnse vertalingen door af en toe even stoppen, omdat de muziek die hij vanbinnen hoorde, te zeer overheerste. Nu hij niet meer als een gek Tsjaikovski oefende, drongen zijn eigen muzikale ideeën weer op de voorgrond. Het waren zo veel tonen en instrumenten dat hij niet wist hoe hij alles moest noteren en hij gebruikte bijna al zijn notenpapier. Mevrouw Obramova bleef tot aan het begin van de zomervakantie ziek. Daarna zou ze haar lessen weer voortzetten, werd er gezegd.

In de vakantie sprak hij vaak af met Walter. Het gips was eraf en zijn vriend kon weer vioolspelen. In theorie dan, want het was erg lastig. Leo moest hem telkens weer aanmoedigen, omdat Walter bijna wanhopig raakte.

'Ik ben alles kwijt,' kreunde hij. 'Ik kan niet eens de gemakkelijkste stukken spelen. Mijn vingers doen gewoon niet wat ze moeten doen.'

'Het komt wel weer terug, Walter,' troostte Leo hem. 'Maar overdrijf niet. Als het pijn doet, moet je stoppen, anders gaat er iets kapot.'

Twee weken later was Walter eindelijk zover dat ze samen konden musiceren en ze beleefden er veel plezier aan. De overige bewoners van de villa genoten er ook van als er viool- en pianomuziek door het huis klonk en maakten er vriendelijke opmerkingen over. Zelfs in de keuken en de aanbouw was het te horen.

'Dat klinkt mooi,' zei tante Lisa. 'Charlotte heeft erop gedanst. Ik denk dat ze muzikaal is.'

'Jullie moeten in november op grootmoeders verjaardag echt iets voorspelen,' voegde Marie eraan toe.

Dodo had een nog beter idee. 'Als jullie dit op het Raadhuisplein spelen, ga ik met de pet rond. Dan worden we allemaal rijk!'

Ondanks de afleiding dacht Leo vaak aan Sinaida Obramova. Hij maakte zich ernstig zorgen en vroeg zich af of ze wel had begrepen waarom hij het concert had afgezegd. Ze had immers niet naar hem geluisterd en ook niet laten blijken dat ze het begreep. Maar daar had ze ook geen gelegenheid meer toe gehad, omdat ze ziek was geworden.

'Zal ik haar een brief schrijven?' vroeg hij aan Walter.

'Waar wil je die naartoe sturen? Je hebt haar adres immers niet.'

'Ik zou hem bij het conservatorium kunnen afgeven.'

'Dat is dicht in de vakantie.'

'Een week voordat de vakantie is afgelopen, gaat het secretariaat open. Dan breng ik de brief erheen.'

'Als je per se wilt,' zei Walter weifelend.

Het was zinloos om met zijn vriend over zijn lerares te praten. Walter mocht haar niet. Hij vond dat er betere leraren waren, die zichzelf niet zo ophemelden. Leo werkte drie avonden lang aan een lange brief aan Sinaida Obramova en begon een paar keer opnieuw. Ten slotte pakte hij met bonkend hart een van zijn composities, droeg die aan haar op en stopte hem samen met de brief in een envelop. De volgende ochtend wierp hij hem in de brievenbus van het conservatorium. Angstig wachtte hij op de eerste pianoles na de vakantie.

Het werd een diepe teleurstelling. Sinaida Obramova zei geen woord over de brief en toen hij verlegen probeerde om over het afgezegde concert te praten, viel ze hem bot in de rede.

'Voorbij is voorbij! Jij hebt kans gehad en laten gaan. We gaan over tot normale les. Czerny-etudes! Goed voor zwakke vingers!'

Na de eerste pianoles was hij teleurgesteld, na de tweede was hij als verlamd. Pas tijdens de derde les kreeg hij door hoe het zat.

Ze verachtte hem. Zijn uitleg interesseerde haar niet. In haar ogen had hij zich er laf aan onttrokken. Hij was weggelopen in plaats van de uitdaging aan te gaan. Hij had haar voor schut gezet, voor alle docenten, voor alle studenten en hun ouders, voor de hele stad Augsburg. Daarom nam ze wraak op hem en liet ze hem de Czerny-etudes spelen. De ene na de andere. Heel langzaam. Waarbij hij moest letten op het plaatsen van zijn vingers. En zijn polsen losjes en zijn schouders recht moest houden.

'Over drie weken zul jij niet meedoen met voorspeelavond van studenten. Te zwakke vingers. Is nodig elke dag oefenen.'

Leo merkte tot zijn afschuw dat ze een heel ander persoon was dan hij had gedacht. Het was alsof ze een masker had afgedaan en daaronder een vreemd, lelijk gezicht tevoorschijn was gekomen.

'Het is heel simpel,' zei Walter. 'Je hebt een andere lerares nodig. Of beter nog, een leraar. Praat er eens met je ouders over.'

Daar bleef het bij. Vreemd genoeg kreeg Leo het niet voor elkaar om het probleem met zijn ouders te bespreken. Thuis vertelde hij niemand dat hij zich zo ellendig voelde. Hij trok zich terug in zijn kamer en maakte zijn schoolwerk. Alleen als Walter bij hem op bezoek kwam, ging hij lusteloos achter de piano zitten. Twee keer per week ging hij naar het conservatorium voor pianoles en verdroeg hij stoïcijns Sinaida Obramova's kille, destructieve onverschilligheid. Hij begreep zelf niet wat hem ertoe aanzette om ondanks alles haar nabijheid op te zoeken. Misschien was het een laatste sprankje hoop dat hij diep in zijn hart nog koesterde.

Met gemengde gevoelens ging hij naar de voorspeelavond. Walter had inmiddels grote vooruitgang geboekt en had eigenlijk gehoopt dat ze Leo zouden vragen om zijn vriend op de piano te begeleiden, maar dat was niet gebeurd. Een oudere studente was daartoe aangewezen.

Leo, die normaal bij dit soort gelegenheden een van de hoogtepunten van de avond was geweest, voelde zich nu verschrikkelijk slecht op zijn gemak. Geen enkele leraar begroette hem. Ze keken allemaal langs hem heen. Sommige studenten keken elkaar vol leedvermaak aan, maar de meeste negeerden hem. Sinaida Obramova zat naast de directeur op de eerste rij en leek Leo niet op te merken. In plaats daarvan richtte ze zich op twee jongens die les van haar kregen en vandaag voor de eerste keer voor zouden spelen.

De avond verliep zoals dit soort evenementen meestal verliepen. De zaal zat vol met opgewonden ouders en sommige studenten speelden erg goed. Andere zetten zichzelf voor schut en weer andere speelden hun stuk als een marionet en leken dolblij te zijn als ze het er fatsoenlijk vanaf hadden gebracht. Walter was een van de beste. Hij speelde met passie en straalde uit dat hij gelukkig was omdat hij weer kon musiceren.

In de pauze kon Leo wel door de grond zakken. Hij wilde even naar buiten gaan om een frisse neus te halen toen hij in de entreehal plotseling zijn naam hoorde. Een groepje studenten stond over hem te praten.

‘Leo Melzer? Die mocht niet spelen, want hij kon het niet.’

‘Nou, net goed voor die opschepper dat hij van zijn voetstuk valt!’

‘Zijn lerares heeft gezegd dat ze hem moest verbieden om het concert te spelen, omdat hij anders verschrikkelijk af zou gaan.’

‘Heeft ze dat gezegd?’

‘Ja. En Gropius heeft het ook gezegd. Die mooie Leo heeft zichzelf mateloos overschat!’

'Terwijl hij per se als het nieuwe wonderkind wilde schitteren.'

'Tja, als je het hoog in je bol hebt, kun je diep vallen.'

Leo voelde dat hij duizelig werd. Het waren maar praatjes, dacht hij. Ze verdraaiden alles. Dat kon Obramova niet hebben gezegd, want het was niet de waarheid. En ze zou toch niet zo gemeen zijn om zo te liegen?

Hij liep zonder jas de straat op en merkte pas bij de tramhalte dat zijn portemonnee nog in zijn jas zat, die nog in het conservatorium hing. Hij kon dus geen kaartje kopen en ging daarom maar te voet naar de villa. Hij zweeg toen Hanna in de hal naar zijn jas vroeg en sloot zich in zijn kamer op. Hij zou nooit meer pianospelen.

12

LIESL WAS HELEMAAL IN de war. Ze dacht dat haar moeder door het plotselinge overlijden van haar man haar verstand had verloren toen ze iets over Pommeren had gezegd. 'Hij moet ons geld geven,' had ze gezegd. Maar tijdens de begrafenis die dag had Else haar mond voorbijgepraat en rare dingen gezegd, en nu wist Liesl niet meer wat ze moest denken.

'Gustav was als een vader voor je.'

'Natuurlijk was hij dat,' had Liesl een beetje verward geantwoord. 'Hij wás immers mijn vader.'

'O jee,' had Else gezegd en ze had geschrokken haar hand voor haar mond gehouden. 'In dat geval heb ik niets gezegd.'

Liesl werd geplaagd door twijfels. Hadden ze iets voor haar geheimgehouden? Iets wat niet alleen Else, maar alle personeelsleden in de villa over haar wisten? Nadat iedereen was vertrokken, besloot ze het aan haar moeder te vragen.

'Je hebt altijd gezegd dat Gustav mijn vader is...' begon ze. 'Maar ik begin te geloven dat dat niet waar is.'

Auguste staarde haar aan, sloot even haar ogen en snoof. 'Hoe kom je daarbij? Heeft iemand van de villa je dat verteld? Brunnenmayer misschien?'

Het klopte dus. Ze zag het aan haar moeder. 'Else zei iets...'

'Die domme, ouwe roddeltante,' schold ze boos. Maar toen vermande ze zich. 'Nou, goed dan, Gustav en ik wilden het je al lang vertellen, maar het was er telkens niet het goede moment voor. Nu ben je er op een andere manier achter gekomen. Het klopt, Gustav was niet je vader. Dat was iemand anders.'

Iemand anders. Liesls hart bonkte in haar borstkas en ze moest op een stoel gaan zitten.

'Wie dan?' vroeg ze angstig.

Haar moeder leek haar vragen erg lastig te vinden. Ze maakte een nors gebaar. 'Dat was destijds een vervelende geschiedenis,' zei ze en ze liep wat zenuwachtig door de kamer. 'Ik was nog jong en naïef. Ik dacht toen echt dat hij met me wilde trouwen. Ja, je mag me gerust uitlachen. Alsof een adellijke heer een kamermeisje tot vrouw neemt! Zoiets bestaat niet. En daarom bleef ik achter met een onechtelijk kind...'

Het onechtelijke kind, dat Auguste ongetwijfeld als een groot ongeluk had gezien, dat was zij. Liesl. Wat verschrikkelijk, dacht ze. Ze keek haar moeder bedroefd aan.

'Je hoeft niet verdrietig te zijn, meid. Gustav heeft je immers grootgebracht alsof je zijn eigen kind was. Je hebt een goede vader gehad. En die ander, je echte vader, heeft voor jou betaald. Niet altijd, want vaak had hij zelf te weinig geld...'

'Vertel me wie het is,' onderbrak Liesl haar moeder. 'Ken ik hem misschien? Of leeft hij niet meer? Zeg me zijn naam.'

Haar moeder streek een pluk haar van haar voorhoofd en keek Liesl ontstemd aan.

'Dat je daar uitgerekend vandaag mee moet komen,' bromde ze geïrriteerd. 'Maar goed, hij heet Klaus von Hagemann en woont ver weg, in Pommeren.'

'In Pommeren?'

Had haar moeder het niet laatst nog over Pommeren gehad? Dat ze erheen moest gaan om te zorgen dat ze geld kreeg? Dan was haar vader dus rijk?

Nu het verhaal over haar ongelukkige affaire en haar onechtelijke kind naar buiten was gekomen, praatte haar moeder op een heel andere manier met haar.

'Meneer Von Hagemann is van adel. Dat weet je nu en dat mag je nooit vergeten. Je bent mijn kind, Liesl. Maar in je aderen stroomt adellijk bloed. Het bloed van de Von Hagemanns. Daarom kun je het verder schoppen dan ik. Laat die Christian links liggen, hij is niet geschikt voor jou, meid. In de villa kun je verder komen. Natuurlijk niet in de keuken. Kijk liever naar boven. Wist je eigenlijk dat Marie Melzer daar lang geleden ook keukenmeisje is geweest?'

Haar moeder knikte veelbetekenend naar haar en zei dat ze zich even wilde omkleden. Liesl wachtte een poosje voor het geval ze daarna misschien weer naar de keuken kwam, maar blijkbaar was haar moeder naar bed gegaan. Liesl besloot terug te gaan naar de villa en deed alle lichten in de keuken en woonkamer uit. Ze vond het een griezelige weg, omdat het al donker was en er geen straatlantaarns meer brandden. Pas toen ze door de zijpoort het park van de villa in liep, schemerde er een lichtje door de bosjes. Dat moest in de remise zijn, waar het tuingereedschap werd bewaard. Kennelijk was Christian nog aan het werk. Heel even kwam ze in de verleiding om naar hem toe te gaan en hem in vertrouwen te nemen. Maar ze deed het niet. Hij zou wat haar moeder had gezegd vast niet leuk vinden. Ze liep snel over de vochtige grasvelden naar de villa en merkte tot haar blijdschap dat er in de keuken nog licht brandde. Buiten adem klopte ze op de personeelsdeur, die 's avonds altijd vanbinnen vergrendeld was.

'Ben jij dat, Liesl?' hoorde ze de kokkin zeggen.

Mevrouw Brunnenmayer was nog wakker! Dat was ongebruikelijk, want de kokkin ging meestal vroeg naar bed.

'Ja, ik ben het, mevrouw Brunnenmayer. Ik heb de borden en kopjes mee terug gebracht.'

Knarsend werd de grendel opzijgeschoven en de brede gestalte van de kokkin verscheen in de deuropening. Ze droeg een gebreid vest over haar nachthemd. Het witte kapje dat ze tijdens haar werk droeg, had ze afgedaan, waardoor haar haar zichtbaar was. Het was grijs en een beetje dun.

'Daar ben je eindelijk, meisje,' zei ze en ze nam de mand van haar over. 'Het is stikdonker buiten. Waarom heb je geen lantaarn meegenomen?'

'Die was ik vergeten.'

Hoofdschuddend zette de kokkin de mand op een kruk. Daarna ging ze zitten en pakte de bruine kroes waar ze graag bier uit dronk.

'Wat een nare dag, hè?' zei ze. 'Ik heb veel aan je gedacht en kon er niet van slapen. Daarom ben ik maar naar de keuken gegaan om nog een slaapmutsje te nemen. Wil je ook wat?'

Liesl hoefde niets. Maar ze ging wel bij de kokkin zitten en wachtte tot mevrouw Brunnenmayer een grote slok uit de kroes had genomen.

'Jullie wisten het allemaal, hè?' zei Liesl zacht en verwijtend. 'Jullie wisten allemaal dat Gustav niet mijn vader was. Toch heeft niemand het me verteld.'

De kokkin veegde met de rug van haar hand het bierschuim van haar mond. 'Heeft je moeder het eindelijk bekend?'

Liesl aarzelde voordat ze antwoord gaf, want ze wilde niet slecht over haar moeder praten, en ook niet over Else. Maar uiteindelijk vertelde ze toch de waarheid.

'Else heeft zich versproken. Daarna heb ik het aan mijn moeder gevraagd en toen heeft ze het me verteld. Mijn vader heet Klaus von Hagemann en woont in Pommeren.'

Ze zweeg en wachtte tot de kokkin iets zei. Buiten vlogen twee vliegen rond de lamp. Ze botsten ertegenaan, zoemden boos en bleven wild rond het licht vliegen.

'En wat heeft ze nog meer over je vader verteld?' vroeg mevrouw Brunnenmayer ten slotte.

'Niets.'

'Nou, dan zul je wel behoorlijk van slag zijn, meid. Klopt dat?'

Liesl knikte en tekende ongeduldig cirkeltjes op het tafelblad met haar vinger. De kokkin nam nog een slok bier voordat ze verder praatte.

'Je moet weten, Liesl, dat meneer Von Hagemann ooit met Elisabeth Melzer getrouwd is geweest. Het was geen gelukkig huwelijk, voor geen van beiden. Dat is allemaal verleden tijd. Ze zijn gescheiden en mevrouw heeft de ware gevonden. En jouw vader is blijkbaar tamelijk tevreden in Pommeren.'

Liesl hoorde meer over haar vader dan ze had verwacht. Het landgoed in Pommeren, waar hij woonde, was eigenlijk van ene Elvira von Maydorn, de schoonzus van Alicia Melzer en de weduwe van Alicia's overleden broer Rudolf.

'Ze heeft haar nicht Elisabeth destijds als enige erfgenaam aangewezen wanneer ze zou komen te overlijden. Maar bij de scheiding heeft Lisa haar aanspraak op de erfenis aan meneer Von Hagemann overgedragen. Om wat voor reden dan ook.'

Liesl begreep dat haar vader rentmeester was op een landgoed dat hij ooit zou erven. Hij was dus rijk. Bovendien vertelde de kokkin dat hij, nadat hij van mevrouw was gescheiden, met een meisje uit het dorp was getrouwd.

'Je zult vast niets erven,' zei mevrouw Brunnenmayer. 'Daar hoef je niet op te hopen, want hij heeft inmiddels nakomelingen met die Pauline. Bovendien is Elvira zolang ze leeft officieel de eigenaresse en is Von Hagemann haar als rentmeester rekenschap schuldig.'

Aha, de kisten met worst, ham en rookvlees die af en toe in de villa werden afgeleverd, kwamen dus blijkbaar van landgoed Maydorn. Waarschijnlijk had haar vader die vanuit Pommeren naar Augsburg gestuurd.

'Heeft hij me eigenlijk weleens gezien?' vroeg ze. 'Als ik zijn kind ben, zal hij toch ooit weleens naar me hebben omgekeken?'

De kokkin aarzelde voordat ze antwoord gaf. 'Dat zou kunnen,' zei ze ten slotte. 'Maar ik kan het me niet goed herinneren. Dat moet je aan je moeder vragen, zij zal het weten.'

Bedroefd liet Liesl haar hoofd hangen. Als meneer Von Hagemann haar was komen opzoeken, zou haar moeder het haar zeker hebben verteld. Ze had alleen gezegd dat hij voor haar had betaald. En dat alleen af en toe. Maar er was nog iets wat ze heel graag wilde weten.

'Mevrouw Brunnenmayer...'

'Ja?' vroeg ze vriendelijk.

'Is mijn vader een goed mens?'

Die vraag scheen niet gemakkelijk te beantwoorden te zijn, want de kokkin zuchtte diep en keek knipperend met haar ogen naar de lamp.

'In elk geval geen slecht mens, meid. Toen hij destijds bij ons in de villa kwam, was hij een vlotte jongen. Goed figuur, sportief, klein snorretje op zijn bovenlip. Heel wat meisjes waren verliefd op hem, niet alleen je moeder. Maar hijzelf had maar één persoon op het oog...'

'Elisabeth Melzer?'

'Nee, de jongere zus, juffrouw Kitty. Hij heeft haar een huwelijksaanzoek gedaan. Alle jongemannen liepen in die tijd achter haar aan.'

De kokkin grinnikte, blijkbaar kwamen er allerlei mooie herinneringen bij haar boven. Wat wist ze veel over de familie! Nou ja, ze was inmiddels al bijna vijftig jaar werkzaam in de villa en had dus wel het een en ander meegemaakt.

'Juffrouw Kitty is mevrouw Scherer, toch?' vroeg Liesl. 'Ze is nog steeds erg knap. Waarom is mijn vader met Elisabeth getrouwd als hij Kitty wilde hebben?'

'Heel simpel. Omdat Kitty hem niet wilde.'

Liesl keek onthutst. Hij had dus ook nare dingen meegemaakt. Hij was dan wel een adellijke heer, maar de vrouw op wie hij verliefd was geweest, had hem afgewezen.

'Hij is met Elisabeth getrouwd vanwege haar geld. Daarom was het geen gelukkig huwelijk. Bovendien heeft het lot hem zwaar gestraft, want in de oorlog is zijn gezicht ernstig verminkt door een granaat.'

'O god, wat verschrikkelijk!' riep Liesl ontzet.

'Het schijnt goed genezen te zijn,' zei Fanny Brunnenmayer. 'Ze hebben hem geopereerd. Hij mag blij zijn dat hij het er levend vanaf gebracht heeft. Veel mannen hadden toen niet zo veel geluk.'

Dat wist Liesl natuurlijk. Veel van haar klasgenoten waren alleen door hun moeder grootgebracht. Of ze hadden een stiefvader die niet altijd goed voor hen was.

'Het gaat niet slecht met hem in Pommeren,' vertelde de kokkin verder. 'Hij schijnt een goede landheer te zijn. Hij heeft het landgoed weer tot bloei gebracht en een gezin gesticht. Ik denk dat hij een goed persoon is geworden. Zo gaat het nu eenmaal in het leven, meid. Sommige mensen komen pas later op het goede pad terecht. Zij verdwalen eerst, doen domme dingen, kiezen de verkeerde echtgenoot en ontdekken pas laat waar ze thuishoren. Dan is het vaak slimmer om helemaal niet te trouwen, zoals ik heb gedaan.'

Liesl luisterde aandachtig naar de levenswijsheid van de kokkin en voelde zich moedeloos. Zo ging dat dus. Bijna iedereen werd eerst verliefd op de verkeerde. Dat gold voor haar moeder en voor haar vader dus ook. En dan was het kommer en kwel, werden er onechtelijke kinderen geboren en werd het huwelijk weer ontbonden. Het leven schudde je heftig door elkaar voordat je ooit een beetje geluk te pakken kreeg.

'Nou, ik ben inmiddels behoorlijk moe.' Fanny Brunnenmayer gaapte luid. 'Laten we naar boven gaan en gaan slapen. Morgen is er weer een dag.'

Boven in haar kamer kroop Liesl meteen onder de dekens, maar ze kon de slaap niet vatten. Er ging te veel door haar heen. Ze moest aan Christian denken. Hij had trouwe ogen en een lieve, verlegen glimlach. Hij was geen knappe jongen, zoals haar vader was geweest. Nee, Christian had grote, afstaande oren en dat was niet mooi. Maar een goed mens was hij zeker en misschien was ze zelfs een beetje verliefd op hem. Stel dat hij nu de verkeerde was?

Haar moeder had gezegd dat ze hem links moest laten liggen en beter naar boven kon kijken. Dat had ze niet helemaal begrepen. Waar moest ze dan naar kijken? Naar de hemel?

Ze wilde liever naar Pommeren kijken. Daar waar haar vader woonde. Ze zou hem heel graag op zijn minst een keer willen zien. Het was erg raar om een vader te hebben die je nog nooit in je leven had gezien. Maar Pommeren was ver weg en ze had geen geld.

Bovendien wilde hij waarschijnlijk niets van haar weten.

13

'IK VIND HET GEEN prettig idee, lieverd!'

'Elisabeth, alsjeblieft! Het is een grote eer voor me.'

Sebastian legde een klontje suiker in het kopje dat van flinterdun Chinees porselein was gemaakt, goot er thee op en gaf het volle kopje aan zijn vrouw. Ze zette de kleine Charlotte die op haar schoot zat op de grond en het blonde engeltje liep enthousiast naar haar papa. Sebastian kon nog net de hete theekan op het porseleinen theelicht zetten of de kleine had zich al aan zijn broek vastgeklampt. 'Baba! Baba! Dada. Brrrrrrr.'

'Ze leert er elke dag een nieuw woordje bij,' zei Elisabeth blij. 'Gisteren zei ze Anna, waarmee ze Hanna bedoelde.'

Sebastian ging niet in op de vorderingen van zijn dochter. Hij had andere zorgen aan zijn hoofd. 'Wat mijn toespraak in München betreft, Elisabeth, ik ben van mening dat...'

'Heb je weer maar één suikerklontje in het kopje gedaan, lieverd? Dan smaakt de thee zo bitter... Geef me alsjeblieft nog een klontje.'

'Sorry, ik was in gedachten.'

Lisa had inmiddels haar haakwerkje opgepakt, een wit lapje van dun garen, dat een gordijntje voor de badkamer moest worden.

'Om op de toespraak terug te komen, lieverd,' zei ze en ze hield het haakwerkje omhoog om het kritisch te bekijken. 'Ik denk dat het bij dit soort bijeenkomsten vaak tot heftige confrontaties komt.

Dat staat regelmatig in de krant. Ik wil niet dat er iets met jou gebeurt.'

'Maar Elisabeth! Heb je dan helemaal geen vertrouwen in mij?'

'Ik heb ontzettend veel vertrouwen in je, maar tegen een knokploeg van de NSDAP kun je niet op.'

'Laten we dat maar afkloppen.'

Natuurlijk vond hij het fijn dat ze zich zorgen om hem maakte. Het was een teken van hun liefde, die voor hem kostbaarder was dan wat dan ook. Zijn vrouw en kinderen vormden het middelpunt in zijn leven. Nu hij niet meer in de fabriek werkte, waren de mensen van wie hij hield belangrijker dan ooit. Aan de andere kant knaagde het aan zijn gevoel van eigenwaarde als gezinshoofd dat hij momenteel geen vaste baan had en dus geen geld verdiende. De voornaamste reden dat hij zijn baan in de fabriek had opgezegd, was dat er weer een ontslagronde aan kwam en hij daar in zijn functie als voorzitter van de ondernemingsraad niets tegen kon doen. Sindsdien zette hij zich meer voor zijn partij in. Hij ging naar bijeenkomsten en hield korte lezingen. Hoewel hij geen begenadigd spreker was, had hij dankzij zijn gedegen kennis wel succes. En zo kon hij misschien voorkomen dat de fatale fouten uit het verleden niet werden herhaald.

Hij was er erg trots op dat een plaatselijke afdeling in München hem voor zo'n toespraak had uitgenodigd en was vastberaden om die taak op zich te nemen. Maar voorlopig zat hij nog aan tafel om de dwaze bezwaren van zijn lieve echtgenote weg te nemen.

'Het is een kleine bijeenkomst in een keurig restaurant. Ze hebben me verteld dat er nog nooit ongeregeldheden of relletjes zijn geweest, welke groepering de zaal ook gehuurd heeft.'

Elisabeth zuchtte. Ze legde het haakwerkje weg en nam een slok thee. Als ze zich vooroverboog, kon hij in haar decolleté kijken. Ze wist dat hij van haar weelderige vormen hield en zette ze soms bewust in.

'Ga je weer over die afgrijselijke radenrepubliek praten?' vroeg ze.

'Dat ben ik zeker van plan, schat. Ik zal uitleggen waarom de eerste pogingen om in Duitsland een radensysteem op te richten tot mislukken gedoemd waren. Dat is belangrijk, want alleen zo'n systeem kan de ellende opvangen die de aanstaande ineenstorting van het kapitalistische systeem zal aanrichten.'

Hij zag de twijfel op Elisabeths gezicht. Ook al had hij nog zo zijn best gedaan, het was hem tot nu toe niet gelukt om zijn vrouw van de waarheden van de marxistische wereldbeschouwing te overtuigen. Dat kwam ongetwijfeld doordat ze in dat opzicht de opvattingen van haar broer en moeder deelde, die lijnrecht tegenover de zijne stonden.

'Vind je dat het radensysteem dat Stalin nu in Rusland met bloed en terreur invoert een goede zaak is?' vroeg ze en ze keek hem provocerend aan.

'Mijn hemel, nee!' riep hij ontzet uit en hij verzekerde haar dat een radenrepubliek in Duitsland uitsluitend op vreedzame en geordende wijze opgericht mocht worden. En wel op basis van een duidelijke meerderheid onder de bevolking.

'Bedrijven en industriecomplexen moeten staatseigendom worden. Iedere arbeider krijgt een aandeel in het bedrijf, zodat hij van de behaalde opbrengsten kan profiteren. Een deel van de winst moet uiteraard in het bedrijf terugvloeien, voor nieuwe machines en voorzieningen die de arbeiders ten goede komen, zoals een kantine, een zwembad of een kleuterschool.'

Ze knikte en gaf Charlotte een zilveren theelepel, zodat ze ergens mee kon spelen terwijl Lisa zich weer op de moeizame discussie richtte.

'Hoe zit het met aandeelbewijzen? Daarmee kan iedere arbeider toch ook een aandeel in het bedrijf waar hij werkt verwerven?'

'Die zijn een stap in de goede richting,' doceerde hij. 'Voor zover deze aandelen niet verkocht en voor ordinaire winst verhandeld worden. De beurs is de wortel van al het kapitalistische kwaad.'

Daar was zijn vrouw het bij wijze van uitzondering mee eens. De verschrikkelijke economische crisis, die vanuit Amerika naar Europa was overgewaaid, was door de beurs veroorzaakt. Door nare speculanten die hun winsten op tijd wilden veiligstellen, waardoor de minder slimme beleggers financieel te gronde waren gegaan.

Sebastian was blij dat ze het op dat punt met hem eens was en ging naast haar zitten. Hij schonk thee bij en deed twee suikerklontjes in haar kopje.

Na een poosje keek hij op de klok en zag dat het de hoogste tijd was om te vertrekken. Hij zou zijn toespraak pas 's avonds houden, maar hij moest een eind reizen, met de trein en de tram.

'Wil je in die versleten kleren naar München gaan?'

'Ik denk dat ik voor deze bijeenkomst zeer passend gekleed ben.'

'We hebben toch nog die mooie mantel van mijn vader...'

'Nee, dank je!'

Hij liep naar de kleine kamer die hij als kantoor gebruikte, pakte het concept van zijn toespraak van het bureau en stopte het in de versleten leren map die hij al jarenlang gebruikte. Hij had de map nog niet dichtgedaan of Elisabeth stond achter hem.

'Humbert zal je naar het station brengen, lieverd.'

'Dank je, maar ik neem de tram.'

'Je zult wat geld nodig hebben.'

'Ik heb genoeg bij me.'

Het afscheid was innig. Ze omhelsden en kusten elkaar en Elisabeth wilde hem niet meer loslaten. Pas toen Humbert in de gang verscheen en zich bij hun aanblik discreet weer terugtrok, maakten ze zich van elkaar los.

'Wanneer ben je weer terug?'

'Laat, schat. Ik kom met de nachttrein.'

Hij haastte zich de trappen af alsof hij op de vlucht sloeg. In de entreehal pakte hij snel zijn jas en hoed en holde de villa uit. Halverwege de laan bleef hij staan om nog een snelle blik op de speelplaats te werpen, die ze een paar jaar geleden in het park hadden aangelegd. Hanna gaf de draaimolen een zwieper en de jongens krijsten van plezier. Met een warm gevoel in zijn hart liep hij door de poort naar de tramhalte. Ze hadden hem een klein honorarium voor de toespraak beloofd en dat vrolijkte hem een beetje op. Dan verdiende hij tenminste wat geld voor zijn gezin.

Om geld te besparen kocht hij een kaartje voor de derde klasse, waar je op houten banken zonder bekleding zat. Het was druk in de coupé, waardoor hij er niet aan toekwam om zijn concepttoespraak nog een keer door te nemen.

Sebastian was blij toen ze op het centraal station van München aankwamen. De hoge gewelven van gietijzer en glas waren zwart van het roet en er fladderden duiven rond. De geluiden van de treinen, de fluitjes en de stemmen van de reizigers vermengden zich tot een oorverdovend lawaai waar hij duizelig van werd. Hij passeerde de controles op het perron en voegde zich bij de reizigers die haastig hun weg zochten naar het stationsplein. Daar, tussen bloemenkiosken en worsttentjes, stonden mannen en vrouwen met kranten in hun handen, waarin ze naar vacatures zochten. Aan de andere kant van het plein werd warme soep uitgedeeld. De mensen, onder wie veel kinderen en ouderen, stonden in een lange wachtrij. De meesten hadden een metalen kommetje bij zich, anderen moesten het met een conservenblikje doen.

Sebastian voelde wanhopige woede opkomen. Wat was dit nu voor een wereld, waarin de rijken in verwarmde kamers thee zaten te drinken, terwijl de armen en zwakken om een beetje voedsel moesten bedelen! Hij leefde in een niet te overwinnen spagaat, die hij alleen kon verdragen door zich voor een grote en effectieve verandering in te zetten, desnoods een revolutie.

Tegen half vijf stond hij voor het restaurant, dat in een middelgroot, statig gebouw was gevestigd. De waard, een magere, kalende man, zat met twee vrienden een biertje te drinken. Aan een tafeltje ernaast at een arbeider knoedels met zuurkool – op het gebruikelijke rookvlees werd inmiddels blijkbaar bezuinigd.

'Goedendag!' zei Sebastian vriendelijk. 'Ik ben de spreker voor vanavond.'

Behalve de waard leek niemand te weten waar hij het over had. Ze staarden hem nieuwsgierig aan terwijl hij zijn jas uittrok en die samen met zijn hoed aan een haakje aan de muur hing.

'Aha,' zei de waard. 'Dan is het bier voor u vanavond gratis.'

Dat klonk goed, dacht Sebastian, en hij nam plaats aan een tafel achter in de ruimte. Hij haalde zijn concepttoespraak uit zijn tas en legde hem voor zich neer. De waard bracht hem bier en zei dat de bijeenkomst in de zaal ernaast zou plaatsvinden en dat het daar niet was toegestaan om op de grond te spuwen.

'Wilt u iets eten?'

Sebastian dacht even na hoeveel geld hij bij zich had en bestelde een paar worstjes met brood. Gezien de spannende klus die hij voor zich had, was het beter om iets kleins te eten, zeker omdat hij sinds het ontbijt alleen nog maar een half biscuitje had gegeten.

Om half acht kwamen er drie mannen binnen. Ze keken zoekend om zich heen en liepen toen naar de vreemdeling die in zijn eentje zat.

'Bent u meneer Winkler uit Augsburg? Fijn dat u er bent. Hebt u al iets te drinken gekregen?'

De ruimte die de waard 'de zaal' had genoemd, was relatief klein. Er pasten misschien vijftig mensen in, met een beetje geluk hooguit zeventig. Vooraan stond een tafel, voor de rest was de ruimte ingericht met allerlei verschillende stoelen en krukken. Er stond zelfs een oorfauteuil tussen. Een spreekgestoelte, waar Sebastian zijn tekst op had kunnen neerleggen, was er niet.

Tegen acht uur druppelden de eerste toehoorders binnen, onder wie een aantal vrouwen. Ze bleven eerst in het restaurant hangen, dronken wat en bestelden een paar *bretzels*, die in stukjes gescheurd en onder de aanwezigen verdeeld werden. Sebastian begon langzamerhand nerveus te worden. Hij zou zo meteen zijn voordracht houden en moest de mensen enthousiasmeren. Hij wist niet zeker of hem dat zou lukken.

'Goed!' riep de leider van de plaatselijke partijafdeling, en hij sloeg met zijn vuist op de houten tafel. 'Laten we beginnen!'

Het werd geleidelijk aan steeds voller in de zaal. De meeste mensen namen hun bierglas mee naar binnen, zochten een plekje uit en zetten het glas onder hun stoel. De vrouwen gingen bij elkaar zitten. Er werden spottende dingen geroepen, waar pittig op geantwoord werd, niemand nam een blad voor de mond. De leider en zijn collega's gingen voor in de zaal aan de tafel zitten en namen Sebastian mee.

'Die drie daar achteraan, die zijn van de BVP, dus van de Beierse partij. Die zijn in orde. De ene is mijn zwager,' fluisterde de man die naast hem zat tegen hem. 'Die dikke met de bril is SPD-afgevaardigde in het stadsparlement. Het zou kunnen dat hij hier is om te spioneren.'

Tegen half negen was de zaal stampvol en de lucht niet te harden. Het rook naar bier, zweet, ongewassen kleding, oude boenwas en de tabakspeuken die sommige toehoorders rookten. Sebastian werd steeds zenuwachtiger. Nog een paar minuten en dan was hij aan de beurt om zijn verhaal te houden. Staand, voor al deze mensen.

De leider vroeg de aandacht door een paar keer te fluiten. Er viel een verwachtingsvolle stilte. De man stond op en werd door zijn trouwe partijgenoten met een daverend applaus en bemoedigende kreten begroet. Hij begon te praten en Sebastian vond zijn betoog nogal simpel en schreeuwerig. Maar zijn toehoorders vonden het geweldig. Ze luisterden geboeid en onderbraken hem telkens met applaus en instemmend gejoel.

Weg met het schorem! We hebben een Beieren van arbeiders en boeren nodig! Het misdadige systeem moet vernietigd worden, alleen het communisme zal ons allen redden! Laat de kaas niet van jullie brood eten, kameraden!

Sebastian kende dit soort leuzen wel. Ook in Augsburg werden ze bij betogingen geroepen. Het had hem altijd geïrriteerd. Waarom behandelden ze de partijgenoten als kleine kinderen? Was het niet veel belangrijker om kennis en inzicht over te dragen, zodat ze er helder over konden oordelen en de waarheid inzagen?

'Op aanraden van kameraad Leukel hebben we vandaag partijgenoot Sebastian Hinkler uitgenodigd, die in Augsburg een grote schare aanhangers heeft.'

Het was een zwierige aankondiging en hij werd met applaus ontvangen. Sebastian stond op, knikte groetend naar de menigte en schraapte zijn keel.

'Hartelijk dank. Ik ben blij dat ik hier in München voor jullie mag spreken,' begon hij. 'Ik moet echter wel een klein misverstand ophelderen: ik heet Winkler, niet Hinkler...'

Het publiek begon te lachen. De mensen vonden de verbastering van zijn naam om te gillen.

'Winkler of Hinkler,' zei een gezette vrouw op de eerste rij. 'Zolang hij maar geen Hitler heet.'

Sebastian moest even wachten tot de hilariteit onder het publiek was weggeëbd en begon toen met zijn toespraak. In het begin luisterden de mensen aandachtig, maar algauw stonden een paar mensen op om nog een biertje te halen. Anderen hadden hun armen over elkaar geslagen en de kin op de borst laten zakken. Naast hem aan de tafel zat de leider met zijn kameraden te fluisteren. Sebastian liet zich niet uit het veld slaan en ging over op een nieuw onderwerp, waarbij hij de ondergang van het kapitalisme en de noodzaak van een nieuw systeem omschreef. Steeds meer mensen stonden op om naar het toilet te gaan. Een paar toehoorders liepen de ruimte uit, andere kwamen juist terug en liepen ongegeneerd te kletsen. Sebastian begon te zweten. Het was ondraaglijk warm in de zaal, maar hij vond het niet gepast om zijn jasje uit te trekken. Toen hij aan het slot begon, werd hij even onderbroken omdat iemand van zijn stoel was gevallen en daarbij twee volle bierglazen had omgestoten. Sebastian besloot zijn toespraak in te korten. Hij eindigde sneller dan hij had gepland en bedankte de toehoorders voor hun aandacht.

Hij kreeg een mager applaus. Veel mensen hadden de zaal al verlaten en zaten in het restaurant te kletsen. Er klonk gelach vanuit de eetzaal, waar het er vrolijk aan toe leek te gaan. De leider schudde Sebastian de hand en zei: 'Zo, dat was een heel verhaal.'

Sebastian bedankte hem en zei dat hij meteen weg moest, omdat hij de nachttrein naar Augsburg wilde pakken. Hij durfde niet meer naar het honorarium te vragen.

'Nou, goede reis dan maar,' zei de leider. Hij pakte zijn bierpul en liep naar het restaurant.

Sebastian stopte zijn tekst in de map en overwoog om nog iets te drinken. Zijn mond was droog en zijn tong plakte aan zijn gehemelte. Maar in het restaurant waren alle tafeltjes bezet. De partijgenoten zaten dicht opeengedrongen aan de tafels te drinken en besteedden nauwelijks aandacht aan de spreker uit Augsburg, niet veel meer dan ze aan een langszoemende vlieg zouden besteden. Sebastian moest een tijdje zoeken tot hij tussen de vele jassen zijn eigen jas vond. Zijn hoed lag op de grond.

Dat was het dan. Buiten ademde hij de koude avondlucht diep in en voelde zich ontnuchterd. Nee, hij was geen goede spreker, dat wist hij, maar hij had zijn best gedaan en misschien was er wel iets van in hun hoofd blijven hangen. Hij trok zijn hoed dieper over zijn voorhoofd en wilde in de richting van de tramhalte lopen toen achter hem de deur van het restaurant openging en drie jongemannen naar buiten kwamen.

'Gaat u nu al weg, meneer Winkler?' vroeg een van hen. 'Wat jammer. Ik had graag nog even met u gepraat.'

De jongen zag er niet uit als een arbeider en zijn kleding paste ook niet in deze wijk. Een student? Sebastian zei dat hij de nachttrein naar Augsburg wilde halen en daarom haast had.

'U kunt net zo goed de eerste ochtendtrein nemen, meneer Winkler,' raadde de jongen hem aan en een van de anderen voegde eraan toe dat hij ook naar het centraal station moest en ze dus samen konden reizen.

'Uw lezing was uitermate interessant,' zei de derde. 'Ik heb nog nooit zo'n beknopte en verhelderende samenvatting van het onderwerp gehoord.'

Sebastian was blij met het compliment en beschouwde het als bewijs dat zijn woorden niet bij iedere toehoorder het ene oor in en het andere oor uit waren gegaan. De drie jonge mensen bleken theologiestudenten te zijn. Twee van hen studeerden in München, de derde in Erlangen. Ze bestudeerden de theorie van het marxisme in vergelijking met de christelijke leer en waren samen op pad om de saaie theorieën met levendige ervaringen aan te vullen.

'Vooral wat de receptie van het marxisme betreft,' verklaarde een van hen. 'Waarom valt de leer in goede aarde bij de eenvoudige arbeiders? Waarom is deze atheïstische leer zo enorm succesvol?'

Sebastian had het gevoel dat hij van de regen in de drup was gekomen, maar omdat hij na het matige succes van zijn toespraak veel behoefte had aan een goed gesprek, liet hij zich overhalen om nog ergens wat te drinken en te praten. Met zijn vieren liepen ze door de straten. Geen van hen kende de wijk, maar na een tijdje ontdekten ze een café waar nog licht brandde.

Het cafe was klein en ingericht met donkere, ronde tafels waar niemand aan zat. Alleen aan de bar stonden een paar dronkaards. De waard poetste glazen en keek de binnenkomende gasten wantrouwend aan.

'We gaan zo dicht...'

'We drinken maar één biertje,' zei een van de studenten.

'Nou, goed dan.'

Ze namen aan een van de tafels plaats en raakten algauw in gesprek. Ze spraken over fundamentele vraagstukken: kon een ideologie zonder God overleven? En had de leer van Karl Marx niet het oorspronkelijke christendom als voorbeeld genomen? De jonge heren deden ijverig hun best om aan Sebastian te bewijzen dat er in de marxistische leer een denkfout zat en hij gaf tegenargumenten. Hij had lol in de uitdagende discussie.

Ze gingen zo op in hun discussie dat ze nauwelijks waarnamen dat er een zijdeur openging en er een paar mannen het café binnenkwamen.

'Laat hen met rust,' hoorde Sebastian de waard roepen. 'Ze gaan toch zo weg.'

'Dat zijn vuile communisten!' schreeuwde iemand. 'Die hebben hier niks te zoeken.'

Verbluft draaiden de drie jonge mensen zich naar de fanaticus om.

'Pardon?' zei de student uit Erlangen.

'Hou je bek, anders sla ik je verrot,' was het prompte antwoord.

Achter de mannen persten zich nog meer mensen via de zijdeur naar binnen. Sebastian begreep dat er in het zaaltje ernaast een bijeenkomst was geweest en dat hij in het stamcafé van een rechtse groepering terecht was gekomen. Haastig haalde hij zijn portemonnee tevoorschijn en legde een paar munten op de tafel.

'Laten we gaan!' riep hij naar de drie studenten.

Op dat moment kreeg hij een mep tegen zijn schouder, waardoor hij viel. Hij knalde met zijn hoofd tegen de rand van de tafel en was een paar tellen lang versuft. Hij hoorde geschreeuw, doffe klappen en vervolgens het geluid van versplinterend hout. Toen hij van de grond probeerde op te staan, trapte iemand tegen zijn rug, waardoor hij voorover op een stoel viel. Hij voelde warm bloed over zijn gezicht stromen. Moeizaam krabbelde hij overeind en pakte een van de lege bierglazen. Hij kreeg weer een klap en het glas barstte in zijn hand. Hij struikelde achteruit tegen de muur en staarde verbijsterd naar het gewoel van de vechtende mannen. Er werden knuppels en messen gebruikt. Ze waren in handen gevallen van een groep SA'ers.

Hij wilde zich in het tumult storten om de studenten te helpen, misschien zelfs hun leven te redden, maar meteen bij de eerste stappen draaiden de muren om hem heen en viel hij languit op de grond.

'Politie!' hoorde hij ver weg iemand roepen.

Plotseling werd het stil. Iemand kreunde, een tafel viel om. Een politieagent boog zich over hem heen en vroeg naar zijn papieren.

Sebastian begreep de vraag pas nadat die voor de tweede keer was gesteld. Hij tastte naar zijn portemonnee, waar hij zijn legitimatiebewijs in bewaarde, maar kon hem niet vinden. Zijn portemonnee zat niet in zijn jas en ook niet in zijn broekzak.

'Goed, die gaat mee naar het bureau,' beval de agent. 'Afvoeren!'

14

MARIE WERD WAKKER EN ging rechtop in bed zitten. Had de telefoon in Pauls werkkamer gerinkeld? Ze luisterde nog eens goed. Nee, ze hoorde alleen Pauls gelijkmatige ademhaling naast haar. Ze had het óf gedroomd, óf de beller had opgehangen. Maar wie zou er nu midden in de nacht naar de villa bellen?

Ineens hoorde ze zachte voetstappen. Iemand klopte op de deur van de slaapkamer. Ze had zich dus toch niet vergist.

'Mama?'

'Wat is er, Dodo?'

'Tante Tilly heeft net gebeld.'

Marie stapte snel haar bed uit en zocht in het donker haar ochtendjas. 'Wacht,' fluisterde ze. 'Ik kom eraan.'

Toen ze de slaapkamerdeur opendeed, scheen het licht van de gang de kamer in en verlichtte haar slapende echtgenoot. Zijn haar zat in de war en hij had zijn armen om zijn hoofdkussen geslagen. Ze trok de deur zachtjes achter zich dicht om hem niet wakker te maken. Hij had vast weer lang in zijn werkkamer boven de dossiers gebogen gezeten en had zijn slaap hard nodig.

Dodo had een trui over haar nachthemd aangetrokken en droeg kniekousen en pantoffels.

'Waarom ben je nog wakker, Dodo?' vroeg Marie verwijtend en ze keek op de staande klok. 'Het is kwart over twee.'

'Ik lag nog te lezen...'

Ze had een boek van de bekende jachtvlieger Ernst Udet in de openbare bibliotheek geleend. *Kreuz wider Kokarde*, luidde de titel. Marie zuchtte.

'Waarom belde Tilly midden in de nacht?'

Haar dochter zette een gewichtig gezicht. Ze vond zichzelf altijd heel belangrijk als ze meer wist dan anderen. 'Vanwege oom Sebastian. Hij is nu bij haar. Dat moet je heel voorzichtig aan tante Lisa vertellen.'

'O god!' zei Marie geschrokken. 'Ik dacht dat hij met de nachttrein terug was gekomen en allang thuis was. Dan zit de arme Lisa waarschijnlijk wanhopig op hem te wachten. Waarom belde hij zelf niet?'

Dodo haalde haar schouders op. 'Tante Tilly zei dat hij heel erg kiespijn heeft en morgenochtend meteen naar een tandarts wil gaan. Daarom zal hij waarschijnlijk nog een paar dagen in München blijven.'

Marie vond het maar een raar verhaal. Kiespijn was heel vervelend, maar dat had hij zijn vrouw wel eerder op de avond kunnen vertellen.

'Misschien krijgt hij zijn mond niet meer open, als het zo veel pijn doet,' giste Dodo.

'Hoe dan ook. Jij gaat nu onmiddellijk naar bed en gaat niet meer lezen!'

'Ja, mama. Welterusten.'

Marie gaf haar dochter een knuffel en een kus op haar wang. Terwijl ze haar nakeek tot ze haar kamer was binnengegaan, viel haar op dat het meisje steeds volwassener werd. Het werd tijd om haar wat damesachtiger te kleden. De geruite overgooiers die Dodo graag droeg, waren te kinderachtig.

Ze bond de gordel van haar ochtendjas steviger vast en wilde net de trap af lopen om in het bijgebouw naar Lisa te gaan toen Paul in de deuropening verscheen. Hij zag er slaperig uit.

'Wat is er aan de hand?' zei hij schor. 'Is er iets gebeurd?'

'Sebastian blijft vannacht bij Tilly. Dat moet ik even snel aan Lisa vertellen.'

'Zit ze nog op hem te wachten?'

'Dat denk ik wel, ja.'

'O jee! Zal ik meegaan?'

'Nee,' zei ze glimlachend. 'Ga maar weer naar bed, schat. Dit is een vrouwenzaak.'

Haar schoonzus zat huilend in de salon. Op de kleine salontafel voor haar stond een wirwar van gebruikte theekopjes, koekblikken, waterglazen en verschillende bruine flesjes met kalmerende middelen. Daartussen stond de zwarte telefoon, met ernaast een potlood en een notitieblok dat nat was van Lisa's tranen.

'Marie!' snikte ze en ze sprong op om tegen haar borst uit te huilen.

'Rustig maar, Lisa,' fluisterde Marie en ze streelde troostend over Lisa's lange haar. 'Het is allemaal in orde. Hij is bij Tilly. Ze heeft net gebeld.'

Lisa kon eerst niet praten, omdat ze zo hard snikte en over haar hele lijf beefde. Marie leidde haar naar de bank en ging samen met haar zitten.

'Hoorde je wat ik zei?' vroeg ze indringend. 'Je hoeft je geen zorgen meer te maken. Tilly zal voor hem zorgen.'

Lisa snikte en begon daarna tot Maries verbazing hard te lachen. 'Ze zal voor hem zorgen? Heeft ze dat gezegd? En heeft ze ook verteld waarom?'

'Omdat hij kiespijn heeft,' zei Marie weifelend.

Lisa lachte weer. Het klonk schel en wanhopig. 'Kiespijn? Haha! Hij is drie tanden kwijt. Ze hebben hem in zijn gezicht geslagen. Hij is gewond aan zijn knie. Hij heeft sneeën in zijn rechterhand van een versplinterd bierglas...'

Marie staarde haar schoonzus verbijsterd aan en vroeg zich bezorgd af of Lisa soms een overdosis had genomen van de zogenaamd onschuldige middeltjes uit het medicijnkastje van haar schoonmoeder.

'Maar Lisa! Wat vertel je me nou? Ik denk dat je naar gedroomd hebt.'

Als antwoord hield Lisa het vochtige notitieblok voor haar neus. Er stonden notities op die ze haastig had opgeschreven. Moeizaam ontcijferde Marie een paar woorden.

Knokpartij, stamcafé van de NSDAP, geprovoceerd, drie kameraden, klap met bierglas, wond aan voorhoofd...

'Toen hij om één uur nog niet thuis was, heb ik de politie gebeld,' zei Lisa en ze snoot haar neus. 'Ze gaven me het nummer van het bureau in Giesing. En toen... en toen... hebben... toen hebben... Ach, Marie, ik heb het de hele tijd vermoed. Was ik nou maar met hem meegegaan naar München, dan was dit allemaal niet gebeurd.'

'Dit is echt verschrikkelijk,' fluisterde Marie. 'Lisa, ik vind het zo naar voor je. Hoe kan dit in godsnaam? Sebastian is zo'n zachtaardige, vredelievende man.'

Lisa's wanhoop sloeg om in boosheid. Wat nou zachtaardig! Stronteigenwijs, dat was hij! Ze had hem gewaarschuwd, maar hij had niet willen luisteren.

'Heeft Tilly echt gezegd dat hij kiespijn heeft? O, wat een lafaard. Hij durft me niet de waarheid te vertellen en laat het een ander opknappen! Kiespijn? Laat me niet lachen! Ze moest hem op het politiebureau ophalen! Hij zat in een cel, omdat hij geen papieren bij zich had.'

'Wat afschuwelijk,' zei Marie. 'Maar het had nog veel erger kunnen aflopen. Gelukkig leeft hij nog. Deze hele toestand zal een waarschuwing voor hem zijn.'

Maar Lisa luisterde niet. Ze bleef zich opwinden, schold op de partijgenoten in Giesing, op de hele communistische bende, op de stomme Hitleraanhangers en op het ellendige gezuip dat dit soort vechtpartijen uitlokte.

'En dat Tilly met die poppenkast van hem meedoet, neem ik haar zeer kwalijk. In plaats van me te bellen en eerlijk te vertellen hoe het zit, dist ze allerlei leugens op.'

Marie streelde troostend haar schouder. 'Zal ik vannacht bij jou slapen, zodat je niet zo alleen bent?'

'O, als je dat zou willen doen... Dat zou ik heel lief vinden,' zei haar schoonzus zuchtend. 'Als ik het lege bed naast me zie...'

Het was inmiddels bijna drie uur, er was niet veel meer van de nacht over. Omdat al het personeel sliep en Marie niemand wilde wekken, liep ze gauw zelf naar Paul toe om hem te vertellen dat ze de rest van de nacht bij zijn zus bleef.

'Overdrijf je niet een beetje?' bromde hij ontevreden. 'Ze is tenslotte volwassen en heeft die man zelf uitgekozen.'

'Ga maar lekker verder slapen, schat,' zei Marie en ze kuste hem op zijn wang.

Ruim een uur later besefte ze dat Paul niet helemaal ongelijk had gehad. Lisa was veel te opgewonden en van slag om te kunnen slapen. In haar fantasie zag ze de verschrikkelijkste scènes voor zich, die ze in detail omschreef aan de arme Marie. Uiteindelijk zei Marie dat ze de volgende ochtend heel vroeg in het atelier moest zijn en nog wat slaap nodig had. Lisa slaakte een diepe, beledigde zucht en draaide zich op haar andere zij.

'Ik zal geen oog dicht kunnen doen,' fluisterde ze. 'Maar ik wil niet egoïstisch zijn. Slaap lekker.'

Marie was nog maar net in slaap gedoezeld of ze werd gewekt door kindergejengel uit de kamer ernaast. Charlotte had blijkbaar naar gedroomd en moest gekalmeerd worden door Rosa Knickbein, die bij haar op de kamer sliep. Lisa kreeg er niets van mee, zij sliep inmiddels als een blok. Tegen zes uur werden de jongens wakker. Ze gingen naar de ouderlijke slaapkamer om Sebastian te halen, die dan meestal met ze ging spelen. Verbaasd staarden ze naar hun tante, die op zijn plek lag.

'Waar is papa?' vroeg Johann.

'Sst!' fluisterde Marie. 'Papa is bij tante Tilly in München. Laat mama nog maar even slapen.'

'Hij had beloofd om een kasteel met ons te bouwen...'

Marie had geen zin in een discussie, ze was doodmoe. 'Jullie gaan nu terug naar jullie kamer en gaan nog even slapen,' zei ze streng.

Johann liep braaf weg, met zijn broertje op sleeptouw. Marie hoorde nog dat ze ruzie kregen en dat Hanno begon te huilen, maar Rosa Knickbein nam de kemphanen mee naar Charlottes kamer. Omdat Lisa nu diep sliep en haar hulp voorlopig niet nodig had, besloot Marie om naar haar eigen slaapkamer te gaan. Misschien kon ze dan nog even slapen. Maar daar kwam het niet van, want in het hoofdgebouw rook het naar verse koffie.

Beneden in de keuken was Fanny Brunnenmayer al bezig om het ontbijt voor te bereiden. Op de gang kwam Marie haar zoon Kurti tegen, die op blote voeten liep, een lang nachthemd aanhad en onder elke arm een blikken autootje droeg.

'Laat me, mama. Ik wil naar Johann en met de autootjes spelen.'

Hanna kwam uit de personeelsgang. Ze maakte een knicksje, zei 'goedemorgen, mevrouw' en klopte op de kamerdeur van Maries dochter. 'Juffrouw Dorothea, opstaan! Het is zeven uur.'

Leo kwam slaperig uit zijn kamer, keek knipperend naar zijn moeder en klopte op de badkamerdeur. 'Ben je nog lang bezig, papa?'

'Ik ben bijna klaar,' was het antwoord.

Marie besefte dat ze het idee om nog even te slapen wel uit haar hoofd kon zetten en begon zich aan te kleden. Toen Paul even later de slaapkamer binnenkwam, vertelde ze hem zacht wat Lisa van de politie in Giesing had gehoord.

'O jee,' zei hij. 'Dat zal Ernst niet leuk vinden. Mijn oude vriend is in de hele stad München bekend en hecht veel waarde aan zijn goede reputatie.'

'Ik denk dat dat het geringste probleem is in deze treurige kwestie,' zei Marie. 'Het belangrijkste is dat Sebastian enigszins heelhuids en gezond is en er geen blijvend letsel aan overhoudt.'

Dat hoopte Paul ook, hoewel Marie aan hem zag dat hij niet al te veel medelijden met zijn zwager had. Sebastian had het hem als voorzitter van de ondernemingsraad van de fabriek niet gemakkelijk gemaakt.

Het ontbijt, dat zoals gewoonlijk zonder Alicia, Lisa en de kinderen plaatsvond, was vandaag nog stiller dan anders. Paul was met zijn gedachten al half bij de fabriek en Marie probeerde met behulp van de koffie de vermoeidheid te verdrijven, wat jammerlijk mislukte. Leo was al dagenlang stil en onbenaderbaar. Zelfs het pianospel, dat vroeger 's ochtends al door het hele huis te horen was, was verstomd.

Dodo kwam op het laatste nippertje de eetkamer binnen. Ze propte een broodje naar binnen en dronk haar koffie staand.

'Wil je na school naar het atelier komen?' vroeg haar moeder. 'Ik denk dat je iets moois nodig hebt om aan te trekken.'

'Een vliegerspak van wit linnen, mama. Alsjeblieft!'

'Ik dacht meer aan een jurk.'

'Een jurk? Moet dat?'

Leo ging als eerste van tafel. Hij ging sinds een tijdje met de tram naar school, omdat hij zich kennelijk voor zijn klasgenoten schaamde om als een 'snoever' door een chauffeur gebracht te worden. Dodo ging vaak met haar broer mee.

Paul had juist helemaal geen haast vandaag. Hij schonk voor zichzelf en voor zijn vrouw nog een kopje koffie in.

'Je ziet er moe uit, Marie,' zei hij meelevend. 'Heeft mijn egoïstische zus je wakker gehouden?'

'Ze is erg angstig vanwege Sebastian, wat ik goed kan begrijpen.'

Hij knikte, roerde suiker door zijn koffie en zweeg een poosje. Het was zo stil in de eetkamer dat Marie de klok op de ladekast hoorde tikken. Ze vermoedde dat hij over een vervelende kwestie nadacht. Iets wat ook haar aanging.

'Nou, kom op, Paul. Voor de draad ermee,' zei ze.

Hij glimlachte naar haar omdat ze zijn gedrag altijd juist interpreteerde en zijn gedachten kon lezen. 'Het spijt me, Marie, dat ik het je uitgerekend moet vertellen nadat je een slapeloze nacht hebt gehad...'

'Draai er niet omheen, Paul. Je weet dat ik niet van suiker ben.'

Hij haalde diep adem en leunde naar achteren. 'Het kan niet anders,' begon hij somber. 'Ik heb eindeloos met de bank onderhandeld, maar ze verwachten de hele lening terug. Als ik de fabriek wil houden, moet ik de huurhuizen in de binnenstad verkopen.'

'Ik begrijp het,' zei Marie zacht. 'Het gaat onder andere om het huis waar ik mijn atelier in heb, nietwaar?'

'Helaas... Ik zal proberen om een koper te vinden die niet al te veel huur vraagt. Maar ik kan je natuurlijk niets beloven.'

'Dat snap ik,' zei ze verdrietig. 'Je moet het aan degene verkopen die het hoogste bod doet. Doe wat je moet doen, Paul. De fabriek is belangrijker dan mijn atelier. En dat loopt de laatste tijd toch al erg slecht.'

'Met de fabriek gaat het niet veel beter,' zei hij met een zucht. 'We moeten deze crisis op de een of andere manier zien te doorstaan, Marie. Het kan niet eeuwig duren, op een dag gaat het vast weer bergopwaarts.'

'Het gaat ons lukken, Paul,' fluisterde ze toen ze uit elkaar gingen. 'Het is ons altijd gelukt!'

'Als jij maar bij me bent, Marie!'

Toen ze in de auto zat en naar de stad reed, keerden de sombere gedachten terug. Het was nog maar de vraag of de nieuwe eigenaar van het pand het atelier als huurder zou willen accepteren en dan ook nog een huurprijs zou vragen die Paul en zij konden betalen. Alleen dan zou het mogelijk zijn om de naaisters te houden, wier lonen ze toch al gekort had. Vlak voordat ze de auto in de Karolinenstraat parkeerde, kreeg ze ineens het idee om Kitty te bellen en te vragen of Robert het huis misschien wilde kopen. Bij hem leken de zaken nog steeds goed te gaan. Waarom was ze niet meteen op dat idee gekomen?

Ook mevrouw Ginsberg, die de etalage van het atelier opnieuw had ingericht, had slecht nieuws. Twee klanten hadden hun order geannuleerd. Mevrouw Wiesler wilde haar wintermantel niet meer laten veranderen, maar zou hem later ophalen zonder dat er iets aan versteld was. En een andere klant had besloten om de japon die ze had besteld af te zeggen. Een van de naaisters bracht een heel klein lichtpuntje mee: juffrouw Künzel was jarig en had een tulband meegenomen voor de theepauze in de middag.

Marie liep naar de telefoon om Kitty te bellen. De lijn was bezet. Waarschijnlijk zat haar schoonzus weer eens urenlang met een vriendin te bellen. Uiteindelijk besloot Marie met het oog op haar eigen telefoonrekening om maar helemaal niet te bellen en te wachten tot ze elkaar weer zagen. Dan zou ze met Robert over het huis praten.

Ze nam de boekhouding door. Een paar aanmaningen hadden in elk geval iets opgeleverd: een paar klanten hadden een deel van hun schulden betaald. Helaas stonden er nog steeds grote bedragen open die ze waarschijnlijk niet binnen afzienbare tijd zou ontvangen. De enige die stipt betaalde, met aftrek van drie procent korting, was...

'Goedemorgen, mevrouw Grünling,' hoorde ze mevrouw Ginsberg in de verkoopruimte zeggen. 'Wat een heerlijke herfstdag vandaag, is het niet?'

Daar was ze weer, haar enige klant die op tijd betaalde. Serafina Grünling kwam inmiddels vrij vaak in Maries atelier. Ze had een paar jurken en kostuums laten maken, en bovendien had ze een wintermantel besteld waar ze de stof al voor had gekocht. Ze was een klant waar elk modeatelier blij mee zou zijn – als Serafina niet zo gemeen was geweest. Elke keer als ze kwam passen, had ze ergens wat op aan te merken. Elk kledingstuk moest een paar keer veranderd worden voordat mevrouw tevreden was. Terwijl die veranderingen totaal zinloos waren, want elke keer liet ze ze zonder reden weer ongedaan maken. Het was pure pesterij. De lang geleden ontslagen gouvernante speelde haar macht uit en nam wraak voor vernederingen die ze had meegemaakt of zich had ingebeeld. Als Marie het geld niet zo hard nodig had gehad om haar zaak voort te kunnen zetten, zou ze dit opdringerige mens maar al te graag de deur van haar atelier hebben gewezen.

'Ik ben benieuwd of het ze eindelijk is gelukt om de rok op figuur te naaien,' hoorde ze Serafina tegen mevrouw Ginsberg zeggen. 'Het is nu al de derde keer dat ik kom en ik vrees dat hij weer niet zal passen. Eigenlijk had ik de opdracht allang moeten annuleren.'

Marie vond het vervelend voor mevrouw Ginsberg dat ze de nukken van deze klant moest verdragen, maar was bang dat ze zelf vroeg of laat haar zelfbeheersing zou verliezen.

'Ja hoor, het is weer zover!' riep Serafina triomfantelijk door de hele winkel. 'Kijk maar, het is te wijd. Nee, zo ziet die rok er echt niet uit.'

'Beste mevrouw Grünling, ik vind de rok juist behoorlijk strak zitten.'

'Wilt u mij beleren, mevrouw Ginsberg? Dacht u dat ik niet wist...'

De winkelbel rinkelde. Er was iemand de verkoopruimte binnengekomen. Misschien een nieuwe klant. Marie stond snel op van achter haar bureau om te voorkomen dat die irritante Serafina haar klanten verjoeg, maar hoorde toen dat het haar dochter Dodo was.

'Hallo, mevrouw Ginsberg. Hallo, mevrouw Grünling. Is mijn moeder in het kantoor?'

'Ja, Dodo,' antwoordde mevrouw Ginsberg vriendelijk. 'Ga maar naar achteren, er is zelfs tulband.'

Marie wilde snel een kopje thee en een stuk cake klaarzetten toen er in de winkelruimte een zeer gevaarlijke dialoog ontstond.

'Ach, daar hebben we de kleine Dodo,' zei mevrouw Grünling op laatdunkende toon. 'Wat ben je dun, meisje. Krijg je niet genoeg te eten in de villa? Er gaan geruchten dat daar inmiddels flink bezuinigd moet worden.'

Wat een brutaliteit, dacht Marie en ze zette het kopje weer neer om naar de winkelruimte te lopen voordat Dodo onbeschoft werd. Maar ze was te laat.

'Tot nu toe heeft nog niemand bij ons honger hoeven te lijden, mevrouw Grünling,' hoorde ze haar dochter zeggen. 'En ik hoef niet van die vetrolletjes zoals u hebt.'

'Vetrolletjes?' riep Serafina verontwaardigd. 'Wat denk je wel niet, brutaal nest? Zo zie je maar waar zo'n lakse opvoeding toe leidt. De broer denkt dat hij een wonderkind is en zet zichzelf voor de hele stad voor schut, en de zus schittert door slechte manieren.'

Marie liep snel de winkelruimte in en kreeg een bespottelijk tafereel te zien. Serafina had het gordijntje van de paskamer opzijgeschoven en stond in een veel te strakke rok en halfopen blouse voor de grote spiegel, terwijl Dodo met een knalrood hoofd naar lucht hapte om antwoord te geven.

'Dodo!' riep Marie. 'Ga naar het kantoor!'

'Ach!' riep Serafina uit. 'Mevrouw Melzer is eindelijk uit haar schuilplaats tevoorschijn gekomen. Ik eis een excuus van uw dochter, mevrouw Melzer. En wel onmiddellijk!'

Dat kon ze inderdaad eisen. Dodo's antwoord was brutaal geweest, dat leed geen twijfel. Maar Marie was niet bereid om het van haar dochter te verlangen. En Dodo kennende zou het meisje haar excuus toch niet aanbieden. De situatie was uit de hand gelopen en er was geen minnelijke oplossing meer mogelijk.

'Ik pieker er niet over,' zei Dodo. 'U moet eerst sorry zeggen. U hebt mijn familie beledigd. En mijn broer Leo. U hebt zelf geen manieren!'

'Dodo,' greep Marie op rustige toon in. 'Dit was erg onbeleefd. Ga alsjeblieft naar mijn kantoor en wacht daar op me.'

Haar dochter gehoorzaamde en paradeerde door het midden van de ruimte, wetend dat ze het een en ander van haar moeder te horen zou krijgen. In de winkelruimte was het een paar seconden stil door de consternatie. Mevrouw Ginsberg was verstard van verbijstering en Serafina Grünling verzamelde energie voor de grote aftocht.

'U staat dus toe dat uw dochter zo onbeschoft is?' riep ze dreigend naar Marie. 'Dat is frappant, zeg. Ik kom puur uit medelijden naar dit atelier, dat zonder mij allang failliet was gegaan, en dan word ik zo behandeld!'

'Ik hoef uw medelijden niet, mevrouw Grünling. Verlaat u alstublieft mijn winkel!'

‘Graag. Ik wil niets liever.’

Serafina trok het gordijn dicht om zich snel om te kleden. Zodra ze klaar was, slingerde ze de rok naar Marie en speelde haar laatste troef uit.

‘U kunt niet eens goed naaien,’ riep ze boosaardig. ‘Nou ja, het atelier zal toch binnenkort moeten sluiten. Had ik al verteld dat mijn man dit pand gaat kopen? Het contract is al ondertekend.’

Ze genoot van de verbijsterde blik van de twee vrouwen en verliet het atelier met opgeheven hoofd.

‘Wát zei ze?’ fluisterde mevrouw Ginsberg geschrokken.

‘Leugens. Niets dan leugens,’ zei Marie. ‘Vergeet u het maar.’

15

TANTE KITTY'S OPGEWONDEN GEKLETS in de entreehal was helemaal in de slaapkamer te horen. Dodo pakte haar reistas en wilde de trap af lopen, maar stopte en opende Leo's kamerdeur. Haar broer zat warempel aan zijn bureau met zijn neus in de schoolboeken.

'Wil je echt niet meegaan?' vroeg ze. 'Tante Tilly heeft ons tenslotte allebei uitgenodigd om een paar dagen bij haar te logeren.'

'Nee! Ik moet Latijn leren.' Hij draaide zich niet eens naar haar om, maar bladerde in het Latijnse grammaticaboek en mompelde onverstaanbare woorden. 'We hebben herfstvakantie!'

'Ja, en?' Dodo schudde vol onbegrip haar hoofd. 'Niemand is zo gek om in de vakantie voor school te leren.'

'Ik moet veel inhalen,' hield hij vol. 'En laat me nu met rust. Veel plezier in München. Je kunt me toch een kaartje sturen?'

'Nou, daar kun je lang op wachten,' mopperde ze teleurgesteld en ze sloeg de deur dicht.

Tante Kitty was inmiddels met grootmoeder en tante Lisa in de eetkamer. Humbert serveerde thee en gebak.

'Nee, Kitty,' kreunde tante Lisa en ze veegde met haar zakdoek over haar gezicht. 'Ik ga absoluut niet met jullie mee naar München. Ik kan het niet aanzien. Ik weet dat ik in tranen zal uitbarsten en de hele reis zal huilen. Nee, dat wil ik niemand aandoen.'

'Mijn hemel. Hij leeft toch nog, Lisa! Goed, hij is een beetje toegetakeld. Vooral zijn hoofd, zei Tilly. Maar hij was altijd al een beetje raar in zijn hoofd. De rest is nog heel. Denk toch eens aan de arme Klippi. Bij hem zijn heel andere plekken beschadigd...'

'Kitty, alsjeblieft!' maande grootmoeder Alicia. '*Pas devant les enfants!*' Die zin kende Dodo al zolang ze zich kon herinneren. Haar grootmoeder zei het altijd als een gesprek net interessant begon te worden.

'Ah, Dodo, daar ben je!' riep tante Kitty en ze strekte haar armen naar haar nichtje uit. Ze gaf haar een knuffel en een kus. 'Heb je alles al ingepakt? Wat? Alleen deze kleine tas? Daar past toch helemaal niets in? Je zult een mooie middagjapon nodig hebben. Kleding voor de opera. Een ochtendjas... O ja, met kerst krijg je van mij een heel mooi turkooizen negligé. Met kant. Je zult er prachtig in uitzien. Ik heb er al bijpassende pantoffeltjes bij uitgezocht.'

O god, dacht Dodo geschrokken, maar om tante Kitty niet te kwetsen deed ze alsof ze er blij mee was. Ze zei alleen wel dat ze heel graag een lange broek met een bijpassend jasje zou willen hebben.

'In mijn tijd droegen dames nooit een broek,' zei haar grootmoeder. 'Zelfs niet voor een buitenrit. Wij gebruikten een dameszadel.'

'Een lange broek is een goed idee, Dodo,' gaf tante Kitty toe. 'Het zou je fantastisch staan. Maar hoe zit het nu, Lisa? Wil je echt niet meegaan? Nou, goed dan. Ik heb er inderdaad niet veel zin in dat je mijn auto nat maakt van de tranen. Dan breng ik je aangeslagen ridder wel in mijn eentje terug naar Augsburg. Wat die mannen niet allemaal in hun hoofd halen! Dan denk je een vreedzaam exemplaar aan de haak te hebben geslagen, loopt-ie te vechten als een bierkoetsier.'

Grootmoeder Alicia zette het theekopje waar ze net een slokje uit had willen nemen terug op het schoteltje.

'Wat zeg je nu, Kitty? Heeft Sebastian gevochten? Hij had toch erge kiespijn?'

Lisa wierp haar zus een woedende blik toe en Kitty beet geschrokken op haar onderlip. Ze had weer eens haar mond voorbijgepraat.

'Dat klopt, mama. Hij heeft kiespijn. Ja, hij is gestruikeld. In een café, en toen was er een bierkoetsier...'

'In een café?'

Grootmoeders ogen werden groot van ontzetting en tante Kitty stopte verward met haar verklaringen.

Als blikken konden doden, was tante Kitty er niet meer geweest, zo kwaad keek tante Lisa haar zus aan. Maar tante Kitty deed alsof er niets was gebeurd en negeerde haar faux pas vrolijk. Ze liep naar beneden en even later hoorden ze haar in de hal tegen Gerti en Humbert praten.

'Deze handtas is een ramp! Alles wat ik zoek, zit helemaal onderin. Waar is mijn autosleutel nou?'

Dodo rolde met haar ogen. Ze gaf eerst haar grootmoeder en daarna tante Lisa een knuffel. Ze beloofde braaf te zijn bij tante Tilly, geen brutale antwoorden te geven en altijd een knicksje te maken als ze volwassen mensen begroette. Daarna liep ze zo gehaast naar beneden dat ze bijna over de prullenmanden struikelde die Else onderaan de trap had gezet om ze in de vuilnisbak te legen. Dodo sprong eroverheen, maar één mand viel om en de inhoud gleed eruit.

Ze staarde naar de vele papieren die over de vloer verspreid lagen en kon het nauwelijks geloven. Het waren met de hand beschreven notenbladen. Leo's composities. Haar broer had ze allemaal weggegooid.

'Je hoeft nu niet alles op te rapen,' zei tante Kitty ongeduldig. 'Laat dat maar aan Else over. Waarom zet ze die prullenmanden ook voor de trap. Kom, we moeten gaan!'

'Ik kom er zo aan, tante Kitty.'

Dodo raapte alle papieren van de grond en legde ze op elkaar. Leo's prachtige muziek! Hoe kon hij alles weggooien? Wat had die Russische pianoheks in hemelsnaam met haar broer gedaan?

Ze wikkelde haar rode wollen sjaal om de stapel en nam alles mee. Deze muziekbladen mochten in geen geval in de villa blijven. Als

Leo ze in handen kreeg, zou hij ze nog verbranden. O nee, ze zou Leo's kostbare composities bewaren op een plek waar ze veilig waren. Ze wist ook al waar.

Zuchtend stapte ze in de auto. Het was vreselijk om met tante Kitty mee te rijden. Ze mishandelde haar auto zo gruwelijk dat het Dodo haast fysiek pijn deed.

'Je kunt nu wel naar een hogere versnelling schakelen, tante Kitty.'

'Waarom, Dodo? Hij rijdt toch geweldig en hij knettert zo leuk.'

'De motor raakt oververhit als je met zo'n hoog toerental rijdt.'

'Ach, onzin, kind. De koude wind koelt hem vast af.'

Ze moesten onderweg vier keer bij een benzinepomp stoppen omdat de motor tegensputterde, maar welk advies ze ook van een automonteur kreeg, tante Kitty knikte vrolijk, keek de man stralend aan en reed op dezelfde manier verder als daarvoor.

Als een gemene zondaar in de hel komt, wordt hij misschien in een auto veranderd die door tante Kitty wordt bestuurd, dacht Dodo. Dat moest een verschrikkelijke straf zijn.

Ze kwamen laat in de middag in München-Pasing aan, en als Dodo de kaart niet op haar schoot had gehad om haar tante in de goede richting te leiden, waren ze waarschijnlijk pas om middernacht aangekomen.

'O, hemel!' riep tante Kitty toen ze de villa zag. 'Ernst heeft een echt park aan laten leggen. Het huis ziet eruit als een miniatuurversie van onze villa. Stap uit, lieve Dodo. We zijn er. Wat heb je in die rode sjaal gewikkeld, Dodo? Toch geen boeken?'

Haar nicht schudde haar hoofd en stopte de sjaal met alles erin in haar reistas.

Tante Kitty liep druk heen en weer om te zorgen dat alle bagage naar de juiste plek werd gebracht. In de entreehal viel ze tante Tilly om de hals. Ze kletste aan één stuk door en kuste oom Ernst op zijn wangen. Hij gaf Dodo beleefd een hand. Ze vond dat hij nog chagrijniger leek dan anders, maar misschien kwam dat doordat hij ouder, magerder en grijzer was geworden.

'Wat leuk je weer te zien, Dorothea,' zei hij terwijl ze braaf een knicksje voor hem maakte. 'Wat ben je gegroeid.'

Hij ging meteen weer naar zijn werkkamer en deed de deur achter zich dicht. Tante Tilly gaf Dodo een knuffel en leek ontzettend blij te zijn dat tante Kitty en zij op bezoek waren gekomen.

'Jullie brengen leven in het huis,' zei ze glimlachend. 'Wat jammer dat Leo niet mee is gekomen. We hebben een piano in de salon, die bijna nooit wordt gebruikt.'

Oom Sebastian zat in de bibliotheek in een fauteuil met een wollen deken over zijn benen. Hij zag er verschrikkelijk uit, vond Dodo. Hij had veel schaafwonden in zijn gezicht, op zijn voorhoofd zat een rode, opengebarsten bult en zijn lip was gesprongen. Zijn rechterhand zat in het verband.

'Ik vind het zo gênant, lieve Kitty,' zei hij toen ze dichterbij kwamen om hem te begroeten. Tante Kitty, die normaal geen blad voor de mond nam, was buitengewoon lief en begripvol.

'Ach, arme man!' riep ze en ze schudde zijn linkerhand. 'Wat heb je veel meegemaakt! Ik zie dat Tilly goed voor je zorgt. Het gaat al beter, toch?'

'Ze is een engel. Ik ben haar oneindig dankbaar.'

'Morgen ben je weer thuis,' zei tante Kitty troostend.

Oom Sebastian leek zich niet erg op zijn terugkeer te verheugen. Geen wonder. Als zijn vrouw hem morgen zo zag, zou ze waarschijnlijk weer hysterisch worden. Hij at niet met hen mee aan tafel, maar het dienstmeisje bracht zijn maaltijd naar de bibliotheek. Hij wilde hun eetlust niet bederven door zijn uiterlijk. Daar was Dodo erg blij mee. Vooral de opengebarsten buil op zijn voorhoofd zag er eng uit. Arme oom Sebastian, hij had vast erg veel pijn.

Tijdens het diner ging het er vrolijk aan toe. Tante Kitty kletste en lachte onafgebroken en oom Ernst vond dat verbazingwekkend genoeg leuk. 'Wat jammer, lieve Kitty,' zei hij. 'Morgen zijn we uitgenodigd voor een galadiner in de opera. Wat zou je ervan vinden om nog een dagje langer bij ons te blijven?'

Tante Kitty sloeg het voorstel af. Alleen al vanwege de arme Lisa, die in Augsburg op haar echtgenoot wachtte, en ook vanwege haar eigen man. Dodo begreep het helemaal. Zij zou ook voor oom Robert hebben gekozen. Die was echt aardig.

Oom Ernst bedacht ineens dat het inmiddels al laat was en dat kinderen op tijd naar bed moesten. Daarom moest Dodo al om acht uur naar de slaapkamer gaan die ze die nacht met tante Kitty zou delen. Ze was blij dat ze twee boeken van de openbare bibliotheek van Augsburg bij zich had. Nu kon ze tenminste lezen totdat haar tante bovenkwam.

Tante Kitty kwam pas tegen middernacht en zwalkte een beetje. Ze had vast een hoop wijn op.

'Ben je nog wakker, mijn meisje?' zei ze verbaasd. 'Lezen in bed! Als je zo doorgaat, heb je straks een bril nodig.'

Dodo legde het boek over de jachtvlieger Manfred von Richthofen op het nachtkastje en haalde de rode sjaal met de papieren uit haar reistas.

'Dit moet je meenemen naar de Frauentorstraat,' zei ze. 'Je moet deze papieren goed bewaren en mag ze aan niemand laten zien.'

'Och, hemel,' zei tante Kitty toen Dodo de notenbladen uit de wollen sjaal wikkelde. 'Wat is dat?'

'Leo's composities. Stel je voor, hij heeft ze allemaal weggegooid.'

Haar tante was de aangewezen persoon om ze aan te geven. Ze bekeek de notenbladen en neuriede een paar melodieën. Ze vond ze geweldig en zei dat Leo een kunstenaar was en op een dag een beroemde componist zou zijn. En dat ze dat altijd al had geweten. Alleen Paul, die dommerik, dacht nog steeds dat Leo ooit de fabriek zou overnemen.

'Hij heeft stiekem gecomponeerd, de arme jongen,' wond ze zich op. 'Hij heeft het nooit durven laten zien. Ach, Dodo! Wat goed dat je hebt opgelet. Anders waren deze kostbare bladen vernietigd. Niet te geloven wat die gemene Obramova heeft aangericht.'

'Maar hoe is het mogelijk dat Leo de hele boel erbij neergooit?' zuchtte Dodo. 'Muziek was altijd het allerbelangrijkste in zijn leven.'

Tante Kitty wiebelde met haar wenkbrauwen en zei dat Leo waarschijnlijk verliefd was.

'De eerste liefde is altijd iets heel groots, Dodo. Dan vergeet je alles wat tot dan toe belangrijk is geweest in je leven en doe je ontzettend domme dingen. Ik ben destijds met Gérard weggelopen, naar Parijs... En als je eerste grote liefde slecht afloopt, is het alsof je in een donkere afgrond stort.'

Dodo vroeg zich af of tante Kitty te veel wijn ophad en daarom zoiets onzinnigs zei. Het kon toch niet waar zijn dat Leo op zo'n lelijke, dikke vrouw als Obramova verliefd was geworden. Nee, het was veel waarschijnlijker dat ze hem behekst had.

'Ik zal zijn werken meenemen en goed verstoppen bij mij thuis,' beloofde tante Kitty en ze wikkelde de stapel weer in de rode sjaal. 'Helemaal onder in een van mijn kledingkasten. Daar zal niemand ze vinden.'

De volgende dag heerste er een vreemd gespannen sfeer tijdens het ontbijt. Zoals gebruikelijk was tante Kitty degene die het meest aan het woord was. Oom Ernst gaf haar de hele tijd complimentjes, terwijl tante Tilly maar weinig zei en zich ergens aan leek te ergeren. Oom Sebastian zat in de bibliotheek en doopte zijn broodje in zijn koffie met melk.

Even later werd hij door Julius en Bruni naar de auto gebracht, wat niet zo simpel was omdat zijn knie in het gips zat en oom Ernst niet hielp. Die ging gewoon naar zijn werkkamer zonder afscheid te nemen van de gewonde man.

Arme oom Sebastian, dacht Dodo. Het was al vermoeiend genoeg om met tante Kitty mee te rijden als je gezond was. Maar als alles zeer deed, moest het helemaal afschuwelijk zijn.

'Vaarwel!' riep tante Kitty van achter het stuur. 'Dodo, wees lief voor je tante, ze heeft het verdiend. Tilly, ik hoop je gauw weer te zien, lieverd. Eerlijk gezegd snap ik niet dat je hier überhaupt nog bent. Ho!'

De auto schoot naar voren, omdat de motor weer eens was afgeslagen. Sebastian, die dwars op de achterbank zat, klapte met zijn schouder tegen de voorstoel en slaakte een verstikte kreet van de pijn.

'Je hebt hem laten afslaan!' riep Dodo van buiten.

'Ach, die auto doet wat hij wil,' verzuchtte tante Kitty.

Bij de tweede poging lukte het om de auto opnieuw te starten en tufte hij weg. 'Het was misschien toch niet zo'n goed idee om Sebastian door Kitty op te laten halen. Ik had beter zelf kunnen rijden,' zei tante Tilly, die zich als arts zorgen maakte.

Nadat Kitty naar Augsburg was vertrokken, sloeg de sfeer in huis om. De meubels leken donkerder, de gordijnen dikker, en Julius en Bruni onvriendelijker. Tante Tilly had ineens groeven om haar mond en een rimpel op haar voorhoofd en gaf korte antwoorden.

'Naar het vliegveld Oberwiesenfeld? Daar is het nu te laat voor. Morgen misschien, goed?'

Voor vandaag stond er een saai kunstmuseum op het programma, waar het naar boenwas en oude schilderijen rook en alle mensen fluisterden. Ze liepen door grote, hoge zalen die telkens weer in andere hoge zalen uitkwamen, en overal hingen schilderijen. Tante Tilly zei dat Dodo's vader haar had gevraagd om zijn dochter wat cultuur bij te brengen en haar de tentoonstelling te laten zien.

Het avondeten was nog erger dan het kunstmuseum. Oom Ernst zat aan het ene eind van de tafel en tante Tilly aan het andere eind. Dodo zat aan de zijkant tussen hen in en voelde zich net een eenzaam bootje in een losgewoelde ijszee. Nu tante Kitty weg was, was oom Ernst nog chagrijniger dan eerst en soms zelfs ronduit gemeen.

'Ik hoop dat je me naar het galadiner zult begeleiden, Tilly,' zei hij en hij keek zijn vrouw indringend aan.

'Het spijt me, Ernst. Ik moet me om het bezoek bekommeren.'

Het bezoek was zij, Dodo. Zij was dus de reden voor zijn verontwaardigde antwoord dat het niet de eerste keer was dat zijn vrouw hem in de steek liet.

‘Ik kan alleen blijven, tante Tilly,’ bood Dodo zachtjes aan, maar niemand hoorde haar. Oom Ernst praatte nu over oom Sebastian.

‘Ik begrijp niet dat je die man in huis moest halen nadat je hem naar allerlei artsen had meegesleept. Op mijn kosten natuurlijk. Een communist die ordinair tekeergaat in het stamcafé van de NSDAP en een SA’er heeft beledigd. Maar mijn reputatie zal jou worst wezen. Ik ben er inmiddels al een paar keer op aangesproken en mijn tegenstanders zullen misbruik maken van dit voorval.’

‘Hij is een fatsoenlijk mens en had mijn hulp nodig,’ verdedigde tante Tilly zich. ‘Het was belangrijk voor me, Ernst. Overigens begrijp ik niet waarom je je voor die partij inzet.’

‘Dat heb ik gemerkt,’ reageerde hij scherp en hij sneed met zijn mes zijn boterham door.

Dodo keek van de een naar de ander en kreeg geen hap door haar keel. Wat vreselijk. Was ze nu maar thuisgebleven. Deze vakantie in München was een heel dom idee geweest.

De volgende dag dacht ze daar echter heel anders over. Tante Tilly reed met haar naar het vliegveld Oberwiesenfeld, dat tussen de wijken Moosach en Schwabing lag. Vanuit de verte kon je al de grote witte terminal zien. Een nieuw gebouw met een zendmast op het dak en een enorme klok boven de ingang. Het terrein was afgebakend met een hek, zodat er geen onbevoegden over het grasveld liepen. Dat was jammer, want daarachter stonden een paar vliegtuigen. Dodo kende ze allemaal uit de krant en uit haar boeken en vond het geweldig om deze toestellen in het echt te zien.

‘Kijk, tante Tilly. Dat is de D-1784! Een tweezitter. Er staan er drie! En die daarnaast is de 1831. En daarachter, dat zijn tweedekkers...’

Tante Tilly was veel minder geïrriteerd dan thuis. Ze was een stuk vrolijker, stelde veel vragen en was onder de indruk van Dodo’s kennis. Af en toe lachte ze zelfs en ze zei dat ze ook weleens met zo’n vogel door de lucht wilde vliegen. Maar het hoogtepunt van de dag was het moment dat ze stiekem een hangar in liepen. Er stonden een paar vliegtuigen dicht naast elkaar. Helemaal vooraan stond een D-1712. Drie mannen in donkere werkkleding waren ermee bezig. Ze schoven het toestel een stuk naar voren en bewogen de propeller.

'Dat is hem,' fluisterde Dodo vol ontzag.

Ze was zo opgewonden dat ze bijna over een zwarte buis viel toen ze dwars door de hal liep. Tante Tilly riep dat ze onmiddellijk terug moest komen, maar Dodo hoorde haar amper. Buiten adem bleef ze voor de D-1712 staan en hield het schoolschrift dat ze speciaal had meegenomen in haar uitgestrekte hand.

'Meneer Udet, mag ik een handtekening van u? Alstublieft?'

In plaats daarvan kreeg ze een uitbrander van de piloot. Wat had ze hier te zoeken? Ze mocht hier als onbevoegde helemaal niet komen.

'Ik ga ook meteen weer weg,' zei ze stotterend. 'Alstublieft, ik heb zo veel over u gelezen. En uw boek, *Kreuz wider Kokarde*. En de artikelen over de stuntvluchtdagen. En ik heb al uw films gezien... En ik wil later zelf pilote worden. Alstublieft, mag ik uw handtekening?'

Toen grijnsde hij. Ze had het voor elkaar. Hij zag er niet zo vlot uit als in de films, waarvoor hij vast geschminkt werd. Ze wist wel van de foto's in de krant dat hij vrij kaal was, want soms droeg hij geen hoofdbedekking. Eigenlijk zag hij er niet uit als een held, maar eerder als een vriendelijke vader. Terwijl hij de beste piloot van de wereld was! Ze had er alles voor gegeven om vlieglessen van hem te krijgen.

'Nou, geef maar dan, jongedame,' zei hij. 'Heb je ook een pen? Wacht, ik heb er zelf een.'

Hij trok een balpen uit zijn borstzak en schreef met grote, krachtige letters zijn naam in het schoolschrift. Ernst Udet!

'Dus jij wilt pilote worden?' vroeg hij, terwijl hij het schrift aan haar teruggaf. 'Hoe oud ben je, als ik vragen mag?'

'Bijna vijftien.'

Hij grijnsde nog meer en nam haar tot haar ergernis van top tot teen op. In haar stomme mantel zag ze er vast uit als een braaf schoolmeisje.

'Nou ja,' zei hij en hij gaf haar een knipoog. 'Over een paar jaar kun je je een keertje bij me melden.'

'Echt?' riep ze terwijl haar hart begon te bonken van blijdschap.

'Tuurlijk. En nu wegwezen hier. Je moeder wacht daarginds op je.'

'Dat is niet mijn moeder, dat is mijn tante Tilly.'

Udet hoorde het niet meer. Hij zei tegen de twee mecaniciens dat het toestel in een miserabele toestand verkeerde en dat hij er morgen in wilde vliegen.

De rest van de dag praatte Dodo over niets anders dan deze grote gebeurtenis, waar ze stiekem op had gehoopt en die werkelijkheid was geworden. Ze had de beroemde vlieger Ernst Udet in het echt ontmoet en zelfs met hem gepraat. En ze had zijn handtekening, die ze tot het eind van haar leven zou bewaren.

'Hij zei dat ik over een paar jaar naar hem toe mag komen, tante Tilly. Wat denk je? Zou ik het volgend jaar kunnen proberen? Dan ben ik bijna zestien…'

'Zolang je nog niet meerderjarig bent, moeten je ouders dat beslissen,' temperde tante Tilly haar enthousiasme.

Haar moeder zou het misschien goedvinden, dacht Dodo. Haar vader waarschijnlijk niet. En haar grootmoeder al helemaal niet. Maar aan haar zou ze het toch niet vragen.

's Avonds legde ze het schoolschrift met de bijzondere handtekening onder haar hoofdkussen. Ze wist zeker dat ze zou dromen dat ze vloog. Dat ze boven de glimmende oceaan zweefde en in de verte de Afrikaanse kust zag. Of dat ze een gevaarlijke start maakte op een hoogvlakte in een gebergte vlak bij de afgrond. Of dat ze midden in een zandstorm een landing moest maken in de woestijn… De volgende ochtend kon ze zich echter geen enkele droom herinneren. Ze wist alleen nog dat er vanuit de bibliotheek opgewonden en boze stemmen hadden geklonken. Tante Tilly en oom Ernst hadden heftig ruzie gehad.

Het dienstmeisje Bruni klopte op haar deur. 'Juffrouw Dodo? Meneer en mevrouw zitten beneden al aan het ontbijt.'

Ze had zich verslapen, wat dom. Ze deed een kattenwasje, kleedde zich snel aan en kamde op de trap met haar vingers door haar haar. Tante Tilly had beloofd om vandaag met haar naar het techniekmuseum te gaan. Dat zou vast een stuk leuker zijn dan de schilderijententoonstelling. Ze wilde er twee ansichtkaarten kopen, een voor Leo en een voor haar ouders. Die zouden verbaasd opkijken als ze vertelde wat ze had meegemaakt!

Helaas verliep de dag anders dan ze zich had voorgesteld. In de eetkamer begroette tante Tilly haar vriendelijk met: 'Goedemorgen, slaapkop.' Oom Ernst kauwde peinzend op een broodje met boter en leek haar binnenkomst niet eens opgemerkt te hebben.

'Ja, zo is het, Tilly. Ik denk dat deze onderzoeken erg belangrijk zijn voor de toekomst van ons allemaal.'

'Ik vind ze totaal overbodig, Ernst,' reageerde tante Tilly buitengewoon kwaad. 'Het zet alleen maar kwaad bloed. Mensen die vreedzaam in ons midden hebben geleefd, worden plotseling gestigmatiseerd. Waar zou dat goed voor moeten zijn?'

Dodo begreep niet waar het over ging, maar ze vond het gesprek op de een of andere manier bedreigend overkomen en was het liefst teruggegaan naar de logeerkamer. Wat natuurlijk niet kon. Daarom ging ze zwijgend op haar plek zitten en liet Julius een kopje koffie voor haar inschenken.

'Waarom wind je je zo op, Tilly?' Oom Ernst lachte spottend naar zijn vrouw. 'De familie Bräuer is tot en met je overgrootouders arisch, en waarschijnlijk zelfs nog verder terug dan dat. Ook de familie van jouw moeder is in orde. Mecklenburg, de voorouders waren handelaren en zijn naar zee gegaan.'

'Wie wil dat weten?' onderbrak tante Tilly hem geërgerd. 'Neem een broodje, Dodo. Hier is jam of ham...'

Dodo legde plichtsgetrouw een broodje op het ontbijtbordje en hoopte dat oom Ernst opstond en naar zijn werkkamer ging. Maar hij praatte door.

'Maar wat de familie Melzer betreft zie ik problemen. Jacob Burkard was een bekeerde Jood en Luise Hofgartner had een Joodse moeder. Daarmee is Marie voor driekwart Joods en hebben de kinderen dus ook Joods bloed…'

Ineens gebeurde alles heel snel.

Tante Tilly had er schoon genoeg van en sprong op, waarbij ze haar kop-en-schotel rinkelend van de tafel veegde.

'Dodo, pak je spullen. We vertrekken over een half uur.'

De woorden klonken zacht, maar zeer beslist. Toen de kerkklok tien uur sloeg, zaten ze allebei in de auto. Op de achterbank stonden twee grote koffers en Dodo's reistas.

'Waar gaan we naartoe, tante Tilly?'

'Naar huis.'

16

ZODRA TILLY DE HOORN op de haak had gelegd, kwam Kitty de woonkamer in gestormd en liet zich op de rieten stoel vallen.

'Dat was al de derde keer dat hij vandaag belde,' zei ze boos. 'Wat denkt hij wel niet? Denkt hij dat hij je terug kan winnen door terreur uit te oefenen, elk half uur te bellen en je de les te lezen? Waarom zeg je niet tegen hem dat hij hier niets, maar dan ook helemaal niets mee bereikt?'

'Dat zeg ik al dagen tegen hem, Kitty,' zei Tilly. 'Alleen interesseert het hem totaal niet. Het is alsof je tegen een muur praat.'

Ze zette de telefoon op de ladekast en slaakte een diepe zucht. Nee, ze had niet gedacht dat het zo moeilijk zou zijn. Ze was er vast van overtuigd geweest dat Ernst zich als een gentleman zou gedragen. Goed, haar overhaaste vertrek had hem gekwetst, dat kon ze begrijpen. Ze was nooit een vrouw geweest die spontaan en in haar eentje beslissingen nam. Maar ze had hem dezelfde avond nog gebeld en tegen hem gezegd dat ze in Augsburg bij haar moeder was. En dat ze wilde scheiden. In eerste instantie had hij zonder enig commentaar van het bericht kennisgenomen, maar de volgende ochtend had hij haar gebeld en gezegd dat hij het er niet mee eens was. Hij zou met alle middelen die hij tot zijn beschikking had voor zijn huwelijk vechten. Dagen later was er een brief gekomen, waarin hij op vijf velletjes briefpapier in een piepklein handschrift zijn kijk op de dingen uiteen had gezet. Daarin herinnerde hij haar aan haar huwelijksbelofte en hun overeenkomst dat ze een verstandshuwelijk zouden leiden, waar hij zich zelf altijd aan had gehouden. Vervolgens somde hij de dingen op die zij fout had gedaan. Dingen waarbij ze hun afspraak had geschonden en omzeild: haar overdreven ambitie wat haar werk betrof, haar desinteresse in zijn activiteiten, haar gebrek aan inzet om het huishouden te leiden hoewel dat wel haar taak als zijn echtgenote was, haar innerlijke kilte, haar vastberadenheid om een doktersspraktijk in een arbeiderswijk op te richten, enzovoorts. Bovendien vond hij dat ze zich ongepast kleedde. Ze wilde niet vrouwelijk en begerenswaardig overkomen en als ze bij grotere evenementen met dames van de society van München bijeen was, liet ze demonstratief merken dat ze zich stierlijk verveelde.

Tilly las de bladzijden een paar keer door en hoewel ze er het een en ander tegen in had kunnen brengen, raakte ze vreselijk gedeprimeerd door de brief. Ergens had Ernst gelijk. Ze was een slechte echtgenote voor hem geweest. Hij had alle reden om over haar te klagen. Daarom had Kitty's reactie haar ook zo enorm verbaasd. Na enige aarzeling had Tilly de brief aan haar schoonzus laten zien. Kitty las een paar regels, liet zich op de divan zakken en kwam niet meer bij van het lachen.

'Hij is niet goed snik... Niet te geloven! Innerlijke kilte! Laat me niet lachen. Haha... Het huishouden leiden! Haha... Tjongejonge, Klippi was altijd al een rare vogel...'

Kitty's onbeheerste, overdreven gelach deed Tilly op dat moment goed. Het was bevrijdend om mee te maken dat een vrouw al die verwijten lachend kon afdoen.

'Wat trek je nou voor een gezicht, lieve Tilly?' vroeg Kitty en ze gooide de brief achteloos naast zich op de divan. 'Je trekt het je toch niet aan? Meneer Von Klippstein hangt de strenge man uit en jij voelt je meteen schuldig?'

'Natuurlijk niet,' zei Tilly geïrriteerd. 'Maar ik kan helaas niet ontkennen dat ik de belofte heb gedaan om een verstandshuwelijk met hem aan te gaan...'

Kitty rolde met haar ogen. Dat deed ze altijd als iemand iets zei waar ze het niet mee eens was. Ze was zelfverzekerd en daar had Tilly haar altijd om bewonderd. Kitty was er principieel van overtuigd dat ze zelf gelijk had en alle anderen ongelijk hadden.

'Die belofte heb je de man gedaan die hij ooit was,' zei Kitty belerend met opgestoken wijsvinger. 'Helaas is hij inmiddels veranderd in een lelijke idioot die gek is in zijn hoofd en aan grootheidswaanzin lijdt. Iemand die mijn lieve Marie – wat zei hij ook alweer? – voor driekwart een Jodin noemt. Nee, die vent heeft voor mij helemaal afgedaan. Die ken ik niet meer! En het spijt me vreselijk dat ik hem ooit heb gekend.'

Tilly had Kitty verteld over het gesprek dat de emmer had doen overlopen. Kitty was zo verbijsterd geweest dat ze het liefst onmiddellijk naar München was gereden om Ernst von Klippstein hoogstpersoonlijk de ogen uit te krabben.

'Ik vond het vooral heel erg dat hij het zei waar Dodo bij was,' voegde Tilly er vol afschuw aan toe. 'Het meisje heeft me onderweg talloze vragen gesteld over wat haar oom had bedoeld. En of het erg is om Joods bloed te hebben, want haar moeder kan nu immers op straat in elkaar geslagen worden, net zoals met de vriend van haar broer is gebeurd. Mijn hemel, ik had geen idee wat ik daarop moest antwoorden, ik was zo verbijsterd...'

'Ik wil er niets meer over horen!' had Kitty met een resoluut gebaar gezegd. 'Je blijft bij ons, punt uit!'

Tilly had haar dankbaar omhelsd. Inmiddels was ze ervan overtuigd dat ze de juiste beslissing had genomen. Ze had het al veel eerder moeten doen. Elke aarzeling, elke verlenging van die onhoudbare situatie was onvergeeflijk geweest. Nu werd ze hier in de Frauentorstraat omringd door liefde en warmte. Een vrolijk gezinsleven, vriendelijke mensen. Alles wat ze jarenlang zo vreselijk gemist had. Vooral haar moeder was dolgelukkig om haar dochter weer bij zich te hebben en te kunnen verwennen, en natuurlijk – hoe kon het ook anders – haar levenswijsheden over haar uit te storten: 'Ik heb het van begin af aan gezegd, Tilly. Die kerel past niet bij jou. Iemand met zo'n pijnlijk letsel dat zijn mannelijkheid aantast, wordt na verloop van tijd raar.'

'Nee, Gertrude,' zei Kitty. 'Klippi was altijd al raar. Vraag maar aan Paul, die kan je wel het een en ander over hem vertellen. En mijn lieve Marie weet er ook alles van.'

'Dat zou kunnen,' zei Gertrude. 'Bovendien heb ik altijd kleinkinderen gewild en wat dat betreft viel er van hem niets te verwachten.'

's Avonds mengde Robert, Kitty's echtgenoot, zich in de discussie. Hij kende Ernst von Klippstein alleen oppervlakkig. Hij had hem op familiebijeenkomsten gezien en een paar woorden gewisseld, maar het was hem onaangenaam opgevallen dat de heer Von Klippstein een zwak voor zijn vrouw en voor Marie had. Hij had niet veel met hem op.

'Als je vastbesloten bent om te scheiden, lieve Tilly,' zei hij toen ze bij elkaar zaten, 'moet je zo snel mogelijk een advocaat inschakelen en de scheiding aanvragen.'

'Als je maar niet Grünling, de man van die Serafina neemt, die giftige adder,' riep Kitty, waarop Robert lachend een afwimpelend gebaar maakte.

'Als je het ermee eens bent, Tilly, regel ik het voor je,' stelde hij voor.

'Als je dat voor me zou willen doen, Robert,' zei ze, 'dan zou ik dat heel fijn vinden. Ik wil die afschuwelijke formaliteiten zo snel mogelijk achter de rug hebben.'

'Bravo! Daar drinken we op,' had Kitty triomfantelijk geroepen. 'Waar is de champagne die ik vandaag heb gekocht, Gertrude?'

'In de koelkast, waar anders? Ach, Tilly! Deze nare dingen had je je allemaal kunnen besparen als je destijds naar mij had geluisterd... Nou ja, laten we het maar vergeten...'

Twee dagen later had Tilly een afspraak met een jonge advocaat, ene dr. Spengler, die Robert persoonlijk kende en die hij erg waardeerde.

De scheiding werd aangevraagd bij de rechtbank in Augsburg, omdat ze daar waren getrouwd. Tilly hoopte dat ze daarmee het ergste achter de rug had en dat alles verder volgens de normale wettelijke procedures zou verlopen. Maar daarin had ze zich enorm vergist. Ernst weigerde met een scheiding in te stemmen en schakelde zelf een advocaat in om alle juridische mogelijkheden uit te putten. Er werden brieven en dreigbrieven over en weer gestuurd. Bovendien begon Ernst dagelijks naar de Frauentorstraat te bellen.

'We nemen gewoon niet meer op,' besloot Kitty. 'Ik heb er genoeg van om telkens te horen: "Ik wil mijn vrouw spreken."' Kitty had Ernst elke keer koel afgescheept met: 'Ik ken u niet.' Wat hem er helaas niet van weerhield om het na een poosje opnieuw te proberen.

Gisteravond was Roberts geduld op geweest. Hij had gedreigd dat ze de politie zouden bellen om aangifte te doen als Ernst hen bleef lastigvallen en niet ophield met bellen. Robert had zijn telefoon immers nodig voor zijn werk. Het was slecht voor zijn zaken als de heer Von Klippstein constant de lijn bezet hield.

'Wees voorzichtig, Robert,' had Tilly gewaarschuwd. 'Hij is wraakzuchtig en kent belangrijke mensen in München.'

'Moet ik soms bang voor hem zijn?' had Robert lachend gezegd.

'Natuurlijk niet. Maar je moet hem niet onderschatten.'

Vandaag had Ernst tot nu toe nog maar drie keer gebeld. Dat was een vooruitgang. Kitty dacht dat het kwam door Roberts dreigement, maar Tilly hoopte stiekem dat haar man eindelijk tot inkeer was gekomen.

'Hij heeft zich als een koppig kind gedragen en ziet nu in dat hij zichzelf belachelijk maakt.'

'Moge geschieden wat je zegt, kind.'

Gertrude serveerde thee met kerstkoekjes, die heerlijk naar amandelen en andere noten roken, en riep Henni en Dodo naar beneden. Sinds haar tante Tilly op de Frauentorstraat was komen wonen, kwam Dodo bijna dagelijks langs.

'Wat zijn die twee eigenlijk aan het doen?' vroeg Gertrude zich af. 'Ze zijn zo stil. Ik vrees dat ze zich weer aan het verkleden zijn.'

'Vast niet.' Kitty pakte een chocoladester. 'Ik heb het Henni strikt verboden om bij mijn kast in de buurt te komen.'

De koekjes roken zo lekker omdat Gertrude veel boter en noten gebruikte. Hier in de Frauentorstraat was weinig van de economische crisis te merken. Robert had zich op tijd van de beurs teruggetrokken en zijn geld elders belegd. Hoe en waar wist Kitty niet en ze maakte zich er ook niet druk om. Ze vertrouwde hem volledig en beschouwde hem als een goede zakenman. Maar hij had wel de oorzaken van de beurskrach in New York aan haar uitgelegd.

'Weet je, Tilly, Robert heeft gezegd dat alleen de naïeve mensen op de beurs hun geld zijn kwijtgeraakt. De oude beursspeculanten hadden allang begrepen dat het zo niet door kon gaan. Zij hadden hun aandelen verkocht toen ze er nog een redelijke prijs voor konden krijgen. Stel je voor, in Amerika kocht iedere schoenpoetser en ieder winkelmeisje aandelen. Het geld kregen ze in de schoot geworpen door de banken. De mensen hadden uitgerekend dat het dividend van de aandelen hoger was dan de rente voor de lening en dachten dus goede zaken te doen. Maar zoiets werkt alleen onder de voorwaarde dat de economie in de zwarte cijfers zit.'

Tilly knikte en nipte nerveus aan haar thee. Ze kon Kitty's betoog maar half volgen, omdat ze aan de ene kant de hele tijd bang was dat de telefoon weer begon te rinkelen en aan de andere kant moest bedenken hoe ze aan een baan kon komen. Dat was momenteel ook in Augsburg niet makkelijk. Hoe eerder ze op zoek ging, hoe groter de kans op een gelukstreffer. Hoewel ze tot nu toe nog niet veel geluk had gehad in haar leven. Ze moest zichzelf dwingen om weer naar Kitty te luisteren.

'En toen de mensen merkten dat de bedrijven helemaal geen dividend konden uitkeren, wilden ze ineens allemaal hun aandelen verkopen. Daardoor kelderden de koersen en zeiden ze tegen die arme stumperds: jullie moeten nog meer aandelen kopen zodat de koers weer omhooggaat. Zo heeft menigeen zijn laatste penny weggegeven, maar toch niet...'

'Wat denken jullie?' onderbrak Tilly het ingewikkelde verhaal van haar schoonzus. 'Zal ik het eens in het ziekenhuis in de Jakoberwijk proberen, ook al heb ik nog geen toestemming van mijn echtgenoot?'

Gertrude schudde afkeurend haar hoofd. Ze vond dat haar dochter een eigen praktijk moest openen. Kitty fronste haar voorhoofd en wilde net iets zeggen toen ze ineens de meisjes hoorden krijsen. Het geluid kwam van boven, waar blijkbaar een heftige ruzie was ontstaan.

'Geef hier, dit is niet van jou!'

'Maar ook niet van jou!'

'Het is van mijn broer!'

'En waarom ligt het dan in mama's kast onder de nachthemden?'

Kitty gooide het vanillekoekje waar ze net een hap van had genomen op tafel en sprong op. 'Henni!' gilde ze. 'Kom onmiddellijk naar beneden!'

Het was meteen stil. Toen hoorden ze Dodo's stem: 'Dat krijg je er nu van!'

'Schiet op!' tetterde Kitty.

Tilly was even verbaasd als onder de indruk van Kitty's stemvolume. Niet te geloven dat er in dat tengere lijf zo'n luid orgaan zat.

De twee veertienjarige meiden kwamen de trap af en deden langzaam de woonkamerdeur open. Ze zagen er zonderling uit. Henni had een glanzend groene glamourachtige baljurk aangetrokken, die vergeten in de kast had gehangen. Dodo droeg een pak van Robert: een gestreepte broek, een geel gilet en een donkerblauw colbert dat veel te wijd voor haar was.

Tilly en Gertrude moesten zich inhouden om niet te lachen. Kitty staarde verbijsterd naar de bundel papieren in Dodo's handen.

'Je had beloofd dat je het goed zou verstoppen,' zei haar nicht verwijtend.

Maar liefst drie hele seconden was Kitty sprakeloos. Daarna richtte ze zich kwaad tot haar dochter. 'Wat heb jij in de kast onder mijn nachthemden te zoeken, Henriette? Had ik je niet verboden om tussen mijn spullen te snuffelen?'

'Ik heb een jurk nodig voor de kerstopvoering op school, mama,' kletste Henni zich eruit. 'Voor de engel van de boodschap.'

'Ik denk niet dat Kitty's doorzichtige kanten nachthemden daar geschikt voor zijn,' zei Gertrude.

'Afgelopen nu!' riep Kitty boos. 'En jij, Dodo, geef die notenbladen aan mij. Ik zal ze ergens anders bewaren. En jullie tweeën gaan onmiddellijk weer naar boven en kleden jullie om...'

'Het is zinloos om die bladen te verstoppen, mama,' protesteerde Henni opgewonden. 'Daarmee helpen we Leo niet. We moeten ze naar iemand sturen die hem aanmoedigt. Naar een musicus. Een heel beroemde. Die moet Leo dan een brief schrijven en hem vertellen dat hij echt goed kan componeren.'

Kitty stond nog steeds met uitgestrekte arm voor haar dochter. Haar wijsvinger wees naar de deur. 'Wegwezen!'

Henni rolde met haar ogen en leek op dat moment heel erg op haar moeder.

'Jullie zijn allemaal zo dom,' schold ze. Ze draaide zich langzaam om, tilde haar rok met beide handen op en liep met opgeheven hoofd de kamer uit. De jurk zat als gegoten, hij was alleen een beetje te lang.

'Wat zijn dat voor notenbladen?' wilde Gertrude weten toen de meisjes de trap op liepen.

'Leo's composities. Hij heeft ze weggegooid en Dodo heeft ze gered,' legde Kitty uit.

Tilly had al van Marie gehoord dat Leo geen piano meer speelde, maar wanhopig en verbeten voor school leerde. Marie had ook iets verteld over wat er in het conservatorium was gebeurd. Tilly vond het erg jammer. Ze had altijd geloofd dat muziek Leo's roeping was.

'Misschien heeft Henni gelijk,' zei Tilly peinzend. 'Zijn de composities goed, Kitty?'

'Natuurlijk,' antwoordde haar schoonzus met volle overtuiging. 'Ze zijn geweldig. In elk geval voor een veertienjarige. Misschien moeten we ze inderdaad aan iemand laten zien. Aan Klemperer, Furtwängler of Strauss...'

'Die walsenkoning uit Wenen? Die is toch allang dood,' zei Gertrude.

'Niet Johann, maar Richard Strauss. Die leeft nog.'

Tilly raadde haar aan om er goed over na te denken en vooral om de notenbladen te kopiëren voordat Kitty ze opstuurde. Zodat ze niet verloren gingen als de dirigent het niet nodig vond om ze terug te sturen.

Ze werd onderbroken doordat de telefoon rinkelde en ze krompen alle drie geschrokken ineen.

'Ik hou dit niet langer vol,' riep Tilly. 'Ik rij nu naar het ziekenhuis in de Jakoberwijk en ga gewoon vragen of ze iemand nodig hebben.'

'Als je denkt...' Kitty keek geïrriteerd naar de telefoon. 'Dan kun je meteen Dodo naar de villa brengen, dat is dezelfde kant op.'

Gertrude stond op en liep naar de telefoon. Gelaten pakte ze de hoorn op en hield hem in de lucht.

'Hallo? Hallo, Tilly? Ben jij dat?' klonk het knarsend uit het apparaat.

'Verkeerd verbonden,' zei Gertrude en ze liet de hoorn op de haak vallen.

'Zo doe je dat,' zei ze tevreden en ze ging weer aan tafel zitten om haar vierde kopje thee te drinken.

'We noemen je voortaan onze telefoniste,' zei Kitty lachend en ze haastte zich naar de gang om te controleren of de meisjes haar instructies hadden opgevolgd.

Buiten was het koud en guur. Het was een echte novemberdag. Regenwolken hingen laag en dreigend boven de stad. Op de straten en in de plantsoenen hoopten de vochtige bladeren zich op en veel voorbijgangers droegen al een wintermantel. Dodo zat naast Tilly op de passagiersstoel en observeerde al haar bewegingen.

'De benzinewijzer wijst helemaal naar beneden, tante Tilly,' zei ze. 'En ik geloof dat de olie moet worden bijgevuld. Zal ik dat morgen doen? Ik weet hoe het moet.'

Het was bijzonder dat de tweeling ieder een uitzonderlijk talent had. Leo was de geboren musicus, Dodo de technicus. Kitty's dochter Henni had geen bijzonder talent, behalve dan dat ze er heel goed in was om jongens van diverse leeftijden aan de leiband te laten lopen.

'Ik denk dat dat niet nodig zal zijn, Dodo. Ik zal de auto in de komende tijd waarschijnlijk niet meer gebruiken, maar met de tram reizen.'

'Waarom?'

'Omdat hij helaas op naam van mijn echtgenoot staat en hij hem terug zal vorderen.'

Dodo zweeg en Tilly concentreerde zich op het verkeer. Toen ze het massieve bakstenen gebouw naderden, zonk Tilly de moed in de schoenen. Het gebouw doemde groot en imposant in het donker op. Nee, het was geen goed idee geweest om uitgerekend op dit tijdstip naar een baan te informeren. Ze kon beter tot morgenochtend wachten. Bovendien was ze in de haast haar papieren vergeten.

'We gaan naar de villa, Dodo.'

'Niet naar het ziekenhuis?'

'Nee.'

Dodo was blij met deze wijziging van de plannen. Ze had niet veel zin gehad om in een saai ziekenhuis te wachten, waar het altijd zo raar rook.

'Dan kun je meteen naar oom Sebastian kijken,' stelde ze voor. 'Hij kan nog steeds niet normaal lopen, omdat hij zijn knie niet kan buigen.'

Tilly kende het probleem. Ze was al een paar keer bij Sebastian langsgegaan en had Lisa's geklaag aangehoord dat haar man verkeerd behandeld was. Nu zou hij er een stijve knie aan overhouden.

Tilly had Sebastian een aantal oefeningen gegeven en hem aangeraden die dagelijks te doen. Ze verwachtte dat het dan na verloop van tijd beter zou gaan. Een operatie had ze afgeraden. De knieschijf had tijd nodig om te helen, ze moesten geduld hebben. Sebastian had berustend geknikt bij haar diagnose. Hij was niet het probleem, maar Lisa, die hem als een kloek moederlijk verzorgde en de arme kerel constant op wollen dekens, kompressen voor zijn knie en warme kruiken trakteerde. Op die manier maakte ze hem uiteindelijk zieker dan hij was.

'Kijk, tante Tilly. Ze hebben de lampen aangedaan.'

De bakstenen villa zag er gezellig en warm uit in het schijnsel van de buitenverlichting. Tilly reed om het ronde bloemperk heen dat de tuinman met dennentakken had afgedekt en parkeerde de auto voor de hoofdingang.

'Vergeet de handrem niet,' raadde haar nichtje haar aan voordat het meisje uitstapte en huppelend de treden naar de ingang op liep. De deur ging open en in het licht van de ganglamp zag ze Gerti staan in een donkere jurk met een wit schortje voor. Achter haar was het silhouet van een jongeman te zien.

'Goedenavond, Dorothea,' zei een bekende stem. Tilly kromp ineen.

'Goedenavond, dokter Kortner,' antwoordde Dodo beleefd. 'Was u bij oom Sebastian op bezoek?'

'Slimme meid,' zei hij lachend. 'Je hebt het juist geraden.'

'U had niet hoeven komen,' zei Dodo wijsneuzig, 'want mijn tante Tilly is hier.'

'Is mevrouw Von Klippstein in Augsburg?' riep hij blij. 'Dat wist ik helemaal niet.' Hij keek om zich heen. 'Ah, nu zie ik haar,' zei hij en hij liep de treden naar het voorplein af. 'Wat een geweldige verrassing!' Hij keek haar glimlachend aan en stak zijn hand naar haar uit. 'Ik hoop dat u dit keer wat langer in het mooie Augsburg blijft. Dan kan ik u mijn praktijk laten zien, die is helemaal nieuw ingericht.'

Ze gaf hem een hand en voelde zijn warme, stevige handdruk. Er schoot iets door haar heen, een al lang geleden vergeten sensatie die haar verwarde en haar hartslag deed versnellen.

'Goedenavond, dokter Kortner. Ja, ik zal dit keer waarschijnlijk langer in Augsburg blijven.'

'O, dat vind ik fijn! Waar kan ik u bereiken, mevrouw?'

'Ik logeer momenteel bij mijn moeder en schoonzus in de Frauentorstraat.'

Dodo stond voor de voordeur op Tilly te wachten en verplaatste ongeduldig haar gewicht van het ene op het andere been. Ineens flapte ze eruit: 'U moet namelijk weten dat mijn tante een baan als arts zoekt. En als ik het me goed herinner, zei u onlangs dat u het erg druk hebt.'

Tilly kreeg bijna een hartaanval van de schrik. Hoe kon het meisje nou zo'n onzin uitkramen? Dat klonk alsof ze zich aan de arts opdrong.

'Is dat zo?' vroeg hij meteen en in zijn blijdschap kwam hij nog wat dichterbij. 'Betekent dat soms dat u in Augsburg komt wonen?'

Tilly schrok ervan dat hij zo dicht bij haar kwam, want er was iets wat haar tot hem aantrok en wat haar zeer ongepast, ja, griezelig leek.

'Luistert u maar niet naar mijn nichtje,' zei ze verlegen. 'Dodo is wat vrijpostig. Ik wil u verder niet ophouden, dokter Kortner. Ik wens u een fijne avond...'

Verward stormde ze de treden op en ze voelde zich pas veilig toen Gerti de deur achter haar had dichtgedaan.

'Je bent raar, tante Tilly,' zei Dodo hoofdschuddend.

17

'DAAR!' DE BEBAARDE VOERMAN wees met zijn uitgestrekte arm naar een aantal met sneeuw bedekte daken, die nauwelijks in het witte landschap te onderscheiden waren. Kale bomen stonden als zwarte spoken rond het huis. Her en der zweefden dunne grijze rookslierten omhoog, die zich met de donkere decemberlucht vermengden.

'Wat is dat?' vroeg Liesl.

'Dat is Maydorn, meisje.'

Ze kon het niet geloven. 'Het landgoed Maydorn?'

'Wat anders?'

Liesl zweeg en probeerde haar bevroren tenen te bewegen, maar ze waren helemaal gevoelloos. Ze had ongekende vermoeienissen achter de rug. Ze had twee nachten in ijskoude wachtruimtes op houten banken doorgebracht, urenlang tussen vreemde mensen in ratelende treinen gezeten, verschrikkelijke honger gehad en was constant bang geweest bestolen te worden. Nu had ze dus haar bestemming bereikt. En het was een enorme teleurstelling. Het landgoed Maydorn leek totaal niet op wat ze zich in haar fantasie had voorgesteld. Geen prachtig, kasteelachtig huis, geen spitse torens en verdedigingsmuren, geen deftige poort waarvandaan een brede laan naar het landhuis leidde. Een paar lage gebouwen die als een troosteloos, eenzaam dorp in het besneeuwde landschap bij elkaar lagen. Dat was alles. Hoe was het mogelijk dat de plek waar zulke heerlijke worsten en ham, waar de vette kerstganzen en gepeperde leverpasteien vandaan kwamen, zo armoedig leek?

'Kun je blijven zitten, meisje?' zei de voerman. 'Ik heb achterin twee kisten staan, die zijn voor de heer Von Hagemann. Het geld kun je me geven als we er zijn.'

De heer Von Hagemann! Nu wist ze het zeker. Dit was landgoed Maydorn en over minder dan een half uur zou ze haar vader ontmoeten. Ach, het maakte ook niet uit of hij in een kasteel of in een lelijk dorpje woonde – het enige wat telde, was dat ze hem zou zien. Door de opwinding voelde ze de bijtende kou in haar gezicht en aan haar handen niet meer, net zomin als de verschrikkelijke vermoeidheid waardoor ze een paar keer in slaap was gevallen en bijna van de wagen was gevallen. Het was zo ver! Het grote moment was gekomen, het moment dat ze de afgelopen tijd zo vaak in haar dromen in allerlei vormen voor zich had gezien. Of niet? Ze trok een hand uit de zak van haar bontjas en kneep zichzelf zo hard als ze kon in haar been. Nee, het was geen hallucinatie. Het was de werkelijkheid.

Net als de bontjas die mevrouw Brunnenmayer haar had geschonken en speciaal bij een pelswerker had laten veranderen.

'Konijnenbont, dus niets bijzonders,' had ze gezegd toen ze het meisje de mantel overhandigde, die tot een bundel was opgerold. 'Maar hij is wel warm. Ik wil niet dat je daarginds in Pommeren bevriest.'

Het fantastische geschenk had haar volkomen verrast, want de kokkin had tot op het laatst bozig gemopperd dat de reis een 'idioot idee' was en had haar geen cent gegeven.

'Het zal tot niets goeds leiden,' had ze telkens weer gezegd. 'Alleen maar kommer en kwel. Wees verstandig, meid, en blijf hier.'

Maar dat wilde Liesl niet. Als het had gemoeten, was ze zelfs op pad gegaan zonder een cent op zak, in haar jas met gaten en op haar zomerschoenen met slechte zolen. Vanaf het moment dat ze had gehoord dat Gustav Bliefert niet haar vader was, had ze er elke dag over gepiekerd wat voor persoon die Klaus von Hagemann was. Waarom had hij haar nooit willen zien? Zou hij haar als volwassene wel leuk vinden? Algauw waren alle personeelsleden op de hoogte van haar plan. Er werd over gepraat en geruzied. Mevrouw Brunnenmayer was er fel op tegen en Gerti had gezegd dat alleen een gek vrijwillig naar het platteland reisde. Maar de anderen stonden aan Liesls kant. Ze had het nauwelijks kunnen geloven toen Humbert haar een buidel met een klein bedrag overhandigde dat ze voor haar hadden ingezameld. Behalve de kokkin hadden ze allemaal wat geld gegeven en tot haar grote verrassing had Else het meeste gegeven.

'Omdat je zo'n aardig meisje bent,' had ze gezegd. 'En omdat meneer Von Hagemann jouw vader is. Ik heb hem altijd graag gemogen. Doe hem maar de groeten van Else uit de villa in Augsburg.'

Humbert had gezegd dat ze het beste naar mevrouw Alicia kon gaan met haar plan, omdat de naam Klaus von Hagemann bij mevrouw Elisabeth misschien onaangename herinneringen opwekte. Het was een goede raad geweest, want de oude mevrouw Melzer was meteen enthousiast toen Liesl het landgoed Maydorn noemde.

'Ach, wat leuk,' zei ze en ze glimlachte dromerig. 'Daar ben ik opgegroeid, in een prachtig wijds landschap. Ik moet er vaak aan terugdenken en dan krijg ik tranen in mijn ogen van verlangen naar de dagen van mijn kindertijd...'

De oude dame verzekerde haar dat ze na haar terugkomst weer als keukenmeisje aangesteld zou worden. Maar natuurlijk alleen als de baan in de tussentijd niet op een andere manier was ingevuld.

'Op landgoed Maydorn kun je je het beste tot mijn schoonzus Elvira wenden,' raadde ze Liesl aan toen het meisje met een diepe buiging afscheid nam. 'Ik zal haar schrijven dat ik een kleine keukenprinses naar haar toe stuur. En ik wens je een goede reis.'

Geld kreeg ze niet. Het salaris dat ze nog tegoed had, betaalde Humbert haar uit. Hij zei terloops dat mevrouw Elisabeth haar ook een goede reis wenste. 'Je moeder is zeker boos, of niet?' vroeg hij meelevend.

Omdat Liesl zelf ook bang was geweest dat ze boos zou worden, had ze haar moeder pas vlak voordat ze vertrok van haar plan op de hoogte gebracht. Maar tot haar grote verbazing was haar moeder laaiend enthousiast geweest.

'Je bent een slimme meid. Dit is de juiste weg, Liesl. Je bent een kind van adel, dat moet je vader eindelijk inzien. Je bent zijn vlees en bloed. Je hebt zijn ogen en ook het slanke postuur van de Von Hagemanns. Hij moet maar eens goed naar je kijken en dan zal hij wel weten wat hij moet doen.'

Liesl was helemaal in de war. Zo had haar moeder nog nooit tegen haar gepraat. 'Lijk ik echt op mijn vader, mama?'

'Natuurlijk. Kijk maar in de spiegel!'

Aan dat advies had ze niet veel, want Liesl kende haar vader alleen van een vergeelde foto. Daarop was hij gekleed in zijn legeruniform en had hij een snorretje, maar van zijn gelaatstrekken was nauwelijks iets te zien.

'Nou, meisje,' zei haar moeder. 'Als je vader je als een dochter aanneemt en aan een rijke landgoedeigenaar uithuwelijkt, denk dan aan je moeder, Liesl. Dat moet je me beloven.'

'Mama, wat denk je nou?'

'Je hand erop,' eiste Auguste en ze kneep stevig in de hand van haar dochter. 'Het ga je goed, mijn meisje,' zei ze en ze haastte zich weg.

Fanny Brunnenmayer keek Auguste nors na. Ze zag Liesls reistas en fronste haar voorhoofd.

'Ze denkt zeker dat meneer Von Hagemann gouden daalders over zijn dochter uitschudt. Pas vooral op, meisje, dat je niet teleurgesteld raakt. Zet je tas snel boven in je kamer en kom dan weer naar beneden. Dan kan ik je nog laten zien hoe je een jonge kip krokant bakt in de oven zonder dat hij uitdroogt.'

In de laatste dagen voor haar vertrek leerde Liesl meer over de mensen om haar heen dan in alle jaren daarvoor. Het lastigste gesprek, waarvan ze vreesde dat het haar hart zou breken, had ze uitgesteld tot de laatste avond. Alle personeelsleden van de villa zaten in de keuken bij elkaar om Liesls afscheid te vieren met een fles wijn, die met water was aangelengd. Het was een cadeau van Humbert. Ze dronken allemaal op een voorspoedige reis en dat Liesl snel weer naar de villa terug zou keren. Precies op dat moment kwam Christian binnen. Hij ging zwijgend zitten en proostte met niemand, maar staarde somber voor zich uit. Toen bijna iedereen naar zijn kamer was gegaan, wilde hij zijn jas aantrekken en zijn pet opzetten, maar Liesl hield hem tegen. 'Wacht,' zei ze tegen hem. 'Ik loop een eindje met je mee.'

Hij wachtte buiten op het donkere voorplein, met zijn handen diep in zijn jaszakken gestoken en zijn pet ver over zijn voorhoofd getrokken. Toen Liesl met een lantaarn naar hem toe kwam, draaide hij zich zwijgend om in de richting van het tuinhuisje en zonder iets te zeggen liepen ze een stukje naast elkaar. De stilte drukte zwaar op Liesl. Ze mocht Christian graag en daarom had ze geen idee hoe ze dit gesprek moest beginnen.

Ten slotte bleef hij op het grindpad staan en begon te praten. 'Je wilt dus weggaan, Liesl,' zei hij zacht, zonder haar aan te kijken. 'Ver weg, naar Pommeren, en ik weet niet of ik je ooit weer terugzie.'

'Ik kom beslist terug, Christian,' verzekerde ze hem. 'Je moet niet geloven wat mijn moeder zegt. Ik ben geen adellijke dame, zoals zij hoopt. Ik ben Liesl, het meisje dat je kent en dat ik ook altijd zal blijven.'

Eindelijk durfde hij haar aan te kijken en ze zag tranen glinsteren in zijn ogen.

'Het is allemaal heel anders gegaan dan ik had gedacht,' zei hij met doffe stem. 'Ik heb het huisje ingericht, alles opgeknapt en mooi gemaakt en ik had gehoopt… Nou ja, ik dacht altijd…'

Hij stopte, omdat hij de bekentenis niet over zijn lippen kreeg. Hij had hem te lang voor zich gehouden en nooit de moed gehad om met haar te praten. Hij had zichzelf voor lafaard uitgescholden, maar nu was alles zinloos geworden.

'Wat dacht je altijd?' vroeg Liesl en ze hield de lantaarn iets hoger om zijn gezicht beter te kunnen zien.

Christian draaide zich naar haar toe en haalde diep adem.

'Dat jij... dat we er op een dag samen zouden intrekken... Dat had ik gehoopt, Liesl,' bekende hij en hij keek haar verdrietig aan. 'Maar dat was misschien ijdele hoop. Ik heb geruchten gehoord dat de villa misschien verkocht moet worden en dan moet ik het huisje vast uit en gaat er iemand anders wonen.'

Had hij over trouwen gesproken? Eigenlijk niet. Hij had alleen gezegd dat hij samen met haar in het tuinhuis wilde wonen. Liesl besloot dat het geen aanzoek, maar eerder een droevige constatering was. Daar was ze blij mee, want op een huwelijksaanzoek had ze geen antwoord kunnen geven.

'Dat hoeft niet te gebeuren, Christian,' troostte ze hem. 'Ten eerste kan ik niet geloven dat de Melzers de villa zullen opgeven, daarvoor zijn ze er veel te veel aan gehecht. En zelfs áls het gebeurt, zal de nieuwe eigenaar jou vast en zeker weer als tuinman in dienst nemen.'

Christian schudde zijn hoofd. 'Ik heb er niet voor geleerd, Liesl. Ik ben er gewoon in gerold. Ik ben niet een echte tuinman, zoals Gustav was.'

Liesl zette de lantaarn resoluut op het grindpad en trok zijn handen uit zijn jaszakken. 'Laten we nu afscheid nemen, Christian,' zei ze en ze pakte zijn handen vast. 'En beloof me dat je de moed niet opgeeft. Ik kom bij je terug, dat staat vast. Dat beloof ik.'

Ineens kwam Christian in beweging. Hij kneep stevig in Liesls handen en trok haar aarzelend dichter naar zich toe. 'Dan zal ik op je wachten,' fluisterde hij. 'En als je niet snel bij me terugkomt, rij ik naar Pommeren en kom ik je halen.'

Zijn gezicht was nu zo dicht bij het hare dat ze zijn adem voelde. Plotseling leek hij een heel andere man te zijn. Hij keek vol begeerte naar haar. Ze kreeg er heerlijke rillingen van over haar hele lijf en ineens besefte ze dat ze van deze verlegen jonge man hield.

'Zou je dat echt doen, Christian?' vroeg ze zacht en ze keek hem glimlachend aan.

'Ja,' zei hij op een ongebruikelijk vastberaden toon en hij kuste haar.

Zijn lippen waren droog en zijn wangen stekelig, en toch was deze kus het meest opwindende wat Liesl ooit had meegemaakt. Ze bood haar mond aan, zodat hij het nog een keer kon doen, en hij kuste haar weer. En omdat het hem zo goed afging, deden ze het nog een heleboel keer, tot Christian eindelijk weer kon praten.

'Ik wil graag dat je mijn vrouw wordt, Liesl. Zeg me of je dat ook wilt.'

Nu was het toch gezegd en ze moest hem antwoord geven. 'Geef me de tijd tot ik weer terug ben, Christian. Dan zeg ik het je,' fluisterde ze en ze kuste hem nog één keer op zijn mond voordat ze de lantaarn oppakte en in zijn handen drukte, zodat hij de weg naar het tuinhuisje kon vinden.

De volgende ochtend verliet ze de villa voordat alle anderen waren opgestaan. Over de laan liep ze naar de poort. Ze had de bontjas, het cadeau van mevrouw Brunnenmayer, aangetrokken en omdat ze zo gehaast naar de tramhalte liep, begon ze flink te zweten.

Wat een onhandige, zware jas, dacht ze. Ze zou er alleen maar last van hebben. Waarom had ze hem niet in haar kamer achtergelaten?

Maar toen ze later de ijskoude winter in het oosten leerde kennen, was ze mevrouw Brunnenmayer innig dankbaar voor dit cadeau. De mantel verwarmde haar op tochtige stations en was een beschermend nest in de nachten die ze in onverwarmde wachtruimtes doorbracht. En zonder de bontjas zou ze op de hoge bok van de voerman die haar voor een gunstige prijs van Kolberg naar Maydorn meenam, bevroren zijn.

Toen ze het landgoed naderden, zag ze knechten en meiden die op het landgoed aan het werk waren. Ze zag loslopende honden en een schare kippen die iets van de grond pikten. Voor een aantal lage gebouwen lagen dampende bruingele mesthopen.

Dat waren zeker de stallen, dacht Liesl. Daar hielden ze vast de varkentjes waar ze de lekkere worst van maakten. Toen de voerman zijn wagen midden tussen de blaffende honden tot stilstand bracht, ontdekte ze eindelijk het woonhuis. Het lag redelijk verscholen op het landgoed. Het bestond uit tamelijk verweerde rode bakstenen en had in het midden een voorportaal waarvan de gevel met klimop was begroeid. Geen kasteel, ook niet een villa zoals die van de familie Melzer, maar in elk geval wel een statig gebouw dat zich van de overige huizen onderscheidde. Nee, zo armoedig als ze had gevreesd, ging het er op landgoed Maydorn blijkbaar toch niet aan toe.

De voerman was van de bok geklommen, zonder zich verder om haar te bekommeren. Liesl keek toe terwijl hij naar de twee knechten liep die naast een van de dampende mesthopen met elkaar stonden te praten. De ene droeg een dik, vuil vest dat van een schapenvacht was gemaakt en had lompen om zijn voeten gewikkeld. De andere had een versleten leren jas aan, een oude bontmuts op en droeg hoge, vuile bruine laarzen. Deze man leek een hogere positie te hebben dan de in de schapenvacht geklede man. Liesl zag dat hij boos zijn arm optilde en dat de andere knecht zijn hoofd introk.

Hun gesprek werd onderbroken toen de voerman een vraag stelde, waarop de man met de hoge laarzen naar de wagen keek. Tijd voor Liesl om haar reistas te pakken en van de bok te klimmen.

'Ik krijg drie rijksmark van je, meisje,' zei de voerman en hij hield zijn hand op. 'Eigenlijk vraag ik voor deze verre reis meer, maar omdat ik hier toch naartoe moest, is het goed zo.'

Ze haalde haar geldbuidel tevoorschijn, die ze aan een touwtje om haar nek droeg. Ze had nog net genoeg munten om het bedrag te betalen en hield alleen nog een paar pfennig over. Reizen was duur, ook als je in de derde klasse reisde, je geen eethuis opzocht en je jezelf maar één keer op een zoete lekkernij van een stalletje op het station trakteerde.

Liesl stond nu alleen op het grote voorplein. De voerman was vertrokken en de twee knechten waren nergens te bekennen. Ze hield haar reistas stevig in haar hand en keek zoekend om zich heen of er niet iemand was die zich om haar wilde bekommeren.

Om niet op het bevroren plaveisel uit te glijden liep ze voorzichtig in de richting van het woonhuis, terwijl ze zich probeerde te herinneren wat ze ook alweer wilde zeggen als een dienstmeisje open zou doen.

Ik ben gestuurd door mevrouw Alicia Melzer uit Augsburg en zou graag baron Von Hagemann willen spreken om een boodschap over te brengen.

Ze had er lang over nagedacht hoe ze ervoor kon zorgen dat ze haar vader te zien zou krijgen, de rentmeester van het landgoed, die in dienst was van Elvira von Maydorn. Zij was sinds de dood van haar man de eigenaresse. Een vreemdeling die zomaar aan kwam lopen, zou niet meteen door de familie ontvangen worden. Ze zou eerst naar de keuken gebracht worden en daarna pas bij de rentmeester of mevrouw de barones worden geroepen. Maar als ze de adellijke Alicia Melzer noemde, die op dit landgoed had gewoond, had ze misschien een goede kans om meteen doorgelaten te worden. Ze was het voorplein al overgestoken toen een van de deuren van het landhuis openging en een jong dienstmeisje met een kapje op haar hoofd haastig de treden af liep.

'Meneer de baron!' riep ze hard en ze rende langs Liesl heen, waarbij ze haar rok een stukje optrok. 'Meneer de baron, houdt u de wagen tegen ...'

Liesl draaide zich geschrokken om. Meneer de baron... Dat kon alleen haar vader zijn.

Waar was hij dan? Waarom had ze hem niet gezien?

'De voerman is allang weg,' zei de man met de hoge laarzen. 'Wat is er? Mis je iets?'

Het dienstmeisje was blijven staan en knikte. 'Het met bloemen beschilderde servies dat mevrouw heeft besteld, zit er niet bij. Ze is er heel boos over.'

De man leek niet erg onder de indruk en haalde gelijkmoedig zijn schouders op. 'Vertel haar dat het er de volgende keer bij zal zitten. In elk geval is de wijn wel aangekomen. En de kleren die ze heeft besteld. Zeg dat tegen haar!'

'Ja, meneer,' zei het dienstmeisje, maar ze keek niet blij. Met haar armen over elkaar geslagen liep ze terug naar het landhuis en sloeg de deur achter zich dicht.

Liesl stond als aan de grond genageld en wilde niet geloven wat overduidelijk was. De man in het afgesleten leren jasje, die daar als een stalknecht naast de mesthoop stond, was meneer de baron. Haar vader. Hij droeg geen groen loden pak, zoals de rijke mensen in Augsburg droegen, en ook geen bontjas of op zijn minst een mooie lakense jas. Hij zag eruit als een voerman die zijn oren met een oude bontmuts tegen de kou beschermde.

Hij leek haar eindelijk opgemerkt te hebben en riep iets naar haar met zijn harde, doordringende stem. 'Hé, jij daar! Kom eens hier!'

Het klonk onvriendelijk, alsof ze een zwerver was die stiekem het landgoed op was geslopen, een bedelaarster die weggejaagd moest worden. Haar hart ging tekeer toen ze naar hem toe liep en ze gleed een paar keer uit. Plotseling wist ze niet meer wat ze wilde zeggen. Het ging allemaal zo anders dan ze had gehoopt en gedroomd.

Moedeloos bleef ze een paar stappen bij hem vandaan staan en keek hem aan. Hij was nauwelijks langer dan de knecht in de schapenvacht, maar hij stond zo rechtop als een heer. Juist, dat was haar al eerder opgevallen. Nu zag ze ook dat hij een kort rijzweepje in zijn rechterhand had. Zijn gezicht was lastig te herkennen, omdat hij zijn bontmuts diep over zijn voorhoofd had getrokken. Hij had geen baard, zijn neus was rood van de kou, op zijn wangen was een raar patroon te zien en zijn lippen waren erg dun.

'Hoe heet je en wat kom je hier doen?'

Dit was dus haar vader. De gebouwen om haar heen leken te draaien en ze moest twee keer opnieuw beginnen voordat ze een antwoord over haar lippen kreeg.

'Ik... heet Liesl...'

Haar naam zei hem blijkbaar niets en haar uiterlijk ook niet. Had haar moeder niet gezegd dat ze op haar vader leek? Daar scheen hij niets van te merken.

'Liesl,' herhaalde hij ongeduldig toen ze verder niets zei. 'En wat wil je hier op Maydorn? Je zoekt zeker een baantje, of niet? Ga dan eerst maar even naar de keuken om je op te warmen.'

Hij draaide zich om en wilde het stalgebouw in lopen. Eindelijk kwam Liesl tot bezinning. 'Wacht u alstublieft! Ik... ik moet nog iets tegen u zeggen.'

Blijkbaar had ze angstig geklonken, want hij draaide zich inderdaad naar haar om.

'Wat is er nu nog?' vroeg hij ongeduldig.

Ze raapte al haar moed bijeen en liep naar hem toe. 'Ik ben Liesl uit Augsburg, meneer Von Hagemann. De dochter van Auguste uit de villa van de Melzers.'

Zijn reactie was niet zoals ze had gehoopt. Hij liep haastig naar haar toe tot hij vlak voor haar stond en staarde haar aan. Nu zag ze dat ze hij veel littekens en sneeën in zijn gezicht had en ze herinnerde zich dat iemand haar had verteld dat hij in de oorlog gewond was geraakt door een granaat.

'Jij bent...' zei hij zacht en hij onderbrak zichzelf om de knecht in de schapenvacht weg te sturen. 'Wat sta je hier nou te niksen, Leschik? Ga aan het werk!'

Hij wachtte tot de staldeur achter Leschik dicht was en bekeek Liesl toen opnieuw. Hij nam haar van opzij op en wierp toen een snelle, argwanende blik op het landhuis.

'Liesl,' mompelde hij. 'Heeft je moeder je naar Pommeren gestuurd?'

'Nee, ik ben op eigen initiatief gekomen. Omdat ik... omdat ik mijn vader een keer wilde zien.'

'Zozo,' zei hij en hij leek niet goed te weten wat hij moest doen. 'Liesl. Je bent intussen groot geworden. Hoe oud ben je eigenlijk?'

'Zeventien.'

'Zeventien,' herhaalde hij en hij keek opnieuw naar het landhuis, alsof hij over iets heel moeilijks moest nadenken. 'En wat ben je van plan? Wil je soms hier blijven?'

Het klonk als een dreigement: *Je wilt toch hopelijk niet hier blijven, Liesl?*

'Nee,' zei ze geschrokken. 'Nee, nee, ik wil weer terug naar Augsburg. Ik wilde... Nou ja, ik wilde gewoon één keer in mijn leven mijn vader zien.'

Ze voelde dat er tranen in haar ogen opwelden, omdat alles zo verkeerd en afschuwelijk aanvoelde en ze zo ontzettend teleurgesteld was.

'Luister,' zei hij op een vriendelijkere toon. 'Je kunt voor nu daarginds in het personeelshuis overnachten. Maar zeg tegen niemand wie je bent, oké? Morgen zien we wel verder.'

Ze veegde de tranen weg en knikte. 'Bedankt. Ik zeg het tegen niemand, beloofd. Van mij hoort niemand het...'

Hij knikte en had ineens veel haast om naar het landhuis te lopen.

Liesl was zo geschrokken dat ze niet naar de keuken van het landhuis durfde te gaan om zich op te warmen en een maaltijd te vragen. Een stalmeisje liet zien waar het personeelshuis was. Het was een langwerpig gebouw met een rieten dak. Daar zocht ze een vrij kamertje, schoof de grendel dicht en ging in een hoekje op de houten vloer zitten, die haar warmer leek dan het vochtige strobed dat naar urine en verrotting stonk. Met opgetrokken benen nestelde ze zich als een klein dier onder de warme bontjas en de vermoeidheid daalde donker en verlossend op haar neer. Voordat de slaap haar in zijn armen nam, schoten haar de woorden van mevrouw Brunnenmayer te binnen.

'Alleen maar kommer en kwel.'

Had ze misschien gelijk gehad?

18

'O, WAT MOOI!' RIEP Lisa uit en ze drukte haar neus tegen het zijraampje van de auto. 'Het sneeuwt, Humbert. Rij alsjeblieft niet zo snel, ik wil het park bekijken.'

Humbert minderde gehoorzaam snelheid, zodat mevrouw het dunne laagje sneeuw op de oude bomen en de wit gespikkelde grasvelden kon bewonderen. De sneeuw viel in dikke, wattige vlokken uit de zware winterlucht. Hij bleef aan de coniferen en de oude boomstammen plakken, maar op de grasvelden en de bloemperken smolt hij snel, omdat de grond niet koud genoeg was.

'Als we dit winterse weer op kerstavond krijgen, zullen de kinderen blij zijn. Vooral omdat Hanno zijn eerste sleetje krijgt. En Charlotte zal er zo schattig uitzien in haar roze manteltje en bontlaarsjes.'

'Zeker, mevrouw,' bevestigde Humbert, zoals van hem werd verwacht.

Lisa schrok toen de speelplaats in zicht kwam en ze Sebastian met de drie jongens op het grasveld om een bal zag vechten. O, hij was ook net een klein kind! Had dokter Kortner niet uitdrukkelijk gezegd dat hij voorzichtig moest zijn met zijn knie? Hij moest hem omhoog leggen en warm houden. Hij mocht hem slechts matig belasten en mocht niet sporten. Hij moest zelfs bij het traplopen uitkijken.

'Stop!' riep ze naar Humbert. 'Stap uit en loop naar mijn man. Hij moet onmiddellijk met deze nonsens ophouden. Anders moet ik dokter Kortner inlichten.'

'Maar mevrouw,' wilde Humbert ertegen inbrengen. Hij bedacht zich echter, zette de motor uit en deed wat hem opgedragen was. Lisa zag dat Sebastian even bleef staan en een sussend gebaar in Humberts richting maakte. Daarna ving hij de bal op en gooide hem naar zijn zoon Johann.

Geërgerd schudde Lisa haar hoofd om deze dwaze actie en trok haar bontjas steviger dicht. Humbert had het portier aan de bestuurderskant open laten staan en er waaiden sneeuwvlokjes naar binnen.

'Uw echtgenoot wil even snel het spel afmaken, mevrouw. Daarna zal hij meteen weer naar binnen gaan.'

Humbert klopte de sneeuw van zijn mantel voordat hij weer achter het stuur plaatsnam. Er hingen nog een paar vlokjes in zijn haar, wat er heel leuk uitzag, vond Lisa. Hij reed naar de hoofdingang van de villa, sprong uit de auto en opende het portier voor mevrouw. Gerti en Hanna kwamen snel de treden af om de vele pakjes naar binnen te dragen die in de auto lagen. Lisa had vanochtend kerstinkopen gedaan.

'Dank je wel, Humbert,' zei ze een beetje gekweld toen ze zich uit de auto liet helpen. Helaas was haar goede voornemen om een paar kilo af te vallen mislukt. Ze was gewoon te dol op romige sauzen, spätzle en zoete tussendoortjes. Gelukkig kon ze haar kleren laten aanpassen in Maries atelier.

In de entreehal rook het naar dennennaalden en hars. Ze hadden de grote kerstboom neergezet. De dozen met kerstballen stonden ook al klaar.

'Nee!' riep Lisa en ze sloeg haar handen ineen van ontzetting. 'Dit menen jullie niet! Deze kreupele dwerg kan niet in onze entreehal staan!'

'Daar ben je, Lisa,' hoorde ze Marie zeggen. 'Ik zocht je al.'

Lisa vond het vreemd dat haar schoonzus vandaag niet in haar atelier was. Maar ze was blij dat ze meteen met haar over dit lelijke struikgewas kon praten, dat waarschijnlijk per ongeluk hier terecht was gekomen.

'Dit is een schande, Marie,' wond ze zich op. 'Ik had speciaal een heel mooie boom bij de handelaar besteld. Hoe kan dit zielige boompje...'

'Dat wilde ik je vanochtend vertellen, Lisa,' onderbrak Marie haar. 'Paul en ik hebben de boom afgezegd. Om kosten te besparen. In plaats daarvan heeft Christian deze spar in het park gekapt, en ik denk dat wanneer hij eenmaal opgetuigd is...'

Lisa dacht dat ze niet goed werd. Paul en Marie hadden dit achter haar rug om gedaan. Haar moeder en zij waren al jaren verantwoordelijk voor de huishouding van de villa, en nu dit!

'Om kosten te besparen? Uitgerekend voor kerst komen jullie met bezuinigingsmaatregelen? Nee, Marie! Dat gaat echt te ver.'

Haar schoonzus zweeg, omdat Else en Hanna de rode ballen in de boom begonnen te hangen. Humbert kwam met de hoge ladder om de gouden ster in de top te bevestigen. Dit soort netelige kwesties werden nooit in het bijzijn van het personeel besproken.

'Laten we naar jouw woonkamer gaan, Lisa,' stelde Marie voor. 'Jij hebt nu vast behoefte aan een warm kopje thee.'

'Zoals je wilt,' antwoordde haar schoonzus beledigd. 'Hanna, neem alsjeblieft mijn bontjas aan. En mijn laarzen. En o ja, als mijn man uit het park komt, geef hem dan de gevoerde pantoffels.'

'Zoals u wenst, mevrouw.'

Lisa liep achter Marie aan de trap op zonder zich nog één keer om te draaien. Als dit lelijke gedrocht inderdaad in de hal bleef staan, zou ze er alleen nog met gesloten ogen langs lopen.

'Waarom ben je eigenlijk thuis?' vroeg ze aan Marie. 'Laat je je atelier inmiddels aan mevrouw Ginsberg over?'

Ze liet zich uitgeput op een stoel zakken. Daarna riep ze Gerti en bestelde thee met een schaal koekjes.

Marie wachtte en gaf pas antwoord toen Gerti de kamer uit was. 'Mijn atelier blijft tot na kerst gesloten,' zei ze en ze pakte een stoffen pop van de bank zodat ze kon zitten. 'Er zijn momenteel geen orders, daarom heb ik mijn naaisters alvast vrij gegeven voor de kerst.'

'Geen orders?' vroeg Lisa ongelovig. 'Hoe kan dat nou? Minstens drie vriendinnen hebben me verteld dat ze hun kleding bij jou bestellen.'

Marie slaakte een diepe zucht. Het antwoord kostte haar duidelijk moeite. 'Ik zei het verkeerd. Er zijn wel orders, maar de dames hebben al sinds maanden niet betaald en ik ben niet bereid om voor niks te werken.'

'Hemel! Wat maakt het uit als ze iets later betalen? Je zult je geld echt wel een keer krijgen.'

'En wat moet ik tegen mijn medewerkers zeggen?' zei Marie. 'Dat ik hun salaris pas over een paar maanden kan uitbetalen? Dat ze tot die tijd voor niks moeten werken?'

Ja, nu begreep Lisa het wel. Natuurlijk had ze wel geweten dat het financieel een moeilijke tijd was en ze was bereid om genoegen te nemen met een veel krapper huishoudbudget. Vakantiereizen en dergelijke luxe zaten er nu niet in. Maar dat Marie haar atelier had moeten sluiten, gaf haar te denken.

'Weet mama het al?' vroeg ze benauwd.

'Nee,' bekende Marie, 'maar ze zal er wel overheen komen. Mama vond altijd al dat ik beter thuis kon blijven dan een modeatelier te runnen.'

Dat was inderdaad waar. Maar het beviel Lisa totaal niet dat Marie voortaan van 's ochtends vroeg tot 's avonds laat in de villa zou zijn.

'Ben je van plan om je met het huishouden bezig te houden?' vroeg ze met een wantrouwige ondertoon. 'Want ik denk dat mama en ik dat prima regelen.'

'Dat weet ik, Lisa,' zei Marie en ze boog zich naar voren om sussend haar hand op Lisa's arm te leggen. 'We zijn er allemaal heel blij mee dat jullie tweeën die last van ons afnemen.'

Ze zweeg toen Gerti aanklopte en de thee binnenbracht. Nadat het dienstmeisje het dienblad had neergezet, maakte ze een knicksje en vertelde ze met ingehouden verontwaardiging een nieuwtje.

'Helaas heeft de kokkin me verboden om aan de blikken met kerstkoekjes te komen. Mevrouw Brunnenmayer is van mening dat de koekjes pas met kerst gegeten mogen worden. Bovendien herinnert ze eraan dat het middagmaal al over een klein uurtje geserveerd wordt.'

'Nou ja, zeg!' wond Lisa zich op. 'Zegt u tegen mevrouw Brunnenmayer dat ik haar na het eten wil spreken. Dank je, je hoeft niet in te schenken. We bedienen onszelf.'

'Zoals u wenst, mevrouw!'

Sinds het keukenmeisje Liesl het idiote plan had opgevat om naar haar vader in Pommeren te reizen, was de kokkin nog chagrijniger dan eerst. Lisa zuchtte. Niets dan ergernis voor Kerstmis. Terwijl ze zich zo op het mooie familiefeest had verheugd.

Marie probeerde de draad weer op te pakken. 'Ik zal me zeker niet met het huishouden bemoeien, Lisa,' zei ze vriendelijk. 'Ik moet alleen op ons budget letten, dat momenteel helaas erg krap is. Natuurlijk zal dat in overleg met jou en mama gebeuren. En het spijt me dat ik het je niet meer kon vertellen van die boom. Ik wilde het met je bespreken, maar je was al weg.'

'Natuurlijk. Ik heb kerstcadeaus gekocht. Zoals altijd rond deze tijd,' zei Lisa beledigd, want ze voelde zich aangevallen. 'En mocht je denken dat ik daarmee ons krappe budget heb overschreden, dan moet je weten dat ik alles van mijn eigen geld heb betaald.'

Marie knikte. Zoals iedereen wist ze dat Lisa maandelijks een bedrag uit Pommeren ontving, dat had Elvira von Maydorn na Lisa's scheiding met haar afgesproken.

'Als je het landgoed niet erft, maar aan je man wilt overlaten, zou je er in elk geval voor mijn dood toch iets aan moeten hebben,' had Elvira haar laten weten toen haar de scheidingsvoorwaarden werden medegedeeld.

Lisa was er erg blij mee geweest, ook al wond Klaus von Hagemann zich constant over deze lijfrente op en beweerde hij dat hij en zijn gezin daardoor zuinig moesten leven.

'Maar Lisa,' zei Marie hoofdschuddend. 'Niemand verwijt je iets. Integendeel. Het is heel lief en genereus van je om ons allemaal een cadeau te geven. Paul en ik zullen het deze kerst iets bescheidener houden. Vooral onze personeelsleden mogen niet onder de crisis leiden. We zullen hun ieder een cadeau geven, zoals in dit huis de traditie is.'

Lisa haalde gelaten haar schouders op en schonk thee in. Als Marie van mening was dat ze niet de familie, maar de personeelsleden met cadeaus moest overstelpen, dan moest ze dat zelf weten. Lisa vond dat je met kerst tegenover alle mensen gul moest zijn. Vooral voor degenen die het dichtst bij je stonden.

Na de thee liepen Lisa en Marie naar de hal, waar de kinderen inmiddels samen met de personeelsleden bezig waren die afgrijselijke boom te versieren.

Even later kwam Paul in zijn mantel en met zijn hoed op door de voordeur binnen. Hij at tussen de middag niet in de fabriek, maar kwam voor het middagmaal naar de villa. 'Ik zou je voor het eten graag nog even willen spreken, Lisa,' zei hij tegen zijn zus. Daarna wendde hij zich tot Christian, die een beetje verlegen achter hem binnengekomen was.

'Zo'n lelijke had je nou ook weer niet hoeven uitzoeken,' zei hij zacht tegen de jonge tuinman. 'Waarom heb je geen mooiere boom gekozen?'

'Deze moest in het voorjaar toch weg, dus het leek me praktisch om deze als kerstboom te nemen,' verdedigde de jonge tuinman zich terneergeslagen.

Paul wuifde het weg en zei: 'Nou ja, nu staat hij er. Ga maar weer aan je werk.'

'Ja, meneer Melzer,' zei Christian en hij liep snel weg.

Paul gaf zijn mantel en hoed aan Gerti, bekeek de drukte in de hal, wisselde een blik met Marie en glimlachte even. Daarna richtte hij zich met een ernstig gezicht tot Lisa.

Lisa meende wallen onder zijn ogen te zien.

'Laten we naar mijn werkkamer gaan, Lisa.'

Daar had ze niet veel zin in, want het betekende dat het waarschijnlijk een vervelend gesprek zou worden. Dit jaar grepen ze werkelijk elke kans aan om haar kerstfeest te bederven.

'Wat is er dan voor belangrijks?' vroeg ze ongeduldig terwijl Paul de deur achter zich dichtdeed en achter zijn bureau ging zitten.

'Wel, je hebt Marie gisteravond en passant verteld dat tante Elvira mijn verzoek helaas heeft afgewezen,' zei hij en hij keek haar verwijtend aan.

'Ja, ze heeft me een brief gestuurd...'

Waarom keek hij haar zo boos aan? Zij kon het toch niet helpen dat tante Elvira hem geen geld wilde lenen? Ze had er van begin af aan aan getwijfeld, maar omdat Paul zo sterk had aangedrongen, was ze ten slotte bereid geweest om een brief naar Pommeren te sturen en het aan tante Elvira te vragen.

'Heeft ze uitgelegd waarom niet?'

Lisa groef in haar geheugen. Wat had tante Elvira ook alweer geschreven? Het zou haar sneller te binnen schieten als Paul niet zo streng keek. Het leek wel of ze in de beklaagdenbank zat!

'Ze schrijft dat ze rugpijn heeft en al dagen niet meer heeft paardgereden. Ze komt in haar laatste brieven trouwens toch erg ontevreden over. Je kent tante Elvira immers, ze was altijd als een rots in de branding. Ze stond altijd voor iedereen klaar en klaagde nooit ergens over...'

Ze zweeg omdat Paul een ongeduldig gebaar maakte. 'Dat zal toch zeker niet de reden zijn dat ze mijn verzoek heeft afgewezen?'

'Nee, nee,' zei Lisa. 'Dat merkte ze terloops op. Ze schrijft... Wacht even... O ja, nu weet ik het weer. Ze schrijft dat het landgoed kapitalen verslindt, omdat haar rentmeester overal elektriciteit wilde hebben en de kabels erg duur zijn...'

Paul snoof geïrriteerd en leunde tegen de rugleuning van de bureaustoel die ooit van zijn vader was geweest. 'Dat is toch belachelijk,' mopperde hij. 'De landheren in het oosten hebben belastingverlaging en allerlei gunstige regelingen. Daar zorgt onze rijkspresident voor.

Terwijl wij hier maar moeten zien hoe we rondkomen. Bij ons wordt de belasting verhoogd, worden de lonen verlaagd...'

Lisa was blij dat hij een andere zondebok had gevonden. Rijkspresident Von Hindenburg kon wel wat hebben en was ver weg in Berlijn. Prima als Paul op hem schold.

'Ik kan je de brief wel laten lezen, Paul,' bood ze aan. 'Dan kun je je er zelf een beeld van vormen.'

'Ja, doe dat alsjeblieft, Lisa.'

Hij zuchtte en het leek wel of hij in elkaar zakte. Blijkbaar had haar arme broer echt veel zorgen, dacht Lisa.

'Ik dacht dat je de huizen in Augsburg had verkocht?' vroeg ze voorzichtig.

'Ja, dat heb ik ook. Ik heb ze allemaal verkocht, behalve één. Het huis waarin Maries atelier zit, zal ik niet verkopen.'

Dat doet hij uit liefde voor Marie, dacht Lisa ontroerd. Maar toen bedacht ze dat ze waarschijnlijk daarom bij tante Elvira had moeten bedelen. Haar stemming sloeg meteen om. Zo zat het dus. Zij mocht om geld bedelen, wat vreselijk gênant was, zodat zijn lieve Marie haar atelier kon houden dat ze toch al had moeten sluiten. Hij was nu echt te ver doorgeschoten voor de liefde!

'Ik dacht dat je het aan advocaat Grünling had verkocht,' zei ze een tikkeltje zelfgenoegzaam. 'Serafina zei zoiets. We kwamen elkaar toevallig tegen bij de tandarts toen ik daar met Sebastian was.'

'Ik denk dat de wens de vader van de gedachten was,' zei Paul somber. 'Goed, Lisa. Laten we dit gesprek beëindigen, het middagmaal wordt zo geserveerd. Wees alsjeblieft niet boos op me omdat ik een beetje nerveus en geïrriteerd ben. Ik had mijn hoop op Elvira gevestigd en die hoop is nu helaas vervlogen.'

Hij stond op en gaf haar een knuffel. Precies op dat moment klonk de etensgong, die iedereen in de villa diende op te volgen.

'Ach, Paul,' zuchtte ze en haar boosheid verdween. 'Het spijt me dat je zo veel zorgen hebt. Allemaal vanwege die afschuwelijke economische crisis.'

'Ja, Lisa. We hebben er helaas allemaal mee te maken.'

In de gang kwamen ze Sebastian tegen, die net vanuit de hal naar boven was gelopen en – zoals Lisa direct merkte – niet de nieuwe gevoerde pantoffels droeg die ze speciaal voor hem had laten maken.

'Daar ben je eindelijk!' riep ze verwijtend. 'Hoe kon je nou zo onverstandig zijn?'

Hij luisterde niet naar haar, maar greep Paul bij zijn arm om hem even terzijde te nemen. 'Paul,' hoorde ze haar man zachtjes zeggen. 'Ik weet hoe ernstig de situatie in de fabriek is en ik bied je nogmaals aan om voor je te werken. En natuurlijk hoef ik geen salaris. Maar ik wil graag iets doen om samen met jou en alle betrokkenen deze crisis te boven te komen.'

Paul wist niet wat hij moest zeggen. Hij was niet zo dol op de ideeën van zijn zwager. 'Met alle respect voor je goede bedoelingen, Sebastian, we hebben in de fabriek geen gebrek aan arbeidskrachten, maar aan orders. Daarom kan ik je genereuze aanbod niet aannemen. En sorry, mijn moeder riep me zojuist.'

Alicia was naar de hal gegaan om de versierde kerstboom te bekijken en Lisa vermoedde al waarom ze zo opgewonden was.

'Ga maar vast naar de eetkamer, Paul,' zei ze snel tegen haar broer. 'Laat mama maar aan mij over.'

'Dank je, Lisa,' zei hij zacht en hij gaf haar een knipoog.

Haar hart bloeide op. Die knipoog was net zo schalks als vroeger, toen hij nog een klein jongetje was. Nou, dan kon de situatie toch niet zo erg zijn.

Haar moeder stond verbijsterd voor de kreupele spar die zelfs met gekleurde ballen, sterren en zilveren lametta niet veel aan kerstglans had gewonnen.

'Dit is toch zeker niet de boom die we hebben besteld,' riep ze naar haar dochter. 'Deze zielige struik in onze entreehal is een schande. Mijn goede Johann draait zich om in zijn graf!'

'Ach, mama, wind je maar niet zo op,' zei Lisa en ze glimlachte sussend. 'De kinderen hebben zo veel plezier gehad, ze zullen het je zo meteen uitgebreid vertellen. Johann en Kurti hebben Christian geholpen de boom te kappen en naar de hal te slepen.'

Alicia schudde afkeurend haar hoofd. 'Maar toch, Lisa! Dit is gênant tegenover onze gasten. En zelfs tegenover de personeelsleden. Het lijkt hier wel een armenhuis.'

'Zeker niet. De spar is recht gegroeid en de takken...'

Op dat moment klonk vanaf het trapportaal Kurti's hoge stemmetje. 'Hoera, grootmoeder! Dit is de mooiste kerstboom van de hele wereld! En weet je waarom?'

Alicia's frons verdween bij deze kinderlijke vreugde-uitbarsting. Glimlachend deed ze een stapje opzij om langs de kerstboom naar het trapportaal te kijken. Daar stond Marie met Johann en Kurti, die keurig gekleed en gekamd waren voor het middagmaal.

'Waarom is dit de mooiste boom, mijn schat?' vroeg ze en ze liep de trap op.

'Omdat ik eindelijk de grote bijl mocht vasthouden,' riep Kurti naar haar. 'Die is loeizwaar!'

19

DE TELEFOON, DIE PENETRANTE, nare stoorzender die haar niet met rust wilde laten, rinkelde alweer. Het leed geen twijfel wie haar vandaag voor de tweede keer belde.

'Ik zou willen dat ik niet zo'n last voor jullie was,' zei Tilly met een zucht.

Kitty had haar schildersezel in de woonkamer gezet. Ze had een penseel in haar hand en schilderde prachtige miniatuurlandschappen.

'Onzin,' reageerde ze en ze zette twee stippen op het schilderij. 'Je bent geen last, maar een geweldige verrijking voor ons allemaal, lieve Tilly. En meneer Klapperstein, die zal er vroeg of laat wel genoeg van krijgen. Ik ben in elk geval blij dat ík zijn telefoonrekening niet hoef te betalen.'

'De onze is ook niet bepaald laag,' merkte Gertrude op, die een gestreepte wollen sjaal probeerde te breien, die ze Robert met kerst wilde geven. De sjaal kreeg een rare vorm, maar dat probleem hoopte ze te verhelpen door hem heel lang te strijken.

'Maak je niet druk,' zei Kitty en ze deed twee stappen naar achteren om haar werk kritisch te bekijken. 'Robert heeft nog nooit iets over zo'n kleinigheid als een telefoonrekening gezegd. Bovendien heb ik inmiddels zeven schilderijen verkocht. Dat is genoeg voor minstens honderd telefoonreke.... Brrr... Ik smijt dat ding nog tegen de muur.'

‘Ik neem wel op,’ zei Tilly en ze wierp haar boek opzij.

‘Zeg hem dat hij een arme, zieke psychopaat is en dat we hem binnenkort in een gecapitonneerde cel opsluiten zonder telefoonaansluiting,’ riep Kitty naar haar.

‘Huize Scherer.’

‘Pardon,’ klonk het uit de hoorn. ‘Ik ben waarschijnlijk verkeerd verbonden. Ik wilde mevrouw Von Klippstein spreken.’

Tilly schrok. Het was dokter Kortner. Ze had zo’n afwijzende toon aangeslagen dat hij haar niet had herkend.

‘Daar spreekt u mee,’ zei ze zacht. ‘Neemt u me niet kwalijk, ik verwachtte iemand anders.’

‘Het spijt me, ik wilde u niet storen, mevrouw.’

‘U stoort niet,’ antwoordde ze snel. ‘Integendeel.’

Kitty gluurde vanaf de schildersezel nieuwsgierig naar haar. Gertrude had een paar steken laten vallen, die ze nu weer op haar breinaald probeerde te halen.

‘Ik wilde op mijn aanbod terugkomen, mevrouw Von Klippstein. Weet u nog? Mijn nieuwe praktijk. Ik zou hem graag aan u willen laten zien en uw mening erover horen.’

Tilly voelde haar hart heftig kloppen. Waarschijnlijk was ze te snel van haar stoel opgesprongen.

‘Dat zou ik graag willen,’ zei ze. ‘Na de feestdagen misschien?’

‘Ik dacht eerder aan aanstaande zondagmiddag. Dat zou handig zijn, omdat er dan geen patiënten in de praktijk zijn. Ik zou u tegen twee uur kunnen ophalen.’

Wat was hij vastberaden. Haar hart klopte nog sneller en ze moest tegenover zichzelf toegeven dat het door zijn telefoontje kwam. ‘Zondag? O, dat gaat helaas niet. We… Nou, dan krijgen we bezoek.’

Ze zag dat Kitty met haar ogen rolde en kreeg bijna het gevoel dat ze iets deed wat verboden was.

‘Wat jammer,’ zei dokter Kortner spijtig. ‘Dan morgen misschien? Ik heb huisbezoeken en zou daarna langs de Frauentorstraat kunnen rijden.’

'Morgen?' vroeg ze onzeker.

Kitty maakte een dwingende beweging met haar rechterhand, waarin ze het penseel nog steeds vasthield. 'Zeg nou ja! Doe niet zo moeilijk!' fluisterde ze.

Gertrude wierp Kitty een bestraffende blik toe, want Tilly leek onzekerder dan ooit.

'Morgen? Ja, misschien... Maar ik kom zelf, u hoeft me niet op te halen.'

'Kunt u dan 's middags komen? Want 's ochtends leg ik huisbezoeken af. Ik zou het echt heel leuk vinden, mevrouw Von Klippstein. Kan ik u dus morgenmiddag verwachten?'

Hij was erg vasthoudend, deze dokter Kortner. Een beetje opdringerig misschien. Maar op een sympathieke manier, en ze voelde zich gevleid.

'Goed. Morgenmiddag zal ik even kort in uw praktijk langskomen. Wat is het adres?'

'Lange Steeg 7. Het is niet aan de straatkant, u moet door de poort lopen. Op de eerste verdieping. Twee trappen. U doet me echt een groot plezier, mevrouw Von Klippstein.'

'Dank u wel, meneer Kortner. Het genoegen is geheel aan mijn kant. Tot morgen.'

'Tot morgen.'

Ze luisterde nog een paar seconden totdat hij had opgehangen.

'Mijn hemel!' riep Kitty uit. 'Je stelt je aan als een preutse oude vrijster. Wat is er nou mis mee als hij je op zondag een rondleiding door zijn praktijk geeft? Denk je dat hij zich op je stort en je op de behandeltafel verkracht?'

Tilly had een paar tellen nodig om het telefoontje te verwerken, dat haar dag een lichte, vrolijke glans had gegeven.

'Natuurlijk niet,' verdedigde ze zich. 'Maar toch... Ik kan als gehuwde vrouw niet alleen met een man in een lege dokterspraktijk afspreken. Wat moeten de buren dan wel niet van me denken?'

Uit Kitty's blik was duidelijk op te maken wat ze van dit antwoord vond. 'Als je je zo onnozel blijft gedragen, bederf je al je kansen, mijn beste Tilly.'

'Het zou vooral vervelend zijn als Ernst het te weten zou komen,' verdedigde ze zich. 'Hij zou het bij de scheidingsprocedure tegen me kunnen gebruiken.'

'Mijn hemel, Tilly, lieverd,' lachte Kitty haar uit. 'Als het tot een scheiding komt, zul je in elk geval als de schuldige aangewezen worden. Dat is zo zeker als tweemaal twee vier is. Dus wat kan je nog gebeuren? Hij zal al zijn geld voor zichzelf houden, die meneer hebzucht. Maar daarvoor krijg jij je vrijheid terug en die is duizend maal meer waard dan zijn ellendige geld!'

Dat wist Tilly inmiddels. Toch hield ze vol dat ze Ernst in geen geval mocht provoceren.

'Dat klopt helemaal,' zei Gertrude. 'Voorzichtigheid is de moeder van de porseleinkast.'

De volgende dag was het erg druk in de stad. Het kostte Tilly moeite om haar auto door het gewoel van fietsers en voertuigen te manoeuvreren. Ze moest een paar keer hard op de rem trappen om te voorkomen dat ze een voetganger aanreed die tussen de auto's door de straat overstak. Wat raar, dacht ze. De mensen moesten bezuinigen omdat bijna iedereen moest vechten om brood op de plank te krijgen, maar iedereen wilde het kerstfeest zo uitgebreid en mooi mogelijk vieren. De economische crisis wegvieren. Doen alsof die er niet was.

Ze moest een poosje zoeken tot ze het adres in de Lange Steeg vond. Ze parkeerde de auto aan de rand van de straat en liep door de brede poort naar het achterliggende gebouw waar de praktijk zich bevond. Bij de ingang zag ze een nieuw bord hangen.

Dokter Jonathan Kortner. Praktiserend arts
Tweede verdieping links
Spreekuur: maandag t/m zaterdag 8.00-12.00 uur en 15.00-17.00 uur
Zondagochtend alleen voor spoedeisende hulp

Wat goed. Dokter Greiner had zondags helemaal geen spreekuur gehouden. Terwijl ze het bord stond te lezen, drongen twee vrouwen zich langs haar heen. Ze hadden een jongetje tussen zich in dat heftig hoestte. Zijn hoest wees op een ernstige ziekte, misschien tuberculose. Bedrukt liep ze achter de drie mensen aan. Ze liep de trappen op en het viel haar op dat de voordeur, waar een raampje in zat met tralies ervoor, pas geverfd was. Bovendien had iemand een lapje stof om de deurknop gebonden, zodat de deur niet in het slot viel en je zonder aan te bellen naar binnen kon gaan.

De brede gang was aangenaam licht. De muren waren witgeverfd en er hingen een paar ingelijste reproducties. Groene bossen, bergen, de zee.

Tilly besloot op de deur met het opschrift GEEN TOEGANG te kloppen. De deur leidde naar de spreekkamer en werd door de arts en zijn assistente gebruikt. De patiënten kwamen door een verbindingsdeur van de wachtkamer naar de spreekkamer van de arts.

Nadat ze op de deur had geklopt, verscheen er een forse, donkerharige vrouw in een wit uniform. Ze nam haar indringend en niet bepaald vriendelijk op.

'Wat is er? Kunt u niet lezen?' vroeg ze en ze trok haar donkere wenkbrauwen verwijtend op.

'Neemt u me niet kwalijk. Ik ben Tilly von Klippstein. Dokter Kortner verwacht me. Maar als hij net bezig is met een patiënt, ga ik wel even in de wachtkamer zitten totdat hij tijd voor me heeft.'

De doktersassistente knikte en deed de deur verder open. 'Mevrouw Von Klippstein. Juist, ik weet ervan. Komt u alstublieft binnen. Dokter Kortner is weggeroepen voor een spoedgeval, maar ik verwacht hem elk moment terug.'

'Dank u wel.'

De vrouw keek streng en haar gebaren waren energiek, bijna onbehouwen. Ze leek op een paar van de verpleegsters die Tilly in het ziekenhuis in Schwabing had ontmoet en die soms erg tiranniek met haar waren omgegaan.

'Gaat u maar op die kruk zitten. Wilt u een kopje pepermuntthee?'

Het rook inderdaad naar pepermunt in de ruimte en de geur verdreef de gebruikelijke geur van een dokterspraktijk, die uit een mengeling van desinfecteermiddelen, linoleum, boenwas en salmiak bestond.

'Dank u wel.'

Ze had er het woordje nee aan toe moeten voegen, want nu dacht de assistente dat ze ja bedoelde. De vrouw schonk een kopje thee in en gaf het aan Tilly. O jee, ze haatte pepermunt. Maar ze wilde natuurlijk niet onbeleefd overkomen en nam het kopje aan.

'Drinkt u het maar meteen op, want het is nu nog heet,' instrueerde de vrouw haar. 'Wilt u suiker?'

'Nee, dank u.'

Tilly nam een klein slokje van het gelige brouwsel, dat haar aan urine deed denken. Ze slikte en vond het walgelijk. Waarom stelde ze zich zo aan? Pepermuntthee was gezond. Het stimuleerde de bloedsomloop en reinigde het bloed.

'Ik ben overigens mevrouw Kortner,' zei de vrouw en ze voegde er met lichte ironie aan toe: 'De rechterhand van de dokter en meisje voor alles.'

Hij was dus getrouwd, concludeerde Tilly en ze zette het kopje op een instrumentenwagentje neer. Waarom had hij dat nooit gezegd? Ze voelde een diepe teleurstelling, maar schaamde zich er tegelijk voor. Wat had ze dan gedacht? Dat hij mogelijk in haar persoonlijk geïnteresseerd was? Wat een onzin! Zijn belangstelling voor haar was puur beroepsmatig. Hij was getrouwd en werkte zelfs samen met zijn vrouw in zijn praktijk. Alles wat ze als avances had beschouwd – de complimentjes, de vriendelijke opmerkingen – was bedoeld geweest voor haar als arts, niet voor haar als vrouw.

'Dan heeft dokter Kortner vast een betrouwbare hulp aan zijn zijde,' zei ze en ze glimlachte.

'Ik doe mijn best,' luidde het antwoord.

Hij was getrouwd. Dat was heel normaal. Waarom had ze in hemelsnaam iets anders aangenomen? Ze moest compleet in de war zijn geweest.

Ze schrok toen ze haastige voetstappen en een vrolijke stem hoorde zeggen: 'Goedendag, dames! Ik kom eraan.'

Voordat ze van de schrik was bekomen, vloog de deur open en stond dokter Kortner in zijn mantel en met zijn hoed op voor haar. Zijn gezicht begon te stralen toen hij haar zag. 'Mevrouw Von Klippstein,' zei hij en hij liep met uitgestrekte hand naar haar toe. 'Wat fijn dat het u is gelukt. Van harte welkom op mijn nieuwe stek!'

In haar verwarring stond ze op om hem te begroeten, waarvan hij met een warme glimlach kennisnam. Hij schudde uitbundig haar hand en wees daarna naar zijn vrouw. 'Ik zie dat jullie al kennis hebben gemaakt, klopt dat? Doris is mijn rechterhand. Ze organiseert alles, regelt het lastige schrijfwerk, doet de boekhouding en doet alles wat ik niet kan.'

Wat aardig dat hij haar zo veel waardering gaf, dacht Tilly, en ze voelde zich slecht op haar gemak. Zou zijn vrouw de uitbundige begroeting van een vreemde – vrouwelijke – collega niet vervelend vinden? Nou ja, misschien was ze eraan gewend. Hij was wel een amicaal type.

'En?' vroeg hij aan Tilly, niet zonder trotse verwachting. 'Wat vindt u ervan?'

'Uw praktijk is heel licht en aangenaam. Ik zie dat u een paar nieuwe dingen hebt aangeschaft en beproefde dingen hebt overgenomen.'

Hij knikte blij en legde uit dat hij de moderne onderzoeksstoel van een collega had kunnen kopen, samen met de warmtelamp en de bloeddrukmeter.

'Ik ben van plan om een elektrostimulatieapparaat aan te schaffen, dat bij inwendige spanningen helpt. Maar op dit moment moet ik een beetje rustig aan doen. Ik heb geen reserves meer en wil geen lening afsluiten zolang de rente zo omhoogschiet.'

Tilly ontweek zijn blik. Zijn enthousiasme was terecht, hij ging helemaal in zijn vak op. Hij was een sympathieke jonge man, die haar erkenning volledig verdiende. Dat ze ondanks alles een beetje geremd was en niet de juiste woorden vond, lag aan haar domme, belachelijke fantasieën.

'Dat begrijp ik helemaal, dokter Kortner,' zei ze instemmend en ze deed haar best een warme glimlach te produceren. 'Ik vind de praktijk prachtig, maar ik wil u niet langer van uw werk afhouden. Uw patiënten wachten.'

'U hebt helemaal gelijk, mevrouw Von Klippstein. Maar hebt u nog twee minuutjes tijd?' vroeg hij toen ze hem ten afscheid een hand wilde geven. 'Ik wilde nog op ons gesprek van laatst terugkomen. Ik mis inderdaad iemand die me vervangt. Ik ben vaak op huisbezoek en dan is er niemand in de praktijk. En het ligt niet in mijn aard om patiënten af te wijzen. Mag ik u heel kort een voorstel doen, collega?'

Nee, zei iets binnen in haar. Dit gaat niet goed. Je bent verliefd. Op een getrouwde man. Geef het toe. Als je hier gaat werken, zul je ongelukkig zijn.

'Natuurlijk,' antwoordde ze, haar innerlijke stemmetje bewust negerend.

Dokter Kortner was plotseling opgewonden. Hij liep naar het bureau en begon iets te zoeken. Hij rommelde in een van de laatjes tot zijn vrouw iets naar hem riep. 'Linkerkant, tweede van boven. In de blauwe map.'

'Als ik jou niet had,' riep hij lachend terug. Hij trok de blauwe map uit de la en maakte hem open. 'Ik ben zo vrij geweest om een conceptcontract op te stellen, mevrouw Von Klippstein. Leest u alles rustig door en laat u me dan weten of u interesse zou hebben in deze aanstelling. Drie keer per week 's ochtends of 's middags, afhankelijk van wat we afspreken. U zult dan per uur betaald worden. Helaas kan ik voorlopig geen betere condities bieden. Ik weet natuurlijk dat u gezien uw vakkundige kwalificaties en uw vaardigheden veel meer zou moeten verdienen.'

Tilly pakte de papieren aan, wierp er een snelle blik op, vouwde ze op en stopte ze in haar handtas. Het was een goed aanbod en ze zou de baan hebben aangenomen als er niet een enorme hindernis in de weg had gestaan.

'Daar zou ik mee akkoord gaan, dokter Kortner,' zei ze. 'Maar zoals u wellicht weet, heb ik de toestemming van mijn man nodig om een contract te ondertekenen. Daarom moet ik u om een paar dagen geduld vragen.'

'Vanzelfsprekend. Uw echtgenoot kan gerust in de praktijk langskomen en alles bekijken. Mocht dat zijn beslissing positief beïnvloeden.'

Eerder het tegenovergestelde was het geval, dacht Tilly. Ernst zou waarschijnlijk groen en geel worden van jaloezie, zonder dat hij daar een reden toe had.

'Ik laat het u weten.' Ze gaf hem een hand, nam beleefd afscheid van mevrouw Kortner, bedankte hen beiden voor de vriendelijke ontvangst en verliet de praktijk.

Toen ze weer in de auto zat, maakte ze zichzelf verwijten. Waarom had ze hem valse hoop gegeven? Ze zou het aanbod niet aannemen. Dat mocht ze niet doen. Als ze ook maar een greintje zelfrespect had, moest ze het afwijzen. Ze had de kans voor zichzelf bedorven, omdat ze als een bakvisje verliefd was geworden op een man die ongelofelijk sympathiek was, maar die haar belachelijke, zoetsappige gevoelens op geen enkele manier beantwoordde. Ze was zo in de war dat ze twee keer verkeerd reed, hoewel ze in deze stad was opgegroeid. Ze moest keren, waarbij ze net niet het spatbord van een geparkeerde vrachtwagen raakte.

Het begon al te schemeren toen ze de auto voor het huis in de Frauentorstraat tot stilstand bracht en uitstapte. Een gure wind rammelde aan de daken en bracht een fijne motregen mee, die door haar kleren heen tot op haar huid leek door te dringen. Tilly rilde en haastte zich om naar binnen te gaan. Ze zou in haar bed kruipen, de deken over haar hoofd trekken en alles zo snel mogelijk proberen te vergeten.

Het liep anders. Toen ze binnenkwam, kwam haar een knusse geur van dennennaalden en peperkoek tegemoet. Vanuit de woonkamer klonken de hoge stemmen van Henni en Kitty, met tussendoor Roberts vrolijke waarschuwingen.

'Voorzichtig, Henni! Straks val je nog met lametta en al in de boom! Kitty, schat. Als je dat kaarsje daar vastmaakt, vliegt de tak daarboven in brand...'

'Doe het dan zelf, meneer de betweter!'

'Met genoegen, mevrouw wijsneus!'

'Wie heeft die stomme emmer water hier neergezet? Ik heb alle lametta erin laten vallen,' hoorde Tilly Henni zeggen.

Ze waren de kerstboom aan het optuigen. Wat had Tilly zich erop verheugd om dit kerstfeest in Augsburg met haar geliefden te vieren. Haar familie zou haar helpen om over het nare gedoe heen te komen. Het was fantastisch om er niet alleen voor te staan, maar om lieve mensen te hebben die met haar meeleefden en troost en plezier schonken. Ze liep glimlachend de kamer in.

'Tilly! Lieverd! Daar ben je,' riep Kitty, die op een ladder stond en een paar kaarsenhouders in haar handen had. 'En? Hoe was het? Heeft hij je getrakteerd? Hebben jullie koffie gedronken en taart gegeten?'

'Helaas niet! Hij had patiënten. Overigens heeft hij een erg ijverige assistente. Mevrouw Doris Kortner.'

Kitty's mond viel open. 'Is hij getrouwd?'

'Inderdaad.'

'Pas op, tante Tilly,' riep Henni. 'Trap niet op de doos met kerstballen!'

'Echt getrouwd?' wond Kitty zich op. 'Met een vrouw? Wat een vlerk! O, mannen. Die plaatsen je altijd weer voor een verrassing. Het is niet te geloven! Ik had durven zweren dat hij...'

'Dat hij wat, mama?' wilde Henni nieuwsgierig weten.

Kitty schraapte haar keel: '... dat dokter Kortner vrijgezel was. En jij vist nu de lametta uit de emmer en hangt hem in de badkamer te drogen.'

'Ik dacht dat je wilde zeggen dat hij verliefd is op tante Tilly, mama.'

'De lametta,' beval Kitty streng vanaf de ladder.

Henni hurkte mopperend voor de emmer, die Gertrude uit voorzorg had klaargezet voor het geval dat de boom in brand zou vliegen.

'Er is een brief voor je gekomen, Tilly,' zei Robert, die Actie Kerstboom vanuit zijn fauteuil bekeek en ondertussen de krant las. 'Hij ligt op de trap. Misschien is het beter als je hem later leest.'

Tilly zuchtte. Het was vast een brief van Ernst, die haar weer verzekerde dat hij absoluut niet zou instemmen met een scheiding, omdat ze allebei niet konden aantonen dat er een juridische grond voor was. Een paar dagen geleden had hij een christelijke huwelijksadviseur op haar afgestuurd, die haar over de betekenis van het huwelijk en het stichten van een gezin wilde voorlichten. Nou ja, misschien was het maar beter als ze de brief meteen las.

Dit keer was het een brief van Ernsts advocaat, ene dr. Dröhmer. Nerveus scheurde ze de envelop open en haalde de brief eruit.

Zeer geachte mevrouw Von Klippstein,

In opdracht van uw man deel ik u mede dat de heer Ernst von Klippstein in geen geval met een arbeidscontract, in welke vorm dan ook, met de heer dokter Jonathan Kortner zal instemmen.

Hoogachtend,
Dr. Artur Dröhmer
Advocaat en notaris

Ze moest op de trap gaan zitten om de korte zin nog een keer te lezen. Daarna liep ze met de brief in haar hand naar de woonkamer, waar Robert inmiddels op de ladder stond en volgens de aanwijzingen van zijn vrouw de kaarsjes in de boom bevestigde.

'Hoe is het mogelijk?' riep ze en ze hield de brief voor Kitty op. 'Hoe kan hij dit nou weten?'

Kitty wierp een snelle blik op de brief en pakte hem van Tilly aan.

'Dit is niet te geloven... Robert, verder naar links, anders is daar een zwart gat. Nog verder. Ja, zo... Jeetje, Tilly, ik begrijp er niks van. Hij moet helderziend zijn. Of hij laat je door een detective schaduwen. Daar zou ik hem wel toe in staat achten! Een agent die je de hele dag volgt.'

Dat leek Tilly nogal onwaarschijnlijk, hoewel het niet helemaal onmogelijk was. Het klonk in elk geval onheilspellend.

'Wat is er nu weer gebeurd?' vroeg Robert.

'Stel je voor, schat. Ernst verbiedt Tilly om bij dokter Kortner te werken.'

Robert fronste niet-begrijpend zijn voorhoofd. Hij maakte de kaarsenhouder ergens aan een tak vast en kwam van de ladder af. 'Heb je Ernst verteld dat je daar wilt werken?'

'Nee, natuurlijk niet!'

'Dan snap ik niet hoe hij het kan weten.'

Henni kwam met een sliert lametta in haar haar uit de badkamer. 'Hij weet het van mama,' riep ze vergenoegd. 'Ze heeft het hem aan de telefoon verteld.'

'Ik?!' riep Kitty verontwaardigd. 'Nooit van mijn leven.'

'Wel waar,' hield Henni vol. 'Dodo heeft ons verteld dat dokter Kortner hulp nodig heeft in zijn praktijk en dat hij tante Tilly wil aanstellen. En jij hebt het nog diezelfde dag aan de telefoon aan oom Ernst doorverteld.'

Kitty staarde haar dochter verward aan, knipperde met haar ogen en wreef peinzend over haar neus· 'Mijn hemel, dat kan ik me helemaal niet herinneren,' zei ze zuchtend. 'Dat moet eeuwen geleden zijn. En áls ik het heb gedaan, dan heb ik hooguit gezegd dat ze daar misschien zou kunnen werken...'

'Mevrouw kletskous,' zei Robert en hij keek haar met een vrolijk straffende blik aan. 'Nu zitten wij met de ellende.'

Kitty begon zich energiek te verdedigen. 'Als ik dat inderdaad heb gezegd, dan komt dat alleen doordat die kerel ons al wekenlang terroriseert en ik daardoor mijn zelfbeheersing ben verloren.'

Tilly pakte haar hand en gaf er een geruststellend kneepje in. 'Maak je alsjeblieft niet druk, Kitty. Niemand verwijt je iets.'

Maar Kitty verweet het zichzelf. Ze rechtte haar rug en keek met fonkelende ogen naar Tilly en Robert. 'Goed, ik heb mijn mond voorbijgepraat. En dus ga ik het weer goedmaken. Ik rij naar München en zal meneer onder handen nemen. En als ik met hem klaar ben, zal hij alles ondertekenen wat ik hem voorleg. Nederig en welwillend! Dat beloof ik jullie!'

20

HIJ WAS HAAR VERGETEN. Liesl had haar vader dagenlang alleen vanuit de verte gezien. Hij keek niet naar haar om, sprak haar niet aan en deed alsof ze niet bestond. Twee keer had ze geprobeerd een gesprek te krijgen in het landhuis, maar ze hadden haar aan de deur al weggestuurd.

'Meneer de baron heeft geen tijd en mevrouw Von Maydorn ontvangt niemand.'

De tweede keer had het knappe dienstmeisje haar uitgefoeterd.

'Wat kom je hier doen? Maak dat je wegkomt. Ga naar de koeienstal, waar je thuishoort.'

Liesl kon en wilde het niet begrijpen. Ze was tenslotte zijn dochter. Was hij dan helemaal niet blij geweest om haar te zien? Misschien moest hij er eerst over nadenken en had hij tijd nodig. Ze was tenslotte onverwachts op het landgoed verschenen en had hem gewoon overvallen. Daarom besloot ze voorlopig af te wachten en te doen wat van haar gevraagd werd. Ze had toch geen andere keus, want ze had geen geld. Ze kon hooguit te voet naar Kolberg gaan en daar vragen of er werk was.

De volgende ochtend had een oude meid op haar kamerdeur gebonkt toen het nog stikdonker was. 'Opstaan! Melken!'

Geschrokken was ze uit haar diepe slaap opgeveerd. Eerst wist ze niet waar ze was. In haar kamer, boven in de villa? In een vreemde wachtruimte? O nee, ze was op Maydorn in een klein, vochtig hok op zolder, waar het verschrikkelijk naar koeienmest stonk. De meid was de ladder weer afgeklommen. Liesl trok haar bontjas dichter om haar lichaam en luisterde naar de vreemde geluiden onder haar. Ze hoorde het geluid van zacht rinkelende kettingen en het gesnuif en gebrom van grote beesten. Haar kamertje lag direct boven de koeienstal.

Wat had de meid gezegd? Melken? Had ze het soms over de koeien? De stem had bars en bevelend geklonken. In elk geval was het waarschijnlijk maar beter om op te staan, om zich niet meteen al narigheid op de hals te halen. Ze liep op de tast naar de zwak verlichte opening in de vloer achter de deur, waar de ladder was. Voorzichtig klom ze naar beneden. Op de treden zat verse koeienstront, die waarschijnlijk onder de schoenen van de meid had gezeten. Ze hield haar neus dicht en wilde naar de donkere binnenplaats gaan toen er plotseling een meid voor haar stond. Ze had een grof, vuil schort voorgebonden.

'Hier,' zei ze en ze gaf Liesl een krukje met één poot. Daarna liep ze door het middenpad weg en liet Liesl niet-begrijpend met het rare ding in haar handen staan.

'Kom hier!' riep de meid bars.

Liesl keek in de stal om zich heen en zag her en der een vrouw op zo'n raar krukje tussen de koeien zitten. De vrouwen waren ijverig bezig om de dikke roze uiers in een blikken emmer te melken. De hurkende gestaltes waren niet goed te zien in het schemerlicht. Ze droegen geplooide hoofddoeken en lange, wijde rokken. De emmers hielden ze tussen hun knieën geklemd.

'Ik... kan niet melken,' bekende Liesl schuchter.

Het gezicht van de meid was rond en zo gerimpeld als een propje papier. Ze zei iets tegen haar wat ze niet verstond, perste zich tussen twee koeien in, duwde de ene met een paar krachtige meppen met haar vlakke hand opzij en ging naast de andere op haar hurken zitten.

'Hou vast!'

Liesl begreep dat ze de vuile koeienstaart moest vasthouden, wat haar nogal wat zelfoverwinning kostte. Daarna keek ze nieuwsgierig toe hoe de oude meid ritmisch de tepels bewerkte en hoe de lichte, verse melk in een dunne, gelijkmatige straal in de blikken emmer spoot. Het zag er heel makkelijk uit. Het zou niet zo'n zwaar werk zijn als die kolossale, onrustige koeienlijven er niet waren, waartussen je verpletterd kon worden. En die smerige koeienstaarten die om je oren werden geslagen.

'Doe het nu zelf,' beval de meid toen ze klaar was met melken. 'Neem Lonni, die is braaf.'

Lonni was zwart-wit gevlekt, zoals alle andere koeien, alleen was haar kont wat knokiger, wat er waarschijnlijk op wees dat ze ouder was. Liesl aaide haar nek en durfde daarna haar kop aan te raken. Ze kroelde achter de oren en het viel haar op dat koeien prachtig grote ogen hadden. Het melken bleek een lastige klus te zijn, wat niet aan Lonni lag, die zo aardig was om stil te blijven staan en maar heel af en toe met haar staart sloeg. Maar het duurde een tijdje totdat Liesl doorhad dat je niet gewoon moest knijpen om te zorgen dat de melk vloeide. Je moest voorzichtig van boven naar beneden werken, de melk tevoorschijn lokken en op het juiste moment een klein beetje druk geven. Lonni was vast het geduldigste dier van de stal, want ze hield het vol tot de domme jonge meid het eindelijk onder de knie had.

Liesls rug deed pijn toen ze klaar was en de melk in een groot vat goot dat naar de melkfabriek gebracht zou worden. Ze was blij dat er na de gedane arbeid een goed ontbijt was in een verwarmde ruimte naast de stal, waar ook de knechten kwamen. Op de grove houten tafel stonden warme melk, brood, spek en zelfs cervelaatworst. Borden waren er niet, iedereen kreeg een schaaltje voor de melk en sneed met zijn eigen mes brood, spek en worst af. Voor Liesl had de meid een oud, roestig keukenmes klaargelegd. Liesl had heel veel honger en kon nauwelijks stoppen met eten, want ze had sinds de vorige ochtend geen maaltijd meer gehad. Toen ze eindelijk verzadigd was, voelde ze een loodzware vermoeidheid over zich heen komen. Maar slapen kon ze vergeten. De koeien moesten gevoerd worden en de stal moest worden schoongemaakt. Het uitmesten was een afschuwelijke klus.

Toen eindelijk de zon opkwam, had ze het gevoel dat ze ter plekke van de uitputting om zou vallen. Ze leunde met haar rug tegen de koude stalmuur, ademde diep de ochtendlucht in en wilde dat ze eindelijk mocht slapen.

Ze voelde zich verschrikkelijk eenzaam en vroeg zich af waarom ze deze reis per se had willen maken en waar die toe zou leiden. Ze moest weer aan de belofte van de kokkin denken. Mevrouw Brunnenmayer had gezegd dat ze haar het geld voor de terugreis zou geven. Maar Liesl aarzelde om een brief te schrijven. Ten eerste omdat ze geen geld voor een postzegel had, maar ook omdat ze te trots was om toe te geven dat mevrouw Brunnenmayer gelijk had gehad met haar sombere voorspelling.

Haar vader was geen goed mens. Ook in de dagen daarna keek hij niet naar haar om. Hij liep onverschillig langs haar heen en koeioneerde knechten en meiden. Hij sloeg ze zonder aarzelen met de zweep als iets hem niet zinde. Maar als hij samen met zijn vrouw was, was hij een heel ander persoon. Dan was hij bang. Hij verdroeg haar getier zwijgend, liet zich voor het oog van het personeel uitkafferen en lette er angstig op dat hij al haar wensen vervulde. Ze hadden drie kinderen: twee jongens en een meisje van drie. Af en toe liepen ze met een kinderjuffrouw over het erf. De stalmeiden moesten dan een knicksje voor hen maken en de knechten een buiging. Dat had de jonge vrouw des huizes zo bevolen en wie zich er niet aan hield, kreeg er met de zweep van langs. De drie kinderen droegen jassen en broeken van goede wollen stoffen en met bont gevoerde laarzen. De moeder droeg net zulke dure kleren. Ze had een paar bontjassen en leren laarzen in alle kleuren. Wat ze eronder droeg, kreeg Liesl niet te zien, want ze mocht nog steeds niet naar het landhuis. De vrouw had vast een heleboel mooie kleren laten naaien en bezat waarschijnlijk een juwelenkistje vol kostbare sieraden.

Als Liesl een kwartiertje pauze had, ging ze vaak naar de paardenstal om de mooie dieren te bekijken die daar in houten boxen stonden en gevoerd werden met goed hooi, wortelen en een beetje haver. Ze moest wel uitkijken voor Leschik, de man in de slordige schapenvacht, want hij liet niemand in de stal toe die er niets te zoeken had. Maar omdat hij mank liep, kon Liesl hem horen aankomen en op tijd wegsluipen.

In het begin moest ze al haar moed bij elkaar schrapen om naar de grote, nerveus lijkende paarden toe te gaan. Ze waren anders dan de rustige koeien. Deze dieren bewogen snel, hun ogen glansden onrustig, ze volgden de bezoekster met hun blikken en ze snoven. Niet alle paarden lieten zich aanraken, vooral de donkere hengst, die soms driftig tegen de wanden van de box sloeg en rare, wilde geluiden maakte, was onbenaderbaar en hapte soms zelfs naar de hand van de paardenknecht. Maar als Liesl zacht tegen hem sprak, leek hij te luisteren. Dan werd hij rustiger en draaide hij zijn hoofd opzij. En zijn oren, die meestal plat in zijn nek lagen, gingen dan naar voren.

Vlak voor kerst kwam er een groepje jonge mensen vanuit de omringende dorpen door de sneeuw naar Maydorn gelopen. Ze stelden zich voor het landhuis op en zongen kerstliederen. Liesl vond het mooi klinken, want ze zongen meerstemmig en de melodieën waren helder en eenvoudig. Maar de vrouw des huizes liet ze van het erf jagen en verweet hun dat ze alleen maar wilden bedelen. Ze kregen geen cadeaus of geld voor hun gezang.

Liesl had met veel plezier naar de liederen geluisterd en niet gemerkt hoe koud het buiten was. In haar dunne jurk, die niet geschikt was voor de winter in Pommeren, was ze totaal verkleumd geraakt en 's avonds merkte ze dat ze koorts had. 's Nachts werd het erger. Het ene moment rilde ze van de kou, het volgende moment had ze een gloeiend hete koortsaanval. Haar keel zwol op, ze had verschrikkelijke hoofdpijn en soms zag ze wonderbaarlijke beelden in de duisternis. Kleurrijk geklede ruiters vlogen langs, zijden sjaals fladderden in de wind. Dan weer verscheen het gezicht van haar vader en schrok ze van de littekens en zijn blauwachtige, dunne lippen. 's Ochtends ging het iets beter. Ze krabbelde overeind en klom de ladder af. In de personeelskamer dronk ze een slokje warme melk, meer kreeg ze niet naar binnen.

'Ik ben ziek,' zei ze tegen de oude meid.

'Ga aan het werk,' was het norse antwoord.

Ze klemde haar kiezen op elkaar, pakte het krukje en een emmer en begon met het melken. Eerst ging het goed. Ze goot twee emmers vers gemolken melk in het vat, maar toen werd ze duizelig en moest ze tegen een houten paal leunen.

'Wat sta je daar nou?' snauwde de meid tegen haar.

Liesl vermande zich en ging met de emmer en het krukje naar de volgende koe. Ze ging zitten en klemde de emmer tussen haar knieen. Plotseling draaide het gevlekte koeienlijf rondjes voor haar ogen. Iets trok haar onstuitbaar de diepte in en ze stortte in een eindeloze duisternis. Honderd jaar, duizend jaar, een eeuwigheid zweefde ze daar beneden, opgelost in het niets, weggezonken in de stille zee van het onbewuste. Op een gegeven moment hoorde ze stemmen, eerst onduidelijk, daarna steeds helderder.

'Blijf met je poten van haar af, anders krijg je mijn zweep te voelen.'

'Ik heb haar onder de koe uit getrokken, meneer. Verder niets.'

'Wat is er met haar aan de hand?'

'Ze heeft de vallende ziekte, meneer. Ze lag onder Meta met haar gezicht in het hooi.'

'Ga weg bij haar! Ik draag haar naar boven. Grita, jij wast haar gezicht en handen met warm water. Aan de kant!'

Was dat haar vader? Ze kende zijn heerszuchtige maar heldere stem, en hoorde hem hijgen toen hij de ladder op liep. Hing ze over zijn schouder? Legde hij haar nu op haar strobed?

'Waarom heeft ze geen deken, Grita? Ik had toch gezegd dat je haar een warme deken moest geven? Verdorie nog aan toe! Worden mijn bevelen zo opgevolgd? Schiet op, ouwe heks. Anders zul je het berouwen.'

Liesl zakte weer weg in een hete, koortsachtige schemertoestand. Haar hele lichaam gloeide en ze merkte nauwelijks dat iemand met een ruw doekje over haar gezicht ging.

'Slik dit door!'

Iemand stak een tabletje in haar mond en gaf haar water te drinken. Het smaakte bitter, ze moest hoesten en kokhalsde. Bij het tweede tabletje kostte het nog meer moeite om het door te slikken. Ze dronk gulzig de hele beker leeg en zakte terug op het strobed.

's Nachts zakte de koorts. Liesl viel in slaap en droomde dat ze in Augsburg hand in hand met Christian door het zomerse park van de villa liep. Daarna raakte ze hem kwijt. Ze zocht hem overal, keek achter de struiken, rende naar het tuinhuis en klopte op de deur, maar niemand deed open. Toen ze wakker werd, scheen er licht door de kieren van de houten wand. Het moest middag zijn. Naast haar strobed stonden een schaal met melk en een bord met brood, hamspek en een potje met zoete honing ernaast. Op een stuk papier naast het bord lagen twee van de bittere tabletjes.

Een 's ochtends en een 's avonds nemen, stond met potlood op het briefje geschreven. Liesl had geen zin om ze te nemen. Ze dronk liever de melk en doopte het brood erin. Ze at wat van de ham en likte het honingpotje uit tot er niets meer in zat. Daarna rolde ze zich op haar bontjas op en trok de deken over zich heen. Een zachte wollen deken, die ze niet eerder had gezien en die haar heerlijk warm hield. Ze sliep als een blok en toen ze 's avonds wakker werd, stonden er een schaal met een eenpansgerecht en een kroes appelsap naast haar strobed. Hongerig at ze alles op. Ze nam nu braaf de tabletjes en luisterde een poosje naar de geluiden van de koeien onder haar kamertje, die haar inmiddels vertrouwd waren. De koorts keerde niet meer terug. Ze voelde zich nog zwak, maar ze was weer beter.

De volgende dag lagen er vreemde dingen naast haar strobed: een rok van een dikke wollen stof, een blouse die gebreid was van jeukerige, met de hand gesponnen wol, lange wollen kousen, een gekleurde doek en een paar bontlaarzen die twee maten te groot waren. Wie zou haar deze spullen hebben gegeven? Ze moest zich ertoe zetten om de onaangename spullen aan te trekken, maar ze deed het omdat deze kleren warmer waren dan de dunne, versleten jurk waarin ze gekomen was. Met haar nieuwe kleren aan klom ze de ladder af en ze kwam net op tijd voor het ontbijt in de personeelskamer. De anderen keken haar onvriendelijk aan en fluisterden met elkaar met hun hand voor hun mond. Een paar knechten keken haar spottend aan, stonden op en gingen aan het werk.

Toen ze melk in haar schaaltje schonk en een stuk brood uit de mand pakte, ruimde de oude meid al het andere dat op tafel stond op en keek haar venijnig aan. 'Ben je weer beter? Dan kun je meteen mee om de stallen uit te mesten!'

Liesl deed haar werk zo goed mogelijk en liep daarna naar de paardenstal om te kijken of haar lievelingen zich haar nog herinnerden. En ja, ze werd met opgewekt gesnuif begroet. Ze aaide de zachte neuzen en gladde halzen, pakte stiekem een paar wortelen uit een emmer en voerde de paarden. Wat vreemd dat ze op dit landgoed vriendschap en genegenheid ervoer van deze onschuldige dieren, terwijl de mensen haar vijandig bejegenden.

Ze lette altijd goed op dat er geen paardenknecht in de stal was als ze naar binnen ging, omdat ze haar anders weg zouden jagen. Ze schrok dan ook toen ze achter zich voetstappen hoorde.

'Ga weg bij die hengst, anders bijt hij je!' beval een gebiedende vrouwelijke stem.

Bij de staldeur stond een oudere vrouw in een groene loden jas. Ze had een bontje om haar schouders geslagen en droeg een groene vilten hoed, zoals de mannen in Augsburg op feestdagen droegen. Langzaam liep ze naar Liesl toe, waarbij ze op een stok steunde.

'Hij bijt me niet,' verdedigde Liesl zich verlegen. 'Hij laat zich door me aaien. Kijkt u maar.'

De hengst was eerst schichtig, maar at toen het stuk wortel uit haar hand en Liesl aaide hem voorzichtig over zijn hals terwijl hij kauwde.

'Kijk eens aan.' De vrouw in de loden jas kwam strompelend dichterbij. 'Wie ben jij eigenlijk? Ik heb je hier nog nooit gezien.'

Liesl dacht na over wat ze moest zeggen. Deze oude vrouw kon niemand anders zijn dan Elvira von Maydorn, de schoonzus van Alicia Melzer. Zou ze zich aan haar voorstellen?

'Ik ben Liesl Bliefert uit Augsburg,' zei ze aarzelend. 'Ik kom van de villa van de Melzers en moet u de hartelijke groeten doen van mevrouw Alicia Melzer.'

De oude vrouw keek haar verbaasd aan en keek toen naar haar wollen kleren, die beslist niet in Augsburg waren gemaakt.

'Je komt uit Augsburg? En zelfs uit de villa van de Melzers? Wat kom je dan hier op Maydorn doen?'

De landgoedeigenaresse sprak op barse toon. Niet zo arrogant als de jonge vrouw des huizes, maar eerder afwijzend. Liesl moest al haar moed bijeenrapen om de vraag te beantwoorden.

'Ik ben hier omdat ik mijn vader wilde leren kennen.'

'Je vader?'

'Baron von Hagemann, de landheer. Hij is mijn vader.'

De oude vrouw fronste haar wenkbrauwen geïrriteerd. 'Hij is geen baron,' zei ze chagrijnig. 'Ook al laat hij zich graag met die titel aanspreken. En landheer is hij ook niet. Een grote mond, dat heeft hij.' Met die woorden draaide ze zich om en strompelde terug naar de staldeur. 'Geef de paarden geen wortels meer,' riep ze Liesl dreigend toe. 'Daar krijgen ze koliek van.'

'Dat wist ik niet,' stamelde Liesl. Ze liep snel naar buiten en verborg zich in de koeienstal, want ze wilde Leschik absoluut niet tegenkomen. De landgoedeigenaresse had de deur achter zich dichtgeslagen en ze hoorde haar buiten de stalknecht roepen.

Ze was oud en zonderling, dacht Liesl moedeloos. Deze oude vrouw zou haar beslist niet helpen. Ze was haar laatste hoop geweest en die hoop was nu vervlogen. Liesl had geen andere keus, ze moest mevrouw Brunnenmayer een bedelbrief schrijven, zodat ze weer naar huis kon. Waarschijnlijk hadden ze allang een ander keukenmeisje aangenomen en vond ze geen werk meer. En haar moeder zou tekeergaan omdat het heel anders was gelopen dan ze had gehoopt. Maar alles was beter dan nog langer hier moeten blijven, waar ze een vreemdelinge was en iedereen haar haatte.

’s Middags moest de koeienstal opgeruimd en schoongemaakt worden, zodat hij er kerstachtig uitzag. Aan de houten palen werden dennentakken gebonden, omdat op kerstavond de rentmeester, die zich de landheer voelde, met zijn gezin door de stallen liep om de dieren wortelen en bosjes hooi te schenken. Uit de gesprekken van de meiden had Liesl opgemaakt dat er daarna cadeaus aan de knechten en meiden zouden worden uitgedeeld en dat ze zoals elk jaar een vaatje sterkedrank zouden krijgen.

O jee, dacht Liesl. Dan zouden ze ’s nachts vreselijk dronken zijn en moest ze de grendel van haar kamerdeur dichtschuiven, omdat de mannen dan niet meer wisten wat ze deden.

Maar die ellende bleef haar bespaard. Toen het in de vroege namiddag begon te schemeren en er in de stal weer gemolken moest worden, kwam Leschik met de slee op het erf.

‘Liesl!’ riep een heldere, snijdende stem de koeienstal in.

Ze zette de emmer met de melk op de grond en liep met bonkend hart het erf op. Daar stond haar vader op haar te wachten.

‘Pak je spullen,’ zei hij kortaf. ‘Hier is reisgeld. Leschik brengt je naar Kolberg en daar koop je een treinkaartje. Nou, schiet op. Blijf daar niet staan. Pak je spullen, het wordt al snel donker!’

Ze stond er als door de bliksem getroffen. Zeker, ze was van plan geweest het landgoed zo snel mogelijk te verlaten. Maar dat ze op zo’n manier werd weggestuurd, was bitter.

‘Ik ga al,’ stamelde ze en ze klom haastig de ladder op naar het donkere, koude kamertje dat een paar weken lang haar onderkomen was geweest. Ze trok de wollen kleren uit en trok haar eigen jurk weer aan. Ze hulde zich in de bontjas en deed haar schaarse bezittingen in de reistas. Beneden schraapten de paarden onrustig met hun hoeven over de grond. Haar vader stond naast de slee en praatte met de koetsier.

'Stap in,' zei hij toen ze er met haar reistas aankwam. 'Zeg tegen je moeder dat ze je niet nog een keer hiernaartoe moet sturen. Dit is geen plek voor jou. Vaarwel.'

Ze gaf hem geen antwoord, omdat er tranen in haar ogen opwelden. Dit was nu het afscheid van de man die nooit een vader voor haar zou worden. Haar vader was Gustav Bliefert geweest, maar die lag in zijn graf en kon ze niet meer bedanken voor alle liefde die ze van hem had gekregen.

Toen ze al in de slee zat en de vacht over haar benen legde, hoorde ze plotseling iemand roepen. Het geluid schalde over het hele erf.

'Halt, Leschik! Ze stapt uit!'

Verbaasd keek ze naar het landhuis. Daar stond een gestalte op de trap, gehuld in een lange mantel, steunend op een stok.

'Rijden, Leschik!' commandeerde haar vader kwaad en hij knalde met zijn zweep, waardoor de paarden schrokken en steigerden.

'Voorlopig ben ik nog de meesteres op Maydorn en mijn bevelen gelden,' riep de oude vrouw vanaf de trap. 'Hiernaartoe, Leschik!'

De koetsier aarzelde geen moment. Hij gaf de paarden een commando, reed voor de ogen van de nieuwsgierige meiden en knechten die aan waren komen lopen een rondje over het erf en stopte voor het landhuis.

'Stap uit!' beval Elvira von Maydorn en ze gebaarde met haar stok naar Liesl dat ze moest komen. 'Jij gaat nu met mij mee. Dat ben ik mijn schoonzus Alicia schuldig.'

21

APUD HELVETIOS LONGE NOBILISSIMUS *fuit et ditissimus Orgetorix...*

Leo hief zijn hoofd op en mompelde de Latijnse zin voor zich uit. Hij voelde het ritme als kleine slagen door zijn lijf gaan. Tegelijk kwamen de klanken.

Apud Helvétios lónge nobilíssimus fúit et ditíssimus Orgétorix...

Hij hoorde het meerstemmig. De tonen voegden zich naar het ritme. Ze volgden hem, gingen dwars door hem heen, vormden contrapunten, dansten om hem heen. Eerst hoorde hij de violen, daarna de altviolen en de cello's, af en toe ook fluiten, een heel enkele keer een hobo en één keer een trompet. Het had geen zin om zijn oren dicht te houden, want de klanken kwamen van binnenuit. Het enige wat hij kon doen, was opstaan, door de kamer lopen en met zijn handen op zijn oren slaan. Dan werden de klanken een chaos en verloren ze hun macht over hem. En als hij dan ook nog een slok koud water nam, vervormden ze zich tot een atonaal gezoem, een geluid dat je aan een orkest deed denken waarvan de leden voor het concert hun instrumenten stemden. Op sommige dagen overvielen de klanken hem heel heftig, of hij nu een Duitse of Latijnse tekst las. Grieks was nog erger, dan kon hij maar beter meteen een karaf water met ijsklontjes erin op zijn bureau zetten. Alleen als hij op wiskundige formules zat te broeden, lieten de melodieën hem met rust, maar wiskunde was dan ook een verschrikkelijk moeilijk vak. En omdat hij momenteel ruzie had met zijn vriend Walter, moest hij zich in zijn eentje door deze ellende heen worstelen. Soms probeerde Dodo hem te helpen, maar de meisjes leerden niet van die moeilijke dingen als binomiale verdelingen en hij moest Dodo altijd eerst uitleggen waar het over ging. Meestal legde hij het verkeerd uit. Dan mopperde ze en wilde ze zijn wiskundeboek zien, maar dat vond hij vervelend. Ze hadden al twee keer ruzie gehad.

'Dan zoek je het maar lekker zelf uit,' had ze gezegd, waarna ze de deur had dichtgeknald.

Vroeger hadden ze nooit ruzie gehad. Maar de laatste tijd kon Dodo alleen nog aan Ernst Udet denken en vertelde ze over vliegtuigen die geen namen maar letters en nummers hadden en die hij niet uit elkaar kon houden. Het was een idee-fixe geworden en het was haast angstaanjagend dat Dodo over niets anders meer kon praten. Ze wilde over uiterlijk drie jaar vliegles nemen en op een dag zelf over de Atlantische Oceaan vliegen. Ze beweerde dat het bewezen was dat vrouwen betere piloten waren. Alleen Udet was een uitzondering. Leo had tegen zijn zus gezegd dat ze moest oppassen dat ze geen blauwkous of suffragette werd. Ze had hem uitgelachen en beweerd dat hij zich als een streber gedroeg en alleen nog met zijn neus in de schoolboeken zat.

'Terwijl je diep in je hart een musicus bent, Leo. Je kunt nog zo hard voor wiskunde blokken, je bent voor de muziek geboren. Net zoals ik voor het vliegen ben geboren.'

'Je bent gek, Dodo.'

Hij wilde geen musicus zijn. De muziek had hem jaloezie, hatelijkheden en verachting opgeleverd. Erger nog, de muziek had een diepe, ongeneselijke pijn veroorzaakt. Die pijn zat diep in zijn hart, had zich in zijn ziel geboord als een pijl in het vlees. Zodra hij aan die pijl kwam, voelde hij het. Eén enkele toon op de piano, één toets, zachtjes ingedrukt en nauwelijks hoorbaar, was voldoende om de pijn, wanhoop en teleurstelling in zijn ziel te laten exploderen. Nee, hij was geen musicus. Hij zou zijn eindexamen halen en een goede zoon voor zijn vader zijn. Dat was belangrijk, vooral nu, nu zijn ouders zo veel zorgen hadden. Ze hadden weinig geld, dat merkten Dodo en hij zelfs als ze schriften, potloden en inkt voor school moesten kopen. Vroeger had zijn moeder hun voldoende geld meegegeven, zodat ze nog wat overhielden om wat snoep te kopen. Nu wilde ze precies weten hoeveel ze nodig hadden en telde ze het geld precies uit.

Dodo's vele bioscoopuitjes werden inmiddels door hun grootmoeder of soms door tante Lisa betaald. Zijn moeder had gezegd dat je een film niet drie keer hoefde te zien, zelfs niet als Ernst Udet er een rol in vertolkte. Soms ging Dodo ook met Henni naar de bioscoop, dan betaalde tante Kitty de kaartjes. Leo ging nooit met hen mee. De bioscoop interesseerde hem niet. Bovendien vond hij Henni irritant, omdat ze de hele tijd vroeg of hij weer iets had gecomponeerd. Had hij nou maar niet die sonate gespeeld toen Kurti uit het ziekenhuis was gekomen! Dan zou niemand op het idee zijn gekomen dat hij de muziek die hij in zijn hoofd hoorde, soms noteerde. Maar dat was vroeger. Nu probeerde hij die stomme klanken gewoon te verdoven om ze kwijt te raken.

Gisteren had hij zijn grootmoeder om geld gevraagd voor twee vocabulaireschriften en twee rekenschriften en was hij naar het winkeltje van de weduwe Rosenberg gegaan. Daar kon je van alles krijgen: kranten, snoep, tabak, sigaretten en ook schoolschriften en potloden. De eigenaresse was een goede kennis van Walters moeder en daarom kocht hij de spullen bij haar. Toen hij binnenkwam, stond zijn nicht Henni er met twee jongens van school uit de een-na-hoogste klas. Ze kocht een stapel notenpapier.

'Wat wil je daarmee doen?' had hij haar gevraagd.

Henni begroette hem zoals altijd heel gênant met een omhelzing en hij merkte dat de twee jongens hem venijnig aanstaarden. Terwijl ze heel goed wisten dat Henni zijn nicht was. Toch waren ze jaloers. Als Henni zo doorging, zouden er nog doden vallen.

'O, deze zijn voor mama. Ze heeft ze nodig voor haar schilderijen.'

Henni glimlachte net als tante Kitty. Het was zo'n glimlach die zei: ik ben gelukkig en ik vind jou geweldig!

'Ze kan ze van mij krijgen. Ik heb nog een stapel in mijn bureau liggen.'

'Die heb je toch zelf nodig?'

'Nee hoor, ze mag ze hebben,' had hij kortaf geantwoord, waarna hij de schriften had gekocht.

Mevrouw Rosenberg schonk hem drie frambozensnoepjes. Ze deed ze in een klein zakje en draaide het dicht. 'Omdat het morgen Kerstmis is,' zei ze. 'En doe je ouders de groeten van me. De nieuwe verhuurder heeft helaas meteen de huur verhoogd, dus ik weet niet of ik de winkel kan behouden.'

'Dat vind ik erg naar voor u, mevrouw Rosenberg,' zei hij beleefd en hij nam afscheid met een buiging.

Vroeger was het huis van hen geweest, maar zijn vader had het samen met een paar andere huizen moeten verkopen, omdat het niet meer goed ging met de fabriek en hij het geld voor iets anders nodig had. Het was erg, maar met een paar klasgenoten ging het nog slechter. Hun vaders hadden geen werk meer en konden het schoolgeld niet meer betalen. Leo hoopte vurig dat het bij hem thuis nooit zo erg zou worden. Juist nu niet, nu hij zo hard voor school werkte en zich had opgewerkt naar de derde plek. Zonder dat stomme wiskunde zou hij allang eerste zijn.

Henni had voor de winkel op hem gewacht en toen hij weer buiten kwam, vroeg een van de twee jongens hatelijk: 'Waarom koop je eigenlijk bij Rosenberg? Ze is een Jodin, daar moet je niets kopen.'

Henni had de jongen met tot spleetjes geknepen ogen kil aangekeken. 'Jij bent echt dom, Anton. Bij mevrouw Rosenberg is het notenpapier een hele pfennig goedkoper dan bij meneer Abel. Denk je dat ik mijn geld over de balk gooi?'

Henni was ongelofelijk. Ze was echt een duitendief. Op de markt onderhandelde ze meedogenloos totdat ze iets goedkoper kon krijgen. Dat wist hij van Dodo, die zich dan schaamde. Zijn zus had hem bovendien verteld dat Henni kleine plaatjes van een of andere filmheld tekende en die voor hoge prijzen aan haar klasgenoten verkocht. Net als andere plaatjes, waar Dodo niet over wilde praten.

'Gaan we vandaag naar de bioscoop?' vroeg Anton.

'Misschien,' zei Henni verheven. 'Alleen als je keurige noten op de bladen schrijft en geen fouten maakt. Dat geldt ook voor jou, Emil.'

Emil knikte gehoorzaam en kreeg de eer om de stapel notenpapier en drie potloden voor koningin Henni te dragen. Leo begreep niet dat deze jongens zo dom konden zijn en zich zo gemakkelijk door zijn nicht lieten beetnemen. En hoe zat dat nu eigenlijk met die noten? Henni had altijd van die rare ideeën. Bovendien was ze een geboren uitbuiter. Misschien zou ze later een keer eigenaar van een bank zijn, net als haar vader, Alfons Bräuer.

'O, Leo?' riep ze hem na toen hij langs haar heen in de richting van de tramhalte was gelopen.

Hij had het liefst gedaan alsof hij niets had gehoord, maar helaas was Henni erg opdringerig. 'Wat is er?' vroeg hij chagrijnig.

'Ik moet je de groeten doen van Walter. Het spijt hem, zei hij, en hij zou graag...'

Wat was dit nu weer? Waarom hing ze nu weer de vredesstichter uit en bemoeide ze zich met dingen die haar niets aangingen? 'Dat kan hij zelf tegen me zeggen,' riep hij kort aangebonden terug en hij begon te rennen, want de tram kwam er gelukkig net aan.

Hij had inmiddels zelf veel spijt van de ruzie met Walter, maar dat was iets tussen hem en zijn vriend, daar had Henni niets mee te maken. Walter had de hele tijd aangedrongen dat hij weer piano moest spelen. Hij had gezegd dat het ontzettend jammer was als hij te veel verleerde, terwijl hij er zo hard voor had gewerkt. De oude spreuk 'stilstand is achteruitgang' gold. Alsof hij dat zelf niet wist! Wat hem het meest had geraakt, was dat Walter terloops had verteld dat mevrouw Obramova inmiddels een nieuwe topstudent had, die pas tien jaar was en die ze blijkbaar als een groot talent beschouwde. In het komende jaar zou hij een stukje uit het pianoconcert in d-mineur van Mozart met het orkest van het conservatorium opvoeren. Er was al een aankondiging en er waren zelfs al entreekaarten verkocht. Dat had alle pijn weer opgerakeld die als een pijl in Leo's hart stak.

'Laat me nu eindelijk met rust, oké?' had hij tegen zijn vriend geschreeuwd. 'Hoepel op! En je hoeft niet meer terug te komen!'

Dat was overdreven geweest en de rest van de dag had hij zich ontzettend rot gevoeld. Maar hij had het nu eenmaal gezegd en Walter was erg ontdaan vanaf de villa naar huis gelopen. Toen zijn vriend was weggegaan, had zijn moeder gevraagd wat er was gebeurd. Ze hadden immers nog nooit ruzie gehad. Leo had alleen zijn schouders opgehaald. Hij kon en wilde het niet uitleggen. En al helemaal niet aan zijn moeder. Misschien zou hij het wel aan zijn vader hebben verteld, maar die had andere zorgen aan zijn hoofd en nog amper tijd voor hem. Als ze elkaar tegenkwamen, aaide hij Leo soms half voor de grap, half liefdevol over zijn bol en zei hij dingen als: 'Je bent al bijna net zo lang als je vader.' Of: 'Hoe gaat het op school, Leo? Gaat het allemaal goed?' Het antwoord hoorde hij meestal nauwelijks, omdat hij dan al weer zijn werkkamer in was gelopen en de deur achter zich had dichtgetrokken.

Vandaag was het kerstavond. Leo verheugde zich er totaal niet op. Dit jaar zou hij blij zijn als alles voorbij was en school weer begon. Dan zou hij verlost zijn van het eindeloze nietsdoen en niet constant de vraag hoeven te beantwoorden waarom hij geen piano meer speelde. Onlangs had Else gezegd dat ze zijn mooie muziek miste. Het was gewoon om gek van te worden!

Maar toen achterhaalde het noodlot hem, want tante Lisa wilde dat ze met zijn allen kerstliedjes zongen en dat Leo hen op de piano begeleidde.

'Stel je niet zo aan, het is kerst,' riep ze hem tot de orde.

Het had geen zin om dingen uit te leggen die niemand zou begrijpen. Daarom ging hij met doodsverachting aan de piano zitten en raffelde hij de muziek af. Het liefst had hij tijdens het spelen zijn eigen oren dichtgehouden, maar het ging beter dan gevreesd. De pijl in zijn hart bewoog niet.

'Je hebt weleens beter gespeeld,' fluisterde Dodo tegen hem toen hij klaar was.

'Bedankt, zusje,' zei hij sarcastisch.

Na de kerstliedjes volgde het woordje van grootmoeder Alicia aan haar lieve kinderen, schoonzoon, schoondochter en kleinkinderen, dat elk jaar hetzelfde was. Daarna mocht iedereen zijn cadeautjes uitpakken. Dat was nieuw, want normaal was het papa's taak om de pakjes uit te delen. Maar vandaag leek hij daar te moe voor. Hij zat stilletjes in zijn fauteuil en dronk een glas rode wijn. Maar mama liep de hele tijd rond, bewonderde de cadeaus, zei tegen iedereen iets aardigs, aaide de kleintjes over hun bol, vroeg aan oom Sebastian of hij een poedertje tegen de kiespijn wilde en speelde een poosje met Kurti, die een blikken benzinepomp voor zijn autootjes had gekregen. Af en toe liep ze naar papa en legde haar hand op zijn schouder, boog zich naar hem toe en zei iets wat Leo niet verstond. Dan keek papa haar glimlachend aan en fluisterde hij: 'Alles is in orde, lieverd.'

Leo's cadeaus waren niet bijzonder. Van zijn moeder en Dodo had hij bladmuziek gekregen, die hij meteen weglegde, en van zijn vader een boek over de machinale weverij. Dat was het beste cadeau, dat zou hij meteen vanavond gaan lezen.

Op een gegeven moment doofde oom Sebastian de kaarsjes in de kerstboom en gingen ze allemaal naar de eetkamer voor het avondmaal. De volwassenen dronken er wijn bij en voor de kinderen waren er limonade en appelsap. Hanno hield zijn nieuwe teddybeer onder zijn arm, die hij niet los wilde laten. Johann trok de slee over het vloertapijt naar de eetkamer. Kurti liet zich door zijn moeder overhalen om de benzinepomp onder de kerstboom te laten staan.

'Ach, kerst is pas echt leuk als er kinderen in huis zijn,' zuchtte grootmoeder gelukzalig. 'Lisa, zet de kleine Lotti eens op mijn schoot. En, lieverdje? Ben je blij met je cadeautje? Mijn hemel, wat ben je zwaar geworden, mijn engeltje...'

Mama was naast papa gaan zitten en bood hem telkens haringsalade of een belegde boterham aan, maar hij at erg weinig en praatte met oom Sebastian. Leo kon niet horen waar ze het over hadden, maar het ging vast over de fabriek. Hij was er graag bij gaan zitten, omdat hij wilde laten zien dat hij heel geïnteresseerd was in de textielfabriek, maar grootmoeder begon over vroeger te vertellen en het zou erg onbeleefd zijn geweest om niet naar haar te luisteren.

'Toen ik nog een klein meisje was en bij mijn lieve ouders op Maydorn in Pommeren woonde, klommen we met kerst in de grote paardenslee en reden we naar Kolberg om daar de nachtmis bij te wonen...'

Dodo zat bij tante Lisa en moest ook luisteren, hoewel ze het verhaal allang kende, want grootmoeder vertelde elk jaar met kerst over Maydorn. Soms las ze oude brieven voor, die haar broer of ouders haar hadden gestuurd.

'Sorry, mama,' onderbrak tante Lisa haar uiteindelijk een tikkeltje ongeduldig. 'Ik geloof dat we de kleintjes zo langzamerhand naar bed moeten brengen. Ze zijn moe van het spelen.'

'Je hebt gelijk, Lisa. Kom jullie grootmoeder maar goedenacht wensen, lieverds.'

Leo was blij dat het wat rustiger werd toen de jongere kinderen naar bed waren. Grootmoeder maakte gebruik van de gelegenheid om haar nieuwsgierigheid te bevredigen en Dodo over tante Tilly uit te horen.

'In mijn familie, bij de Von Maydorns, is nog nooit iemand gescheiden,' zei ze hoofdschuddend. 'Ik zou me van schaamte niet meer op straat hebben durven te vertonen, als mij zoiets overkomen zou zijn...'

Leo interesseerde het niet en hij was blij toen zijn vader hem vroeg wat hij van het boek vond.

'Ik ga er straks meteen in beginnen. Als ik later in de fabriek ga werken, moet ik dat soort dingen weten, toch?'

Zijn vader glimlachte. 'Dat zou niet slecht zijn. Ik ben blij dat je het interessant vindt, mijn jongen.'

Hij glimlachte anders dan anders, vond Leo. Hij zag er moe uit, bijna gekweld. Ging het zo slecht met de fabriek? Blijkbaar, want zijn vader keek peinzend voor zich uit en nipte af en toe van zijn wijn. Plotseling stond hij op.

'Ik hoop dat jullie het me niet kwalijk nemen, maar ik trek me terug. Ik ben erg moe. Ik heb de afgelopen nachten heel slecht geslapen.'

Hij aaide Leo over zijn bol, knikte naar oom Sebastian en liep naar grootmoeder en Dodo om ook aan hen uit te leggen dat hij moe was en ging slapen. En daar liet hij zich niet van weerhouden, ook al probeerde oma hem over te halen om beneden te blijven.

'Gaan jullie gerust verder, we zien elkaar morgenochtend als we naar de kerk gaan.'

Toen zijn moeder en tante Lisa de kinderen in bed hadden gelegd en weer terugkwamen, kalmeerde grootmoeder, en ze gingen wat dichter bij elkaar zitten om nog even te kletsen. Leo luisterde een poosje en werd ineens overvallen door een intense droefheid. Kerstavond, waar hij zich als kind altijd enorm op had verheugd, was voorbij. Hij had er niet veel van verwacht, maar nu stond het huilen hem nader dan het lachen.

'Ik ga ook slapen, mama. Welterusten.'

'Zo vroeg al, Leo? Wil je niet nog even bij ons blijven?'

Hij zei dat hij heel moe was, omdat hij de nacht daarvoor niet had kunnen slapen. Het klonk niet erg geloofwaardig en zijn moeder keek alweer bezorgd, maar ze liet hem gaan. Hij liep door de gang en bleef in het trapportaal staan om nog een keer naar beneden naar de hal te kijken.

Dat was geen goed idee geweest. Zwak, melkachtig maanlicht scheen door een raam de grote ruimte in en liet alles onwerkelijk lijken, als in een droom. Een gouden ster fonkelde heel even door de dorre takken van de spar. De oude meubelen stonden er als bizarre overblijfselen uit het verleden bij, een omgevallen stoel die nog niemand had ontdekt, lag met zijn poten in de lucht als een gedood fabeldier. Was dit echt de hal van de villa, die hij sinds zijn kindertijd als zijn broekzak kende? Op dit moment leek het een onbekend land vol donkere geheimen en gevaren. Had daar onder de takken niet iets bewogen? Een muis? Een schim? Een wezen van blauwachtig maanlicht dat in de schemering een vorm aannam? Dat een zacht, onwerkelijk, tingelend geluidje maakte? Een klank die een melodie werd, in het begin droevig en zwaar, maar daarna vrolijker en hoger, glinsterend als het licht van de maan...

Stop, zei hij tegen zichzelf, en hij klopte op zijn oren. Ophouden! Hij draaide zich om, liep de trap op naar de tweede verdieping en ging zijn kamer binnen. Op onverklaarbare wijze lagen er notenbladen op zijn bureau. En op net zo'n onverklaarbare wijze had hij ineens een potlood in zijn hand, dat als vanzelf een paar muzieksleutels tekende. Eerste partij, tweede partij. De bas ontbrak nog, maar eerst moest hij die melodie uit zijn hoofd krijgen. Uit zijn hoofd, op het papier. Dat was de oplossing. Noteren. Alleen zo kwam hij van die vervelende klanken af.

22

Januari 1931

KITTY HIELD ZIELSVEEL VAN Robert, maar af en toe was hij ontzettend koppig.

'Wat is er nou in godsnaam op tegen als ik naar mijn zwager in München rij?'

'Helemaal niets, schat. Maar ik wil gewoon niet dat je er alleen heen gaat.'

Kitty vond het belachelijk. Robert was jaloers. Dat was leuk, maar ook lastig.

'Mijn hemel, Robert. Ernst is nou niet bepaald de verleidelijkste man die ik ooit ben tegengekomen. Bovendien is hij, je weet wel...'

Het ging er puur om dat ze niet in haar eentje met de auto ging, verdedigde hij zich. Ze kon onderweg immers pech krijgen en dan was het beter als hij erbij was.

'Als ik onderweg pech heb, komen er altijd een heleboel mensen om me te helpen.'

Dat was waar, alleen verzweeg ze dat deze helpers zonder uitzondering jonge kerels waren die meestal minder naar de auto keken dan naar de bestuurster.

'Nou, goed dan. Ik heb het momenteel toch erg druk,' gaf hij toe. 'Waarom neem je Marie niet mee?'

'Marie? Zeker niet. Zij heeft me gisteren aan de telefoon verteld dat het niet goed gaat met Paul en dat ze hem niet alleen durft te laten. Wat vind je ervan als ik onze Mizzi meeneem?'

Ook dat vond haar bezorgde echtgenoot geen goed idee, want het dienstmeisje Mizzi was niet bepaald de vlotste. Hij fronste zijn voorhoofd en stelde voor om Gerti te vragen.

'Gerti?' vroeg Kitty schouderophalend. 'Voor mijn part. Een beetje frisse Münchense lucht zal haar goeddoen. Ze ziet de laatste tijd wat flets. Ik zal meteen even Lisa bellen.'

Haar zus was niet enthousiast dat ze haar kamenierster een hele dag moest missen, maar omdat ze vredelievend gestemd was, vond ze het uiteindelijk goed. Maar alleen omdat ze medelijden had met de arme Tilly, die geen arbeidscontract mocht ondertekenen omdat haar scheiding nog niet geregeld was.

Toen Kitty de volgende ochtend voor de ingang van de villa stopte, stond Gerti met haar hoed en handtas klaar. Ze had zich mooi gemaakt voor de rit naar München: ze had haar kortgeknipte haar met de krultang gekruld, haar hoed en mantel schoon geborsteld, haar wimpers opgemaakt en haar lippen kersenrood gestift.

'Zo, Gerti? Wie wil je in München verleiden? Kijk maar uit. Als we onderweg pech hebben, zullen we door jongemannen omringd zijn. Wat zit er eigenlijk in die grote handtas? Je bruidsschat?'

Gerti werd rood. 'Ik dacht dat de vrouwen in München vast wereldser gekleed zijn dan hier in Augsburg. Vindt u de lippenstift te fel, mevrouw?'

'Een beetje opvallend. Maar het past goed bij je blonde haar. Zet je tas op de achterbank, voorin is te weinig plek. En je kunt je mantel het beste aanhouden, want het tocht in de auto, omdat het dak op twee plekken niet goed afsluit. En als we daar zijn en ik met mijn zwager praat, dan trek jij je terug, goed? Hij zou het vast heel vervelend vinden als iemand meeluistert met ons gesprek.'

'Vanzelfsprekend, mevrouw. Ik wilde sowieso... Nou, eh, ik heb een kennis in München en als u me een paar uurtjes kunt missen, zou ik hem graag willen ontmoeten.'

Kijk eens aan, dacht Kitty geamuseerd. Die meid was niet dom, ze maakte van de gelegenheid gebruik om haar eigen belangen te behartigen. Kennis, jaja. Tenslotte wist iedereen dat ze een baan als secretaresse zocht. Ze wilde vast ergens gaan solliciteren. Als het lukte en ze de baan kreeg, zou Lisa Kitty vast vermoorden omdat ze haar kamenierster had meegenomen. Dat was dan maar zo. Het was zonde dat het meisje voor Lisa werkte. Gerti had wat beters verdiend dan zich uit te sloven voor die snotapen en haar zus om de vijf minuten thee met koekjes te serveren.

'Kun je de wegenkaart lezen?' vroeg ze aan Gerti. 'Hij ligt in het handschoenenvakje. Hij is helaas een beetje gekreukeld en met een paar koffievlekken versierd. Je moet hem gladstrijken, maar dan lukt het vast wel. We rijden eerst naar Lechhausen en dan steeds verder naar rechts...'

'U bedoelt zeker naar het oosten, mevrouw...'

'Gewoon naar München.'

'Ik begrijp het, mevrouw.'

'En zeg niet de hele tijd "mevrouw", dat maakt me nerveus. We zijn tenslotte maar met zijn tweeën.'

Na een tijdje ontdooide Gerti en kletste ze onbevangen. Ze vertelde dat ze een zus in Augsburg had die met een ambtenaar van de onderwijsinspectie was getrouwd, een walgelijke kerel en zo saai als vloeipapier. Haar zus was nogal ongelukkig en daarom was Gerti zelf van plan om nooit te trouwen, maar om te gaan werken. Om die reden had ze een secretaressecursus gevolgd, die ze met goed gevolg had afgerond. Inmiddels had ze al zeventien keer gesolliciteerd, maar als ze al iemand aannamen, dan ging het altijd via via. Je had een kruiwagentje nodig of je moest met de kerel naar bed gaan...

'Mijn hemel!' riep Kitty ontzet. 'Met zo'n oud geraamte? Walgelijk!'

'Er zijn ook jongere bij, maar ik doe dat echt niet. Want dan kun je wat oplopen. Een vriendin van me heeft namelijk...'

'Kijk eens op de kaart, Gerti. Moet ik daarginds links of rechts afslaan?'

'Rechtdoor!'

Na een tijdje werd Kitty tureluurs van het geklets. Wat interesseerden Gerti's mannenverhalen haar nou? Of het verdriet van haar zus, die al tien jaar kinderloos was? En dat Gerti na haar stenografie-examen als beste uit de bus was gekomen, liet Kitty ook volkomen koud.

'Wees eindelijk eens stil, ik moet me op het rijden concentreren.'

'Pardon, mevrouw. Ik wilde u niet vervelen,' reageerde Gerti gepikeerd.

Nou, geweldig. Ze was beledigd! En uitgerekend nu begon het te regenen en werd de straat steeds hobbeliger.

Tot München sprak ze geen woord meer met Gerti. Pas toen ze in de verkeersdrukte van de grote stad terecht waren gekomen en Kitty hopeloos verdwaald was, verbrak ze haar stilzwijgen.

'Kijk eens op de kaart, Gerti. Ik geloof dat we verkeerd zijn gereden... We moeten naar Pasing.'

Gerti glimlachte. Ze had geduldig op deze vraag gewacht. 'Ik zal even kijken, mevrouw.'

Nog geen kwartier later bracht Kitty de auto voor de villa van Von Klippstein tot stilstand en omdat de zon op dat moment tussen de wolken piepte, verbeterde haar stemming.

'Goed gedaan, Gerti,' prees ze. 'Nou, daar gaan we dan, op naar het hol van de leeuw!'

Julius deed de deur open. Hij zag er slaperig uit en sperde verbaasd zijn ogen open toen hij Kitty Scherer met een personeelslid op de stoep zag staan. Om tactische redenen had ze haar komst niet aangekondigd.

'Mijn beste Julius,' zei Kitty en ze schonk hem een stralende glimlach. 'Meldt u onze komst bij de heer Von Klippstein en brengt u ons naar de badkamer, zodat we ons even kunnen opfrissen.'

Julius maakte een gedienstige buiging, maar het was duidelijk aan hem te zien dat hij niet goed wist wat hij moest doen.

'Zoals u wenst, mevrouw. Loopt u maar even mee. Overigens moet ik u erop wijzen dat de heer Von Klippstein onwel is en niemand ontvangt.'

'Dat zullen we wel zien.'

Nadat ze zich hadden opgeknapt, wierp Kitty nog één blik in de spiegel, waarna ze de badkamer allebei verlieten. Gerti vertrok meteen naar de stad.

Julius en Bruni waren nergens te zien en Kitty hoorde ook niets. Het was ongelofelijk stil in het huis. Zenuwslopend stil. Geen wonder dat de arme Tilly zich hier eenzaam en verlaten had gevoeld. Waar zou de heer des huizes zijn? Hij was onwel, had Julius gezegd. Dat kon van alles betekenen. Hij was vast in zijn werkkamer of in de bibliotheek. Eigenlijk had deze man voor haar afgedaan. Ze had zich voorgenomen om nooit meer met hem te praten. Maar, nou ja, het ging immers om haar lieve Tilly en om haar eigen onhandige actie, hoewel ze daar natuurlijk niets aan kon doen. Iedereen wist dat Kitty het hart op de tong had.

Ze klopte kort op de deur van de bibliotheek en liep meteen naar binnen. Nou, kijk eens aan, daar was hij! Hij zat in de leunstoel, met een kussen in zijn rug en een wollen deken over zijn benen. Hij keek haar nors aan.

'Het was beter geweest als je even had gebeld voordat je op bezoek kwam, Kitty,' zei hij hees en hij hoestte. 'Ik ben zwaar verkouden en heb hoge koorts.'

'Wat naar voor je,' reageerde ze en zonder daartoe uitgenodigd te zijn nam ze plaats in een fauteuil. 'Maar ik zou toch zijn gekomen, want ik moet iets met je bespreken.'

Hij boog zich moeizaam naar voren, pakte de beker die naast hem op een klein tafeltje stond en nam een slok. Daarbij keek hij Kitty over de rand van de beker heen verwijtend aan.

'Gezien mijn toestand zou ik je dankbaar zijn als je bepaalde thema's zou willen vermijden,' zei hij. Hij zette de beker terug en snoot zijn neus in zijn zakdoek. Hemel, hij had het inderdaad zwaar te pakken. Kitty had echter geen medelijden met hem, maar koerste recht op haar doel af. En dat deed ze op haar eigen manier.

'Beste Ernst,' zei ze met nadruk. 'Ik ken je als een intelligente en realistisch denkende man. Daar heb ik je altijd om gerespecteerd. Maar wat ik nu tot mijn grote verbijstering voor me zie, is een zielig hoopje ellende. Hoe heeft het zo ver kunnen komen met je?'

Hij keek haar met een starre blik aan en leek de woorden die ze naar zijn hoofd slingerde eerst te moeten verwerken. Daarna keerde de chagrijnige blik in zijn ogen terug. Kennelijk zwolg hij in zelfmedelijden.

'Vraag dat maar aan je schoonzus,' bromde hij en hij veegde het koortszweet van zijn voorhoofd. 'Is het zo raar dat ik verdriet heb? Ze heeft me kwaadwillig verlaten, me tot het mikpunt van spot gemaakt, mijn reputatie kapotgemaakt, mijn diepste gevoelens gekwetst...'

Kitty werd nijdig. Ze moest denken aan wat hij over Marie had gezegd, over haar Joodse afstamming, en aan zijn telefoonterreur en de brieven van zijn advocaat. O nee, ze zou hem dat allemaal niet meteen voorhouden, ook al was ze zo boos dat ze bijna ontplofte. Zeker, ze had het hart op de tong, maar niet altijd.

'Ik begrijp je niet, Ernst,' ging ze verder. 'Waar is je zelfrespect? Waarom klamp je je zo wanhopig vast aan iets wat jouzelf de grootste schade berokkent? Het huwelijk met Tilly was van begin af aan verkeerd, omdat jullie niet bij elkaar passen. Wat kan er nu bevrijdender zijn dan een einde te maken aan deze ongelukkige situatie?'

Voordat hij antwoordde, zocht hij in de zakken van zijn kamerjas naar zijn zakdoek. 'Als je bent gekomen om me over te halen om te gaan scheiden, Kitty, dan ben je voor niets gekomen... Julius, waar zit je, verdomme?'

De huisknecht moest aan de deur hebben staan luisteren, want hij kwam meteen binnen.

'Zakdoeken en een kopje koffie voor mevrouw Scherer. Of wil je liever thee, Kitty?'

'Niets, dank je wel.'

'Zoals je wilt. Dan schone zakdoeken en hete thee voor mij.'

'Komt eraan, meneer Von Klippstein.' Julius wierp Kitty een onvriendelijke blik toe, pakte de lege beker van Ernst op en verliet de bibliotheek.

Aha, als goede huisknecht stond hij aan de kant van zijn werkgever. Kitty was nog lang niet ontmoedigd en waagde een nieuwe poging. 'Ik begrijp wel dat je de dingen anders ziet als je ergens middenin zit. Maar ik bekijk de situatie door de ogen van een buitenstaander en het doet pijn als ik zie dat je je steeds meer ontwikkelt tot een trieste mopperpot. Heb je dat nodig? Staat in de Bijbel niet: "Als je je irriteert aan een vinger aan je hand, trek hem er dan vanaf. Het is beter om je vinger te verliezen dan dat je hele lichaam bederft"?'

Het Bijbelcitaat klopte in elk geval inhoudelijk. Zijn mondhoeken krulden een beetje, waar ze uit opmaakte dat hij waarschijnlijk wist hoe het echt luidde.

'Je hebt de fantastische eigenschap om alles naar jouw hand te zetten, lieve Kitty,' zei hij ironisch.

'Ik denk alleen aan jou,' zei ze. 'En natuurlijk aan Tilly.'

'Vast,' zei hij beledigd en hij hief verbitterd zijn kin op. 'Je wilt me overhalen tot een scheiding, zodat zij iets met haar nieuwe aanbidder kan beginnen, nietwaar?'

'Met dokter Kortner? Die is getrouwd. Zijn vrouw werkt ook in de praktijk.'

'O!' zei Ernst von Klippstein. 'Dat had je me niet verteld aan de telefoon. Is dat echt zo?'

'Natuurlijk! Denk je nou serieus dat Tilly een vrouw is die zich in de armen van de eerste de beste man werpt?'

Hij hoestte heftig, pakte een van de schone, gestreken zakdoeken die Julius had gebracht en depte zijn bezwete gezicht.

'Nou, goed dan,' zei hij en hij moest zijn keel schrapen, omdat zijn stem het begaf. 'Voor mijn part gaat ze daar werken. Tenslotte bespaart het kosten.' Hij had vast de triomfantelijke blik in Kitty's ogen gezien, want hij keek haar geërgerd aan en voegde er een voorbehoud aan toe: 'Maar dat wil nog lang niet zeggen dat ik met een scheiding akkoord ga. Ik zal erover nadenken. In één ding moet ik je gelijk geven: mijn vrouw heeft me genoeg aangedaan en het wordt tijd dat ik mezelf hervind.'

Kitty wist zeker dat ze dat nooit had gezegd. Maar ze had in ieder geval voor een deel gewonnen. Nu was het zaak dat vast te houden.

'Het zou voor ons allen goed zijn als je me deze toestemming schriftelijk kunt geven, om misverstanden te voorkomen.'

Ernst von Klippstein stribbelde nog een tijdje tegen. Hij beweerde zelfs dat hij te ziek was om naar zijn bureau te lopen, maar Kitty hield voet bij stuk.

'Ik haal gewoon een blad schrijfpapier uit je bureau, zodat je een tekst op kunt stellen.'

'Nee, ik ga zelf. Julius, mijn pantoffels!' riep hij.

Wat was hij wantrouwend! Dacht hij soms dat ze in zijn dossiers ging snuffelen of belangrijke documenten zou laten verdwijnen?'

'Meneer, er is een personeelslid van mevrouw Scherer gekomen,' meldde de huisknecht.

'Gerti!' riep Kitty blij. 'Mijn medewerkster heeft een secretaresseopleiding gevolgd, je kunt de tekst aan haar dicteren en dan typt ze hem meteen uit.'

Ernst von Klippstein gaf zich gewonnen. Hij wierp de wollen deken opzij, liet zijn pantoffels aan zijn voeten steken en stond kreunend op. Julius bracht de verbaasde Gerti naar zijn werkkamer en Kitty zag door de spleet van de deur dat ze vol verwachting plaatsnam achter de typemachine.

'Kennen wij elkaar niet?' hoorde Kitty Ernst von Klippstein knorrig vragen.

'Dat zou goed kunnen... Misschien hebt u me gezien toen u in Augsburg op bezoek was. Ik werk in de villa van de Melzers. Maar ik heb een secretaressecursus gevolgd en wil graag iets anders doen.'

Hij liet zich op een stoel zakken en duwde met zijn voet de deur dicht. Nogal onbeleefd, vond Kitty. Het belangrijkste was dat hij stopte met zich als een klein koppig jongetje te gedragen.

Kitty hoorde de typmachine ratelen en Ernsts hese stem. Daarna werd er een blad uit de typmachine getrokken en even later ratelde de machine weer.

'Alweer een fout,' schold Ernst. 'Waar hebt u eigenlijk leren typen? In een naaikransje? Opnieuw!'

Arme Gerti. Ze was zo slim en vaardig, maar deze mopperaar kreeg het voor elkaar om haar helemaal van slag te maken. Het duurde bijna een half uur tot Ernst met de brief en de doorslag terugkwam in de bibliotheek en zich volkomen uitgeput in de leunstoel liet zakken.

'Hier,' zei hij en hij gaf het ondertekende blad aan Kitty. 'Ik hoop dat je nu tevreden bent. Dat mens is totaal onbekwaam. Knap en dom, een fatale combinatie!'

'Ze is absoluut niet dom,' sprak Kitty hem geïrriteerd tegen. 'Je hebt haar geïntimideerd en zenuwachtig gemaakt.'

'Ik ben niet geschikt voor vrouwen,' zei hij met bijtende ironie en hij keek toe terwijl ze de brief met een kritische blik doorlas.

Kitty had geen zin in zijn nukken en ironische toespelingen. Ze vouwde het blad op en stopte het in haar handtas.

'Ik hoop van harte dat er in de komende dagen een aanvaardbare oplossing voor Tilly en jou gevonden wordt,' zei ze en ze stond op. 'Dat wordt de hoogste tijd.'

'Komt tijd, komt raad,' antwoordde hij kortaf. 'Goede reis!'

'Beterschap!'

Toen ze het huis verliet, haalde ze eerst eens diep adem. Die man was een psychopaat, hij hoorde in het gekkenhuis. Arme Tilly, hopelijk was ze gauw van hem af. Het begin was er in elk geval, ze had de brief in haar tas. Tilly kon haar contract ondertekenen en als arts aan de slag.

In de auto vroeg ze aan Gerti hoe het bij haar kennis was gegaan.

'Hij was niet thuis,' zei Gerti gedeprimeerd. Met andere woorden, de baan was inmiddels vergeven. 'Ik heb altijd pech. Wat ik ook doe, het gaat altijd mis.'

Alweer iemand met zelfmedelijden. Daar had Kitty voor vandaag meer dan genoeg van gehad.

23

'WE KUNNEN ALLEEN DE keuken verwarmen, mevrouw de dokter. Een of twee uur per dag.'

Tilly knikte begrijpend naar de jonge vrouw. Het was overal hetzelfde in het oude centrum: de mensen hadden te weinig kolen om te stoken, de ramen sloten niet goed, de muren waren beschimmeld en de bewoners zaten met zijn allen, van baby tot en met grootouders, in één kleine ruimte op elkaar gepropt. De beste broedplaats voor besmettelijke ziektes. Vrijwel niemand had enig benul van de basisregels voor hygiëne. De luiers werden in de gootsteen uitgewassen, de doodzieke grootmoeder hield de baby in haar armen, de mensen wasten zich vanwege de kou en krappe behuizing maar zelden en niemand waste regelmatig zijn handen met zeep. Bovendien waren de mensen ondervoed. Meer dan één karige maaltijd per dag hadden ze meestal niet, waardoor vooral de kinderen vatbaar waren voor allerlei infecties.

Tilly bleef alles onvermoeibaar uitleggen. Ze instrueerde om de zieke familieleden uit de buurt van de kinderen te houden om het besmettingsgevaar te verkleinen, adviseerde de mensen om dagelijks te luchten en maande hen om de vuile kleren van de zieken niet lang te laten liggen, maar met de luiers in de ketel te koken.

'Schrijft u ons een medicijn voor, dokter,' hoorde ze dagelijks en ze schreef een recept voor hoestsiroop en koortsverlagende middelen uit, hoewel die niet veel zouden helpen. Bovendien waren de uitkeringen van het ziekenfonds per noodverordening verlaagd en moesten de patiënten een deel van de medicijnen zelf betalen.

'Er bestaat geen wondermiddel,' legde ze de patiënten uit. 'Het is veel belangrijker dat u mijn adviezen opvolgt.'

'Jaja, dat doen we.'

Tilly wist dat het een holle frase was, maar wat moest ze doen? Waarom kon ze niet brood en vlees, vet en eieren als medicijn voorschrijven? Dat zou de meeste mensen hebben beschermd tegen ziekte en dood. Nu hoopten ze te genezen van een beetje hoestsiroop, koortsverlagende middelen en hoofdpijnpoedertjes.

De volgende en laatste patiënte bij wie ze vandaag op huisbezoek ging, was een achtjarig meisje dat plotseling hoge koorts had gekregen. Waarschijnlijk was ze door haar zusje aangestoken, die roodvonk had maar wel weer aan de beterende hand was. De familie was vrij welgesteld. De vader werkte als ambtenaar in het raadhuis. Ze woonden in een vierkamerwoning in de Ludwigstraat, waar het er schoon en netjes uitzag en de kachel werd gestookt. Tilly hoopte dat het ergste voorbij was, want het meisje had bij haar laatste bezoek een redelijk stabiele indruk gemaakt.

Het was koud geworden. Er waaide een gure wind door de straten van Augsburg. Op sommige plekken was het glad en moest ze langzaam rijden. Tilly rilde toen ze haar auto voor het huis tot stilstand bracht.

Ze drukte op de bel en wachtte tot er open werd gedaan. Dit keer duurde het ongewoon lang. Ze hoorde zachte voetstappen en gefluister, en ze overwoog net om nog een keer aan te bellen toen ze hoorde dat het kettinkje werd losgemaakt. De deur ging open.

Een man van een jaar of veertig stond op de drempel. Waarschijnlijk de vader van het meisje, die ze gisteren niet had ontmoet. Tilly zag zijn bleke gezicht, zijn donkere, verwarde haar en de wanhopige blik in zijn ogen. En vol afschuw begreep ze dat het noodlot had toegeslagen.

'Wat komt u hier nog doen?' stamelde de man. 'We hebben geen dokter meer nodig. Ze is dood. Mijn kleine Elisa is dood. Waarom hebt u haar niet kunnen helpen?'

Tilly had een paar tellen nodig om het nieuws te verwerken. De dood was alomtegenwoordig in haar beroep. Zowel in het ziekenhuis als in de twee weken dat ze in de praktijk werkte, had ze jonge en oude mensen zien sterven. Ze had overlijdensverklaringen opgesteld en familieleden getroost. Toch voelde ze elke keer opnieuw de ontzetting en de machteloosheid tegenover het onbarmhartige werk van de vergankelijkheid.

'Dat spijt me zo,' zei ze zacht. 'Mijn oprechte medeleven, meneer Pageler.'

'Het is vannacht gebeurd,' zei hij en hij ging met trillende vingers door zijn haar. 'Mijn vrouw ging naar haar toe om haar iets te drinken te geven. Ze dacht eerst dat Elisa heel vast sliep...'

Hij begon te snikken, draaide zich om en gebaarde Tilly hem te volgen. De deur naar de woonkamer stond op een kier. Heel even zag ze het behuilde gezicht van het kleine zusje. Toen trok iemand het kind terug de kamer in en ging de deur dicht. De kleine Elisa lag in de kinderkamer in haar bed, met haar handen op haar borst gevouwen, het gezicht ontspannen. Het leek alsof ze sliep. De moeder zat op de rand van het bed en staarde als verdoofd naar haar dode kind.

'Dan rest mij niets anders dan nogmaals mijn diepste medeleven te betuigen,' zei Tilly droevig.

Ze kreeg geen antwoord. Meneer Pageler liep zwijgend naar zijn vrouw en streek over haar haar. Tilly voelde zich meer dan overbodig.

'Ik wens u heel veel sterkte,' zei ze zacht. Ze liep door de gang naar het trappenhuis en deed de voordeur achter zich dicht. Langzaam liep ze de trap af. Ze voelde zich log en onbeweeglijk, alsof er een loodzwaar gewicht op haar rustte. Buiten werd ze overvallen door de ijskoude noorderwind, die aan haar mantel trok en haar sjaal wilde afpakken. Het deerde haar niet. De strijd tegen de elementen bracht haar terug in het leven. Het was gebeurd, ze kon het niet meer veranderen. Ze mocht zich niet laten ontmoedigen, ook al was het moeilijk om dit soort gebeurtenissen te verwerken. Ze had immers voor dit beroep gekozen en ze deed haar werk met alle energie en passie die ze had. Ze had veel mensen kunnen helpen. Daar was ze trots op. Tegelijk wist ze dat ze met fouten en bittere nederlagen moest leven.

Bedroefd stapte ze in haar auto en reed naar de praktijk, om daar een kort verslag te schrijven en eventueel nog een paar patiënten te behandelen. Dokter Kortner had voor haar een voormalige bergruimte als provisorische spreekkamer ingericht die in elk geval goed genoeg was voor de eenvoudige gevallen.

Er zaten inderdaad nog mensen in de wachtkamer. Terwijl Tilly naar haar kleine behandelkamer ging, werd ze door een oudere vrouw blij aangesproken met 'Goedendag, mevrouw de dokter' en ze groette glimlachend terug. Het was een goed gevoel dat de patiënten haar inmiddels het volste vertrouwen schonken. Ja, er waren zelfs een paar patiënten die liever naar haar dan naar dokter Kortner gingen. Vooral bij vrouwenzaken namen de jonge meisjes liever de vrouwelijke arts in vertrouwen dan de knappe meneer de dokter. Dat ze geen doctorstitel had, stoorde hier niemand. Ze werd automatisch aangesproken met mevrouw de dokter. Mevrouw Kortner had tegen haar gezegd dat ze de mensen niet ongerust moest maken. Een arts was gewoon de 'dokter' en daarmee uit.

In het begin had ze nog getwijfeld of ze deze baan moest aannemen, maar Kitty had net zo lang aangedrongen tot ze het uiteindelijk had gedaan.

'Ik heb mezelf overwonnen om naar die afgrijselijke echtgenoot van je in München te gaan om hem honing om de mond te smeren,' had Kitty bozig gezegd. 'Dat heb ik puur voor jou gedaan, lieve Tilly. Nu mag je niet terugkrabbelen.'

Wat was Kitty toch bijzonder en fantastisch. Ze kon chaotisch, extreem emotioneel, dwaas, speels en dromerig zijn. Maar dat was allemaal schijn. Kitty was een liefdevolle echtgenote, een zorgzame moeder en een trouwe, strijdvaardige vriendin.

De eerste dagen in de praktijk waren voor Tilly een hel geweest. De patiënten moesten aan haar wennen en de meesten hadden geen vertrouwen in een vrouwelijke arts. Dokter Kortner had haar aan iedereen voorgesteld, was niet zuinig geweest met complimentjes en had haar beloofd om haar zowel vakkundig als privé zo goed mogelijk te helpen. Tilly vond het verschrikkelijk moeilijk als hij met fonkelende ogen vol verwachting naar haar glimlachte. Ze wist dat zijn glimlach niet voor haar als vrouw was bedoeld, maar voor de arts Tilly von Klippstein en dat het bij zijn vrouw gevoelens van jaloezie opwekte. Waarom deed hij dat? Was deze sympathieke man geen trouwe echtgenoot? Vond hij het leuk om met andere vrouwen te flirten en was zijn vrouw daarom op haar hoede? Hoe dan ook, voor Tilly was een getrouwde man taboe, ook al was ze vervelend genoeg verliefd op hem.

Het was vooral haar werk dat haar hielp om deze lastige situatie te verdragen. Het deed haar goed om te weten dat ze nodig was. En ook al kon ze in veel gevallen niet echt helpen, ze merkte hoe dankbaar haar patiënten waren. Ze liet hen niet alleen, ging naar hen toe en troostte hen, gaf adviezen, keek naar hen om en probeerde alles te doen wat in haar macht lag. Misschien zag Doris Kortner dat ook en ging ze daarom minder afstandelijk met haar om.

'Is er een reden waarom u niet bent gepromoveerd?' vroeg ze op een dag. 'Een doctorstitel helpt weliswaar niet veel bij het werk met de patiënten, maar geeft wel meer aanzien.'

In het begin waren het korte gesprekken. Meestal stelde de vrouw van de dokter een vraag en deed Tilly haar best om een passend antwoord te geven. Ze had niet veel zin om over privédingen te vertellen, ook al gingen de vragen wel vaak die kant op.

'Zit er al schot in uw scheiding?'

'Er wordt aan gewerkt.'

Haar nieuwsgierigheid begon Tilly op de zenuwen te werken en ze besloot de vragen met tegenvragen te beantwoorden.

'Werkt u al lang met uw man samen?'

Het bleek dat mevrouw Kortner zich ook niet graag in de kaart liet kijken. 'Al een paar jaar. We zijn een goed team.'

Dat kon Tilly bevestigen en mevrouw Kortner leek blij te zijn met het compliment. Helaas moedigde het haar aan om verder in Tilly's privéleven te wroeten.

'Uw echtgenoot is zeker niet de makkelijkste,' vermoedde ze en Tilly voelde dat ze haar onderzoekend aankeek.

'We zijn allemaal niet makkelijk.'

Af en toe leek mevrouw Kortner het leuk te vinden om over haar eigen man te praten.

'Jonathan is vreselijk verstrooid en een beetje onhandig. Hij heeft altijd grootse plannen in zijn hoofd, is vol enthousiasme en aarzelt niet om geld uit te geven.'

Tilly glimlachte en dacht aan het kleine krediet dat dokter Kortner toch nog had opgenomen om een moderne inhalator en een infraroodstraler aan te schaffen.

'Dan is het maar goed dat hij u aan zijn zijde heeft en dat u weer zorgt dat hij met beide voeten op de grond staat,' antwoordde ze.

'Zeker. Een meisje voor alles dat de rekeningen schrijft, met het ziekenfonds afrekent, de boekhouding doet en ervoor zorgt dat de dokter tussendoor wat te eten krijgt. Om maar een paar dingen te noemen.'

Later begon mevrouw Kortner Tilly thee en belegde boterhammen te geven, waarbij ze eerst deed alsof ze eigenlijk helemaal niet voor haar bestemd waren geweest.

'Kijkt u eens, er is iets overgebleven. Lust u misschien leverworst en augurkjes? Tast u gerust toe.'

'Dank u wel, dat is erg aardig van u.'

Dokter Kortner bleef even vriendelijk, maar gaf haar niet meer van die overdreven complimenten en toonde ook geen interesse meer in Tilly's privéleven. Hij vroeg hooguit hoe het met haar moeder ging en was tevreden met korte antwoorden en 'Bedankt voor het vragen'. Maar hij stond altijd open voor gesprekken over patiënten, wat voor Tilly van onschatbare waarde was. Anders dan in het ziekenhuis, waar niet graag over fouten en missers werd gesproken, kon ze met hem openlijk praten over dingen waar ze zich zorgen over maakte. En hij hield zijn twijfels over zijn eigen beslissingen ook niet geheim. Als ze een geval bespraken, gaven ze allebei hun mening en vertelden ze over hun ervaringen, en vaak vonden ze dan een goede oplossing.

Zo was het ook vandaag. Nadat alle patiënten behandeld waren, was Tilly nog bezig met het schrijven van verslagen toen de deur openging en dokter Kortner binnenkwam.

'Stoor ik?' vroeg hij met zijn verleidelijke glimlach, die ze inmiddels weerstond omdat ze die niet meer op zichzelf betrok.

'Nee, nee. Ik ben bijna klaar.'

Hij keek ontevreden om zich heen. 'U hebt echt een tafel nodig. Ik vind het niet kunnen dat u uw verslagen op de instrumententafel moet schrijven.'

'Een klein tafeltje zou niet verkeerd zijn. Misschien kunnen we het tafeltje uit de wachtkamer nemen, dan is daar nog plek voor een stoel.'

Daar was hij niet erg enthousiast over. Het oude ding was veel te wiebelig. Ze had een behoorlijke tafel en een goede stoel nodig. Hij beloofde beide aan te schaffen.

'Hoe ging het vandaag?' vroeg hij toen.

Zuchtend schoof Tilly het notitieboek opzij. 'Vannacht is een klein meisje overleden. Elisa Pageler, herinnert u zich haar? Dat meisje dat waarschijnlijk door haar zusje besmet is geraakt met roodvonk.'

Het was goed om dit tragische geval te kunnen bespreken. Ze liet geen enkel detail achterwege. Ze vertelde dat ze aan zichzelf twijfelde en zich afvroeg of ze misschien een verkeerde diagnose had gesteld en daarmee een verschrikkelijke, noodlottige fout had gemaakt. Hij luisterde geduldig en keek haar ernstig aan. Toen ze klaar was, maakte hij een impulsieve beweging, alsof hij haar hand wilde vastpakken. Hij deed het niet, maar knikte alleen en zei vriendelijk dat hij goed kon begrijpen dat ze zich zorgen maakte.

'Ik denk dat ik in dit geval precies hetzelfde zou hebben gedaan. Hoge koorts, moeite met slikken en ontstoken keelamandelen. En dan het zusje dat roodvonk had...'

'Nou ja, ze had geen rode tong. Zou het een heel andere infectie geweest kunnen zijn?'

Hij wiegde zijn hoofd heen en weer en zei dat hij dat betwijfelde. 'Misschien had het meisje een hartafwijking die niet bekend was.'

Ze praatten er een tijdje over. Ze bespraken verschillende mogelijkheden en vergeleken dit geval met soortgelijke gevallen, maar kwamen niet tot een eenduidige conclusie.

'Maar zet u alstublieft de onzinnige gedachte uit uw hoofd dat dit ongelukkige voorval uw schuld is,' zei hij ten slotte vastberaden. 'Daar is niemand mee geholpen. Het schaadt alleen ons werk.'

'Ik zal voortaan in elk geval nog zorgvuldiger zijn en grondiger een diagnose stellen,' zei ze zacht. 'Dat voornemen neem ik mee in mijn toekomstige werk.'

Haar bezorgde blik leek hem te raken. Met een impulsieve beweging pakte hij nu toch haar hand en hield hem een paar tellen lang vast.

'U piekert te veel, mevrouw Von Klippstein. We moeten leren om ondanks alle tegenslagen telkens weer de moed en het vertrouwen te vinden om aan het werk te gaan.'

Tilly trok haar hand niet terug. Het was te fijn om zijn warmte en positieve energie te voelen. Op dit moment was hij gewoon iemand die haar begreep en kon opbeuren. Iemand die heel dicht bij haar stond. Als een lief familielid. Een broer.

'Weet u wat?' zei hij plotseling. 'Ik nodig u voor vanavond uit voor een etentje. Laten we naar een leuk restaurant gaan, zodat u even afgeleid bent.'

‘Uw vrouw heeft misschien andere plannen voor vanavond,’ zei ze.

‘Doris? Die is van plan om de belastingaangifte te doen.’

Tilly verstarde toen ze het begreep. Hemel, hoe kon ze zo naïef zijn? Het moest geen avond met zijn drieën worden, maar een afspraakje met zijn tweeën. Hij was niet het lieve familielid of de broer. Hij was een getrouwde man, die zijn kans greep. Tilly leefde gescheiden van haar man, dat wist hij. Waarschijnlijk dacht hij dat hij bepaalde behoeften kon bevredigen.

‘Het spijt me,’ zei ze en ze stond op en trok haar mantel aan. ‘Ik word thuis verwacht. Ik wens u nog een fijne avond, dokter Kortner!’

In de gang kwam ze vervelend genoeg zijn vrouw tegen. Met een korte groet haastte ze zich langs haar heen de praktijk uit, maar ze kon niet voorkomen dat ze een geïrriteerde uitroep hoorde.

‘Jonathan! Wat is er aan de hand?’

‘Niets, Doris, een onhandigheidje van mij.’

‘Ik had je gewaarschuwd!’

Tilly vluchtte de praktijk uit.

24

LIESL HAD GEAARZELD OM gehoor te geven aan Elvira von Maydorns bevel en uit te stappen. Ze wilde hier niet blijven, maar zo snel mogelijk naar huis gaan, weg van dit afschuwelijke landgoed. Weg van deze vijandige mensen en van haar vader, die niets met haar te maken wilde hebben. Maar Leschik hield de paarden rustig, de slee stond stil en op de trap van het landhuis tikte de oude dame ongeduldig met haar stok.

'Ga nou!' snauwde Leschik boos tegen haar. 'Waar wacht je nog op?'

Liesl pakte haar reistas en klom uit de slee. Bedeesd liep ze het korte stukje naar het landhuis en ze voelde de ogen van de personeelsleden in haar rug prikken, die bijna allemaal aan waren komen lopen om de strijd tussen de oude vrouw des huizes en de jongere rentmeester niet te missen. Het was alsof ze door spitsroeden liep, want ook op de trap van het landhuis stonden nieuwsgierige aagjes: het dienstmeisje stond met open mond naast de voordeur, twee keukenmeiden gluurden om de hoek en het kindermeisje trok een eigenwijs jongetje naar achteren dat het erf op wilde rennen.

'Hèhè, eindelijk,' bromde Elvira von Maydorn tegen haar. 'De trap op en dan naar rechts.'

Er ontstond beroering toen Liesl de hal binnenkwam. De keukenmeiden maakten snel dat ze wegkwamen, het dienstmeisje draaide haar de rug toe en maakte een diepe knicks, het kindermeisje ging met het jongetje aan de hand de hoek om. De reden hiervan was niet Liesl, die verlegen een paar stappen in de richting van de trap zette. Er was een vrouw de hal in gekomen.

'Wat is hier aan de hand?'

Liesl schrok van de bazige toon. Ze bleef angstig staan en wist niet wat ze moest doen. Voor haar stond de echtgenote van haar vader, die blijkbaar een hoop te vertellen had in dit huis. Voor de eerste keer zag ze haar zonder de bontjas en de wollen sjaal waarmee ze buiten altijd haar haar bedekte. De vrouw was blond, had weelderige vormen en droeg een donkergroene jurk van glanzende stof. In het wijde decolleté welfden haar borsten, die er, nu ze kwaad was, uitzagen als twee blaasbalgen.

'Dat gaat je niets aan,' zei een niet minder bazige stem achter Liesl. Het was de stem van de oude vrouw des huizes, Elvira von Maydorn. 'Wat sta je daar nou, Liesl. Loop de trap op!'

'Dit zal je berouwen!' snauwde de jonge vrouw.

'Bemoei je met je eigen zaken,' zei de oude dame fel.

Liesl voelde ineens de punt van de stok in haar rug en liep snel naar de trap. Ze liep naar boven en sloeg rechts af, waar ze voor een deur bleef staan. Achter haar strompelde de oude dame de trap op, die onderweg een paar keer moest stoppen en haar rug moest strekken.

'Wat staan jullie hier nu onnozel te kijken?' wond de jonge rivale zich beneden in de hal op. 'Aan het werk, anders zwaait er wat! Greta, haal mijn man. Hij moet onmiddellijk bij me komen. Onmiddellijk! Heb je me gehoord?'

Op de eerste verdieping deed Elvira von Maydorn zonder iets te zeggen een deur open en duwde Liesl de kamer in.

Het was alsof er een andere wereld voor Liesl openging. De kamer had drie ramen en was licht. Hij stond vol mooie meubels, een tegelkachel was aangestoken en op de houten vloer lagen kleurrijke tapijten. Liesl werd duizelig van al die prachtige dingen. En van de warmte, na al die weken in de ijzige kou. Haar reistas viel uit haar hand en ze moest op de grond gaan zitten.

'Jeetje, je bent helemaal verzwakt, meisje. Ze hebben je zeker niets te eten gegeven, hè? Trek je bontjas uit en ga aan tafel zitten. Bij mij hoef je niet op de grond te zitten.'

Liesl trok gehoorzaam haar mantel uit en wilde net gaan zitten toen een schelle kreet haar ervan weerhield.

'Ho! Niet zitten. Je maakt de kussens helemaal vies. Heb je niets anders om aan te trekken dan deze smerige lompen?'

'Ik heb alleen deze jurk,' stamelde ze. 'Hij was helemaal schoon toen ik aankwam.'

'Hm, dat is lang geleden.' De oude dame bromde en liep naar een hoge kast die met houtsnijwerk was versierd. Toen ze hem openmaakte, rook Liesl een sterke geur van bergamot en ze zag dat de kast volgepropt was met jurken en ondergoed. Mevrouw Von Maydorn had haar stok opzijgezet en zocht een tijdje in de vakken. Ze haalde er wat ondergoed en een aantal jurken uit.

'Hier, neem dit maar. Dit heb ik gedragen toen ik nog jong en slank was. Het zal je wel passen. Daarginds is een wastafel, daar kun je je eerst even grondig met zeep wassen. En ook je haar. Als het naar paarden ruikt, vind ik het niet erg, maar ik hou niet van de stank van koeienstallen.'

Met 'daarginds' bedoelde ze een klein kamertje waar een bed en een nachtkastje, een stoel en een ouderwetse wastafel met een marmeren plaat en een spiegel stonden. Het waswater moest uit de emmer in een porseleinen schaal gegoten worden. De zeep lag op een klein, gebloemd schaaltje in de vorm van een schelp. Liesl trok haar jurk uit en hoopte dat ze alleen gelaten werd. Maar helaas, haar weldoenster bleef in de deuropening staan.

'In het laatje liggen een washandje en een handdoek. Wat sta je daar nou? Schaam je je? Ik ben maar een oude vrouw, hoor. Pas op dat je de spiegel niet natspettert!'

Hoewel Liesl het niet prettig vond om zich voor een vreemde

uit te kleden, vermande ze zich. Ze had immers geen andere keus.

'Je bent een mooi meisje,' zei de oude dame. 'Je moeder was vast geen lelijke vrouw, of wel soms? Trek je hemd uit, dan was ik je haar.'

Dat had Liesl al lang niet meer meegemaakt. Toen ze vroeger klein was, had haar moeder haar haar gewassen, maar dat was niet fijn geweest, omdat haar moeder ongeduldig was en daardoor aan haar haar trok. Maar de handen van de oude dame waren zacht en het schuim rook heerlijk naar rozen en honing. Liesl vond het bijna jammer toen de behandeling met een flinke plens warm water werd beëindigd.

Met een handdoek om haar hoofd en een ouderwetse, zwarte, wollen jurk aan nam Liesl plaats aan de tafel, waar de resten stonden van een overvloedige maaltijd waarvan de oude vrouw niet alles had opgegeten.

'Eet zo veel als je wilt. Als het niet genoeg is, laat ik nog wat brengen,' zei de vrouw, die glimlachend toekeek terwijl Liesl at. 'Vroeger kon ik ook zo veel eten en was ik een slanke den. Nu eet ik als een mus en dij ik alsnog uit.'

Liesl genoot van het witbrood met zoete moes, de malse ham, het roerei en de koffie met melk. Het was alsof ze in de hemel was beland. Ze had nooit gedacht dat haar vandaag zo veel goeds zou overkomen. Ze liet het gewoon over zich heen komen, genoot van de warmte, de schone omgeving en de aangenaam zachte kleding. Het was jammer dat haar maag niet meer van dat lekkere eten aankon.

'Ik moet me schamen voor mijn schoonzus Alicia, dat ze je in de stal hebben laten werken,' mopperde de barones. 'Je vader is gewoon een ontzettende lafaard. Hij durfde zijn vrouw niet te vertellen wie er op het erf was aangekomen. Het werd een hele toestand toen ik het haar gisteravond heb onthuld.'

Eindelijk begreep Liesl waarom haar vader haar die middag reisgeld had gegeven en had weggestuurd. Elvira von Maydorn vertelde vol leedvermaak dat de boerin de hele nacht had lopen tieren. Ze was hysterisch geweest, had gehuild en gekeven en zich in de slaapkamer opgesloten. De oude dame noemde de vrouw van Klaus von Hagemann altijd 'de boerin'.

'Vanochtend dacht ze dat ze hem had overgehaald, maar ze heeft haar wil niet kunnen doorzetten, want daar heb ik een stokje voor gestoken. Ik kan je goed gebruiken, Liesl. Mijn Maydorn is een rattennest geworden sinds dit tuig hier is ingetrokken. 't Is God geklaagd! Maar ik hou mijn poot stijf. Ik heb wel ontzettend veel last van mijn rug, maar mij krijgen ze er niet zo gauw onder.'

Na de uitgebreide maaltijd voelde Liesl een enorme vermoeidheid over zich heen komen. Terwijl ze loom naar de oude dame luisterde, die zich opwond over de vrijpostige boerin en vertelde over de goede oude tijd, toen haar echtgenoot Rudolf nog leefde, vielen haar oogleden telkens weer dicht.

Ten slotte merkte de oude dame dat haar toehoorder bijna in slaap viel aan tafel en ze stond kreunend op.

'Geef mijn stok eens, meid! En maak die dekenkist open. Voorzichtig, hij is bijna honderd jaar oud en is nog van mijn moeder geweest. Haar uitzet heeft erin gelegen en de mijne ook. Pak de bruine deken en het veren kussen. Je moet beide flink uit het raam uitschudden.'

Het kussen was met dons gevuld en verdubbelde in omvang toen ze het uitschudde. De deken was van zachte schapenwol gebreid en met een fluwelen band omzoomd.

'Je bent een handige meid, Liesl,' prees haar weldoenster haar. 'Maak een bed van de bank, je hebt vast veel slaap in te halen.'

Liesl kon amper geloven dat deze wonderbaarlijke dingen voor haar bestemd waren. In de villa in Augsburg hadden alleen de leden van de familie zulke zachte donzen kussens, het personeel moest genoegen nemen met eenvoudiger beddengoed. 'En pas op dat je niet van de bank valt,' waarschuwde de oude vrouw terwijl Liesl zich in haar zachte, warme bed nestelde en de deken over zich heen trok.

'Heel erg bedankt, mevrouw. Ik ben u zo dankbaar.'

'Het is al goed, meisje.'

Voordat ze in slaap viel, schoot ineens de gedachte door haar heen dat dit alles misschien een droom was en dat ze weer in haar hok boven de koeienstal zou zijn zodra ze wakker werd. Maar de slaap overmande haar en wiste alle zorgen uit.

Ze werd wakker van een metaalachtig geschaaf en geklepper, het geluid dat je hoorde als een kachel werd schoongemaakt. Ze veerde geschrokken op. Waar was ze? Het was schemerig in de kamer. In het zwakke schijnsel van een lantaarn zag ze een oude vrouw in een leunstoel zitten die een krant op haar schoot hield. Voor de kachel zat een meid op haar knieën. Ze had de schep nog in haar hand en blies voorzichtig in de gloed. Er ontstond een vlammetje, en de meid sloot het deurtje en kwam overeind.

'En zeg in de keuken dat ze voor twee mensen een avondmaal boven moeten brengen,' beval de vrouw in de leunstoel. 'Vier plakjes pastei, niet te dun gesneden. Gisteren was de kip taai, die was haast niet te eten. En ga nu.'

'Ja, mevrouw. Alleen zei de kokkin dat de pastei op is.'

'Ik wil dat je vier dikke plakken brengt. Anders kom ik zelf beneden om te kijken of de pastei echt op is.'

'Tot uw dienst, mevrouw Von Maydorn.'

De meid maakte een knicksje, pakte de emmer en de schep en liep de kamer uit. Liesl duwde de warme deken van zich af en ging met haar handen door haar warrige haar. Ze had het dus niet gedroomd. Ze was echt in het landhuis. Ze droeg de kleren van de landgoedeigenaresse en had op zachte dons geslapen.

'Ben je eindelijk wakker? Ik dacht al bijna dat je een winterslaap ging houden, zoals de beren in de bossen.'

'Ik was ineens verschrikkelijk moe... Nu ben ik wakker en het gaat goed met me.'

'Daar ben ik blij om.'

Het avondmaal werd geheel naar de wensen van de oude dame geserveerd en Liesl mocht met haar aan tafel zitten en zo veel eten als ze wilde. Dat was iets heel nieuws voor haar, want ze had nog nooit in haar leven bij de familie aan tafel gezeten. Dat mocht niemand, behalve Rosa, die op de kinderen paste. Mevrouw Von Maydorn leek zich niet druk te maken om dat soort regels. Ze at ongedwongen met de dochter van een kamermeisje het avondmaal en zorgde ervoor dat het bord van het meisje niet leeg raakte. Daarbij was ze een strenge lerares, die het niet ontging dat haar nieuwe protegé geen idee had hoe je in gezelschap at.

'Leun niet op je armen! En zit rechtop! Wat hou je die vork raar vast. Is het een mestvork? Andersom! Kijk hoe ik het doe. En dep je mond lichtjes met het servet, niet wild vegen alsof je al het vuil van de schuur eraf moet vegen.'

Liesl deed wanhopig haar best om alles goed te doen, maar als ze de vork andersom hield, viel het stuk pastei weer op het bord. En het fijne stoffen servet gleed van haar schoot op het tapijt.

'Doe niet zo onhandig!'

Gelukkig ging de barones algauw over op haar favoriete onderwerp: haar Trakehners. Ze fokte deze mooie paarden al vijftig jaar en een paar van de beste renpaarden van het land kwamen van Maydorn. Tot een half jaar geleden had ze nog dagelijks een paar uur in het zadel gezeten, jonge paarden afgericht en een zwaar dagprogramma gehad. De hengst Dzjengis Khan was een nieuwe aanwinst in haar fokkerij, maar het paard bleek niet gemakkelijk te zijn en had de amazone slechts met zeer veel tegenzin geaccepteerd.

'Toen is het gebeurd,' vertelde ze en ze wees naar haar stok. 'Hij is uitgebroken, onder een laaghangende tak door. Ik heb nog geluk gehad dat ik er niet met mijn hoofd tegenaan ben geknald. De beste ruiters vallen altijd het naarst...'

Er was een rugwervel beschadigd. Ze had dagenlang roerloos in bed gelegen en toen ze weer voorzichtig kon opstaan, was de pijn helaas niet over geweest. 'Het gaat met mij net als met Riccarda, die boven in haar kamer ligt, omdat haar heup niet meer meewerkt.'

Riccarda von Hagemann, zo hoorde Liesl, was niemand anders dan haar biologische grootmoeder. De ouders van haar vader, Riccarda en Christian von Hagemann, waren destijds samen met hem naar het landgoed gekomen en hadden hier gewoond. Liesls grootvader was twee jaar geleden overleden en haar grootmoeder had ernstige pijn aan haar heup, waardoor ze bedlegerig was.

'Eigenlijk kon ik het altijd goed met haar vinden zolang mijn nicht Lisa bij ons was. Pas toen Klaus von Hagemann de boerin in huis haalde, is alles verslechterd. Ik heb niets dan narigheid sinds dat mens hier de scepter zwaait.'

Liesls grootmoeder Riccarda had zich ten slotte tegen Elvira von Maydorn gekeerd en ten gunste van haar zoon partij getrokken voor de nieuweling, hoewel ze niet overeenkomstig zijn stand was.

'Ze kreeg stank voor dank van de boerin. Nu moet Riccarda helemaal in haar eentje boven liggen. Als haar zoon niet af en toe naar haar om zou kijken, zou ze verkommeren. Zijn vrouw wil haar zieke schoonmoeder niet in de woonkamer hebben. Zo eentje is het. Ze wil niet eens iets van haar eigen ouders weten, omdat ze denkt dat ze heel wat is. Ze laat zich de vrouw des huizes noemen. Terwijl ze alleen maar de vrouw van een rentmeester is, meer niet.' Elvira von Maydorn snoof minachtend. 'Voorlopig is het landgoed nog steeds van mij. Pas na mijn dood erft Klaus von Hagemann het en daarom wacht iedereen erop dat ik de pijp uitga. Maar dat plezier doe ik hun niet. Ik word nog liever honderd dan dat ze het landgoed krijgen!'

Wat verschrikkelijk, dacht Liesl. Hoe kon ze hier leven, als iedereen erop wachtte dat ze doodging?

'Vertel me over Augsburg, Liesl,' vroeg Elvira von Maydorn. 'Vooral over mijn schoonzus Alicia. Klopt het dat ze een zwakke gezondheid heeft?'

Liesl vertelde openhartig alles wat ze wist. Ze was blij dat ze de verbitterde vrouw kon opvrolijken en deed haar best de bewoners van de villa rooskleurig voor te stellen.

'Ze heeft dus last van migraines,' zei de oude dame. 'Daar gaat ze niet dood aan. Dat had ze vroeger al. Vertel me over de kinderen. Speelt Leo nog steeds zo mooi piano? En hoe gaat het met Dodo?'

Het werd een lange avond. De oude dame leek veel plezier aan Liesls gezelschap te beleven. Het meisje moest een platte doos uit de ladekast pakken zodat ze het molenspel konden spelen. In het begin won mevrouw Von Maydorn bijna elke keer, want Liesl kende het spel niet. Maar ze had algauw door waar het op aankwam en toen was het voorbij met de reeks overwinningen van de oude dame.

'Geeft niks,' zei ze. 'Ruim het nu maar op. Je kunt mijn rug inwrijven voordat ik naar bed ga.'

'Dat doe ik graag, mevrouw Von Maydorn.'

De volgende dagen was Liesl vooral bezig om het leven van haar weldoenster aangenamer te maken en op te vrolijken. Ze ging met haar mee naar de paardenstal, zodat ze haar lievelingen kon begroeten en ze wat lekkers kon voeren. Ze las de krant aan mevrouw Von Maydorn voor, stopte sokken en verstelde jurken, en bracht haar allerlei dingen die ze nodig had uit de vertrekken beneden. Ten slotte vroeg Liesl of ze haar grootmoeder een keer mocht zien.

'Als je dat per se wilt. Maar schrik niet, ze is nogal verward.'

Liesl moest telkens voorzichtig zijn als ze de kamers van mevrouw Von Maydorn verliet, want buiten deze vertrekken lag het territorium van de vrouw van haar vader. Als Liesl haar schelle stem hoorde, verschuilde ze zich weer snel in de woonkamer van de barones, de eigenlijke meesteres van het landgoed.

De kamer van haar biologische grootmoeder Riccarda von Hagemann was een van de kamers die van Elisabeth waren geweest toen ze nog met Klaus von Hagemann getrouwd was. Liesl klopte zachtjes op de deur en omdat ze geen antwoord kreeg, drukte ze voorzichtig de klink naar beneden. Ze schrok van wat ze te zien kreeg. Riccarda von Hagemann lag aangekleed op het bed, haar grijze haar lag in slierten over haar magere gezicht, en haar blik flitste onrustig door de kamer en bleef toen hangen bij de jonge vrouw die in de deuropening stond.

'Eindelijk!' riep ze en ze zwaaide met haar armen. 'Breng me wat te drinken, Greta! Ik kom om van de dorst. Snel, schiet op!'

'Komt eraan, mevrouw Von Hagemann.'

Liesl begreep dat de oude vrouw haar voor iemand anders aanzag en overwoog om aan haar uit te leggen wie ze in werkelijkheid was. Maar nee, dat zou de zieke niet begrijpen. Het was beter om een beker thee of limonade voor haar uit de keuken te halen.

Het was niet ongevaarlijk om naar de keuken te lopen, omdat Liesl er altijd rekening mee moest houden dat de boerin beneden uit een van de kamers zou kunnen komen en de trap naar de eerste verdieping op zou lopen. Voorzichtig boog ze zich over de leuning van de trap en gluurde naar beneden om te zien of de kust veilig was. Dat bleek niet helemaal zo te zijn. Toen ze halverwege was, ging de voordeur open en liep iemand met haastige passen de hal in. Het was haar vader. Liesl verstarde en wachtte met bonkend hart of hij misschien een andere kant op liep. Maar nee, hij liep rechtstreeks naar de trap. Drie, vier treden, en hij stond voor haar. Hij droeg geen pet en ze kon zijn dunne haar en de littekens op zijn voorhoofd zien. Zijn gezicht was lelijk, met veel sneeën en kloven. Het moest erg zijn om voor de rest van je leven zo verminkt te zijn.

'Liesl?' zei hij verbaasd. 'Wat zie jij eruit? Wat is dat voor jurk?'

Ze was achteruitgedeinsd en had zich schrap gezet voor grove scheldwoorden, maar zijn stem klonk verbaasd en hij sprak ook zachter dan normaal.

'Die heeft mevrouw Von Maydorn me gegeven.'

Hij deed een stap naar achteren om haar goed te kunnen bekijken. 'Je bent een mooi meisje geworden,' zei hij. 'Je lijkt helemaal niet op je moeder.' Het was de eerste keer dat hij iets tegen haar zei wat min of meer vriendelijk was. 'Ik heb een hoop gedoe gehad door jou.' Hij keek langs de trap naar boven, alsof hij bang was dat er iemand stond.

'Het spijt me, dat was niet mijn bedoeling.'

'Het is niet jouw schuld. Maar het zou beter zijn als je weer wegging. Maar helaas is de oude dame dol op je, nietwaar?'

Ze kreeg niet de gelegenheid antwoord te geven, want boven ging een deur open en de bevelende stem van zijn vrouw schalde door het huis. 'Zeg tegen Leschik dat hij de wagen moet inspannen. Ik moet naar Kolberg, naar de kleermaakster.'

Haar vader gebaarde naar Liesl dat ze naar beneden moest gaan en liep zelf snel de trap op.

'Wacht even, schat,' hoorde Liesl hem roepen. 'Ik heb nog een paar dingen nodig die je voor me mee zou kunnen nemen.'

Praatte hij altijd zo onderdanig tegen haar? Ze begreep niets van hem. Toch had ze een blij gevoel. Hij was in elk geval vriendelijk tegen haar geweest en had zelfs toegegeven dat het allemaal niet haar schuld was. Waarschijnlijk was hij toch niet zo'n slecht mens als ze had gedacht.

Het blije gevoel verdween in de keuken weer snel. Ze werd vijandig ontvangen door de twee keukenmeiden en de kokkin.

'Je wilt een beker thee voor de oude Von Hagemann? Die bedienen we zelf, daar hoef jij je niet mee te bemoeien.'

'Maar ze heeft erge dorst.'

'Ze wil altijd wat anders,' zei een van de keukenmeisjes met een spottend lachje. 'Voor haar kun je de hele dag naar boven en naar beneden lopen.'

'Geef me alsjeblieft een beker thee. Of water,' hield Liesl voet bij stuk.

Dat viel in slechte aarde. 'Arrogante koe! Loopt in de kleren van de vrouw des huizes rond en denkt ons te kunnen commanderen.'

'Je krijgt helemaal niets. Een stevige oorvijg, die kun je van me krijgen,' riep de andere meid en ze hief dreigend haar hand op.

Op dat moment draaide de man die aan tafel soep zat te eten zich om. Het was Leschik, de koetsier.

'Laat je hand zakken,' beval hij de meid. 'Doe wat ze zegt, anders zal het je nog berouwen.'

De meid lachte dommig, maar gehoorzaamde en gaf Liesl een beker thee. Liesl nam de beker mee naar boven en gaf die aan haar vreemde grootmoeder.

'Dank je wel, Greta,' zei de zieke en ze streelde Liesls hand. 'Je bent een goed meisje.'

25

PAUL STOND HAASTIG VAN achter zijn bureau op om het raam open te doen. Wat was het benauwd in zijn kleine werkkamer. Het was er zo krap en volgestouwd met dossiers dat je er amper kon ademen. Hij leunde met zijn handen op de vensterbank en keek naar het park, waar de zon scheen en de eerste witte en paarse krokussen op de grasvelden hun kopje opstaken. Het was half maart, het zou niet lang meer duren voordat het lente was en op dagen als vandaag kon je de ontwaakte aarde al ruiken. Dit was zijn park, dat hij had geërfd. Zijn huis. Zijn fabriek. Zijn vader had hem veel vertrouwen geschonken. Of hij dat vertrouwen waardig zou blijken te zijn, lag in Gods hand.

Voor de eerste keer in zijn leven wilde hij dat hij een gesprek kon voeren met zijn overleden vader. Om hem om advies te vragen. Zijn vader was een man geweest met een sterk karakter. Wat hij ook had gedaan, hij was er rotsvast van overtuigd geweest dat hij het juiste deed. Paul had jarenlang gedacht dat hij die zelfverzekerdheid van zijn vader had geërfd, maar in de huidige, ernstige situatie wist hij niet meer of hij goed of verkeerd handelde. De verantwoordelijkheid lag als een molensteen op zijn schouders. Overal moesten bedrijven en fabrieken sluiten. Families in Augsburg die ooit welgesteld waren geweest, waren alles kwijtgeraakt en verkeerden in nood. De angst dat dit lot hun ook te wachten stond, doolde als een spook door zijn hoofd.

Het was Marie, zijn geliefde en enige vertrouweling, die hem ten slotte de juiste raad had gegeven. Hij had zich er lang tegen verzet. Het was niet prettig om je helemaal bloot te moeten geven. Zijn vader zou dat nooit hebben gedaan. Maar zijn liefste had gezegd dat de tijd van de patriarchen die alle verantwoordelijkheid alleen droegen, voorbij was.

'Het gaat om de familie, Paul. Om ons allemaal. Ik weet zeker dat het voor jou gemakkelijker zal zijn als iedereen die hierdoor geraakt wordt, van onze situatie op de hoogte is. En wie weet? Misschien vinden we samen wel een oplossing.'

Hoewel hij daar niet in geloofde, had hij uiteindelijk toegegeven en voor die middag een familieberaad belegd. In één ding had Marie zeker gelijk: als het lot het zo wilde en het op een ramp uitliep, wilde hij niet dat de familie erdoor overvallen werd. Het was beter als iedereen erop voorbereid was.

Hij keek op de klok en zag dat het tijd was om naar de eetkamer te gaan, waar de bijeenkomst zou plaatsvinden. Hij deed het raam zorgvuldig dicht. Het hout van het raamkozijn was opgezwollen en de witte verf bladderde eraf. Renovaties die allang hadden moeten gebeuren, kon hij niet laten uitvoeren, omdat er geen geld voor was. Hij las nog één keer snel het concept door dat hij voor deze bijeenkomst had uitgewerkt en verliet zijn werkkamer. Nu was het van belang dat hij de juiste woorden vond, waarbij hij hoopte op de steun van Marie.

In de eetkamer was de koffietafel gedekt. Er stond een plateau met verse kersentaart klaar, met slagroom ernaast in een schaaltje van loodkristal. Een zonnestraal scheen door het raam en brak in vele kleuren op het geslepen glas. Voor Paul voelde de glinsterende fonkeling als een pijnscheut en hij moest even zijn ogen sluiten.

'Wenst u nog thee, meneer?' informeerde Humbert.

'Nee. Je kunt je terugtrekken, we hebben geen bediening nodig,' antwoordde Paul.

'Zoals u wenst, meneer.'

Toen Humbert weg was, kwam Marie binnen. Ze legde haar armen om haar man en kuste hem. 'Heb moed,' fluisterde ze. 'We zullen dit doorstaan, lieverd.'

Het deed hem goed dat ze er was. Het was een grote steun voor hem dat ze sinds de sluiting van haar atelier meer tijd voor hem had en hem terzijde stond.

'Heb jij de taart en slagroom besteld?' vroeg hij.

'Nee, zeker niet,' zei ze glimlachend. 'Dat zal Lisa geweest zijn.'

Op dat moment kwam Sebastian binnen, die op zijn plek ging zitten.

'Lisa komt eraan. Ze trekt Hanno nog even schone kousen aan. Er zijn helaas veel plassen op de speelplaats.'

Paul schraapte zijn keel en nam aan het hoofdeinde van de tafel plaats, waar zijn moeder normaal gesproken zat. Hij schoof het servies opzij. Deze familiebijeenkomst zou geen koffiekransje worden, zoals Lisa het zich blijkbaar had voorgesteld.

'Kitty zal natuurlijk wel weer te laat komen,' zuchtte hij hoofdschuddend. 'Het is mijn zusje nog nooit gelukt om op tijd te komen.'

Lisa kwam briesend van boosheid binnen. 'Stel je voor, Gerti heeft gewoon de hele middag vrij genomen! Wat zijn dat nu voor manieren? Vroeger vroegen de personeelsleden beleefd of ze een vrije dag mochten. Nu blijven ze gewoon weg.'

Marie zei sussend dat Hanna en Rosa gelukkig beschikbaar waren, maar Lisa bleef het onacceptabel vinden. Afgezien van de vrijheden die Gerti zich permitteerde, gaf ze tegenspraak en was ze humeurig.

'Gisteren zei ze tegen me dat ze Charlotte niet wilde verschonen, omdat ze als kamenierster was aangesteld en niet als kindermeisje. Wat vinden jullie daar nou van?'

'Ze heeft helemaal gelijk,' zei Paul kortaf, want Lisa's gezwets werkte hem op de zenuwen.

Tot zijn opluchting hoorde hij Kitty's heldere, vrolijke stem vanuit de hal. Nu waren ze eindelijk compleet en kon hij deze kwestie afhandelen.

'Waar is mama?' vroeg Marie zachtjes aan Lisa.

Lisa haalde haar schouders op. Ze was nog steeds beledigd. 'Ze is met Rosa en de kinderen in het park geweest en is even gaan liggen. Wat is er eigenlijk aan de hand?'

Kitty's luidruchtige binnenkomst voorkwam dat Paul antwoord moest geven. Zoals gebruikelijk was ze druk aan het praten, maar onderbrak ze zichzelf midden in een zin om Paul, Marie en Lisa te omhelzen. Daarna vertelde ze opgewonden dat de arme Tilly helaas niet kon meekomen, omdat ze het vandaag heel druk had in de praktijk.

'Ze werkt onafgebroken, van 's ochtends vroeg tot 's avonds laat. Ik heb haar al een paar keer gewaarschuwd dat ze zelf nog ziek wordt als ze niet uitkijkt. Maar hoe vaak ik het ook tegen haar zeg, ze luistert gewoon niet naar me... Is dat kersentaart met gistdeeg? O, alleen onze Bruni kan die zo lekker luchtig en krokant bakken, bij Gertrude is hij altijd zo papperig.'

Kitty had Robert meegenomen, wat Paul eigenlijk niet had gewild. Aan de andere kant was Robert degene die de situatie het snelst zou begrijpen en misschien advies kon geven.

'Nemen jullie alsjeblieft plaats,' zei Paul. 'Ik heb jullie bijeengeroepen omdat ik met jullie wil praten over onze huidige, zeer moeilijke situatie... Lisa, ik zou het fijn vinden als we nog even kunnen wachten met koffiedrinken.'

Zijn oudste zus had de koffiekan al in haar hand en keek verontwaardigd om zich heen.

'Onze zeer moeilijke situatie... Goed, Paul. Maar daarbij kunnen we toch zeker wel koffiedrinken en taart eten, of niet soms?'

Zijn zwager Sebastian schoot Paul te hulp. Hij legde zacht zijn hand op de arm van zijn vrouw en zei: 'Wees eens lief, mijn schat, en doe wat je broer zegt.'

Met een diepe, geïrriteerde zucht zette Lisa de koffiekan terug op het stoofje.

'Goed dan, laten we dan maar over onze situatie gaan praten. Maar maak er alsjeblieft niet zo'n ellenlang verhaal van!'

Paul voelde een onaangename kramp in zijn borst. Daar had hij de laatste tijd vaker last van. Hij ging rechtop zitten, want hij voelde de pijn meestal als hij met zijn rug tegen de stoel leunde. Hij schraapte zijn keel en begon te praten.

'Om het kort te houden, ik sta voor de vraag of we ons dit gebouw nog wel kunnen veroorloven of dat het beter is om de villa te verkopen...'

Er viel een stilte. Lisa staarde hem ongelovig aan en Kitty schudde verbijsterd haar hoofd. Sebastian en Robert keken vol begrip naar Paul en hij besefte dat ze allebei veel meer over zijn financiële problemen wisten dan hij had vermoed.

Langzaam legde hij zo helder mogelijk uit hoe het zover had kunnen komen. Hij vertelde over de leningen, waarvan het hele bedrag plus de rente terugbetaald moest worden, over de slechte orderpositie van de fabriek en over de hoge kosten, niet in de laatste plaats van het huishouden en het personeel van de villa. Door de verkoop van de huizen had hij weliswaar de hypothecaire lening die op de fabriek rustte, kunnen aflossen, maar de rest van het geld dat hij met de huizenverkoop had verdiend, slonk snel, terwijl hij nog meer terug moest betalen.

'In de fabriek draait inmiddels alleen de weverij nog en ook daar produceren we voor de toekomst. Ondanks ontslagen en arbeidstijdverkorting zitten we in de rode cijfers. De onderhoudskosten en de lonen betalen we uit de financiële reserves, die bijna op zijn. Zoals het er momenteel naar uitziet, zal ik het loon voor de lopende maand nog net kunnen betalen, maar daarna wordt het heel moeilijk als er geen belangrijke verbetering komt.'

'We besparen al waar we kunnen,' zei Lisa bedrukt.

Paul had niet de fut om haar antwoord te geven, maar Kitty schoot hem verrassend te hulp. 'Dat is niet genoeg, lieverd. Heb je het niet gehoord? Er ligt een zware hypotheek op de villa, waarvan de bank het geld nu in één keer terugeist. En Paul verdient momenteel met de fabriek geen rooie rijksmark. Dat kan op den duur niet goed gaan, toch, Robert?'

Haar man knikte met een serieus gezicht. 'Ik zou je graag helpen, Paul. Alleen staan de zaken er bij mij momenteel ook niet goed voor. Mijn Amerikaanse aandelen zijn niets meer waard. Ik hou ze, maar ze leveren niets meer op. En mijn andere investeringen staan er ook niet al te best voor.'

'Ach, hemel,' zei Kitty. 'Dat heb je me nog helemaal niet verteld. Wat goed dat ik dat ook eens hoor.'

'Het lijkt het uur van de waarheid te zijn,' zei Robert met een grimmige glimlach en hij legde zijn arm om zijn vrouw.

'Het is een geluk dat mijn schilderijen gekocht worden,' zuchtte Kitty. 'Maak je geen zorgen, lieverd. We zullen vast niet verhongeren.'

Lisa besloot om ondanks het verbod van haar broer de koffiekan te pakken. Na deze onheilsboodschap had ze behoefte aan iets versterkends. 'Als ik dat had geweten, Paul,' jammerde ze, 'dan had ik tante Elvira nog een keer geschreven vanwege het geld. Ik ga meteen aan mijn bureau zitten...'

'Dat heeft niet veel zin, Lisa.' Paul schudde zijn hoofd. 'Ik vrees dat ze ook geen liquide middelen tot haar beschikking heeft. Maar dank je wel voor je hulp.'

Sebastian, die tot nu toe had gezwegen, nam het woord en zei dat hij Pauls beslissing om het geld dat de verkoop van de huizen had opgeleverd in de fabriek te investeren, volkomen juist achtte. De fabriek was nu eenmaal niet alleen de bestaansgrond van de familie, maar ook van veel arbeiders.

'Maar je kunt de villa niet verkopen, Paul,' mengde Kitty zich opgewonden in het gesprek. 'Waar willen jullie dan gaan wonen? Bovendien heeft mama levenslang woonrecht. Wil je haar soms met het huis verkopen?'

Marie zei dat ze in dat geval in alle rust met haar zouden moeten praten. 'Zover is het gelukkig nog niet, lieve mensen. We geloven er nog steeds vast in dat we de villa kunnen behouden. Als we iets kunnen bedenken.'

Sebastian stelde voor om een deel van het park te verkopen. Daar had Paul ook al aan gedacht, maar helaas had hij geen behoorlijk aanbod gekregen.

'Meneer Grünling wilde me voor het hele perceel tweeduizend rijksmark geven.'

'Die aasgier!' riep Kitty uit en ze wendde zich tot Lisa. 'Laatst zag ik je lieve vriendin Serafina in een spiksplinternieuwe Mercedes-Benz met chauffeur rijden. Ze droeg een afschuwelijke hoed.'

'Ze is niet meer mijn vriendin,' wond Lisa zich op.

'O? Sinds wanneer niet meer? Je ging toch altijd met haar theedrinken?'

'Maak alsjeblieft geen ruzie,' verzocht Marie, en ze pakte Kitty's hand vast. 'Laten we het liever samen hebben over wat we kunnen doen.'

'Ik moet nu eerst een stuk taart eten,' besloot Lisa. 'Als hij uitdroogt, heeft niemand er wat aan. O god, Sebastian, lieverd. Waar moeten we naartoe met onze drie schatjes? Het is allemaal mijn schuld, Paul. Die stomme aanbouw heeft ons geruïneerd.'

Marie haastte zich om haar ervan te verzekeren dat dat niet waar was. En het was ook echt niet zo. Toen ze de lening afsloten, was er nog geen economische crisis, draaide de fabriek nog op volle toeren en konden ze de maandlasten makkelijk dragen.

Lisa kalmeerde enigszins en richtte zich op de taart. Kitty stelde voor om een paar meubels uit de villa te verkopen en het personeel te beperken tot het absolute minimum.

'Juist,' zei Lisa. 'Ik zal als eerste Gerti ontslaan.'

Paul en Marie weigerden echter fel om nog meer mensen te ontslaan. In plaats daarvan stelde Marie voor om het huis waarin haar atelier gevestigd was nu ook te verkopen.

'De prijzen zijn gedaald, Marie,' legde Paul uit. 'We krijgen er nu nauwelijks iets voor en zouden het huis dan dus zinloos verspillen.'

Hij zei er niet bij dat hij in zijn achterhoofd hield dat dit huis voor hen als woning zou kunnen dienen in het geval dat de villa echt verkocht zou moeten worden. Als ze allemaal genoegen namen met weinig ruimte, zouden zelfs Lisa en haar gezin er kunnen wonen, want de oude mensen die een deel van het huis hadden gehuurd, waren een tijdje geleden overleden.

'Nou, dan is het toch heel simpel, Paul,' grapte Kitty op haar soms tactloze manier. 'Je verkoopt het park en het atelier, plus al het meubilair van de villa en de andere waardevolle spullen. Bovendien ontsla je al het personeel en verhuur je de aanbouw. Zo kun je in elk geval de villa redden.'

'Dank je wel voor dit geweldige maar nogal asociale voorstel, dat je hopelijk niet serieus meent.'

Paul keek Marie gelaten aan. Dit was nu precies zoals hij zich deze bijeenkomst had voorgesteld. Ze hadden iedereen verontrust, paniek gezaaid en naar schuldigen gezocht. Hij had vanmiddag beter in de fabriek kunnen blijven.

'Ik heb helaas ook geen oplossing, Paul,' zei Robert. 'Tenzij ik bij jouw bank uitstel kan krijgen voor de terugbetaling van de lening.'

Dat was het eerste en enige zinvolle voorstel, en Paul was er dankbaar voor. Hij schudde de hand van zijn zwager, knikte naar de anderen en zei dat ze nu in alle rust koffie konden drinken en taart konden eten. Hijzelf moest weer naar de fabriek.

Marie liep met hem mee naar de hal en omarmde hem liefdevol toen hij in zijn mantel en met zijn hoed op in de deuropening stond.

'Dat was in elk geval een klein succesje, vind je niet? Als het nou maar weer beter zou gaan met de fabriek… Zei je niet dat er een order was binnengekomen?'

'Gisteren belde er iemand, maar de zaak is nog niet beklonken zolang niet vaststaat of ze echt kunnen betalen.'

'Op een gegeven moment zal het tij weer keren, Paul. Zal ik straks met mama gaan praten?'

'Nee, dat zal ik zelf doen, Marie. Ik kan er niet omheen, ook zij moet de realiteit onder ogen zien.'

'Tot later, liefste.'

Vandaag vond Paul het extra moeilijk om Marie in de villa achter te laten en naar de fabriek te gaan. Hij beschouwde het als een teken van zwakte en hij schaamde zich ervoor. Met snelle passen haastte hij zich over de oprijlaan naar de poort. Hij trok zijn hoed dieper over zijn voorhoofd en zette zich schrap tegen de koude tegenwind op de Haagstraat. De oude Gruber, die nog steeds zijn functie bij de poort uitoefende, terwijl zijn jongere collega vlak voor kerst ontslagen was, had een nieuwtje voor hem.

'Goedemiddag, meneer de directeur. Hebt u het al gehoord? MAN heeft weer tweehonderd mensen ontslagen. Allemaal arbeiders die al meer dan vijfentwintig jaar in dienst waren.'

Paul knikte. Hij had het in de krant gelezen. Het was overal hetzelfde: ontslagen, arbeidstijdverkortingen, faillissementen. Meestal werden eerst de jonge mensen en de vrouwen het slachtoffer, nu waren het bij MAN de oudgediende medewerkers. Een slecht teken.

'Als u hier bij de poort maar op uw post blijft, meneer Gruber.'

'Ik blijf mijn werk hier doen tot ik dood neerval, meneer de directeur. En daarna zit ik boven op een wolk en let ik op dat mijn opvolger er geen puinhoop van maakt.'

Paul knikte hem grinnikend toe en liep over het terrein naar het administratiegebouw. Het was beangstigend rustig, alleen in de weverij werd gewerkt, en dan ook nog maar drie dagen per week. Alle andere afdelingen lagen stil. Terwijl hij vlak voor de crisis nota bene nog voor veel geld een paar nieuwe weefgetouwen had aangeschaft, een compleet verkeerde investering. Inmiddels was er zowel in Augsburg als elders kleine huisnijverheid ontstaan, waar stoffen werden geweven en waar men zich niet aan de loonafspraken of vaste werktijden hoefde te houden. De huisnijverheid was goedkoper dan de grote fabrieken en vormde daardoor een serieus te nemen concurrentie. Talloze van zijn voormalige arbeiders hadden daar een baan gevonden, maar woonden nog wel in de huizen van de fabriek. Op zijn kosten, want ze betaalden weinig of zelfs helemaal geen huur.

In de boekhouding was één werknemer overgebleven, de nu bijna zestigjarige Karl Stollhammer, die dit jaar zijn veertigste ambtsjubileum kon vieren. Hij had zijn mantel aan, want er werd niet meer gestookt. Paul liep even bij hem binnen om over koetjes en kalfjes te praten.

'Het wordt lente, meneer de directeur,' zei de boekhouder. 'Ik voel het.'

'U hebt gelijk,' zei Paul. 'Ik voel het ook.'

Dat was niet waar. Paul voelde het helemaal niet. Het enige wat hij voelde, was een kramp in zijn borst. En hij was snel kortademig. Terwijl hij de laatste trap naar de kantoren op liep, moest hij twee keer blijven staan omdat zijn hart een slag oversloeg. Te weinig beweging, dacht hij. Hij zat ook dag in, dag uit in zijn kantoor. Marie had gelijk, ze moesten er even tussenuit. Later, als het weer bergopwaarts ging...

Voor zijn kantoor werd hij ontvangen door juffrouw Hoffmann, die bijzonder blij keek. Ze nam snel zijn mantel en hoed aan en zei dat hij onmiddellijk Keller & Weingart moest bellen. Het ging om een wat grotere order.

'Dat is fijn,' zei hij gemaakt vrolijk. 'Heb u de aanmaningen verstuurd?'

'Dat heeft juffrouw Lüders gisteren gedaan, meneer de directeur.'

De twee secretaresses, die al jarenlang voor hem werkten, deelden inmiddels één baan. Dat hadden ze afgesproken, zodat hij niet een van hen hoefde te ontslaan.

Op zijn bureau lag de geopende ochtendpost. Diverse afwijzingen van offertes die hij had uitgebracht, talloze sollicitaties die hij niet eens had bekeken en een aantal rekeningen voor kleine reparaties. Directeur Mühlstein van Keller & Weingart had hem gisteren al gebeld. Ze waren blijkbaar geïnteresseerd in een wat grotere hoeveelheid katoenen garen, waarvoor ze afnemers in Oostenrijk hadden. Paul had een zeer gunstige prijs genoemd, maar vreesde dat de concurrentie er allang onder was gaan zitten. Waarschijnlijk wilde Mühlstein met hem onderhandelen over een prijsverlaging, waardoor de fabricagekosten niet eens gedekt zouden worden. Maar omdat Paul toch nog veel garen op voorraad had, was het beter om het goedkoop aan te bieden dan helemaal geen inkomsten te hebben.

'Directeur Melzer uit Augsburg?' zei de secretaresse van Keller & Weingart aan de andere kant van de lijn. 'Een ogenblik geduld, alstublieft. Ik verbind u door.'

'Ah, meneer Melzer,' begroette Mühlstein hem op zijn gebruikelijke, joviale manier. 'Goed dat u belt. Anders had ik zelf nog een keer gebeld. Hoe gaat het in Augsburg? Het zijn sombere tijden, nietwaar? Hoe gaat het met uw familie? Met uw lieve vrouw? Is uw moeder nog gezond? Daar ben ik blij om, ik heb veel respect voor haar. Doet u haar de hartelijke groeten.'

Paul kende Mühlstein van vroeger, toen die met zijn vader zaken had gedaan. Hij was iemand bij wie je op je hoede moest zijn. Hij was geen slecht mens, maar wel een uitgekookte zakenman.

'Het gaat allemaal prima, meneer Mühlstein. Behalve de economische situatie, die hopelijk snel zal verbeteren. Ooit moet het immers weer bergopwaarts gaan.'

Hij kletste over allerlei onzinnige dingen om zijn gesprekspartner in een goed humeur te houden.

'Ik heb een wat delicate kwestie voor u, beste meneer Melzer. Fijn naaigaren, van de beste kwaliteit. Die krijg je niet overal… Bij u zou ik in elk geval aan het juiste adres zijn. Het katoen kan ik ook leveren, ik kan u een goede prijs bieden.'

Fijn naaigaren. Dat hadden ze vroeger gefabriceerd. Niet in grote hoeveelheden, maar als service voor goede klanten die bijpassend garen bij de stof wilden hebben.

'Dat zou mogelijk zijn,' zei hij voorzichtig. 'Het hangt af van de hoeveelheid en de prijs…'

'Zoals gezegd gaat het om een grotere order. In totaal een ton fijn naaigaren, mosgroen. En mogelijk komen er nog meer orders. Nou, daar bent u zeker wel even stil van, nietwaar, meneer Melzer?'

Paul was inderdaad sprakeloos. In zijn hoofd bewogen cijfers als in een rekenmachine. Als de prijs enigszins aanvaardbaar was, zou deze opdracht de fabriek de komende maanden in leven houden.

Drie per rol? Te weinig. Vijf. Drieënhalf? Ik moet nog stoken, dat moet ik in de kosten doorberekenen. Ik moet vier hebben. Het katoen heb ik niet nodig, dat heb ik zelf nog op voorraad...

Mühlstein bleef onvermurwbaar wat het katoen betrof en pochte over de kwaliteit. Paul moest door de zure appel heen bijten en het spul van hem kopen. Waarschijnlijk had hij het katoen elders goedkoper kunnen krijgen. Hij had helemaal geen grotere voorraad meer, dat had hij alleen gezegd als onderhandelingstactiek.

'In orde. Vier. En u stuurt me het katoen. De vrachtkosten zijn voor rekening van Keller & Weingart.'

Na wat geklaag ging Mühlstein akkoord en ze werden het eens over een levertermijn. Over drie maanden, dat was haalbaar.

'Ik stuur u morgen het contract, beste meneer Melzer. U kunt de productie alvast starten. Mosgroen, zoals gezegd. De monsters die ik hier heb liggen, gelden nog, toch?'

'Natuurlijk.'

'Goed. Doet u de hartelijke groeten aan uw familie. Aan uw charmante echtgenote. Uw kinderen. En in het bijzonder aan Alicia Melzer.'

Paul deed de groeten terug, hing op en bleef een paar tellen lang roerloos achter zijn bureau zitten. Zijn hart sloeg weer op een vreemde manier over. Het kwam waarschijnlijk door de opwinding. Fijn naaigaren! Daarvoor had hij twee ringspinmachines, die Jacob Burkard, Maries vader, had ontworpen. Die stomme Amerikanen hadden ze na de oorlog gestolen, daarom had hij ze volgens de oude constructietekeningen laten nabouwen. Helaas stonden ze momenteel stil, net als alle andere machines in de spinnerij. Hij moest er onmiddellijk voor zorgen dat daar verandering in kwam. Zodra zijn hart weer regelmatig sloeg, sprong hij op en liep hij met snelle passen naar de voorkamer.

'Belt u alstublieft Josef Mittermaier, juffrouw Hoffmann. Hij moet naar de fabriek komen. We moeten de ringspinmachines in werking zetten. Als hij geen telefoon heeft, stuurt u dan iemand naar hem toe om hem te halen.'

Juffrouw Hoffmann kreeg van de opwinding rode vlekken op haar bleke wangen. Ze wist wat deze instructie betekende. 'Een order, meneer de directeur?'

'Daar ziet het wel naar uit.'

Paul pakte de sleutel van de spinnerij van het haakje, sloeg zijn jas om en liep de trappen af. Marie had weer eens gelijk gehad, het tij keerde. Als hij goed garen leverde, en daar twijfelde hij niet aan, zouden er hopelijk nog meer orders komen. Uitgerekend met de spinnerij kwam de boel weer op gang. Terwijl hij die nota bene allang afgeschreven had.

Het was ijskoud in de hal. Er hing een muffe geur van oude olie, stof en verrot hout. Boven in het sheddak was een raam lek, waar smeltwater door naar binnen was gesijpeld dat op de vloer was gedrupt. Morgen zou hij iemand opdracht geven om de plas op te dweilen. En hij zou het dak laten repareren.

Hij liep naar de twee ringspinmachines en trok de grijze lappen eraf, die de machines tegen stof en vocht beschermden. Ze zouden ze eerst moeten oliën en dan proef laten draaien. Er was nog een restje katoen op voorraad, dat was genoeg voor een paar honderd klossen garen.

Mittermaier kwam vroeger dan verwacht. Hij droeg zijn oude werkoverall, die hij mee naar huis had genomen. 'Wie had dat gedacht, meneer de directeur?' zei hij en hij schudde Paul de hand. 'Wat geweldig om mijn twee oude meisjes weer te laten draaien. Nou, laten we aan de slag gaan!'

Paul keek toe terwijl hij liefdevol met een zachte doek de eerste machine poetste, de oliekan pakte, voorzichtig de olietank bijvulde en ten slotte tevreden knikte.

'Elektriciteit aan!'

Paul deed de hendel omhoog. Er gebeurde niets.

'Elektriciteit uit!'

Mittermaier mompelde iets onverstaanbaars, krabde zich achter zijn oor en controleerde de machine. Paul hielp hem. Ze bespraken het probleem, probeerden van alles uit en zetten diverse keren de elektriciteit aan, maar moesten die ook telkens weer uitzetten.

'Ze wil niet,' mopperde Mittermaier. 'Het ouwe kreng! Laten we de andere proberen, die was toch altijd al de vlotste van de twee. Kunt u een lamp halen?'

Ze werkten een paar uur lang samen. Ze olieden, poetsten, sleepen, vloekten, discussieerden en aan het eind maakten ze zelfs ruzie. Geen van de twee machines was bereid om het werk weer op te pakken.

'Ze zijn beledigd, die wijven. We hebben ze stilgezet, dat nemen ze ons kwalijk. Typisch vrouwen. Als je ze niet elke dag vertelt hoe fantastisch ze zijn, gaan ze mokken en weigeren ze lekker te koken.'

Paul luisterde nauwelijks. Hij was verschrikkelijk moe en teleurgesteld, terwijl hij tegelijkertijd een heel onrustig gevoel had. Wat moest hij doen als ze de machines niet meer aan de praat kregen? Dat kon eigenlijk niet. Ze hadden het perfect gedaan voordat ze stilgezet waren.

'Laten we er voor vandaag maar mee ophouden, Mittermaier. Het is inmiddels al negen uur geweest. We gaan morgen verder.'

Josef Mittermaier knikte ontstemd. Het was zijn eer als heer en meester van de spinnerij te na dat zijn meisjes niet naar hem wilden luisteren. Hij zette zijn pet op en veegde de olie van zijn handen.

'Morgen om tien uur,' zei hij. 'Het zou toch wel heel sterk zijn als ze niet meer werken. Waarschijnlijk is een rol in het uitrekveld verroest. Die moeten we demonteren. Een kleinigheidje.'

'Dat denk ik ook. Bedankt voor uw hulp, Mittermaier. Ik zal u hier natuurlijk voor betalen.'

'Dat kunnen we goed gebruiken, meneer de directeur.'

Portier Gruber was zelfs op dit late tijdstip nog op zijn post. Hij kwam met een oude petroleumlamp aanzetten en opende de fabriekspoort voor de mannen. Paul volgde de beweging van het licht met zijn ogen en had plotseling het gevoel dat hij wankelde. Hij moest zich aan de smeedijzeren poortvleugel vasthouden.

'Het loont niet om de verlichting op het terrein aan te zetten, meneer de directeur. Dat kost alleen maar elektriciteit. Goedenacht, heren. Tot morgen en hou u taai! Meneer de directeur? Mijn hemel!'

De pijn overviel Paul heel plotseling en veroorzaakte een heel nare kramp in zijn borst, liet zijn hart tekeergaan en benam hem de adem. Net op het moment dat hij dacht dat hij deze onverdraaglijke pijn niet langer kon uithouden, werd hij verlost door een milddadige bewusteloosheid.

26

LEO HAD DE VERLEIDING weerstaan om verder te werken aan de nieuwe compositie. In plaats daarvan had hij de Griekse woordjes herhaald en zijn schoolspullen voor de volgende dag gepakt. Nu lag hij in bed en las hij een paar bladzijden in het boek dat hij met kerst had gekregen. Het kostte hem moeite. Sommige alinea's moest hij twee keer lezen voordat hij ze begreep, doordat hij gestoord werd door de nutteloze klanken in zijn hoofd.

Toen hij eindelijk besloot om het boek weg te leggen en het lampje op zijn nachtkastje uit te doen, hoorde hij ineens zachte maar opgewonden stemmen. Hij ging rechtop zitten in bed en luisterde. De geluiden kwamen vanuit de hal. Hij hoorde zijn moeder en daarna Humbert, tante Lisa, Gerti en tante Tilly. Wat deed die op dit tijdstip in de villa?

Er moest iets gebeurd zijn. Hij stapte uit zijn bed, trok zijn ochtendjas aan en liep naar de gang. Daar kwam hij Dodo tegen, die ook slaperig uit haar kamer kwam.

'Wat is er beneden aan de hand?' fluisterde hij.

'Geen idee.'

Hij volgde haar de trap af. In de gang op de eerste verdieping waren de lampen aan. De deur naar de bibliotheek stond open, maar de ruimte was leeg.

'Ze zijn beneden.'

‘Wacht.’

Hij werd overvallen door een onbestemde angst en hield zijn zus, die in haar nachthemd naar beneden wilde lopen, bij haar arm vast. Van hieruit konden ze de gesprekken in de hal goed genoeg volgen.

‘Jullie hadden meteen een ambulance moeten bellen,’ hoorden ze tante Tilly zeggen.

‘We konden hem daar niet laten liggen… Het was veel te koud. Daarom hebben we hem naar huis gebracht.’

‘Dat begrijp ik, Marie. Maar nu moet er snel gehandeld worden.’

‘Ze zijn er!’ riep Humbert. ‘Voor de voordeur.’

‘Godzijdank!’

Er was iets verschrikkelijks gebeurd. Leo beefde over zijn hele lichaam en ging op de grond zitten. Dodo hurkte naast hem.

‘Ik denk dat er iets met papa is,’ fluisterde ze. ‘Gelukkig is tante Tilly er.’

Plotseling sprong ze op en liep de bibliotheek in. Meteen daarna hoorde hij dat ze de schuifdeuren naar het balkon openmaakte. Hij kwam ook snel overeind en haastte zich naar haar toe. Op het open balkon boven de zuilengalerij kwam een vlaag ijskoude wind hun tegemoet. Er waren lichten op het voorplein te zien. Ze gingen helemaal bij de balustrade staan en de wind trok aan hun nachtkleding.

‘Er is inderdaad iets met papa,’ zei Dodo met hese stem. ‘Hij wordt weggebracht door ambulancebroeders. O god, hij moet erg ziek zijn als hij naar het ziekenhuis moet.’

Leo kon geen woord uitbrengen. Zijn keel leek dichtgesnoerd van de schrik. Beneden op het voorplein stond een verlicht voertuig. Twee mannen droegen een brancard waar iemand op lag die in dekens was gewikkeld, en schoven hem achter in het voertuig. De deuren werden dichtgeslagen.

‘Je mag met mij meerijden, Marie. In mijn auto,’ riep tante Tilly.

‘Nee,’ zei mama. ‘Ik laat hem niet alleen. Geen seconde!’

Ze stapte voor in de ambulance in. De motor van het grote voertuig sprong aan en de auto reed langzaam om het ronde bloemperk heen naar de oprijlaan. Ze zagen de rode achterlichten steeds kleiner worden en achter de poort verdwijnen.

'Wat doen jullie tweeën op het balkon?' vroeg oom Sebastian achter hen. 'Willen jullie soms ziek worden?'

Hij had Kurti aan de hand, die door het lawaai wakker was geworden en huilend naar Dodo liep. Snikkend vertelde hij dat papa door vreemde mannen in een grote auto was gelegd en dat hij samen met mama was weggebracht.

'Dommie,' zei Dodo en ze sloeg haar armen om haar broertje. 'Papa moet even kort naar het ziekenhuis en mama is meegereden.'

'Krijgt hij geen lucht meer, net als ik toen?'

'Zoiets,' zei Dodo onzeker. 'Maak je geen zorgen, de dokter gaat hem weer beter maken.'

Oom Sebastian deed de schuifdeuren dicht en legde voorzichtig aan Leo en Dodo uit wat er was gebeurd. 'Jullie vader is in de fabriek duizelig geworden. Daarom vond tante Tilly het beter als hij even in het ziekenhuis wordt onderzocht. Er is geen reden tot paniek. Dus we gaan allemaal weer naar bed. Morgen weten we meer.'

Zijn woorden kalmeerden noch Leo, noch Dodo. Ze wisten allebei dat oom Sebastian niet de waarheid sprak. De waarheid kon alleen maar zijn dat hun vader doodging, anders had mama niet gezegd dat ze hem geen seconde alleen liet.

'Kom, Kurti,' zei Dodo en ze pakte de hand van haar broertje. 'Je mag vannacht bij mij slapen. Wil je dat?'

'Leo moet ook bij ons slapen,' smeekte de kleine.

Leo was niet erg enthousiast, maar had waarschijnlijk geen andere keus. Hanna kwam opgewonden aanrennen en fluisterde in oom Sebastians oor dat Alicia Melzer, die ze niet hadden gewekt, wakker was geworden en wilde weten wat er aan de hand was.

'Een ogenblik. Ik stuur mijn vrouw naar haar toe.'

Dodo wierp haar broer een bemoedigende blik toe en ging met Kurti naar haar kamer. Leo bleef besluiteloos in de gang staan.

'Pak je beddengoed en kom bij ons,' riep ze naar hem. 'We bouwen een nest. Zullen we dat doen, Kurti?'

'Nee, een grot.'

Leo vermande zich en sleepte zijn dekbed en kussen naar de kamer naast de zijne en keek toe hoe Dodo haar bed met dekens en kussens ombouwde tot een soort iglo.

Ondertussen waren ook de zware voetstappen van tante Lisa te horen. Ze hijgde, zoals altijd als ze snel moest bewegen. Ze ging naar haar moeder toe, die inmiddels ook in de gang was verschenen.

'Mamaatje, je hoeft je nergens zorgen om te maken. Paul voelt zich een beetje zwak, dat komt vast door zijn verwaarloosde verkoudheid. En Tilly vond...'

'Midden in de nacht? Met een ambulance? Ik schrok me dood toen ik naar het voorplein keek.'

'Je weet hoe Tilly is, mama. Ze is een gewetensvolle dokter en overdrijft graag een beetje.'

'Ik zal vannacht geen oog dichtdoen, Lisa. Heb je nog wat van die valeriaandruppels voor me?'

'Natuurlijk. Gerti zal ze je zo brengen. En ga nu maar weer liggen. Je hoeft je echt geen zorgen te maken.'

Waarom liegt ze tegen ons, dacht Leo verontwaardigd. Dat maakte alles alleen maar erger. Het liefst was hij in een auto gestapt en naar zijn vader in het ziekenhuis gereden. Maar dat kon natuurlijk niet, dat zou niemand goedvinden. Daarom zat er niets anders op dan bij zijn zus en broertje in de kussengrot te kruipen. Het was erg krap en hij lag niet lekker. Kurti bewoog de hele tijd en was aan het dollen. Het duurde een poos voordat Kurti eindelijk rustig werd en in slaap viel.

'Denk je dat het helpt om te bidden?' vroeg Dodo zachtjes.

'Het kan in elk geval geen kwaad,' zei Leo aarzelend.

Vervolgens fluisterde zijn zus het Weesgegroet, terwijl hij zich zelf geen enkel gebed kon herinneren. In zijn hoofd dreunden dissonante tonen en dalende toonladders als een afschuwelijk inferno. Hij werd pas rustig door Kurti's regelmatige ademhaling en de warmte van het slapende kinderlijfje naast hem. De klanken werden zachter, de gedachtestroom stopte en de slaap daalde met zware vleugels over de drie kinderen neer.

's Ochtends werden ze gewekt door hun moeder die het licht aandeed. Ze had de deur van Dodo's kamer heel zachtjes opengemaakt en keek naar binnen. 'Wat een mooi vogelnest hebben mijn kuikentjes gemaakt! Kom maar, Kurti, schatje. Johann en Hanno willen graag dat je komt.'

Leo knipperde met zijn ogen in het licht van de plafonnière. Hij was erg blij zijn moeder te zien en haar stem te horen. Maar ze zag er wel erg bleek uit. Haar gezicht leek smaller en haar ogen leken groter en donkerder. Dodo zat rechtop in bed en trok aan Kurti's pyjama.

'Laat hem maar, Dodo. Hij is nog niet helemaal wakker. Humbert draagt hem er wel naartoe.'

Ze pakte de slaperige jongen op en gaf hem aan de huisknecht, die uit respect in de gang wachtte.

'Luister, mijn twee grote kinderen,' zei mama toen Humbert met Kurti was weggegaan. Ze ging op de rand van het bed zitten en werd ineens heel serieus.

'Jullie vader ligt in het ziekenhuis met een ontsteking aan zijn hartspierweefsel. Dat is een zeer gevaarlijke aandoening, die je kunt krijgen als je verkouden bent en niet goed uitziekt. Gisteravond zag het er niet goed uit voor hem. Inmiddels is zijn toestand verbeterd, wat helaas niet wil zeggen dat het gevaar geweken is. Hij heeft veel rust nodig, mag zich niet opwinden en moet nog een tijdje in het ziekenhuis blijven.'

Ze pauzeerde even. Er verscheen een zwakke glimlach op haar gezicht en ze kreeg een liefdevolle en optimistische blik in haar ogen. 'Ik wil dat jullie vandaag naar school gaan. In de namiddag mogen jullie even kort bij papa op bezoek, als de dokter het goedvindt. Ik ga zelf meteen met tante Tilly terug naar het ziekenhuis. Ik vertrouw erop dat mijn twee grote kinderen heel verstandig zullen zijn...'

Ze moesten naar tante Lisa en oom Sebastian luisteren, voor de kleintjes zorgen en vooral opletten dat ze grootmoeder niet van streek maakten.

'Hoe zit het met de fabriek, mam?' vroeg Dodo. 'Wie neemt papa waar terwijl hij ziek is?'

'Voorlopig gaat alles daar gewoon zijn gangetje,' stelde haar moeder haar gerust. 'Het belangrijkste is nu dat papa beter wordt, toch?'

'Natuurlijk, mama!'

Het eerlijke gesprek kalmeerde Leo. Het ging niet goed, maar ze steunden elkaar en iedereen had zijn eigen taak. Hij ging naar zijn kamer, maakte zich klaar voor school, pakte zijn schooltas en haastte zich naar de eetkamer, waar het ontbijt werd geserveerd. Dodo was weer sneller geweest, ze zat al op haar stoel en dronk koffie met melk, maar at niets en was vergeten haar haar te kammen.

'Je ziet eruit als een zwabber, zusje,' zei hij met een scheve grijns.

'En bij jou staan twee knoopjes open,' antwoordde ze met een grimas.

Beneden in de gang stond Hanna zoals altijd klaar met het broodpakketje voor op school. Ze keek erg bezorgd en zei: 'Jullie vader zal zeker weer beter worden. Maken jullie je maar geen zorgen. Neem nog een appel mee, Dodo. Leo, je moet je pet opzetten, er waait een gure wind.'

In de keuken was iemand aan het huilen. Het was Else. 'Hij komt niet meer terug,' jammerde ze. 'Onze goede meneer komt niet meer terug.'

'Hou op,' mopperde mevrouw Brunnenmayer. 'Je daagt het noodlot uit met dat gejammer.'

Leo was blij toen hij buiten was. Hij liep naast Dodo over de oprijlaan naar de poort, om vervolgens met de tram naar het gymnasium te gaan. Hij wilde dat het al middag was en hij bij zijn vader in het ziekenhuis op bezoek kon. De villa was vreselijk leeg zonder zijn vader en leek heel vreemd. Alsof het huis geen ziel meer had. Ineens besefte hij hoe gelukkig hij al die jaren was geweest. Hoe veilig en geborgen ze zich allemaal hadden mogen voelen en hoe klein zijn zorgen waren geweest, vergeleken met de angst die hij nu heel sterk voelde. Wat als zijn vader niet meer beter werd? Wat als hij zijn vader kwijtraakte? Hoe zou hij dat kunnen verdragen?

Op school zat hij apathisch op zijn stoel. Hij gaf onzinnige antwoorden of zei helemaal niets en zijn leraren keken hem hoofdschuddend aan.

'Wat is er met jou aan de hand, Melzer? Ben je ziek?'

'Nee, nee. Ik heb alleen hoofdpijn.'

Hij worstelde zich door de ochtend, stond tijdens de pauze alleen in een hoek en staarde naar het donkere, massieve bakstenen gebouw van het ziekenhuis dat vanaf de school te zien was. Daar lag zijn vader te vechten voor zijn leven. Waarom kon hij hem niet helpen?

Na de laatste les snelde hij als een bezetene naar de tramhalte. Met een gewaagde actie kon hij nog net op het achterste balkon van de tram springen. Hij kreeg een boze waarschuwing, maar het maakte hem niet uit. Van de tramhalte rende hij over de oprijlaan naar de villa, waar hij met een paar treden tegelijk het trappetje op liep. Toen niemand opendeed, bonkte hij ongeduldig op de voordeur.

Eindelijk verscheen Else met een betraand gezicht en een droevige blik. 'Ah, Leo,' zei ze. 'Heeft Gerti niet voor je opengedaan?'

'Nee. Is mijn moeder er?'

'Ik denk dat ze bij je arme vader in het ziekenhuis is.'

Hij liet zijn schooltas vallen, trok snel zijn jas uit, gooide zijn pet af en haastte zich de trap op om aan tante Lisa te vragen of er nieuws was. Boven in de gang kwam hij zijn zus tegen, die eerder van school was thuisgekomen dan hij. Meisjes hoefden immers niet zo veel te leren.

'Het gaat beter met hem,' zei ze. 'Tante Lisa heeft het ziekenhuis gebeld en heeft het net gehoord. Ze rijdt er straks met ons naartoe.'

'Gelukkig,' fluisterde Leo opgelucht. 'Hij wordt weer beter, toch?'

'Absoluut,' verzekerde Dodo hem met vaste overtuiging.

Hij was zo blij dat hij zijn zus in zijn armen nam, wat in jaren niet was gebeurd. Het was net als vroeger, toen ze onafscheidelijk waren geweest. De tweeling Dodo en Leo, samen tegen de rest van de wereld.

Een onbekende stem, die uit de bibliotheek kwam, haalde hem terug naar het hier en nu. Hoe kon dat? Was dat niet oom Ernst uit München?

'Dat ontbrak er nog maar aan,' fluisterde Dodo. 'Hij is boos omdat hij tante Tilly niet heeft getroffen. Hij is hiernaartoe gekomen, schreeuwde tegen de arme Gerti en wilde tante Tilly zien.'

Leo moest even nadenken, maar herinnerde zich toen dat tante Tilly de relatie met haar man had beëindigd. Ze wilde scheiden, maar op de een of andere manier lukte dat niet. Omdat oom Ernst haar niet wilde opgeven of zoiets.

'Waarom is hij dan naar ons toe gekomen?' vroeg Leo zich af.

'Omdat tante Tilly vannacht hier heeft geslapen toen ze met mama uit het ziekenhuis kwam. Hij is boos omdat ze vanmorgen een of andere afspraak hadden. Bij de rechtbank, geloof ik.'

Tjonge! Dat was tante Tilly in haar schrik blijkbaar helemaal vergeten. Geen wonder dat haar man boos was. Aan de andere kant was het niet zo netjes om dat op Gerti af te reageren en tegen haar te schreeuwen. Zij kon er niets aan doen.

'U kunt stenograferen?' hoorden ze de stem van oom Ernst vanuit de bibliotheek vragen. 'Als u dat net zo goed beheerst als het typen, dan hoeft het voor mij niet!'

'Nee, nee. Alstublieft, ik haal honderdtachtig lettergrepen per minuut...'

'Die achteraf niemand kan ontcijferen zeker?'

'Ik heb alle letters altijd foutloos getypt en was de beste van onze cursus...'

'En dat moet ik geloven?'

'Alstublieft, ik kan het u bewijzen.'

'Ik ben niet geïnteresseerd.'

'Dat is erg jammer. Mag ik u nog een kop koffie aanbieden, meneer Von Klippstein?'

De oom uit München zuchtte. 'Gaat u in hemelsnaam zitten en schrijf op wat ik dicteer!'

'Met genoegen, meneer Von Klippstein. Ik haal even snel een blocnote en een potlood.'

Leo en Dodo gingen als betrapte zondaars aan de kant toen Gerti met wapperende rok en rode wangen de bibliotheek uit kwam rennen. Gelukkig merkte ze de twee luistervinken niet op. Ze haastte zich langs hen heen en verdween achter de deur naar de personeelsgang.

'Wat goed,' zei Dodo waarderend. 'Misschien lukt het Gerti nog wel.'

'Wat?'

'Jij leeft echt onder een steen, broertje,' zei ze grijnzend. 'Gerti wil de secretaresse van oom Ernst worden. Dat heeft tante Kitty me verteld.'

Hij haalde zijn schouders op, omdat het hem niet kon schelen. Hij mocht Gerti niet echt, hij vond Hanna veel aardiger. Bovendien zouden ze zo gaan eten en daarna zou tante Lisa met hen naar het ziekenhuis gaan. Naar zijn vader.

Het middagmaal was verschrikkelijk. Kurti en Johann zaten op hun stoelen te wiebelen, Hanno huilde aan één stuk door en Charlotte gooide haar papbordje op de grond toen Rosa even niet oplette. Ernst von Klippstein, die ook aan tafel zat, staarde somber voor zich uit en vroeg aan Sebastian waarom zijn kinderen zo slecht opgevoed waren. Daar werd tante Lisa weer boos om en ze zei dat mensen die zelf geen kinderen hadden, er niet over mochten oordelen.

Vervolgens zei oom Ernst niets meer. Hij stond voor het dessert op en nam afscheid. 'Mijn zaken in München eisen mijn aanwezigheid. Ik wens Paul beterschap en de rest van de familie het allerbeste!'

'Hij is altijd al een nare man geweest,' zei grootmoeder toen Humbert de deur achter oom Ernst dicht had gedaan. 'Het is maar goed dat hij nooit kinderen kan krijgen.'

'Dat is wel een heel hard oordeel, lieve moeder,' zei oom Sebastian licht verwijtend.

'Mama heeft gelijk,' zei tante Lisa. 'Wat een geluk voor Tilly dat ze binnenkort van hem af is! Hij heeft eindelijk met de scheiding ingestemd.'

Leo kreeg nauwelijks een hap door zijn keel en was blij toen Humbert de tafel afruimde en appelcompote als toetje serveerde.

Over zijn vader werd vrijwel niet gepraat aan tafel, want niemand wilde grootmoeder van streek maken door iets over zijn ziekte te zeggen. Alleen haar schoonzoon Sebastian zei kort dat Paul nog een paar dagen in het ziekenhuis moest blijven.

'Een verwaarloosde verkoudheid, mama. Die moet goed genezen, weet je... Wil je Charlotte op schoot nemen? Ze strekt haar armpjes al naar je uit.'

Arme grootmoeder! Niemand vertelde haar de waarheid, omdat ze zwakke zenuwen zou hebben. Misschien had ze wel zwakke zenuwen omdat niemand haar de waarheid vertelde. In elk geval zag ze er nu best gelukkig uit met de mollige Charlotte op haar schoot. Als het kleintje zo doorging met eten, zou ze op een dag net zo dik worden als haar moeder.

Na het middageten zaten Leo en Dodo ongeduldig in de hal op tante Lisa te wachten.

'Waarom komt mama niet terug?' vroeg Dodo zich af. 'Ze kan toch niet de hele dag bij papa in het ziekenhuis zitten?'

'Misschien gaat het weer slechter met hem?' vroeg Leo angstig.

'Hou op!' riep zijn zus en ze gaf hem een por in zijn zij. 'Het gaat beter met papa, dat zei tante Lisa.'

Leo zweeg. Hij was nog steeds bang. Hij begon door de hal te ijsberen, gluurde door de ruiten naar het kale terras en liep rusteloos naar de vestibule. Aan de kapstok hingen twee hoeden van papa, een mantel en een jas die hij in huis droeg. Het was om gek van te worden.

Zijn spullen waren hier, hijzelf was in dat ellendige ziekenhuis en niemand wist of hij ooit nog terug zou komen naar de villa.

'Waren jullie aan het wachten?' riep tante Lisa vanaf de trap naar beneden. 'Humbert, heb je de auto voorgereden? Moet je horen wat Gerti heeft gedaan! In plaats van me te helpen met omkleden, waarvoor ze wordt betaald, rent ze naar de fabriek om iets op de schrijfmachine uit te typen. Dat is toch niet te geloven?'

Dodo had eigenlijk kunnen uitleggen dat Gerti iets voor oom Ernst moest uittypen en waarschijnlijk niet papa's typemachine op zijn werkkamer durfde te gebruiken, maar ze deed het niet. Tijdens de rit zat Leo achterin naast tante Lisa, die haar bontjas droeg en bijna de hele achterbank in beslag nam. Dodo was voorin naast Humbert gaan zitten en legde hem constant uit wanneer hij naar een andere versnelling moest schakelen en waarom het niet goed was voor de motor om met een te laag toerental te rijden.

Humbert zei alleen af en toe: 'Zeker, juffrouw Melzer. U hebt helemaal gelijk, juffrouw Melzer.'

Zijn zus kon soms vreselijk betweterig doen. Vooral als het om auto's of vliegtuigen ging. Hij was blij toen ze waren aangekomen.

Het was niet de eerste keer dat hij in het ziekenhuis kwam. De vorige keer was toen ze bij Kurti op bezoek waren gegaan. Leo had een hekel aan het immens grote, bakstenen gebouw, dat er van buitenaf onheilspellend uitzag. Binnen moest je langs een non die in een portiershokje zat en precies wilde weten wie je was en bij welke patiënt je op bezoek ging. Ze gingen met de lift naar boven, want tante Lisa wilde in geen geval vier trappen op lopen. Leo werd duizelig in de kleine cabine. Zijn hart ging tekeer en een oceaan van tonen en klanken woedde in zijn oren.

In de ziekenhuisgang stonk het zoals altijd naar ontsmettingsmiddelen en andere walgelijke dingen. Gelukkig kwamen tante Kitty en Henni hun tegemoet.

'Het gaat godzijdank beter,' zei ze en ze omhelsde haar zus. 'Als ik eraan denk dat hij gisteravond een inzinking heeft gehad en bijna dood was... O, Paultje wilde nooit naar me luisteren. Ik heb altijd tegen hem gezegd dat hij te hard werkt.'

Papa was bijna dood geweest, dacht Leo.

'Goedemiddag, Leo,' zei Henni en ze viel hem om de nek. 'Ik vind het zo naar dat oom Paul ziek is. Als je tijd hebt, heb ik fantastisch nieuws voor je.'

Henni was echt onmogelijk. Hij maakte zich met een boze beweging van haar los en mompelde: 'Laat me alsjeblieft met rust!'

Een zuster met een nonnenkapje op leidde hen naar de kamer en legde haar wijsvinger op haar lippen. Dat betekende dat ze niet hard mochten praten.

'Niet allemaal tegelijk en slechts een paar minuten,' waarschuwde ze.

Dodo en Leo mochten als eerste naar binnen en bleven schuchter in de deuropening staan. Hun vader lag helemaal alleen in de witgeverfde ziekenhuiskamer en zag er vreemd uit in het smalle bed. Zijn huid was grijs en in plaats van een pyjama droeg hij een rare witte kiel.

Hij glimlachte zwak terwijl ze verlegen hand in hand naar zijn bed liepen. Leo besefte ineens tot zijn schrik dat ze niet eens bloemen of iets anders voor hem hadden meegebracht. Gelukkig stond er een boeket witte rozen op zijn nachtkastje, dat waarschijnlijk van tante Kitty was.

'Ah, lieverds,' zei papa met een ongewoon lage stem. 'Ik heb jullie zeker laten schrikken, hè?'

Ze knikten tegelijk. Leo wist niet wat hij moest zeggen en Dodo vroeg aarzelend hoe het met hem ging.

'Beter dan gisteren, maar nog niet echt goed.'

Leo kon geen woord uitbrengen. Hij was ongelooflijk blij dat zijn vader nog leefde en zelfs tegen hen praatte. Tegelijkertijd was hij heel erg van slag, omdat zijn vader zo zacht sprak en er zo moe en ziek uitzag.

'Luister.' Zijn vader keek hen een voor een aan. 'Ik zal hier nog een tijdje moeten blijven. Daarom wil ik dat jij, Dodo, je moeder gehoorzaamt en haar een handje helpt. Wil je dat doen?'

'Ja, papa.'

'En jij, Leo, bent tijdelijk de heer des huizes en past op je moeder, Dodo en Kurt tot ik weer fit ben. Gaat dat lukken?'

'Ja, papa.'

Daarna mochten ze weer weg. Leo voelde zich zowel gevleid als verward door wat zijn vader tegen hem had gezegd. Hij moest op zijn moeder en zijn zus en broertje passen? Hoe moest hij dat doen?

27

HET WAS VERSCHRIKKELIJK GEWEEST voor Marie om 's nachts in de gang van het ziekenhuis te moeten wachten. Ze hadden Paul naar een van de behandelkamers gebracht. Tilly was mee naar binnen gegaan, maar Marie moest in de gang blijven zitten en kon niets anders doen dan wachten en hopen. En bidden. De angst daalde als een zwarte doek over haar heen en ze had het gevoel dat de stilte in de lange, schemerige gang haar verstikte. Ze kon niets doen, terwijl degene die ze het meest liefhad op de wereld voor zijn leven vocht. Wat een marteling!

Tot op dat moment had ze de angst en paniek kunnen onderdrukken. Ze had gewoon gefunctioneerd, haar hoofd koel gehouden en geprobeerd om de juiste beslissingen te nemen. Toen de portier van de fabriek had gebeld en had gestameld dat de directeur bewusteloos bij de poort lag, was ze natuurlijk verschrikkelijk geschrokken, maar ze had snel en kalm gehandeld. Als eerste had ze Humbert uit zijn bed gebeld, daarna had ze Kitty gebeld en gevraagd of Tilly zo snel mogelijk naar de villa kon komen, en ten slotte had ze Lisa wakker gemaakt. Toen ze met Humbert bij de fabriek was aangekomen, hadden Josef Mittermaier en Gruber haar bewusteloze man al naar het portiershuisje gedragen. De aanblik was afschuwelijk geweest. Pauls gezicht was vertrokken, zijn huid bijna grauw. Hij kreunde zachtjes, maar was niet aanspreekbaar.

Niet veel later zat ze voor in de ambulance naast de chauffeur en staarde ze in de achteruitkijkspiegel, waar ze het hoofd van de jonge dokter en dat van een ambulancebroeder kon zien. Ze kon niet verstaan wat ze zeiden, want de motor van de auto maakte te veel herrie. Toen ze voor het ziekenhuis stopten, stapte ze snel uit en ging ze naast de brancard lopen, met haar ogen angstig op haar man gericht. Paul had intussen zijn ogen geopend en keek haar verward en hulpeloos aan.

'Marie... Marie... Wat is er? Waar ben ik?'

'Rustig maar, liefste... Alles komt goed, ik ben bij je.'

Ze mocht niet bij hem blijven. Hij werd naar een behandelkamer gebracht en ze wist niet wat ze daar met hem deden. Ondertussen moest ze een formulier invullen: naam, beroep, leeftijd, medische voorgeschiedenis, telefoonnummer...

'Hij heeft een pijnstiller gekregen,' legde Tilly uit, die heel even de gang in kwam. 'Ze gaan hem nu stabiliseren. Gelukkig is het geen hartaanval. De hartspier is ontstoken en het risico bestaat dat de ontsteking zich uitbreidt naar het hartzakje.'

Geen hartaanval. Marie haalde opgelucht adem. Dat was goed nieuws, toch? Hoewel een ontsteking aan het hart vast gevaarlijk was.

Tilly verdween weer in de behandelkamer en Marie bleef alleen achter. Af en toe liep een verpleegster haastig door de gang en er werd nog een patiënt op een brancard binnengebracht – een verkeersongeval. De arme man zat onder het bloed, zijn hoofd lag opzij en zijn lichaam was bedekt met een witte doek. Kort daarna verschenen Kitty en Robert bij de trap. Haar schoonzus had het niet uitgehouden in de Frauentorstraat en had al drie keer naar het ziekenhuis gebeld zonder informatie te krijgen. Daarom was ze uiteindelijk in de auto gestapt en ernaartoe gereden.

'O god!' riep ze opgewonden uit en ze wierp zich in Maries armen. 'Wat is er met Paultje aan de hand? Zeg alsjeblieft dat hij niet dood is. Hij is niet dood, toch, of wel? Hij is gewoon flauwgevallen omdat hij te hard werkt. Stel je voor, Robert wilde me niet alleen naar het ziekenhuis laten rijden, hij was bang dat ik een ongeluk zou krijgen.'

Marie was blij dat ze niet meer eenzaam en alleen hoefde te wachten, ook al hielp Kitty's woordenstroom haar niet bepaald om te kalmeren.

'Hij heeft een ontsteking aan de hartspier,' legde ze uit. 'Gelukkig is hij weer bij bewustzijn. Tilly is bij hem en houdt me op de hoogte.'

'Godzijdank!' zuchtte Kitty. 'Niet te geloven! De non beneden bij de ingang wilde ons niet binnenlaten! Die zwarte kraai zei dat het geen bezoekuur was. Nou, die heb ik eens flink de waarheid gezegd!'

Eindelijk ging de deur van de behandelkamer open. Er werd een bed de gang in gereden. Paul lag erin en zijn ogen waren gesloten.

'Maak je geen zorgen,' stelde Tilly hen gerust. 'Hij slaapt. We mogen morgenochtend bij de dienstdoende arts informeren hoe het gaat. Nu kunnen we beter naar huis gaan.'

Marie liep een eindje naast het bed mee en keek naar haar slapende man. Ze wilde zijn hand aanraken, maar kreeg te horen dat ze dat beter niet kon doen.

'En als zijn toestand vannacht verslechtert?'

'Dan worden we gebeld. Uit voorzorg blijf ik bij jou en slaap ik in de villa.'

Daar was Marie haar dankbaar voor. Tilly's rustige, nuchtere manier van doen was veel fijner dan Kitty's drukke geklets. Op de terugweg zat Tilly naast haar in de auto en legde Tilly haar de medische details uit. Ze begreep niet alles, maar het was geruststellend dat de doktoren wisten waar Paul aan leed en hoe hij behandeld moest worden.

'Een medicamenteuze behandeling biedt maar deels uitkomst. Hij heeft veel rust nodig en moet zo veel mogelijk lichamelijke inspanning en opwinding vermijden. Het zal na verloop van tijd vanzelf genezen, maar natuurlijk niet van de ene op de andere dag...'

Bij de villa brandde de buitenverlichting nog. Sebastian wachtte in de bibliotheek op nieuws over Paul. Het werd een kort gesprek, Tilly legde uit dat Marie en zij echt wat slaap nodig hadden. Sebastian haastte zich naar het bijgebouw om Lisa het geruststellende nieuws te vertellen dat het naar omstandigheden goed ging met Paul.

Tilly kon in Kurti's kamer slapen. Toen Marie eenmaal in bed lag, was ze uitgeput. Toch kon ze de slaap niet vatten. Ze zag telkens Pauls grauwe, van pijn vertrokken gezicht voor zich en hoorde zijn vragen: 'Wat is er? Waar ben ik?' Ze nam het zichzelf kwalijk dat ze hem niet stelliger van zijn nachtelijke kantoorwerk had afgehouden. Het was geen wonder dat het zover was gekomen. Overdag was hij naar banken gerend, had hij de verkoop van de huizen geregeld en werkte hij in de fabriek. En 's avonds was hij tot diep in de nacht bezig geweest met allerlei dossiers en berekeningen. Waarom had ze zo lang toegekeken zonder in te grijpen? Waarom was je altijd pas achteraf wijzer?

Het werd een korte nacht. Marie werd rond zes uur wakker omdat Tilly was opgestaan en stilletjes de trap af liep om in de werkkamer de telefoon op te nemen. Marie trok haar ochtendjas aan en volgde haar.

'Hij heeft een rustige nacht gehad,' zei Tilly opgelucht. 'Het bezoekuur is eigenlijk pas vanmiddag, maar ik heb gisteren met de hoofdarts, dokter Peuser, gesproken en bij wijze van uitzondering mag je Paul rond tien uur eventjes zien. Hij ligt op de tweede verdieping. Kamer 207.'

'Om tien uur? Zo laat?' vroeg Marie.

'Ja, niet eerder. En niet voordat je fatsoenlijk hebt ontbeten, Marie. Je ziet eruit alsof je de nacht hebt doorgebracht met een spook.'

De personeelsleden stonden al klaar. Humbert dekte de ontbijttafel en informeerde bezorgd hoe het met meneer ging.

'Het gaat naar omstandigheden goed, Humbert. We hopen dat hij snel weer beter is.'

'Daar ben ik erg blij om, mevrouw. Ik ben gisteren enorm geschrokken toen ik hem bewusteloos op Grubers bank zag liggen. Ik zal het beneden in de keuken doorgeven, ze leven allemaal erg mee.'

Marie en Tilly aten met zijn tweeën en Tilly zorgde ervoor dat Marie een fatsoenlijk ontbijt at voordat ze zelf naar haar werk en haar patiënten ging.

'Als jullie me nodig hebben, moet je Kitty bellen.'

'Bedankt voor alles, Tilly. Ik weet niet wat we zonder jou hadden moeten doen...'

Het verbaasde Marie dat ze niet naar de praktijk van dokter Kortner moest bellen, waar Tilly sneller bereikbaar was, maar dacht er verder niet over na. Ze had belangrijkere dingen te doen. Zoals Pauls secretariaat op de hoogte stellen.

Juffrouw Lüders, een van de twee secretaresses, was helemaal van slag. Ze wist al van de portier dat meneer de directeur een inzinking had gehad.

'Ik heb het nog aan niemand verteld, mevrouw Melzer, want ik wil geen paniek zaaien onder de arbeiders. Ik heb ook tegen meneer Gruber gezegd dat hij niets mag zeggen.'

'Dat was een wijze beslissing, juffrouw Lüders. Het gaat naar omstandigheden goed met mijn man. Ik zal u vanmiddag laten weten hoe we het verder zullen aanpakken.'

Juffrouw Lüders bedankte haar en leek opgelucht te zijn, omdat ze immers niet had geweten wat er met meneer de directeur was gebeurd. Meneer Melzer was zo'n prettige, vrolijke man. Ze was erg onder de indruk van de gebeurtenis. 'Ik wens uw echtgenoot heel veel beterschap, mevrouw Melzer!'

Marie hing op en liep naar het bijgebouw om met Lisa te bespreken wat er nu moest gebeuren. Ze trof haar schoonzus huilend in haar ochtendjas in de salon aan, met een zakdoek voor haar gezicht. Sebastian zat naast haar en probeerde haar vergeefs te troosten.

'O god!' snikte ze. 'Het is allemaal mijn schuld, Marie. Deze aanbouw, die ons heeft geruïneerd, is voor mij gebouwd. Paul is ziek geworden van de geldzorgen...'

'Het is helemaal niemands schuld, Lisa,' zei Marie op besliste toon. 'Het is de crisis, waarin we allemaal zijn meegesleurd. Daarom is het belangrijk dat we elkaar nu allemaal steunen, zodat Paul in alle rust kan genezen. Ieder van ons kan daar iets aan bijdragen.'

Daar was Lisa meteen toe bereid. Ze zou 's middags met de tweeling naar het ziekenhuis gaan om Paul te bezoeken en als ze met hem mocht praten, zou ze niet huilen of jammeren, maar proberen om kalm te blijven en optimisme uit te stralen.

'Ik hoop dat het me lukt, Marie,' zuchtte ze en ze zocht in de zak van haar ochtendjas naar een droge zakdoek.

Sebastian aaide liefdevol haar haar en nek en zei dat hij erg trots op haar was omdat ze moed en kracht toonde in tijden van nood. Waarop Lisa meteen weer begon te snikken.

'En ik ga naar de fabriek, als je het daarmee eens bent,' zei Sebastian. 'Misschien kan ik me daar nuttig maken.'

'Je kunt in elk geval de secretaresse helpen met het doornemen van de post en telefoontjes aannemen.'

'Ja, dat had ik ook al bedacht, Marie.'

Voordat ze met de tram naar het ziekenhuis ging, kleedde ze zich om en bekeek ze zichzelf kritisch in de spiegel. Tilly had gelijk: ze zag er vreselijk bleek en afgetobd uit. Zo wilde ze Paul beslist niet onder ogen komen. Ze gebruikte de poederdoos en kamde haar haar, stak het mooi op en probeerde te glimlachen. Het lukte maar half. Blijdschap en optimisme straalde ze in elk geval niet uit.

In het ziekenhuis nam ze de lift om geen zusters of doktoren tegen te komen, ging naar de tweede verdieping en liep door de gang langs drie vrolijk pratende jonge verpleegsters. Kamer 204… Kamer 203… Verkeerde richting. Kamer 205… Een deur waarop GEEN TOEGANG stond en toen eindelijk kamer 207.

Ze klopte zachtjes op de deur. Toen ze niets hoorde, duwde ze de klink naar beneden en opende de deur op een kier. Een kleine, witgeverfde kamer, een raam, een stoel, één bed met een nachtkastje, van alle kanten goed toegankelijk. Paul lag op zijn rug, met zijn hoofd opzijgedraaid en zijn ogen dicht. Ze glipte de kamer binnen, sloot de deur zo geruisloos mogelijk achter zich en liep stilletjes naar het bed. Ze wilde hem niet wakker maken, maar alleen naar hem kijken, naar zijn ademhaling luisteren en weten dat zijn hart klopte.

'Marie?' mompelde hij en hij draaide zijn hoofd zonder zijn ogen te openen. 'Ben je er eindelijk?'

'Ja, lieverd. Hoe weet je dat ik het ben?'

Hij deed zijn ogen open en glimlachte naar haar. Liefdevol en ondeugend, zoals alleen hij dat kon. En zoals hij al naar haar had geglimlacht toen ze nog het keukenmeisje was in de villa.

'Ik ken jouw voetstappen, Marie. Kom bij me zitten.'

Hij wees naar de rand van het bed en schoof de deken een stukje opzij.

'Ik weet niet of ik dat mag doen, Paul,' zei ze. 'Gisteren mocht ik je niet eens aanraken.'

'Ga zitten, Marie,' hield hij vol. 'Alsjeblieft!'

Ze deed het en hij trok haar naar zich toe, sloeg zijn armen om haar heen en kuste haar.

'Van nu af aan pas ik op je, lieverd,' fluisterde ze tegen hem.

'Dat doe je toch altijd, mijn schat!'

'Ik heb niet goed opgelet, Paul. O god, ik heb zulke angsten uitgestaan om je.'

Hij streelde haar rug en hield haar stevig vast. 'Ik dacht er de hele tijd aan dat ik je niet wil verlaten, Marie. Dat er iets is wat me aan deze aarde bindt: jij en onze kinderen. Vooral jij, Marie. Jij houdt me hier beneden met de sterke banden van de liefde.'

Hij zweeg en ze kon geen woord uitbrengen, omdat ze tegen de tranen vocht. Nee, ze wilde niet huilen. En toch werd die stomme, witte kiel die ze hem hadden aangetrokken helemaal nat.

'Je hebt nu heel veel rust nodig,' zei ze ten slotte en ze veegde zo onopvallend mogelijk haar tranen weg. Natuurlijk had hij het gemerkt en hij hielp haar met de punt van de deken.

'Helaas,' zei hij. 'Het komt zeer ongelegen, Marie. Je weet het nog niet, maar we hebben een order van Keller & Weingart gekregen. Een grote order zelfs.'

'Je moet je niet druk maken om de fabriek,' zei ze streng. 'Ik zal erheen gaan en Sebastian staat me terzijde. Je kunt dus heel gerust zijn.'

Hij schudde afwerend zijn hoofd. 'Ze willen fijn naaigaren. In een flinke hoeveelheid...'

'Dat is geweldig, lieverd... Dan starten we met de productie.'

'Dat is het nou net, Marie,' zei hij. 'Die stomme ringspinmachines liepen gisteren niet aan. Vanochtend om tien uur zou Mittermaier het nog een keer proberen. Je moet naar de fabriek bellen en vragen of het eindelijk is gelukt.'

Marie kwam geschrokken overeind, want ze had zijn onrustige hartslag gevoeld. Was dat het geweest? Had hij zich gisteren zo opgewonden vanwege die stomme ringspinmachines dat zijn hart op hol was geslagen?

'Ik ga het regelen, Paul,' zei ze sussend. 'Je moet jezelf niet met deze dingen belasten, maar zorgen dat je beter wordt. Ik heb de fabriek ook geleid toen je aan het front stond en ik kan het nu nog een keer doen.'

Hij ademde zwaar en werd niet rustiger. Marie werd bang. Als hij zo van streek raakte, zou zijn toestand weer kunnen verslechteren.

'Je moet me op de hoogte houden, Marie,' zei hij en hij hoestte. 'We hebben de machines op basis van de constructietekeningen van je vader gebouwd. Huntzinger heeft toen het meeste gedaan, maar Mittermaier was er ook bij. Misschien hebben ze de tekeningen nodig. Ze liggen boven op de archiefkast in mijn kantoor.'

'Stop!' zei ze resoluut. 'De fabriek is vanaf nu mijn taak, Paul. Het is jouw taak om beter te worden. Omdat we je nodig hebben. Omdat ik je nodig heb, liefste.'

Hij wilde iets zeggen, maar op dat moment klonken er stemmen in de gang en naderden er een paar mensen de ziekenkamer.

'Visite,' zei een zuster terwijl de deur openzwaaide. Ze staarde Marie ongelovig aan. 'Wat doet u hier?'

Voordat Marie antwoord kon geven, kwamen de hoofdarts en zijn gevolg glimlachend naar haar toe. 'Mevrouw Melzer, goedendag. Ik hoop dat u uw man niet een te hoge hartslag hebt bezorgd. Hoewel ik van mening ben dat aangename hartkloppingen de patiënt niet zullen schaden.'

Tot grote verbazing van de strenge zuster schudde hij Marie de hand voordat hij zich tot zijn patiënt wendde. 'U hoeft zich geen zorgen te maken, mevrouw,' zei hij over zijn schouder. 'Hij is bij ons in goede handen. Doet u trouwens de hartelijke groeten aan uw schoonzus, mevrouw Von Klippstein. Een zeer indrukwekkende vrouw.'

'Heel erg bedankt, dokter Peuser,' zei Marie opgelucht. 'Ik zal haar de groeten van u doen. En ik ga er nu weer vandoor. Nogmaals heel erg bedankt.'

Ze glimlachte liefdevol naar Paul als afscheid, wat hij helaas maar half merkte omdat er naar zijn borst werd geluisterd. Ze liep langs de zuster de ziekenkamer uit, die de deur stevig achter haar dichtdeed.

Een grote order, dacht ze, terwijl ze de trap af liep. De machines moesten het doen, dat was nu het belangrijkste. Paul mocht zich niet meer opwinden. Ach, misschien had Mittermaier het probleem allang opgelost.

Ze reed met de tram tot de halte voor de fabriek en werd door de oude portier Gruber met een diepe buiging begroet.

'Mevrouw Melzer, goedendag,' riep hij en hij nam zijn pet af. 'Wat goed dat u er bent. Nu komt alles weer in orde. Net als vroeger, toen de oude meneer Melzer nog leefde.'

Marie moest grinniken om zijn oprechte blijdschap. Hopelijk kon ze zijn vertrouwen waarmaken. 'Is meneer Mittermaier gekomen?'

Gruber knikte en wees met zijn duim naar de spinnerij. 'Hij is sinds half tien aan het werk. Hij vloekt als een ketter, maar geeft niet op!'

Dat klonk niet goed. Blijkbaar had Mittermaier de ringspinmachines nog steeds niet aan de gang kunnen krijgen. Ze liep langs een groepje arbeidsters uit de weverij, die net middagpauze hadden, en liep de hal in, waar het vroeger altijd een enorme herrie was door de *Selfaktoren* en de ringspinmachines, maar waar het nu doodstil was. Het glazen dak was al lang niet meer schoongemaakt, waardoor het maartse zonnetje een zwak, grauw licht in de grote hal wierp. De geur van passiviteit en stilstand hing in de lucht.

'Meneer Mittermaier?'

De oude spinnerijchef zat gehurkt naast de twee ringspinmachines en keek gelaten naar haar op. 'Niks,' zei hij met doffe stem en hij wreef met zijn hand, die onder de olie zat, over zijn kin. 'Ze vertikken het gewoon! Ik begrijp het niet…'

Hij had diverse onderdelen gedemonteerd, onderzocht, schoongemaakt en geolied en weer opnieuw gemonteerd. Maar de machines weigerden.

'Ze zijn beledigd. Omdat we ze uitgezet hebben. Misschien moeten we ze gewoon eens goed toespreken, die meiden,' zei Mittermaier met een mengeling van galgenhumor en cynisme. 'Een paar complimentjes maken. Er misschien een bosje bloemen en een reepje chocolade naast leggen… Tjonge! Ik heb ze vroeger nog samen met Huntzinger gebouwd.'

Marie liep om de twee machines heen en bekeek ze. Het waren niet de machines die haar vader had geconstrueerd, deze waren nagebouwd. Volgens zijn tekeningen. Waar zat de fout? In zijn tijd werden ze nog niet elektrisch, maar met stoom aangedreven. Maar ze hadden jarenlang zonder incidenten en zonder grote reparaties gedraaid.

'Wijlen de oude Huntzinger zou het wel hebben geweten. Hij zou de fout allang hebben ontdekt,' zei Mittermaier wanhopig. 'Toen uw vader nog leefde, werkte Huntzinger veel met hem samen. Hij had veel van hem geleerd en zei altijd: "Burkard is een briljante geest. Hij heeft wel altijd zijn dosis nodig, maar hij is absoluut een genie."'

Marie zweeg. Ze had haar vader nooit leren kennen, maar ze wist dat hij was overleden als gevolg van zijn alcoholverslaving.

'U gaat nu uitrusten, meneer Mittermaier,' zei ze. 'Met geweld zullen we niets bereiken. Gaat u maar even naar het kantoor, dan zal juffrouw Lüders u koffie en iets te eten geven. In de tussentijd haal ik de tekeningen van mijn vader. Die zullen we in alle rust bekijken. Misschien ontdekken we dan het geheim.'

28

LIESL HAD NIET VEEL reden tot klagen. Het leven bij Elvira von Maydorn was aangenaam, hoewel het wel wat saai was. De oude dame stond zodra de haan kraaide op, liet zich door Liesl aankleden en naar de paardenstal begeleiden. Elvira von Maydorn was gek op paarden. Haar hele leven ging ze nog voor het ontbijt naar de stal. Vroeger zadelde ze dan een van de paarden op voor een buitenrit, waarna ze opgefrist weer terugkwam.

'Helemaal alleen in de natuur in de vroege ochtend,' vertelde ze enthousiast. 'Dat is onbetaalbaar, Liesl. Als de wind om je neus waait, de hoeven van je paard op de grond stampen en je in de weides de reeën nog ziet grazen... O, wat mis ik dat!'

Ze ontbeten altijd uitgebreid. Liesls holle wangen waren inmiddels rond geworden en de kleren uit de jeugd van haar weldoenster zaten als gegoten. Ze droeg haar haar niet meer in een dikke vlecht, maar stak het op, zoals mevrouw Von Maydorn het haar had geleerd. Ook haar manier van lopen was veranderd.

'Waarom sluip je zo timide rond, Liesl?' had de oude dame ontevreden geroepen. 'Loop langzaam en rechtop. Niet stijf, maar met opgeheven hoofd en niet met een kromme rug zoals een meid. Wees niet bang, maar laat je zien. In mijn huis hoef je je niet te verstoppen.'

De situatie in het landhuis leek gekalmeerd. De 'boerin' meed mevrouw Von Maydorn en haar jonge metgezel, en de meiden en dienstmeisjes volgden haar voorbeeld en bleven uit Liesls buurt. Als Liesl even in de keuken moest zijn, draaiden ze zich om en deden ze alsof ze er niet was. Maar iedereen in huis wist dat de vrede fragiel was. Er klonken regelmatig ruziënde stemmen. Het schrille gekrijs van de jonge mevrouw Von Hagemann drong tot elke verdieping door, en de harde, boze stem van haar echtgenoot was ook overal te horen.

'Laat ze maar ruziemaken,' zei de eigenlijke vrouw des huizes tevreden. 'Het zou goed zijn als hij zich eindelijk zou laten gelden. Het is niet goed als een man onder de plak zit bij zijn vrouw. Zeker niet als die vrouw zo'n dom mens is dat met haar neus in de wind loopt.'

Haar vader had twee keer bij mevrouw Von Maydorn aangeklopt om zaken met haar te bespreken. Liesl werd dan met een taakje naar de keuken gestuurd en als ze terugkwam, trof ze de oude dame in een miserabele stemming aan.

'Pak het bruine kistje uit de kast,' zei mevrouw Von Maydorn. 'Zet het hier op de tafel. En ga daarna de kamer uit en gluur niet door het sleutelgat!'

Liesl wist dat ze haar geld en sieraden in het kistje bewaarde. Haar vader had de barones in zijn functie als rentmeester blijkbaar geld gebracht, geld dat de verkoop van hout en andere zaken had opgeleverd en waar zij als eigenaresse recht op had. De kosten voor het huishouden, lonen en andere uitgaven trok hij ervan af, waardoor het bedrag dat overbleef niet erg groot was. Een deel ervan bracht Leschik naar Kolberg, waar hij het geld op een bankrekening stortte en ook een aandeel naar Elisabeth Winkler stuurde. De rest verborg Elvira von Maydorn in het kistje.

'Zet het weer terug,' beval ze Liesl. 'En kom dan bij me. Ik wil je iets geven.'

Het geschenk dat ze die dag kreeg, was voor het jonge meisje ongelofelijk kostbaar. Het was een sierlijke gouden ring met een parel, die rozeachtig glansde.

'Zo'n ring is niet geschikt voor een oude vrouw. Hij is ook allang te klein voor mij, hij past zelfs niet meer om mijn pink. Hier, doe hem eens om. Nou, kijk eens aan! Vind je hem mooi? Ik heb hem ooit van mijn jongste broer gekregen, toen ik zo oud was als jij nu.'

'Bedoelt u dat ik hem mag houden?' vroeg Liesl ongelovig.

'Als je vader je niets geeft, meisje, dan doe ik het. Je hebt het verdiend.'

Toen haar vader zich ineens genereus opstelde, deed hij dat op zijn manier en beslist niet zonder eigenbelang. Toen ze op een avond een beker warme melk met honing in de keuken had gehaald, stond hij bij de trapopgang op haar te wachten. Liesl, die in één hand de lantaarn en in de andere de beker hield, schrok zich wezenloos toen hij onverwacht uit de schaduw van de grote gangkast opdook.

'Nog zo laat op?' vroeg hij.

'Ik heb nog even een avonddrankje voor mevrouw Von Maydorn in de keuken gehaald,' zei ze schuchter.

'Zet het daar neer!' beval hij, maar hij pakte de lantaarn en beker zelf uit haar handen en zette ze op een traptrede. 'En nu wil ik dat je goed luistert naar wat ik te zeggen heb.'

Hij leek erg lang en intimiderend in het flakkerende licht van de lantaarn en ze was het liefst langs hem heen geglipt om snel naar de kamer van de barones te gaan. Maar ze durfde het niet uit angst dat hij haar vast zou pakken.

'Je bent niet dom, Liesl. Daarom zul je weten dat er hier voor jou op den duur geen toekomst is. Nu word je nog verwend door de oude vrouw, maar als het een keer afgelopen is met haar, breken er voor jou andere tijden aan. Mijn vrouw zal je hier namelijk niet dulden.'

Liesl zweeg. Wat hij zei klonk hard en niet erg vaderlijk. Maar het was de waarheid.

Klaus von Hagemann merkte dat zijn woorden indruk op haar maakten en ging tevreden verder. 'Kijk, meid. Ik wil je niet wegjagen, maar je aan een goede toekomst helpen. Daarom doe ik je een royaal voorstel: je krijgt van mij het reisgeld plus vijfhonderd rijksmark als bruidsschat als je binnen een paar dagen teruggaat naar Augsburg. Wat vind je daarvan?'

Ze begreep het niet meteen. Vijfhonderd rijksmark was een vermogen voor haar. Maar wat bedoelde hij met bruidsschat?

'Wat wilt u daarmee zeggen?'

'Er is in Augsburg vast iemand die op je wacht,' zei hij zacht en hij vertrok zijn gezicht tot een vreemde grijns. 'Iemand die je hartstochtelijke liefdesbrieven schrijft.'

Ze staarde hem aan en kon haar oren niet geloven. Brieven? Had Christian haar brieven geschreven?

'Waar zijn die brieven?' bracht ze uit. 'Waarom heb ik die niet gekregen?'

Hij merkte dat het een vergissing was om op de brieven, die hij had achtergehouden, te zinspelen.

'Ik denk dat ze ergens onderweg zijn blijven steken. Ze kwamen pas vandaag binnen. En omdat ik een beetje verstrooid was, heb ik ze per ongeluk geopend. Waar ik als vader overigens het recht toe heb, aangezien het blijkbaar om een liefdesaffaire gaat. De jongeman lijkt me behoorlijk onervaren, maar eerlijk en vlijtig. Ik zou dus geen bezwaar hebben tegen een huwelijk.'

Was hij echt zo bezorgd om haar toekomst? Liesl wilde er niet over nadenken. 'Ik wil graag mijn brieven hebben,' eiste ze.

'Natuurlijk, Liesl. Maar eerst wil ik horen wat je van mijn voorstel vindt.'

Hij versperde haar nog steeds de weg en ze durfde niet langs hem heen te stappen en de trap op te lopen. 'Ik.... eh.... Ik moet erover nadenken,' stamelde ze. 'Ik zal het u later vertellen.'

Hij knikte onwillig en voegde er streng aan toe: 'Morgen, Liesl. Ik wil het morgen weten, want ik moet het geld bij de bank opnemen. Bovendien zou het goed zijn als je erover zou zwijgen. Anders kan onze afspraak niet doorgaan.'

'Mijn brieven...'

Hij keek haar nors aan, maar trok toen een bundeltje enveloppen uit zijn jaszak. Het waren vijf of zes brieven en ze waren allemaal geopend. Liesl stopte de brieven onder haar blouse, pakte de lantaarn en de beker op en keek hem vragend aan. Toen hij opzijging, stormde ze haastig de trap op, alsof ze door een horde spoken achterna werd gezeten.

'Waar bleef je zo lang?' vroeg Elvira von Maydorn streng.

Liesl zette eerst de beker op de tafel, waarvan de inhoud al behoorlijk was afgekoeld. Daarna haalde ze de brieven tevoorschijn. Hij had tegen haar gelogen. Als je een stapel post kreeg die voor iemand anders was bestemd, kon het gebeuren dat je per ongeluk een van de brieven openmaakte. Maar dan hoefde je niet alle enveloppen open te snijden. Ze werd kwaad. Hij had tegen haar gelogen. Haar vader was een leugenaar.

'Hier,' zei ze tegen de barones. 'Deze heeft hij aan me gegeven.'

Ze gooide de brieven op de tafel en barstte in tranen uit. Elvira von Maydorn kreeg al een vermoeden. Ze pakte de geopende enveloppen, bekeek het adres en de afzender, en haar hand begon te trillen.

'Heeft Klaus von Hagemann je post zo aan je overhandigd? Geopend?'

Liesl knikte snikkend en hield haar handen voor haar gezicht.

Haar vader had tegen haar gelogen. En die royale bruidsschat zou ook wel een leugen zijn. Hij wilde van haar af en vond daarbij elk middel geoorloofd. Wat was hij in hemelsnaam voor iemand? Ze had nog niet zo lang geleden gedacht dat ze zich in hem had vergist, omdat hij aardig tegen haar was geweest. Maar het was niets anders dan huichelarij geweest.

'Hij heeft me een aanbod gedaan.'

Het was niet slim geweest om mevrouw Von Maydorn in vertrouwen te nemen. De oude vrouw was al boos vanwege de brieven, maar nu ze ook nog hoorde wat er onderaan de trap was besproken, werd ze laaiend.

'Mijn stok! En de lantaarn!' beval ze. 'Jij blijft hier, Liesl, en je verroert je niet.'

'Alstublieft, u mag zich niet zo opwinden, mevrouw Von Maydorn...'

'Dat is niet jouw zaak.'

Liesl kon niet voorkomen dat de barones de kamer uit strompelde en zonder haar hulp de trap af liep. Ze bleef angstig achter. Ze liet de deur op een kier staan en luisterde.

'Ik moet met jullie praten!' schreeuwde mevrouw Von Maydorn beneden in het halletje en ze bonkte met haar stok tegen de deur van de woonkamer.

Wat er toen gebeurde, kon Liesl niet goed horen, omdat twee dienstmeisjes zich nieuwsgierig de personeelstrap af haastten en hun schoenen luid op de houten treden klepperden. Inmiddels moest er iemand uit de woonkamer zijn gekomen, want het gebonk was gestopt en mevrouw Von Maydorn ging vreselijk tekeer.

'Je hebt me vals in de rug aangevallen! Vijfhonderd rijksmark? Waar had je die vandaan willen halen?'

'Hoe kunt u dat nou zeggen,' hoorde Liesl haar vader zachtjes en sussend zeggen. 'Het meisje heeft tegen u gelogen... Er is nooit sprake geweest van zo'n bedrag.'

O, wat was hij gemeen! Hij ontkende gewoon alles.

'Ik geloof Liesl op haar woord. Maar van jou geloof ik helemaal niets meer. De maat is vol! Meer dan vol! Ik zeg het je heel duidelijk, Klaus von Hagemann. Ik zal erover nadenken om mijn testament te veranderen.'

'Vanwaar die opwinding, mevrouw? Denkt u rustig na of het zich loont om vanwege een kleine leugenaarster uw trouwe personeelsleden en vrienden de rug toe te keren. Bovendien is alles wat uw testament betreft notarieel vastgelegd en ondertekend.'

'Dat zullen we nog weleens zien!'

Liesl was bang toen de barones snuivend en hijgend de trap op kwam. Ze liep de gang in om de lantaarn van haar over te nemen en haar een arm te geven, maar haar goede bedoelingen werden niet gewaardeerd. 'Wat heb je hier te zoeken? Ik zei toch dat je in de kamer moest blijven?'

'Ik maakte me zorgen, mevrouw Von Maydorn,' rechtvaardigde Liesl zich.

'Dat is niet nodig! Ik ben nog geen oud wrak!'

Die avond nam Elvira von Maydorn twee glazen van de kostbare oude whisky die al in de kast had gestaan toen haar man nog leefde. Daarna moest Liesl haar helpen met uitkleden en ging ze naar bed.

'Morgen is er weer een dag, meisje,' zei ze veelbetekenend en ze wenste haar goedenacht.

Liesl ging op de bank liggen, trok de lantaarn dichter naar zich toe en begon Christians brieven te lezen. Ze werd er verdrietig van. Hij had haar heel vaak geschreven. Dat had ze helemaal niet geweten en ze had zelfs gevreesd dat hij haar vergeten was. In elk geval had zij hem ook twee brieven gestuurd nadat mevrouw Von Maydorn haar bij zich had opgenomen, maar blijkbaar had Christian ze helemaal niet ontvangen.

Beste Liesl,

Dit is de zesde keer dat ik je schrijf en het zal de laatste keer zijn, want je moeder vertelde ons dat je nu een voorname dame bent geworden en dat ik je moet vergeten. Dat zal niet gemakkelijk voor me zijn, maar ik neem het je niet kwalijk. Ik wens met heel mijn hart dat je gelukkig zult zijn. Als de aankondiging van jouw verloving met een landeigenaar uit Pommeren de villa binnendwarrelt, zal ik blij voor je zijn, want ik mag je graag en zal altijd goed over je denken.

Nogmaals de groeten van je trouwe vriend,
Christian

Liesl las de brieven telkens opnieuw. Ze was wanhopig, huilde en verweet zichzelf dat ze zo lang was weggebleven. Ze zou mevrouw Von Maydorn meteen morgenochtend vragen om met haar naar het postkantoor in Kolberg te rijden, zodat ze naar de villa in Augsburg kon bellen. Ook al zou het gesprek heel duur zijn, ze zou ervoor werken, desnoods weer de koeien verzorgen. Christian moest weten dat ze hem niet vergeten was, maar dagelijks aan hem dacht. Nadat ze het besluit had genomen, voelde ze zich iets beter. Ze schoof de brieven onder het donzen kussen, doofde het licht en viel in slaap.

De volgende ochtend werd ze al heel vroeg gewekt door de energieke stem van haar weldoenster. 'Opstaan, slaapkop! De haan heeft gekraaid! Breng me de bruine jurk en het warme ondergoed! En water om me te wassen!'

Liesl kwam slaperig op de bank overeind en deed de lamp aan. De barones zat opgewekt op de rand van haar bed te wachten tot Liesl haar hielp met opstaan en de waskom vulde.

'Het is nog vroeg,' zei ze. 'Ik wil naar Kolberg gaan en daarom wil ik op tijd met alles klaar zijn.'

Ze wilde naar Kolberg, wat een gelukkig toeval! 'Mag ik meerijden?' vroeg ze.

Elvira von Maydorn ging met een vochtig washandje over haar gezicht en hals en vroeg om een handdoek. 'Voor mijn part. Geef me de stevige schoenen voor de stal.'

Natuurlijk ging ze eerst nog langs haar lievelingen, daarna zouden ze ontbijten en zich omkleden voor het tochtje.

Het was nog donker toen ze de trap af liepen naar de hal, alleen uit de keuken kwam een zwak licht. De personeelsleden waren al aan het werk. Liesl zag heel even het silhouet van een meid die de hal in gluurde en meteen weer naar de keuken liep.

'Vroeger kwamen ze aanrennen en maakten ze een knicksje. Dan zeiden ze goedemorgen tegen me en vroegen ze wat ik wenste,' vertelde Elvira von Maydorn verbitterd. 'Nu mijden ze me. Ontrouw tuig. Ze denken zeker dat ik toch binnenkort onder de grond lig.'

Er brandde licht in de paardenstal, want ook Leschik was al vroeg in touw. Het rook er naar warm stro, naar paarden en naar de hengst. Liesl kende de geur inmiddels, die zo anders was dan de geur van de koeien en varkens. De paarden waren onrustig, ze wisten dat ze een lekkere snack zouden krijgen. Ze snoven en draaiden hun hoofd opzij toen de oude en de jonge vrouw de stal in kwamen.

'Je kunt ze over een half uur inspannen, Leschik,' zei mevrouw Von Maydorn, terwijl ze naar de stal van Dzjengis Khan strompelde, die ter begroeting heen en weer zwaaide met zijn hoofd.

Liesl pakte de emmer waarin Leschik stukken appel, wortels en wat haver had gemengd en wilde hem aan de barones geven toen er plotseling een harde knal klonk, gevolgd door het geluid van versplinterend glas. Ze krompen allemaal ineen.

'Het raam!' hoorde Liesl Leschik roepen.

In de stal brak chaos uit. Grote projectielen vlogen hun om de oren, er sneuvelden nog meer ramen, de paarden hinnikten en briesten angstig, steigerden en trapten met hun hoeven tegen de stalmuren. Ineens vloog de staldeur van Dzjengis Khan open. De hengst moest op een paar plekken geraakt zijn. Hij steigerde, stoof zijn stal uit en galoppeerde met wilde sprongen door de krappe ruimte, waarbij hij gereedschap en emmers omvertrapte. Liesl stond met haar rug tegen een houten paal geperst en zag het grote, steigerende lichaam van het dier voor zich, de wild trappende voorhoeven, het wit in zijn van angst verdraaide ogen. Star en niet in staat zich te verroeren vreesde ze dat ze vertrapt zou worden en door het gewicht van het grote paardenlichaam bedolven zou worden. Maar de hengst raakte haar niet aan. Hij steigerde nog een paar keer en maakte nog wat rare sprongen. Toen Leschik de staldeur had opengetrokken, galoppeerde het verwarde dier het erf op.

'Mevrouw Von Maydorn,' riep Liesl angstig. 'Mevrouw Von Maydorn, bent u gewond?'

De barones was door de staldeur geraakt en opzij geslingerd. Liesl liep naar haar toe en knielde naast haar neer. 'Mevrouw Von Maydorn, kunt u me horen?'

'Ik ben niet doof,' zei de oude dame met hese stem. 'Wat is er met de hengst?'

Godzijdank, ze leefde!

'Leschik is bij hem op het erf. Kunt u opstaan? Wacht, ik help u.'

De merries in de andere stallen snoven en hinnikten nog steeds en steigerden paniekerig. Knechten en stalmeiden liepen rond om te zien wat er was gebeurd.

'Iemand heeft met stenen gegooid...'

'Daar boven, alle ramen zijn kapot...'

'Voorzichtig, pas op! Er liggen overal glasscherven!'

De barones was met Liesls hulp kreunend overeind gaan zitten en keek in de stal om zich heen.

'Haal de paarden uit hun stallen,' zei ze. 'De jonge merries als eerste. Een voor een. Leid ze naar het erf.'

Zodra de dieren gekalmeerd waren, moesten ze op verwondingen onderzocht worden, omdat het grootste deel van de scherven in de stallen terecht was gekomen.

Kokend van woede strompelde Leschik terug de stal in en hielp de dieren naar buiten te leiden. In het bleke ochtendlicht waren de versplinterde resten van de ruiten duidelijk te zien.

'Ze hebben stenen gegooid,' riep hij uit, schor van woede. 'Kolja heeft ze gezien. Het waren er een paar uit het dorp. Uit Malzow. Hij herkende hen omdat hij daar zelf vandaan komt. Die vlegels hebben hier vroeger gewerkt, maar zijn weggestuurd omdat ze lui waren.'

Malzow. Kwam de vrouw van haar vader daar niet vandaan?

'Waarom was de stal van Dzjengis Khan niet op slot?' vroeg de barones.

Leschik haalde zijn schouders op. Normaal was de deur van de stal altijd op slot. Hij begreep niet waarom hij open was gegaan.

'Iemand moet de grendel los hebben geschroefd,' zei hij. 'En ik heb het niet gemerkt, mevrouw. O, ik ben zo'n stomme idioot!'

Elvira von Maydorn zweeg. Met de hulp van Liesl stond ze op. Ze wankelde een beetje en pakte de stok aan die een van de knechten haar aangaf. Daarmee stond ze weer stevig op haar benen. Liesl klopte het stof van haar mantel en plukte de strohalmen van haar rok.

'Dat duwtje heeft me goedgedaan,' zei de oude vrouw grimmig.

‘Het heeft alles weer rechtgezet. Over ruim twee uur, als de paarden weer kalm zijn, span je ze in, Leschik.’

Met opgeheven hoofd en ferme stappen liep ze over het erf naar het landhuis. Ze liep de trap op alsof ze nooit ernstig gewond was geraakt. Pas toen Liesl en zij in haar kamer waren, zakte ze kreunend op de bank en begon ze spinnijdig te vloeken.

‘Ze wilde ons allebei vermoorden, die verdomde heks! Ik zal niet langer aarzelen. Nu zullen ze me leren kennen!’

29

TILLY WAS VERBIJSTERD. O, wat was ze ongelofelijk dom geweest. Die twee hadden een heel naar spelletje met haar gespeeld. Helaas was het haar eigen schuld dat het zo lang had geduurd voordat ze het eindelijk doorhad. Ze was een goede arts, die zich vol overgave voor haar patiënten inzette en meestal de juiste diagnoses stelde, maar in het normale leven was ze een onnozel schaap. Een naïef meisje dat iedereen bij de neus kon nemen.

Ze was er tijdens een onderzoek in de praktijk achter gekomen. Mevrouw Meyerbrink, een oudere patiënte, had zich aan haar onderarm verbrand toen ze de kachel had aangestoken en Tilly moest de plek behandelen. Ze deed er brandzalf op, legde er een gaasje op en wilde Doris Kortner erbij roepen omdat er maar weinig verbandmiddel was. Maar Doris assisteerde net dokter Kortner bij een kleine operatie: er moest een stekel van een cactus verwijderd worden, die een ontsteking had veroorzaakt.

'Het geeft niet,' zei Tilly tegen haar patiënte. 'Het lukt ons zo ook wel. Houdt u uw arm alstublieft heel stil...'

'Ach ja,' zuchtte de oudere vrouw en ze strekte haar arm. 'Zijn zus is echt een grote hulp.'

Tilly was zo dom om deze zin verkeerd op te vatten. 'U bedoelt zeker zijn vrouw, nietwaar? Ja, ze zou een uitstekende verpleegster zijn geworden als ze die weg was ingeslagen.'

Nu was de patiënte degene die niet-begrijpend keek. 'Zijn vrouw? Nee, ik heb het over mevrouw Kortner. Dat is zijn zus.'

Plotseling had Tilly het gevoel dat de grond onder haar wegzonk. Zijn zus? Doris Kortner was niet zijn vrouw, maar zijn zus? Dat moest een misverstand zijn.

'Wist u dat niet, dokter?'

Tilly vermande zich. Of het nu waar was of niet, ze moest iets zeggen. Het liefst zo min mogelijk.

'Natuurlijk, mevrouw Meyerbrink. Wilt u dit even vasthouden? Zo is het goed. En weest alstublieft voorzichtig met uw arm. U mag geen zware dingen tillen en niet op het verband drukken... U kunt uw mouw weer naar beneden doen. Komt u overmorgen maar nog een keer langs, dan wisselen we het verband en kijken we of alles in orde is.'

Haar woordenvloed voorkwam dat de patiënte verder op het onderwerp doorging. Tilly wenste haar nog veel beterschap en deed de deur open.

'Hartelijk dank, dokter. Tot ziens, dokter... Mag ik de waterketel tillen, of niet?'

'Hooguit halfvol,' raadde Tilly haar glimlachend aan en ze liet haar uit. In plaats van meteen de volgende patiënt op te roepen, ging ze op de behandeltafel zitten en probeerde ze haar gedachten te ordenen.

Dit moest een vergissing zijn, dacht ze benauwd. Dat kon niet anders. Er was geen familiegelijkenis tussen de twee. Hij was slank en blond, zij had bruin haar en was vrij stevig gebouwd. Hij was enthousiast, gevoelig en een beetje wereldvreemd, zij was realistisch, koel en gereserveerd. Hoe konden die twee nu broer en zus zijn?

Had hij Doris ooit zijn vrouw genoemd? Had hij haar niet altijd bij haar voornaam genoemd? En Doris Kortner? Tilly groef in haar geheugen. Ze was er zeker van dat Doris Kortner zichzelf een keer zijn vrouw had genoemd, maar ze wist niet meer wanneer dat geweest was.

Moest ze het hem gewoon vragen? Als het niet waar was, maakte ze zichzelf nogal belachelijk. En hoe dan ook, hij had op een gegeven moment moeten merken dat ze iets verkeerd begrepen had. En dan had hij haar er allang op gewezen dat ze zich vergiste. Nee, ze kon maar beter haar mond houden.

Toen ze naar de wachtkamer ging om de volgende patiënt op te roepen, kwam ze dokter Kortner in de gang tegen.

'Zo, het is erg druk, hè?' vroeg hij in het voorbijgaan. 'Zojuist stak mijn patiënt de loftrompet over u. U hebt zijn vrouw genezen van haar netelroos.'

Dat was onzin, want de uitslag verdween normaal vanzelf. Ze had zijn vrouw alleen een zalfje voorgeschreven tegen de jeuk. En toen deed ze het toch. Ze stelde hem op de proef.

'O, dokter Kortner, wilt u even tegen uw zus zeggen dat er in mijn behandelkamer te weinig verbandmiddel is?'

Hij bleef als aan de grond vastgenageld staan. Daarna draaide hij zich naar haar om. Op dat moment begreep Tilly dat de patiënte de waarheid had gesproken. Dokter Jonathan Kortner zag eruit als iemand die betrapt was.

'Tegen wie moet ik dat zeggen?' vroeg hij terwijl hij verbaasd probeerde te kijken.

'Doris. Uw zus, dokter Kortner!' zei ze terwijl ze doorliep.

Hij wachtte tot ze, gevolgd door een patiënt, de gang weer in kwam. Daar pakte hij haar bij haar arm en nam haar terzijde. 'Alstublieft, mevrouw Von Klippstein. Ik kan het allemaal uitleggen,' fluisterde hij ongelukkig.

'Later, dokter Kortner. Ik heb een patiënt,' antwoordde ze kortaf.

Tot de avond kwam ze er nauwelijks aan toe om over de kwestie na te denken, omdat ze de ene patiënt na de andere had. De maand maart was koel en vochtig, veel mensen waren verkouden en hadden koorts, leden aan amandelontsteking, oorpijn of een aandoening aan de urinewegen of het maag-darmkanaal. Toen de laatste patiënt weg was, zat ze uitgeput en moedeloos in haar behandelkamer en wist ze niet wat ze moest doen. Zijn reactie op de gang had haar enorm verward. Waarom in hemelsnaam? Wat zat erachter?

Er werd op de deur geklopt. Tilly schoot overeind. 'Ja?'

Het was Doris Kortner. Ze keek schuldbewust, maar ook een tikkeltje geïrriteerd. 'Komt u alstublieft even mee, mevrouw Von Klippstein. Jonathan en ik willen iets aan u uitleggen.'

Tilly kreeg ineens de neiging om weg te rennen. Ze was verliefd op deze man. Waarom maakte hij het zo ingewikkeld voor haar? Was ze soms te aardig tegen hem geweest en wilde hij zich op deze manier tegen haar beschermen? Wat een vreselijke gedachte! Nee, ze was nu niet in staat om naar lange verklaringen te luisteren.

'Sorry, maar ik word thuis verwacht. Zou u misschien één vraag willen beantwoorden, mevrouw Kortner?'

De zus van de arts was verbaasd. Waarschijnlijk was ze ervan overtuigd geweest dat Tilly haar bereidwillig naar de spreekkamer zou volgen. 'Wat wilt u weten?' vroeg ze fronsend.

'Wie van u tweeën heeft dit spelletje bedacht? U of uw broer?'

Doris Kortner schudde haar hoofd en verklaarde dat het een misverstand was. Ze hadden nooit een spelletje met haar gespeeld. 'U hebt iets verkeerd begrepen en wij hebben het niet meteen opgehelderd. Dat is alles.'

'Ziet uw broer dat ook zo?'

'Gaat u naar hem toe en vraagt u het aan hem!'

Tilly had er genoeg van. Ze voelde zich zo vernederd en gekwetst dat ze zonder een woord te zeggen opstond en haar jas aantrok. Zonder te groeten liep ze de praktijk uit. Het liefst had ze haar ontslagbrief op hun bureau gegooid, zodat ze nooit meer naar deze plek hoefde terug te keren. Thuis in de Frauentorstraat was ze erg stil. Ze zei tegen Kitty en haar moeder dat ze doodmoe was en ging vroeg naar bed.

Ze kon de slaap niet vatten en piekerde over wat ze moest doen. Was het allemaal haar eigen schuld? Was het niets meer dan een belachelijk misverstand? Had ze hun allebei onrecht gedaan? Was haar beledigde reactie stom en dwaas geweest? Ze besloot om de volgende dag met hen te gaan praten. Het had geen zin om haar hoofd in het zand te steken, ze moest de situatie onder ogen zien. Ook al was het nog zo gênant en vernederend.

De volgende ochtend werd ze gewekt door Kitty, die gewoon haar slaapkamer binnenkwam en op de rand van haar bed ging zitten. 'Tilly, lieverd, je hebt je verslapen. Maar dat geeft niet, hoor, want je werkt toch veel te veel. Je lieve moeder heeft voor het ontbijt pannenkoeken gemaakt, die helaas een beetje verbrand zijn, maar we hebben er poedersuiker over gestrooid, dus je merkt het niet. En o ja, die vreselijke nu-nog-echtgenoot van je wilde je aan de telefoon spreken en de hoofdarts van het ziekenhuis heeft ook al twee keer gebeld.'

Tilly was ineens klaarwakker en ging rechtop in bed zitten. 'Wat zei je? Heeft dokter Peuser gebeld? Gaat het slechter met Paul?'

'Nee, joh!' riep Kitty, die al weer de gang in was gelopen. 'Paul maakt het goed. De mooie dokter Peuser met zijn grijze slapen wilde iets anders van je. Je hebt waarschijnlijk zijn hoofd op hol gebracht en nu probeert hij je over te halen tot een herdersuurtje in de operatiekamer.'

'O, Kitty!' kreunde Tilly terwijl ze haar schoenen onder het bed vandaan viste. 'Kun je niet een keer stoppen met die flauwe grappen?'

'Mijn hemel, Tilly! Je bent binnenkort een vrij mens en het wordt tijd dat je eindelijk eens wat ervaringen op dit gebied opdoet. Of wil je een oude vrijster worden? Dat zou echt zonde zijn, Tilly!'

Tilly slaakte een zucht. Kitty was nu eenmaal wie ze was. Het had geen zin om met haar te discussiëren. Ook al deden die zinspelingen Tilly op dit moment erg veel pijn.

Om een andere fout recht te zetten belde ze haar man in München op. Bij wijze van uitzondering had ze een keer geluk: Ernst was thuis en nam op.

'Het spijt me vreselijk dat ik de afspraak bij de rechtbank heb gemist,' zei ze. 'Er was een spoedgeval. Paul had een inzinking.'

‘Ik weet het,’ antwoordde hij kortaf. ‘Ik heb mijn toestemming tot een scheiding en mijn voorwaarden schriftelijk neergelegd, die zul je binnenkort ontvangen. Waarschijnlijk zal de rechtbank een tweede zittingstermijn bepalen.’

‘Dat zal helaas zo zijn.’

‘Ik hoop ten zeerste dat je dan aanwezig zult zijn.’

‘Ja, natuurlijk.’

‘Dan is denk ik alles tussen ons gezegd. Fijne dag nog.’

‘Jij ook een...’

Hij had al opgehangen. Wat was dit allemaal vervelend. De laatste tijd ging werkelijk alles mis in haar leven. Ze had het gevoel dat er telkens een nieuwe ramp op haar afkwam waar ze tegen moest vechten. Maar vandaag had ze een vrije ochtend en daarom ging ze eerst maar eens naar beneden, waar ze in de woonkamer al met het ontbijt op haar zaten te wachten.

Zoals gebruikelijk ontving haar moeder haar met een verwijtende blik. ‘Je ziet er vandaag weer belabberd uit, Tilly. Dat komt doordat je zo onregelmatig eet. We zitten al een kwartier op je te wachten.’

Ondanks alles was het ontbijt met Kitty, Robert en Gertrude als balsem voor haar gewonde ziel, want de gesprekken leidden haar af van haar eigen beslommeringen. Ze praatten over Paul en maakten zich zorgen over de fabriek en de villa. Robert vertelde dat de terugbetaling van de lening in elk geval nog eens voor vier weken was opgeschort, meer had hij niet bereikt.

‘Je had die hebzuchtige mensen van de bank kunnen doodschieten,’ zei Kitty boos. ‘Dan hoefde arme Paultje het geld helemaal niet terug te betalen.’

‘Je wilt me zeker in de gevangenis hebben, hè, schat?’ antwoordde Robert geamuseerd. ‘En ik dacht nog wel dat we een gelukkig huwelijk leidden.’

‘Je hebt me door, Robert Scherer,’ zei Kitty berouwvol. ‘Ik zit er al heel lang op te broeden hoe ik van je af kom, want ik ben smoorverliefd op advocaat Grünling en droom elke nacht van hem.’

'Weet je wat, mijn liefste,' antwoordde Robert grijnzend. 'Ik gun hem je uit de grond van mijn hart.'

'Jij schurk!' riep Kitty en ze trok hard aan zijn oor, wat hij zonder zich te verzetten verdroeg.

'Wanneer worden jullie nu eens eindelijk volwassen?' zuchtte Gertrude.

Tilly genoot van de ontspannen sfeer en wilde dat er nooit een eind aan kwam. Maar na het ontbijt begon het normale dagelijkse leven weer. Toen ze weer in haar kamer was, dacht ze na over het gesprek dat ze voor zich had. Wat was nu eigenlijk precies het probleem? Dokter Kortner was een charmante man, die een beetje met haar had geflirt omdat hij haar als partner voor zijn praktijk nodig had. Meer niet. En toen hij merkte dat ze verliefd op hem was, had hij meer afstand genomen. Het misverstand met de echtgenote was daarbij goed van pas gekomen en daarom had hij het niet opgehelderd. Zuchtend moest ze voor zichzelf toegeven dat ze nu eenmaal erg onervaren was op liefdesgebied en dat iedereen aan haar kon zien wat er in haar omging. Misschien had Kitty niet helemaal ongelijk: heden ten dage zou een vrouw ervaringen met mannen moeten hebben. Helaas was ze opgevoed volgens de regels van de vorige eeuw, die voorschreven dat een meisje onschuldig en als maagd voor het trouwaltaar moest treden. Wat ze destijds zelfs had gedaan. En dat was het pijnlijkste van het hele verhaal: aan die maagdelijke toestand had het huwelijk met Ernst niets veranderd.

Ze besloot om eerst even naar het ziekenhuis te rijden om naar Paul te informeren en zich bij dokter Peuser te melden, die misschien nog informatie nodig had. Daarna zou ze zich pas tot de moeilijke taak zetten, namelijk naar dokter Kortners praktijk gaan. Ach, als ze dat nou maar achter de rug had! Maar uiteindelijk nam deze dag een heel andere, fantastische wending.

Bij de poort van het ziekenhuis werd ze dit keer met een hartelijke glimlach begroet door de dienstdoende jonge non. 'Mevrouw Von

Klippstein. Dokter Peuser verwacht u al. Gaat u links door de gang en dan de derde kamer. Zijn naam staat op de deur.'

Hopelijk was er niet toch nog een ernstige diagnose gesteld, dacht ze angstig. Zou Paul de rest van zijn leven met een hartaandoening te kampen hebben? Dat was goed mogelijk, alleen had ze gehoopt dat hij er dit keer nog goed van af was gekomen. Met een bang voorgevoel klopte ze op de deur. Ze werd ontvangen door een medewerkster.

'Een ogenblik alstublieft, mevrouw Von Klippstein. Dokter Peuser is net naar een patiënt geroepen. U kunt hier op hem wachten.'

'Gaat het soms om Paul Melzer, de patiënt die eergisteren is opgenomen?'

'Het spijt me, maar daarover mag ik geen inlichtingen verstrekken.'

Natuurlijk mocht ze dat niet. Waarom stelde ze nou weer zo'n domme vraag? Ze zat een tijdje onrustig in de kamer, die met donkere meubels was ingericht. Ze keek telkens op haar horloge, omdat ze tijdens de middagpauze in de praktijk wilde zijn. Eindelijk kwam dokter Peuser binnen.

'Goedemorgen, mevrouw Von Klippstein,' zei hij vrolijk en hij gaf haar een hand. 'Neemt u me niet kwalijk dat u moest wachten. U weet hoe het is...'

'Natuurlijk.'

Tilly was opgelucht. Hij had vast geen slecht nieuws als hij haar zo opgewekt en ongedwongen begroette. Hij ging achter zijn bureau zitten en keek haar vol verwachting aan.

'Hebt u uw papieren meegenomen?' vroeg hij. 'Dan kunnen we meteen aan de slag.'

Ze staarde hem verbaasd aan. 'Mijn... papieren?'

Hij maakte een geïrriteerd gebaar en zuchtte. 'Ik was al bang dat mijn vraag niet volledig aan u zou worden doorgegeven. De jonge dame aan de telefoon leek een beetje gedesoriënteerd. Hoewel ze wel heel charmant was, dat moet ik toegeven. Ze is uw schoonzus, toch?'

'Als u mevrouw Scherer bedoelt, ja, dat is mijn schoonzus. Ze was eergisteravond hier in het ziekenhuis.'

'Juist,' zei hij grinnikend. 'Ik herinner het me. Maar nu naar u, mevrouw Von Klippstein. We hebben namelijk een vacature en ik wil u de baan aanbieden. Ik weet dat u momenteel in een artsenpraktijk werkt, maar misschien zou u het leuk vinden om van baan te veranderen? In elk geval zou ik daar heel blij mee zijn.'

Ze kreeg een baan aangeboden. Volkomen onverwacht en zonder dat ze er moeite voor had gedaan! Bestonden wonderen dan toch? Of wachtte haar een nieuwe teleurstelling?

'Ik zou echt heel graag in dit ziekenhuis willen werken,' begon ze aarzelend. 'Het is alleen helaas zo dat er in het ziekenhuis in Schwabing een paar, nou ja, complicaties zijn geweest en daardoor is mijn getuigschrift niet erg gunstig.'

De hoofdarts zat naar voren gebogen en leunde met zijn armen op het bureaublad. Hij keek haar met een vreemde grijns aan.

'Dat is mij bekend, mevrouw Von Klippstein. Ik heb gisteren inlichtingen ingewonnen. Professor Sonius is een studiegenoot van me. Wel, ik zal geen details over ons telefoongesprek prijsgeven, maar hij vindt de hele kwestie erg spijtig en heeft u aanbevolen als een uitstekende arts. Wat zegt u daarvan?'

Tilly was sprakeloos. De directeur in Schwabing had haar ontslagen om zijn eigen positie te redden, terwijl hij in werkelijkheid donders goed had geweten wat er werkelijk was voorgevallen. En nu beval hij haar bij zijn collega aan. Vanwege zijn slechte geweten. Wat was dit voor een wereld?

'Pardon,' zei ze en ze moest slikken. 'Ik ben nogal beduusd.'

Dokter Peuser schonk haar een haast vaderlijke glimlach en stak zijn hand naar haar uit. 'Zegt u ja, mevrouw Von Klippstein. We hebben behoefte aan medische professionals zoals u. Stuurt u me uw papieren en dan maak ik het verder in orde. Ik denk dat we heel blij mogen zijn met u!'

Ze schudde zijn hand en liep een beetje bedwelmd maar toch opgetogen naar de uitgang van het ziekenhuis. Toen ze buiten stond, realiseerde ze zich dat ze was vergeten om te vragen hoe het met Paul ging. Maar het zou vast goed met hem gaan, stelde ze zichzelf gerust. Anders had dokter Peuser het haar zeker verteld.

De zon scheen warm op de stad. Overal kwam het eerste groen tevoorschijn, en krokussen en tulpen staken hun kopje op. Het was al bijna Pasen.

Zou het kunnen dat het tij echt was gekeerd? Tilly was nu niet meer bang voor het gesprek dat ze moest gaan voeren. Het was heel simpel: ze zou ontslag nemen, omdat ze een goede baan aangeboden had gekregen. Een nette oplossing, waarbij ze deze vervelende kwestie met opgeheven hoofd achter zich kon laten.

Er zou alleen één doorn in haar hart blijven zitten, maar haar domme hart telde niet. Elke keer dat ze haar hart was gevolgd, had het haar niets anders dan verdriet opgeleverd.

30

'UITSTEKEND, LEOPOLD,' ZEI DE klassenleraar. 'Je hebt je in het afgelopen half jaar van de twintigste naar de derde plaats opgewerkt. Ga zo door!'

Leo pakte zijn rapport aan, bedankte zijn leraar en maakte een buiging, zoals op school gebruikelijk was. Terwijl zijn medescholieren hem jaloers nakeken, ging hij weer op zijn plek zitten en stopte het rapport onverschillig in zijn schooltas. Derde! Wat een teleurstelling. Het kwam gewoon door dat stomme wiskunde. Dat had hem de titel van de beste van de klas gekost. Terwijl hij keihard had gewerkt, maar hij kon die ellendige materie gewoon niet in zijn hoofd krijgen.

Zijn vriend Walter was slechts vijfde geworden, omdat hij niet goed was in Latijn en Grieks. Maar het leek hem niet te deren. Hij zat op zijn stoel en staarde afwezig voor zich uit. Leo ging hem uit de weg, omdat hij geen zin had om zijn enthousiaste verhalen over de nieuwe vioolleraar op het conservatorium te horen. Walter had enorme progressie geboekt. Onlangs had hij zelfs in de krant gestaan en bij de voorspeelavond had hij uitgeblonken met het presto uit Bachs vioolconcert nr. 1. Voor Leo was echter alles wat met het conservatorium te maken had verleden tijd. Misschien was de muziek inderdaad zijn roeping, maar zijn taak in dit leven was de fabriek van zijn vader.

Op de laatste schooldag voor de paasvakantie werden veel scholieren door hun ouders of personeelsleden opgehaald. Leo werd opgehaald door tante Kitty, die al in haar rammelbak op hem wachtte. Omdat de zon scheen, had ze het dak opengeklapt en hij zag dat ze opgewonden met mevrouw Ginsberg aan het praten was. En natuurlijk stond Walter erbij.

'Ja, ik ben heel blij dat het eindelijk gelukt is,' hoorde hij tante Kitty zeggen. 'Robert heeft echt enorm zijn best gedaan en een hoop brieven verstuurd.'

'Ik ben uw echtgenoot zeer veel dank verschuldigd,' zei mevrouw Ginsberg. Walter zei niets, hij leek niet zo blij als zijn moeder.

'O, Leo!' riep tante Kitty en ze zwaaide opgewonden naar haar neef. 'Je weet het nog helemaal niet. Walter en zijn moeder gaan over de grote plas naar Amerika reizen.'

Leo voelde een steek in zijn hart. Naar Amerika! 'Voor altijd?' vroeg hij en hij keek zijn vriend weifelend aan.

Die knikte somber. 'Mijn moeder wil het zo,' zei hij. 'Omdat ze bang is dat het hier voor mensen zoals wij niet langer veilig is. En omdat ze toch geen werk kan vinden.'

Mama's atelier was voorlopig gesloten. Mevrouw Ginsberg had bij het conservatorium als pianolerares gesolliciteerd, maar was afgewezen.

'Het is heel jammer van jullie vriendschap, Leo.' Mevrouw Ginsberg keek hem treurig aan. 'Maar jullie kunnen elkaar brieven schrijven. En wie weet? Misschien kom je ons een keer in de Nieuwe Wereld opzoeken.'

'Wanneer...' Leo moest zijn keel schrapen om te kunnen praten. 'Wanneer vertrekken jullie dan?'

'Meteen na Pasen, Leo. Tot die tijd kunnen jullie elkaar nog een paar keer zien en samen musiceren, toch, Walter?'

'Ja, mama,' antwoordde Walter met verstikte stem. 'Als Leo zin heeft om piano te spelen...'

'Dat heb ik.' Leo zette zich over zijn aversie heen. Hij kon Walter niet zo laten gaan. 'Vandaag kan het helaas niet, want we gaan bij mijn vader in het ziekenhuis op bezoek. Zal ik morgen bij jullie langskomen?'

'Het is beter als Walter naar de villa gaat,' zei mevrouw Ginsberg. 'Bij ons zit alles al in kisten en koffers en ik heb mijn piano verkocht. We beginnen helemaal opnieuw in Iowa. Ik ga er in een winkel werken en Walter zal in Charles City naar school gaan.'

'Fijn,' zei Leo, hoewel hij het helemaal niet fijn vond. 'Dan zie ik je morgen om tien uur in de villa, Walter.'

Hij stapte bij tante Tilly in de auto en was blij dat hij niets meer hoefde te zeggen omdat tante Kitty zoals gebruikelijk aan één stuk door praatte.

'En, ben je tevreden met je rapport, Leo? Henni is dit schooljaar nogal lui geweest. Ze is op het nippertje overgegaan. Ze zou veel betere cijfers kunnen halen, maar ze is totaal niet in school geïnteresseerd... Ach, arme mevrouw Ginsberg, ze zal het zwaar krijgen, daarginds in Iowa. Robert had gehoopt dat hij hen in New York of Boston kon onderbrengen, maar dat lukte niet. Amerika is ook niet meer wat het ooit geweest is. De economische crisis heeft de Amerikanen verschrikkelijk geteisterd, alles ligt stil en de straten zijn vol met werkloze mensen. Iowa is *farmland*, daar is de wereld nog in orde, zei Robert, maar cultuur kun je daar wel vergeten. De arme Walter zal in eerste instantie wel geen behoorlijk onderwijs kunnen krijgen... O ja, er is een brief van Henni, die moet ik aan jou geven... Joehoe, Dodo! Je moet daarheen, ik kan hier niet stoppen... Nog een stukje verder... Ah, verdorie, nu begint hij weer te sputteren.'

Dodo wachtte op de Perlachberg op hen. Ze was omringd door vriendinnen, aan wie ze iets spannends vertelde, waarschijnlijk weer over een vliegenierster die in Afrika of in een andere wildernis was geland. Hoe heette ze ook alweer? Nelly of Elly Eenhoorn, Beenhorn, Beinhorn... Zoiets.

'Heb je de auto niet van de handrem af gehaald, tante Kitty?' vroeg Dodo toen ze instapte. 'Het ruikt vreselijk verbrand.'

'Och, hemeltjelief, alweer! Dat komt allemaal door die toestand met Paultje. Ik word er vreselijk nerveus van dat hij nog steeds in dat lelijke ziekenhuis moet liggen. En ondertussen loopt het in de fabriek in het honderd. Maar dat mogen jullie absoluut niet tegen papa vertellen, goed?'

Leo en zijn zus wisten dat allang. Hun moeder was nog amper in de villa. Als ze niet bij papa in het ziekenhuis zat, was ze in de fabriek.

'Ze krijgen de ringspinmachine niet aan de gang,' had Dodo haar broer opgewonden verteld. 'Ik heb tegen mama gezegd dat ik weet hoe het werkt. En toch mag ik de kostbare machines met geen vinger aanraken...'

Leo stopte Henni's brief bij het rapport in zijn schooltas en moest om het wijsneuzige geklets van zijn zus grijnzen. 'Ik weet hoe het werkt,' was haar standaarduitspraak. Ze zei niets liever. Of het nu om een auto, vliegtuig of stoommachine ging, slimme Dodo wist alles altijd precies.

Na het middageten zat Leo in de kamer en staarde naar de piano. Maandenlang had hij niet eens de klep omhooggedaan. De bladmuziek lag in nette stapeltjes op het instrument en de pedalen waren met stof bedekt, want Else stofte altijd alleen de bovenkant af. Hij stond op en liep door de kamer. Twee keer liep hij vlak langs de piano en de derde keer raakte hij heel vluchtig de klep aan. Hij trok zijn hand snel weer terug, alsof hij een hete haardplaat had aangeraakt. Nooit meer, had hij zichzelf gezworen. Mocht je eigenlijk een eed verbreken die je voor jezelf had gedaan?

Een paar dagen maar, dacht hij. Omdat ik Walter zo niet kan laten gaan. Zo helemaal zonder muziek. En daarna speel ik nooit meer. Absoluut nooit meer!

Hij trok het krukje naar achteren en ging zitten. Hij haalde diep adem en deed de klep omhoog. Het donkerrode lapje vilt dat de toetsen beschermde, was gekreukeld, omdat hij het niet netjes op zijn plek had gelegd. Dat was toen hij nog les had gehad op het conservatorium. Hij verbood het zichzelf om daaraan te denken. Niet aan haar naam. Niet aan haar gezicht. En zeker niet aan haar blouse en al het andere waar hij zo vaak over had gedroomd...

Toen hij zijn handen op de toetsen legde, bewogen zijn vingers vanzelf. Beethoven. 'Mondscheinsonate'. Eerste deel. Kaal berglandschap, vaal licht, leeg, weids, oneindig eenzaam. De sfeer omhulde hem en nam bezit van hem. Nooit eerder had hij dit eerste, rustige deel zo intens ervaren. Hij had meer van het tweede deel gehouden, omdat het wild en snel was, onweer met bliksem en donderslagen, razende arpeggio's, de opgewonden, ontketende natuur. Terwijl het eerste deel veel grootser was. Het eerste deel toverde met een paar tonen een diepe somberheid, een kalme, melancholische wereld tevoorschijn...

'Leootje! Wat fijn dat je weer piano speelt,' klonk een stem vanaf de trap. 'Maar we moeten weg, je vader wacht op jullie.'

Tante Kitty. Wie anders kon zo'n fantastische sfeer met één woordje kapotmaken? *Leootje.* O, hij haatte het als ze hem zo noemde.

'Ik kom zo.'

Hij nam zijn stomme rapport niet mee naar het ziekenhuis, zijn vader mocht zich immers niet opwinden. Dodo nam haar rapport ook niet mee, hoewel ze de beste van de klas was geworden. Maar ze wilde haar broer niet de loef afsteken.

Het ging gelukkig beter met zijn vader. Hij lag niet meer in het witte ziekenhuisbed, maar zat op een stoel bij het raam de krant te lezen. Bovendien droeg hij niet meer die rare ziekenhuiskiel, maar zijn eigen pyjama en de kamerjas die hij altijd aanhad als hij naar de badkamer ging.

'Ah, daar zijn jullie,' begroette hij hen. 'En, zijn jullie tevreden met jullie rapport? Ik ga voor deze ene keer geen vragen stellen. Willen jullie chocolade? Tante Lisa heeft een reep voor me meegebracht. Als jullie het niet aan haar verklappen, mogen jullie allebei een blokje.'

Papa was buitengewoon aardig en gul. Hij gaf hun de hele reep melkchocolade en ze mochten met hem een wandelingetje door de gang maken. Hij zei rare dingen. Dat hij nu pas besefte hoe kostbaar het leven was en dat je niet onzorgvuldig en verkwistend met je energie mocht omgaan.

'Jullie moeten mama echt steunen. Jij, Dodo, moet haar met de huishoudelijke taken helpen en jij, Leo, zou in de fabriek kunnen helpen. Willen jullie dat doen?'

'Ja, papa!' riepen ze allebei in koor.

Nadat hij afscheid van hen had genomen, ging hij weer in het bed liggen. Hij kreeg een injectie en dronk een kopje kamillethee.

'Papa is echt ouderwets,' mopperde Dodo, die in de tram naast hem stond en zich aan een metalen handvat vasthield, omdat de tram zo wiebelde. 'Waarom moet ik mama met de huishoudelijke taken helpen en mag jij voor de fabriek zorgen?'

'Omdat jij nu eenmaal een meisje bent,' antwoordde Leo.

Hij had weliswaar geen idee hoe hij zijn moeder in de fabriek kon helpen, maar was overal toe bereid. Als het maar niets met cijfers of wiskunde te maken had.

Bij de poort van de fabriek werden ze begroet door de oude Gruber. 'Heb je je zus meegenomen?'

'Ja, we komen vandaag met zijn tweeën.'

'Je moeder is daarginds in de hal. Jullie kunnen haar maar beter niet storen. Ze zijn allemaal druk bezig.'

Ze liepen over de binnenplaats, die er leeg en troosteloos uitzag. Leo was hier een paar weken geleden voor het laatst met zijn vader geweest. Nu waren er veel minder arbeiders, omdat veel mensen noodgedwongen waren ontslagen. In de weverij draaiden de machines nog, maar in de drukkerij was het doodstil. Voor het administratiegebouw stond een arbeider, leunend op zijn bezem. Toen hij de zoon van de directeur herkende, begon hij druk de stoep voor de ingang te vegen.

In de spinnerij waren een paar mannen met de twee ringspinmachines bezig. Twee mannen sleutelden eraan, de anderen keken ernaar en praatten door elkaar. Hun moeder stond tussen de mannen in. Ze had de oude constructietekeningen op een tafel uitgespreid en de randen met stenen verzwaard, zodat het papier niet opkrulde.

'De machines draaien nog steeds niet,' fluisterde Dodo tegen haar broer. 'Wat zijn ze allemaal stom!'

Leo gaf haar geen antwoord. Soms was zijn zus vreselijk gênant. Nu liep ze naar hun moeder en zei iets, maar mama maakte een afwerend gebaar en draaide zich naar een van de mannen om. Dat was Mittermaier, die had papa een keer aan hem voorgesteld toen de fabriek nog veel orders kreeg en Mittermaier de spinnerijexpert was. Er ontstond ruzie.

'Haal je vingers daar weg, meid,' riep een van de arbeiders. 'Anders raken ze bekneld.'

'Ik weet wat ik doe,' snauwde Dodo tegen hem. 'Dit onderdeel is verkeerd om gemonteerd. Daarom doen de machines het niet.'

De mannen begonnen te lachen. Mama liep naar Dodo toe en pakte haar bij haar arm. 'Alsjeblieft, Dodo. Stoor ons niet en ga met Leo terug naar de villa.'

'Nee, mama! Ik weet dat ik gelijk heb. Luister nou eindelijk eens naar me. Het is de spilbank. Die is er verkeerd op gezet en daarom breken de draden.'

Nu lachten de mannen niet meer. Ze waren eerder boos. Mittermaier schoof Dodo hoofdschuddend opzij, schroefde wat bij het uitrekveld en legde de schroefjes die hij had losgedraaid in een bakje.

'Heb je niet gehoord wat ik zei, Dodo?' zei mama op een ongebruikelijk scherpe toon. 'Jij gaat nu onmiddellijk de hal uit. En vanavond zullen wij tweeën eens een stevig gesprek voeren.'

Dat kreeg ze er nu van, zijn domme zus. Waarom moest ze zich altijd overal mee bemoeien? Leo ging alvast naar de uitgang van de hal om op haar te wachten en hoopte vurig dat ze tot inkeer kwam.

'Hèhè, eindelijk!' zuchtte hij toen ze met een boze blik bij de uitgang kwam.

'Kom snel!' zei ze.

Waarom had ze ineens zo'n haast? Hij liep achter haar aan, zwaaide vriendelijk naar Gruber bij de poort en kreeg een verstrooid knikje als antwoord. Gruber las de krant en keek alleen even naar hen op, want de poort was toch open. Dodo rende bijna, licht naar voren gebogen en met haar armen voor haar borst gekruist. Huilde ze?

'Wat heb je?' vroeg haar broer. 'Ben je beledigd omdat ze niet naar je luisterden? Mijn hemel, Dodo! Dat zijn allemaal vaklui die jarenlang met de machines hebben gewerkt. Je kunt hun niet vertellen dat jij het beter weet dan zij!'

Zijn zus gaf geen antwoord, maar holde door. Toen ze aankwamen bij de oprijlaan van de villa, viel bij Leo pas het kwartje.

'Wat heb je onder je jas? Toch niet...'

Ze bleef staan en keek hem met haar grijze, tot spleetjes geknepen ogen aan. Haar blik was dreigend en zeer vastberaden. Het was bijna angstaanjagend.

'Je gaat me toch hopelijk niet verraden, hè?'

Hij kon het niet geloven. Ze had de constructietekeningen meegenomen. Als mama dat merkte, dan zwaaide er wat.

'Ik verraad je niet, Dodo,' zei hij. 'Maar je krijgt minstens drie weken huisarrest als het uitkomt. De hele paasvakantie!'

Ze gooide haar korte haar minachtend naar achteren. 'Dat kan me niet schelen!'

Tijdens het avondeten was mama er weer eens niet, waarvan grootmoeder met een zucht kennisnam. 'Ik begrijp Maries gedrag niet. Goed, ze moet zich met de fabriek bezighouden. Maar Paul zat altijd stipt op tijd voor het avondeten aan tafel.'

Tante Lisa redde de situatie door grootmoeder aan te bieden om haar morgen mee te nemen naar het ziekenhuis, zodat ze zelf kon zien hoe goed Paul genas.

'Als het moet,' zei ze. 'Ik haat ziekenhuizen. Zei je niet dat hij toch gauw ontslagen wordt?'

Ze aten aardappelsalade met ei en brood met ham. Dodo prikte lusteloos in haar eten en gaf haar ei aan Leo. Ze was verschrikkelijk ongeduldig, omdat ze de tekeningen in haar kamer had verstopt en die wilde bestuderen voordat haar moeder terugkwam. Helaas wilde grootmoeder hun rapport zien en moesten ze die boven in hun kamer gaan halen.

'Wat een ellende!' kreunde Dodo. 'Belangrijke dingen gaan altijd langs haar heen, maar nu heeft ze wel gemerkt dat we vandaag ons rapport hebben gekregen.'

Het was nog te vroeg om te gaan slapen. Leo zat op zijn bed en dacht diep na of hij niet nog even op de piano moest oefenen. Morgen kwam Walter bij hem en dan zouden ze de oude stukken nog een keer spelen. Hij betwijfelde of hem dat ging lukken zonder van tevoren nog een keer te oefenen. Dat was hij zijn vriend gewoon schuldig. Hij kon echt niet maar een beetje aanrommelen als ze door middel van de muziek, die hun gezamenlijke passie was, afscheid van elkaar namen. Hij stond resoluut op om de bladmuziek te pakken en trapte op een stuk papier dat voor hem op het tapijt lag. O, dat was de brief die tante Kitty hem had gegeven. Van Henni. Wat zou erin staan? Nou ja, hij zou wel zien.

'Dorothea!'

Hij bleef stilstaan, want zijn moeders stem klonk verschrikkelijk boos. Oei. Nu begon het gedonder. En niet zo'n klein beetje ook.

'Ik heb de tekeningen meegenomen, omdat ik alles nog een keer wil controleren,' zei Dodo met een schuldbewust piepstemmetje. 'Ik weet precies waar het aan ligt, mama. Alsjeblieft, ik laat het je zien... Morgenochtend. Of nu meteen, als je wilt.'

Leo hoorde papier ritselen en vermoedde dat zijn moeder de tekeningen had gepakt. Hij kon zich haar gezicht heel goed voorstellen. Hoewel ze nooit een spier vertrok, wist je het toch meteen als ze ongelofelijk kwaad was.

'Ik wil je de komende dagen niet meer zien, Dodo. Je hebt tot aan het einde van de vakantie huisarrest.'

Mama schreeuwde niet, maar sprak heel zacht en rustig. Daarna liep ze Dodo's kamer uit en deed de deur achter zich dicht. Hij hoorde haar de trap af lopen en naar papa's werkkamer gaan.

Het was een tijdje stil. De stilte na de onweersstorm. Leo gooide de brief terug in zijn schooltas, haalde diep adem en besloot om naar zijn zus toe te gaan. Goed, het was haar eigen schuld, maar hij had toch medelijden met haar.

'Ze is gemeen,' huilde Dodo. 'Gemeen! Gemeen! Gemeen!'

Hij zei niets. Het had geen zin om iets te zeggen als ze zo boos was. Maar hij vond het niet netjes van haar om zo over mama te praten. Zonder iets te zeggen gaf hij haar een zakdoek en ze snoot krachtig haar neus.

'Ga je mee, Leo?'

Ze had weer die vastberaden blik in haar ogen. Ze had vast alweer een idioot plan uitgebroed.

'Waarnaartoe?'

'Naar de fabriek.'

'Nu? 's Avonds laat? Je bent gek, Dodo!'

'Dan ga ik wel alleen!'

Hij liet zich overhalen. Het was volslagen idioot, wat ze van plan was. Echt krankzinnig. Maar hij was haar broer. Hij liet haar niet in de steek. Wat er ook gebeurde.

'We hebben geen sleutel.'

'Hangt in de gang.'

'Weet je echt wat je doet, Dodo?'

'Ja!'

Ze trokken ieder een trui aan en liepen op hun sokken naar de eerste verdieping. Leo hield de wacht bij de trap naar de hal, terwijl Dodo papa's sleutelring van het haakje aan de muur pakte. Niemand had het in de gaten. Hun moeder was in de werkkamer, de personeelsleden zaten in de keuken te kletsen. Leo en Dodo hadden in elk geval alle tijd om hun schoenen aan te trekken en de voordeur van het slot te halen. Het was koud buiten. Leo huiverde en wilde dat hij nu boven achter de piano zat.

Het duurde een poosje voordat zijn ogen aan het zwakke maanlicht waren gewend en hij de contouren van het park en de laan herkende.

'Niet over de laan,' fluisterde Dodo. 'We lopen over de grasvelden, in de schaduw van de bomen.'

Ook dat nog. Ze zouden natte voeten krijgen. Maar ach, wat maakte het uit? Wie in het schuitje zit, moet meevaren. Op de Haagstraat brandden gelukkig de straatlantaarns nog, waardoor ze de weg naar de fabriek zonder moeite konden vinden. Het portiershuisje was donker. Gruber, die altijd de wacht hield, sliep als een roos.

Dodo vond probleemloos de juiste sleutel aan papa's grote sleutelbos en Leo hoorde luid geknars toen ze hem in het slot omdraaide. Gelukkig werd Gruber er niet wakker van. In de spinnerij was alles stikdonker. Ze moesten naar de hoofdschakelaar lopen om de elektriciteit aan te zetten en toen brandden de lampen. Het licht zou ongetwijfeld vanuit de villa te zien zijn.

'Moet ik je ergens mee helpen?' fluisterde Leo.

'Zo meteen.'

Dodo sloop om een van de twee ringspinmachines heen, rommelde tussen het gereedschap dat was blijven liggen en klom op de trapladder. Leo's hart begon te bonken toen hij hoorde dat ze schroefjes losdraaide en metalen onderdelen demonteerde. Als ze de machine definitief kapotmaakte, was alles over en uit. Angstig keek hij naar de talloze grote en kleine garenklossen, die er op een rij op gezet waren en in verschillende snelheden draaiden als de machine liep. Sommige draden waren afgebroken en hingen naar beneden.

'Nu moet je helpen om het spul eraan te knopen en op te wikkelen. Voorzichtig. Je mag het er niet in de verkeerde richting op zetten.'

Wat een gehannes. De vrouwen die dit werk vroeger de hele dag deden, waren beslist niet te benijden. Waarschijnlijk zagen ze 's avonds nog dansende garenklossen voor hun ogen draaien en hadden ze wondjes aan hun vingers.

'Goed,' zei zijn zus bazig. 'Nu gaan we het proberen. Doe die hendel daarachter omhoog. Langzaam.'

Leo duwde de zware bedieningshendel omhoog en voelde dat er samen met de elektriciteit leven in de machine kwam. De ringspinmachine begon te zoemen, te ratelen en te slepen, steeds harder, tot het geluid onaangenaam hard was. De garenklossen draaiden als dansers die eindeloos pirouettes maakten.

'Daarginds loopt iets aan,' riep Dodo. Hij hoorde het ook, maar hij had gedacht dat het geluid bij het grote ringspinmachineconcert hoorde, waar hij gefascineerd naar luisterde.

'Daar,' riep Dodo en ze rende langs de spoelen naar rechts.

'Nee,' riep hij. 'Niet daar. Hier. Verder naar links.'

'Daar kan niets aanlopen!'

'Ik hoor het toch!'

Wat horen betrof, was Leo de expert. Dodo stopte en tuurde ingespannen in de zoemende en ratelende machine.

'Hendel naar beneden!' riep ze. 'Je hebt gelijk, Leo. Er is iets.'

De machine siste, kreunde als een mens die zijn laatste adem uitblies, leek in elkaar te zakken en verstomde. Twee garenklossen, die er niet goed op hadden gezeten, vielen naar beneden.

Dodo prikte met de schroevendraaier tussen de garenklossen en vloekte verschrikkelijk. Ongelofelijk, zijn zus kon net zo goed vloeken als tante Kitty.

'Er is een moertje tussen gevallen. Ik heb een schroevendraaier nodig, een heel smalle, lange.'

Leo rommelde in de gereedschapskisten, maar geen van de drie schroevendraaiers die hij ophield, was naar Dodo's zin.

'Te kort. Geef me dat stuk ijzerdraad eens, dat voor je op de grond ligt,' zei ze en ze begon ermee tussen de garenklossen te porren. Ze kreunde keer op keer, vloekte, prikte, krabde, gleed uit, vloekte weer…

'Verdomme!'

Er klonk een metaalachtige 'pling', daarna twee keer 'plaf' en ineens voelden ze een tochtvlaag. De deur van de hal was opengegaan.

'Ik wist het,' hoorden ze hun moeder wanhopig roepen. 'Wat halen jullie in godsnaam in jullie hoofd?'

Betrapt! Nu was alles voorbij. Zijn moeder en Humbert waren de fabriek binnengekomen. Achter hen strompelde de oude Gruber de hal in. Hij kreunde dat hij niet kon begrijpen hoe de twee kinderen binnengekomen waren.

'Ze moeten gevlogen hebben, mevrouw Melzer. Ik zweer het... gevlogen!'

Dodo hield het onheilspellende stuk ijzerdraad in haar hand. Ze staarde haar moeder aan en keek daarna naar Leo.

'Niets zeggen, mama,' riep ze. 'Leo, hendel omhoog!'

Leo's handen waren zo vochtig van de spanning dat de hendel bij de eerste poging uit zijn vingers gleed, maar daarna lukte het. De hendel ging omhoog en de machine kwam tot leven. Hij snoof eerst een beetje, maar begon toen te ratelen en te sissen. De kleine garenspoelen spanden zich en begonnen te draaien. De grote volgden, langzamer. De ringspinmachine begon te zingen. Honderdstemmig, nee, duizendstemmig was zijn slepende, zoemende, gonzende muziek. De ballerina's dansten hun eindeloze pirouetten, draaiden om hun eigen as en hulden zich in witte jurken van fijn katoen. Ze dansten en zongen een eindeloze, zich eeuwig herhalende compositie en wilden niet meer ophouden.

'Zie je wel, mama,' schreeuwde Dodo boven de ringspinmachinesymfonie uit. 'Dat zat verkeerd om, doordat jullie het gedemonteerd hebben. Je wilde niet geloven dat ik weet hoe zoiets werkt... Ik weet...'

Verder kwam ze niet, want mama omhelsde haar en hield haar stevig vast. Wat ze haar in het oor fluisterde, was onverstaanbaar, maar ze huilden allebei. Ook de oude Gruber veegde de tranen uit zijn baardstoppels. Humbert leunde tegen een paal en had zijn ogen opengesperd, alsof hij getuige was van een wonder. Leo voelde een heftige druk in zijn keel. Iets steeg onstuitbaar in hem op, schudde hem letterlijk door elkaar, en hij barstte in snikken uit.

De machine leefde. Nu zou alles goed komen.

31

'HET HUWELIJK IS EEN verbintenis van trouw tussen een man en een vrouw, die zich met wederzijdse opoffering aan elkaar overgeven. Een huwelijk wordt door God gesloten en staat onder de zegen van de Schepper.'

De rechter zat op een verhoging en richtte zich tijdens zijn boodschap vooral tot Tilly. Ernst von Klippstein, die naast haar zat, knikte telkens met een ernstig gezicht bij de uiteenzettingen van de rechterlijke macht. Tilly voelde zich afschuwelijk in de donkere, met hout beklede zaal, die naar dossiers en boenwas rook. Alle schuld van de wereld rustte op haar, want zij was degene die deze door God gewilde samenlevingsvorm had verwoest.

Tilly betastte met haar hand het hangertje dat ze vandaag om de een of andere reden had omgedaan. Wat ongepast, dacht ze terwijl ze het rode hart met haar wijsvinger aanraakte. De oude patiënte had een gelukkig huwelijk gehad voordat de oorlog haar man van haar zijde had gerukt. Terwijl ik...

Haar gedachten dwaalden af. Morgen was het Goede Vrijdag. De praktijk was tijdens de paasdagen open voor spoedeisende hulp. Tilly had vrijwillig de middagen op zich genomen, hoewel ze haar baan al had opgezegd. Het arbeidscontract met het ziekenhuis was eerder met de post gekomen dan verwacht en ze had het ondertekend. Haar leven had daarmee een nieuwe, spannende wending genomen, waar ze 's nachts heftige hartkloppingen van kreeg. Ze had een nieuwe toekomst voor zich. Als een vrije, financieel onafhankelijke en gescheiden vrouw.

'Je bent een gelukskind, Tilly!' had Kitty geroepen en ze had haar stevig omhelsd. 'O, ik ben zo blij voor je!'

Zelf was Tilly allesbehalve gelukkig. Integendeel, ze had last van een slecht geweten. Gistermiddag was ze naar de praktijk gegaan om te praten en tegelijk te vertellen dat ze ontslag nam. Ze wilde er niet al te lang over uitweiden, maar de kwestie op een goede manier afhandelen. Maar natuurlijk liep het heel anders. Zodra ze de deur had opengedaan en zoals gebruikelijk een blik in de wachtkamer had geworpen, was ze Jonathan Kortner tegen het lijf gelopen.

'Mevrouw Von Klippstein,' zei hij en hij pakte haar hand. 'Ik ben u een verklaring schuldig. Het is zo'n onhandige en pijnlijke situatie, ik weet gewoon niet hoe ik moet beginnen...'

Hij kwam erg hulpeloos over en keek haar met zo'n jongensachtige, schuldbewuste blik aan dat het haar moeite kostte om zich tegen de storm van gevoelens te weren die haar overviel. Het leed geen twijfel dat hij aantrekkelijk was, zeker nu hij in verlegenheid was gebracht. Zijn glimlach beroerde haar hart en zijn blik rustte teder op haar, maar Tilly hield stand. Ze ging dezelfde fout niet nog een keer maken.

'Dat spijt me,' zei ze en ze trok haar hand terug. 'U bent me niets schuldig, dokter Kortner. Dit misverstand is helemaal mijn eigen fout.'

Daarna vluchtte ze naar haar kleine behandelkamer, sloot haastig de deur achter zich en leunde heftig ademend tegen de muur. Ging hij nu naar de wachtkamer om de volgende patiënt op te roepen? Ze luisterde ingespannen, maar hoorde niets. Plotseling werd er aarzelend op de deur geklopt.

'Mevrouw Von Klippstein, kan ik u nog heel even spreken?'

Wat moest ze doen, vroeg ze zich af. Blijkbaar beschouwde hij het gesprek nog niet als beëindigd.

Een ruwe mannenstem uit de wachtkamer verloste haar van haar dilemma. 'Pardon, dokter. Mijn dochter is niet goed geworden. Kunt u misschien helpen?'

'Ik kom eraan,' zei dokter Kortner en hij liep weg.

O god, wat ben ik laf, dacht Tilly beschaamd. Ze haalde diep adem en ging naar de wachtkamer, waar dokter Kortner met een jonge vrouw bezig was die was flauwgevallen. Ze hielp hem de vrouw naar de behandelkamer te dragen en riep de volgende patiënt op.

Toen de wachtkamer tegen twee uur leeg was, durfde ze pas naar de spreekkamer te gaan om de vervelende kwestie eindelijk op een nette manier op te lossen.

Zoals gebruikelijk vloog de geur van pepermuntthee haar tegemoet. Jonathan Kortner zat aan zijn bureau. Hij leunde met zijn armen op het bureaublad en keek haar met een vreemd berustende blik aan. Doris wisselde het overtrek van de behandeltafel en draaide zich pas naar Tilly om toen ze ermee klaar was.

'Daar bent u. Ik denk dat wij iets moeten ophelderen. Het zit zo...'

'Wacht, Doris,' hield haar broer haar tegen. 'Alstublieft, mevrouw Von Klippstein, neemt u eerst plaats.'

'Nee, bedankt.' Tilly schudde haar hoofd. 'Ik blijf liever staan.'

Doris Kortner wierp haar broer een straffende blik toe en ging kortaf verder, zoals haar stijl was. 'We hebben natuurlijk al vroeg uw misverstand gemerkt. Ik kon Jonathan ervan overtuigen dat het eigenlijk heel handig was om de indruk te wekken dat hij getrouwd is. Dat denken tenslotte bijna alle patiënten. Ik zei dat het vroeg of laat vanzelf opgehelderd zou worden. En dat is ook gebeurd, nietwaar? Nu weet u het en is alles helemaal in orde.'

Ze glimlachte tevreden naar Tilly en keek daarna naar haar broer, die zijn gezicht achter zijn handen verborgen had. Tilly begreep niet alles van wat zich in het hoofd van deze vrouw afspeelde, maar één ding was haar duidelijk geworden: de respectabele dokter Kortner werd helemaal door zijn oudere zus overheerst. Dat inzicht was ontnuchterend, maar maakte het in elk geval wel makkelijker om hem niet langer als een begerenswaardige man te beschouwen, maar als een zwakkeling die niets te vertellen had in het bijzijn van zijn zus.

'U hebt gelijk,' zei ze tegemoetkomend. 'Het is helemaal in orde. We zullen op 15 april afscheid van elkaar nemen, want ik heb een baan aangeboden gekregen in het ziekenhuis en zal die baan aannemen. Tot die datum zal ik me uiteraard volledig voor de praktijk blijven inzetten.' Ze had haar ontslagbrief al voorbereid en legde de envelop op het bureau. Hij hief zijn hoofd op, maar keek haar niet aan. Hij staarde naar de envelop die voor hem lag.

'Morgenochtend ben ik helaas verhinderd, omdat ik een afspraak heb bij een officiële instantie,' voegde ze eraan toe voordat ze de kamer verliet. 'In de middag kan ik de huisbezoeken doen, als u het daarmee eens bent.'

Toen ze geen antwoord kreeg, liep ze de kamer uit en sloot de deur achter zich. Ze reed naar de stad, waar ze zichzelf in een café in de Maximilianstraat op een stuk taart en een kopje mokka trakteerde. Het was de eerste keer dat ze zoiets deed. Het leek haar nogal aanstootgevend om als vrouw alleen in een café te zitten. Haar moeder zou ontzet zijn als ze het hoorde, want het leek dan immers net alsof ze erop wachtte aangesproken te worden. Maar Kitty zou haar hebben uitgelachen en hebben beweerd dat er helemaal niets mis mee was. En inderdaad, niemand leek zich over de eenzame jonge dame in de konditorei te verbazen. Alleen twee oudere dames, die appeltaart zaten te eten, keken nieuwsgierig naar haar, maar daar trok Tilly zich niets van aan.

De volgende dag zat ze in de rechtszaal, die zich in het raadhuis bevond.

'Laten we het kort samenvatten,' ging de rechter verder en hij wierp een blik op de klok die aan de zijkant aan de muur hing. 'Er is een laatste poging ondernomen om het echtpaar Von Klippstein te verzoenen en aan te moedigen hun huwelijk voort te zetten, maar die poging is helaas mislukt. Daarom zal de rechtbank in afzienbare tijd een zittingsdatum voor de echtscheiding bekendmaken. De proceskosten worden door de twee partijen gedeeld.'

Eindelijk. Tilly stond van de ongemakkelijke stoel op en wilde de donkere rechtszaal zo snel mogelijk verlaten, waar de rechter de volgende zaak al opriep. In de gang bleef ze even op Ernst staan wachten, die vanwege zijn oorlogsletsel niet zo snel kon opstaan. Hij kwam de zaal een paar minuten later uit.

'Nu heb je wat je wilde,' zei hij. 'Ben je tevreden?'

Zijn toon was eerder spottend dan verwijtend. Tilly had eigenlijk gerekend op hardere verwijten.

'Het is beter zo, Ernst. Niet alleen voor mij, maar ook voor jou.'

'O ja?' zei hij ironisch. 'Dus ik moet je bedanken dat je een beter leven voor me mogelijk maakt?'

'Het hangt van jou af wat je ervan maakt.'

Hij liep zwijgend naast haar door de doolhof van gangen, over de brede trap naar beneden en naar de uitgang.

'Mijn auto staat daar,' zei Ernst en hij wees naar de Steinsteeg. 'Goed, vaarwel dan maar. We zien elkaar weer op de scheidingszitting. Dat is dan waarschijnlijk voor de laatste keer.'

Hij stak zijn hand naar haar uit. Er lag nog een verbitterd trekje in zijn blik, maar de woede en haat waren verdwenen. Hij leek zichzelf weer te hebben hervonden. Opgelucht maar ook een beetje verdrietig keek Tilly toe terwijl hij op een stijve manier tussen de marktkramen naar de andere kant van het plein liep. Er waren tenslotte ook goede tijden geweest, vooral in het begin van hun huwelijk, toen ze elkaar nodig hadden en aan elkaar gehecht waren. Dat wilde ze zich vooral herinneren als ze aan Ernst von Klippstein dacht.

Ineens zag ze iets verbazingwekkends. Ernst was voor een bloemenstalletje blijven staan en sprak een jonge vrouw aan, die een groene loden jas en een folkloristische hoed droeg. Naast haar stond een koffer, die ze nu oppakte om Ernst von Klippstein te volgen. Waar kende ze die vrouw van? Daar kwam ze algauw achter, want toen de onbekende vrouw haar hoofd opzijdraaide, zag ze dat het de blonde Gerti was, de kamenierster van Lisa. Had Ernst haar soms van de villa weggekaapt? In elk geval trippelde het meisje opgewonden naast hem mee. Ze kletste aan één stuk door en leek heel blij te zijn.

Wat raar, dacht Tilly geamuseerd. Als hij haar uiteindelijk mee naar München nam, zou de veeleisende Lisa heel boos zijn.

Ze keek op de klok op de Perlach en zag dat ze nog wat tijd had voordat het tijd was voor haar huisbezoeken. Misschien was het een goed idee om een paar winterappels of gedroogde pruimen te kopen. Of nee, liever een bloempotje met viooltjes voor Kitty, die van die prachtige bloemenschilderijen maakte.

'Mevrouw Von Klippstein? Pardon dat ik u zomaar aanspreek,' zei een welbekende stem achter haar en ze kromp geschrokken ineen. Wat wilde dokter Kortner in hemelsnaam van haar?

'U hebt toch niet uw patiënten in de steek gelaten?' vroeg ze bijna een beetje stekelig en ze ergerde zich meteen aan zichzelf omdat het haar niet lukte om onbevangen te blijven.

'Ik moet u spreken, mevrouw Von Klippstein,' zei hij verlegen en hij draaide zijn hoed in zijn handen. 'Ik kan dit zo niet afsluiten. Alstublieft...'

Tilly's hart begon heftig te bonken. Ze vreesde dat hij haar wilde overhalen om de nieuwe baan in het ziekenhuis af te zeggen en in zijn praktijk te blijven werken, en dat zijn zus hem daar misschien toe had aangezet. Om wat voor reden dan ook.

'Het komt nu niet goed uit,' zei ze ontwijkend. 'Ik moet zo meteen huisbezoeken afleggen.'

'Er is nog tijd genoeg,' zei hij. 'Mag ik u uitnodigen voor een kopje koffie en een stukje taart?'

Het had geen zin. Hij was gewoon te aardig. Ze kreeg het niet voor elkaar om hem af te wijzen.

'Goed dan... Hoe wist u eigenlijk waar ik was?'

'Dat was niet moeilijk te raden. Uw afspraak bij een officiële instantie vanochtend moest iets met de scheiding te maken hebben. Daarom vermoedde ik dat u in de buurt van het raadhuis zou zijn. Ik ken een heel leuk café in de Maximilianstraat. Als u het ermee eens bent...'

Ze wilde hem vragen of hij zelf op dat slimme idee was gekomen of dat het zijn zus was geweest, maar ze hield zich in. 'Dat is goed.'

Ze liepen zwijgend naast elkaar en weken uit voor tegemoetkomende voetgangers. Dokter Kortner keek haar af en toe van opzij aan, alsof hij bang was dat ze weg zou lopen. Maar Tilly moest tegenover zichzelf toegeven dat zijn gezelschap niet onaangenaam was. Integendeel.

Wat een toeval, het was hetzelfde café als waar ze de voorgaande dag was geweest. Nu was het er erg vol, want je kon hier tussen de middag ook soep bestellen. Er was nog één tafeltje in het achterste gedeelte van het café vrij: het tafeltje waar ze de dag ervoor aan had gezeten.

'Vindt u dit tafeltje goed? Of zullen we het ergens anders proberen?'

'Dit is prima.'

Hij hielp haar uit haar jas, schoof haar stoel naar achteren en ging tegenover haar zitten. Van de zenuwen stootte hij de menustandaard om.

'Sorry.'

'Er is niets gebeurd,' zei ze met een glimlach.

De serveerster was mollig en moederlijk. Dokter Kortner bestelde twee kopjes koffie en appeltaart. De kersenstrudel en slagroom waren helaas op.

'Dat geeft niet,' stelde Tilly hem gerust. 'Het gaat ons immers niet om de taart, maar om het gesprek, toch?'

'Dat is waar.'

Hij leek last te hebben van de drukte en het harde gepraat om hen heen, want hij leek niet op zijn gemak. Hij wreef in zijn handen en keek voor zich uit.

'Allereerst wil ik u feliciteren met uw nieuwe baan,' begon dokter

Kortner. ‘U verdient een baan die bij uw vaardigheden past. Uw werk in mijn praktijk was immers meer als overgangsfase bedoeld. Ik zal dus een nieuwe partner moeten zoeken, waarbij ik moet toegeven dat ik het moeilijk vind om u te vervangen. Om verschillende redenen…’ Hij stopte en zijn blik dwaalde af. Tilly wachtte zwijgend tot hij verder praatte. ‘Het is niet gemakkelijk om bepaalde dingen hier in deze omgeving te zeggen, mevrouw Von Klippstein,’ bekende hij. ‘Misschien klinkt het ongeloofwaardig en zult u me uitlachen. Toch wil ik een poging wagen.’

Ze moest wachten omdat de serveerster met hun bestelling en meteen ook met de rekening bij hun tafeltje kwam.

Ergens had ze medelijden met hem. Zijn elan, zijn enthousiasme dat ze in het begin zo fascinerend aan hem had gevonden, was weg. Hij straalde niet meer, maar leek bedrukt en hulpeloos. Toch vond ze hem nog steeds leuk. Ze had een zwak voor hulpeloze mannen, ten slotte had ze Ernst leren kennen toen hij ongelukkig en hulpbehoevend in het lazaret in de villa had gelegen. Een reden te meer om in dit geval heel, héél erg voorzichtig te zijn.

Ze dronken de slappe koffie en proefden de taart, waar maar heel weinig suiker en appels in verwerkt waren. Na een paar minuten sprak hij voorzichtig verder.

‘Ik zei al dat het lastig zal zijn om een vervanger voor u te vinden, mevrouw Von Klippstein. Niet alleen omdat u een uitstekende en bijzonder betrokken arts bent, maar ook omdat ik het heel fijn vond om met u samen te werken. Van begin af aan heb ik enorm veel sympathie voor u gehad, een soort harmonie der zielen. De gesprekken over onze patiënten vormden voor mij telkens weer het bewijs dat we op dezelfde manier in ons werk staan. Dat klinkt erg hoogdravend, nietwaar?’

Tilly had om de uitdrukking ‘harmonie der zielen’ inderdaad moeten grinniken, waar ze zich nu een beetje voor schaamde.

‘Nee, nee,’ zei Tilly. ‘U hebt helemaal gelijk. Ik denk er net zo over. De gesprekken met u waren een grote steun voor me.’

Hij knikte en prikte maar wat in zijn taart. 'Ik wilde iets aan u uitleggen en nu weet ik niet waar ik moet beginnen. Het gaat om Doris, mijn zus. Ik heb erg veel aan haar te danken.'

O, hemel, dacht Tilly. Nu kwam het ontroerende verhaal van de grote zus die altijd als een moeder voor hem was geweest. Wilde ze dat echt horen?

Het was anders dan ze had vermoed. Jonathan was als jonge geneeskundestudent in de wereldoorlog naar het front gestuurd en was vier jaar lang hospitaalsoldaat geweest, waarbij hij veel nare dingen had meegemaakt. Toen de oorlog eindelijk voorbij was, had hij zijn studie hervat en was hij halsoverkop verliefd geworden. Het was geen gelukkig huwelijk geweest en het eindigde in een scheiding. Hij bleef berooid en psychisch als een wrak achter. In dezelfde periode overleden zijn ouders, die alles kwijt waren geraakt door de inflatie.

'Ik weet niet wat er van mij zou zijn geworden zonder Doris,' zei hij zacht. 'Ik stond bijna op het punt om alles op te geven. Maar ze was er voor me. Ze werkte om mijn studie te financieren, overhoorde me als ik een tentamen had, gaf me moed toen ik dacht dat ik voor het examen zou zakken.' Hij pauzeerde even voordat hij bij het belangrijkste deel kwam. 'Mijn zus wilde voorkomen dat ik me voor de tweede keer in een ongelukkig huwelijk stortte. Ze vond dat ik te veel mijn gevoelens volgde in plaats van mijn verstand te gebruiken. Dat was de reden, begrijpt u? Ze was bang dat ik iets onbezonnens zou doen en daarom kwam dit misverstand haar goed van pas. Het creëerde een zekere afstand en gaf haar de kans om zich een beeld te vormen van de mensen om me heen. Van u dus.'

'Ik begrijp het,' zei Tilly peinzend, die geraakt was door zijn levensverhaal. Maar ze had wel een brandende vraag die ze moest stellen. 'Hoe kwam uw zus erbij om uitgerekend mij te observeren en te testen? Welke reden had zij daarvoor?'

Zijn grote, ongelukkige ogen zochten de hare. 'Zei ik dat niet? Ik ben stapelverliefd op u, mevrouw Von Klippstein. Al vanaf onze eerste ontmoeting in de villa. Ik ben halsoverkop verliefd geworden...'

Tilly was sprakeloos. Was dit een truc? Nee, vast niet. En het was ook geen listige leugen, waar ze de hele tijd bang voor was geweest. Nee, zoals hij eruitzag, zoekend naar de juiste woorden… Dat kon niet gespeeld zijn. Hij meende het oprecht. Tilly merkte dat zich aarzelend een geluksgevoel in haar verspreidde. Een man was verliefd op haar. Wanneer was dat haar voor het laatst overkomen? Goeie genade, dat was inmiddels al zo lang geleden. Ze wist niet wat ze moest zeggen.

'Ik kan niet verwachten dat u mijn gevoelens beantwoordt,' zei hij zacht. 'Dat was ook niet de reden voor deze bekentenis. Ik wilde gewoon uitleggen waarom mijn zus zich zo heeft gedragen. Helaas heb ik, om haar een plezier te doen, een tijdje meegespeeld en dat was erg onhandig van me. Maar op dat moment dacht ik dat ik geen hoop mocht koesteren, maar u puur als een correcte en bekwame collega moest beschouwen.'

Tilly was beduusd door deze bekentenis en wist zich geen raad. Moest zij op haar beurt ook een bekentenis doen? Hier, in dit lawaaierige café? Nee, dat zou erg ongepast zijn. Zeker, ze was verliefd. Zelfs nu ze meer over hem wist. Of juist daardoor. Maar ze was ook voorzichtig geworden. Hij was een sympathiek heethoofd, een geweldige dokter en een charmante man. Dat hij halsoverkop verliefd op haar was geworden, dat geloofde ze wel, maar wat zou er gebeuren als hij over een paar jaar verliefd werd op een andere vrouw? En dan die afhankelijkheid van zijn zus, die ze maar niks vond. Aan de andere kant wilde ze niet dat hij dacht dat het haar niets deed. Dan zou ze hem misschien verliezen en dat wilde ze absoluut niet. Nee, dat zou ze niet kunnen verdragen.

'U bent heel eerlijk tegen mij geweest, dokter Kortner,' zei ze aarzelend, elk woord afwegend. 'Daarom wil ik u ook de waarheid bekennen. Ik heb vanaf het begin sympathie voor u gehad…'

Hij glimlachte berustend. Sympathie was niet genoeg voor hem, zag ze aan zijn teleurgestelde blik.

'Heel veel sympathie. Ik bedoel, meer dan sympathie… Begrijpt u me alstublieft niet verkeerd. Ik zit in een moeilijke situatie. Ik ga bijna scheiden, na een huwelijk van zes jaar, en ben daarom erg voorzichtig.'

Jonathan Kortner bloeide letterlijk op. Hij keek haar stralend aan en wilde haar hand pakken, maar hij deed het niet vanwege de vele toeschouwers.

'Dat begrijp ik helemaal. Maar dan heb ik me niet vergist en hebben mijn gevoelens me niet bedrogen... Beseft u hoe gelukkig u me maakt?'

Tilly wist het, omdat ze daarnet hetzelfde geluk had gevoeld. Nu was het van belang dat ze een harmonieuze weg vonden.

'Hoewel onze professionele wegen scheiden, zouden we elkaar niet uit het oog moeten verliezen. Ik denk dat er af en toe wel gelegenheid zal zijn voor... vriendschappelijk contact. Denkt u dat we het daarop kunnen houden?'

Hij keek haar sip aan en had blijkbaar meer verwacht. 'Ik pas me helemaal aan u aan, lieve Tilly,' zei hij met zachte stem. 'Ik ben uw gehoorzame dienaar.'

Toen hij haar in haar jas hielp, pakte hij haar hand en hield die vast. Tilly durfde haar hand niet terug te trekken en wachtte met bonzend hart af wat hij ging doen. Langzaam bracht hij haar hand naar zijn lippen en drukte er een kus op. Het was alsof er een elektrische schok door haar heen ging, een gloeiende stroom die bij deze onschuldige aanraking door haar hele lichaam ging en haar deed huiveren. Tilly realiseerde zich plotseling dat ze verloren was. Er bestond geen 'half' in de liefde. Het was alles of niets. Lief of leed. Leven of dood.

Kitty! O god, ze moest met Kitty praten!

32

'JE MOET GAAN LIGGEN, Paul,' zei Marie verwijtend. 'De arts zei dat je meteen moest uitrusten als we thuis waren.'

Paul zat naast haar op de achterbank van de auto. Hij droeg het pak dat hij aan had gehad toen ze hem naar het ziekenhuis hadden gebracht, maar geen mantel. De zon scheen en de bloemen in de perken stonden in bloei. De lente was losgebarsten. Waarom moest hij dan gekleed gaan alsof het hartje winter was? Bovendien zat hij in een gesloten wagen.

'Lieverd,' zei hij glimlachend, 'we rijden eerst naar de fabriek. Ik wil zien hoe de machines draaien.'

'Alsjeblieft, Paul! Dat kun je toch vanmiddag doen? Je mag je hart niet te zwaar belasten.'

Hij sloeg een arm om haar heen en trok haar tegen zich aan. 'Aangename hartkloppingen zijn toegestaan, zei de dokter,' fluisterde hij in haar oor. 'Dat zullen we vanavond maar meteen uitproberen, nietwaar, schat?'

Marie bloosde. Ze was bang dat Humbert het gefluister misschien had verstaan.

'Je bent en blijft een eigenwijze man,' mopperde ze hoofdschuddend. 'Voor de komende weken is je absolute rust voorgeschreven, liefste. En daar ga ik streng op letten.'

Hij grijnsde ondeugend naar haar, waar ze zo van hield. 'Voorzichtig, schat. Hij zei ook dat ik niet boos mag worden en me niet mag opwinden... Humbert, rechtdoor en dan linksaf! Dus, tja...'

Marie zuchtte. Als ze niet goed op hem paste, zou hij zich algauw weer op zijn werk storten en zou het niet lang duren voordat hij weer een inzinking kreeg. De dokter had een vakantie aan de Oostzee geadviseerd om te herstellen: een klein hotel, lekker eten, dagelijks een wandelingetje langs de zee en de liefdevolle zorg van zijn vrouw. Een mooie droom. Maar op dit moment, nu er belangrijke beslissingen moesten worden genomen en het lot van de familie op het spel stond, was vakantie uitgesloten.

Bij de fabriekspoort stond de oude portier Gruber, zwaaiend met zijn pet en stralend van vreugde. 'Meneer de directeur, u bent er weer! Ik ben zo ontzettend blij!' Hij deed de poort zo snel open dat hij bijna struikelde.

'Mijn beste Gruber,' zei Paul ontroerd. 'U weet toch, onkruid vergaat niet!'

'En uw dochter, die slimme juffrouw,' vervolgde Gruber. 'Tjonge jonge! Tien mannen krijgen de machines niet aan de gang en dan komt dat meisje midden in de nacht en laat ze gewoon draaien. Ze is een heel intelligente dame, meneer de directeur. Dat heeft ze van haar grootvader geërfd, Jacob Burkard. Wat machines betrof was hij een genie.'

Marie had Paul natuurlijk verteld over de nachtelijke actie van de tweeling en hij had eerst gedacht dat zijn zoon Leo dit meesterwerk had volbracht.

'Nee, Paul,' had ze hem tegengesproken. 'Onze Dodo heeft het voor elkaar gekregen. Ze heeft de constructietekeningen van mijn vader gestolen, die ik al tevoorschijn had gehaald, en heeft ze zorgvuldig bestudeerd. Daarna heeft ze Leo overgehaald om met haar mee te gaan en zijn ze samen stiekem de spinnerij binnengeslopen. Het is Dodo gelukt om de fout bij de ringspinmachines te vinden en ze aan de praat te krijgen. We hebben het puur aan onze technisch begaafde dochter te danken dat we op tijd kunnen leveren. En ik heb haar nog wel vreselijk uitgescholden en zelfs huisarrest gegeven.'

O, ze had geen vertrouwen in haar kind gehad. Terwijl ze wist waar Dodo goed in was. Haar talent voor technologie en wetenschap was van jongs af aan duidelijk geweest. Helaas had de overdreven passie voor vliegen Marie doen geloven dat haar dochter een enorme dromer was. Inmiddels wist ze dat ze zich daar serieus zorgen over moest maken. Als Dodo over een paar jaar echt vliegles wilde nemen, kon Marie het haar moeilijk verbieden, hoewel Maries angst om haar kind groot was. Vliegen was een gevaarlijke passie die velen al met de dood hadden moeten bekopen.

Voorlopig was het weer aan de gang krijgen van de ringspinmachines haar meesterwerk en dat wilde haar vader als eerste zien. Een paar arbeidsters waren bezig de volle garenklossen eraf te halen en lege klossen erop te zetten of afgebroken draden zo snel mogelijk weer aan te knopen. De kisten met het garen dat gereed was, gingen naar de ververij. Mittermaier zat op een stoel en hield overzicht over het werk, terwijl hij van een boterham en een flesje bier genoot. Naast hem zat Dodo op een houten kist, met een koektrommel op haar schoot. Fanny Brunnenmayer had het niet kunnen laten om voor het 'slimme meisje' haar lievelingskoekjes te bakken.

'Papa!' riep Dodo toen haar ouders de hal binnenkwamen. Het koekblik viel om toen ze haar vader om de nek vloog en opgewonden tegen hem begon te praten. 'Zie je hoe goed het werkt, papa. Het was heel simpel. Ik dacht al meteen dat het daaraan moest liggen, omdat ze alles uit elkaar hadden gehaald en schoongemaakt. En toen heb ik de constructietekeningen geleend en...'

'Ik weet het, meisje,' zei Paul zacht. 'Ik weet het. Mama heeft het me verteld. Het is echt ongelofelijk. We hebben je allemaal onderschat. Mijn kleine, slimme dochter.'

Marie zag met een gelukzalige glimlach dat Dodo de woorden van haar vader als het ware opzoog. Ze praatte aan één stuk door, trok haar vader achter zich aan, liep met hem om de machines heen en legde haarfijn uit hoe alles werkte.

‘De draad komt op de grote spoelen en wordt daar gedraaid, voordat hij op de kleine spoelen komt. De grote draaien langzaam en de kleine sneller, en als dat samenspel niet goed werkt, dan breken de draden in een omwenteling...’

Paul, die natuurlijk wist hoe de machines werkten, luisterde geduldig, wisselde geamuseerde en waarderende blikken met Josef Mittermaier en vroeg hoeveel garenklossen er inmiddels in de ververij waren. Het bleek dat ongeveer een vijfde van de hoeveelheid van de order was geproduceerd. Het zou krap worden, maar als alles verder zonder strubbelingen verliep, konden ze op tijd leveren.

Marie had gehoopt dat Paul hiermee tevreden zou zijn en ze naar de villa zouden kunnen gaan, zodat hij een uurtje kon gaan liggen. Maar helaas. Hij wilde eerst een inspectieronde door de ververij maken, waar vier arbeiders aan het werk waren, en liep daarna naar de pakkamer om na te gaan of er genoeg verpakkingsmateriaal was. Ten slotte liet hij het zich niet ontnemen om de trappen in het administratiegebouw op te lopen om boekhouder Stollhammer te begroeten, die daar zo blij mee was als een kind. En, hoe kon het ook anders, Paul liep nog een trap op, om te kijken hoe het er in zijn eigen kantoor aan toeging en de aanwezige secretaresse goedendag te wensen. Terwijl hij hooguit trappen mocht lopen als hij het heel langzaam deed en tussendoor telkens stopte om op adem te komen.

Hoewel het paaszaterdag was, waren beide dames aanwezig. Ze waren speciaal gekomen omdat ze hadden gehoord dat meneer de directeur uit het ziekenhuis werd ontslagen. Juffrouw Lüders en juffrouw Hoffmann hadden vruchtensap en zelfgebakken koekjes klaargezet om de grote gebeurtenis te vieren. Koffie werd met het oog op het zwakke hart van hun baas niet geschonken.

‘Wat fijn, meneer de directeur! We zijn zo blij dat u weer bij ons bent... Mogen we u een glaasje sap aanbieden? Het is helemaal vers. En we hebben honingkoekjes, die vindt uw dochter immers zo lekker.’

In Pauls kantoor zat Sebastian achter het bureau, die de post aan het sorteren was. Hij stond snel op om plaats te maken voor Paul.

'Beste Paul, ik heb gedaan wat ik kon om het bedrijf draaiende te houden,' zei hij ijverig. 'Er zijn twee kleine orders binnengekomen. We hebben de lonen uitbetaald, maar geen toeslagen, daarvoor is de situatie te ernstig. Mensen zijn blij dat ze bij ons überhaupt werk hebben en we moeten ervoor zorgen dat dat zo blijft. Er wordt gezegd dat het Nordwolle-concern er slecht voor staat, maar er zijn elke dag nieuwe geruchten en als je alles zou moeten geloven…'

Hij zweeg omdat Marie hem achter Pauls rug waarschuwende blikken toewierp. De geruchten over Nordwolle, de Noord-Duitse wolkaarderij en kamgarenspinnerij, waren niet nieuw, maar daar hoefde Sebastian zijn zwager vandaag nou echt niet mee lastig te vallen.

'Twee orders?' zei Paul opgewekt. 'Nou, kijk eens aan. Dat is beter dan niets. Heel erg bedankt, Sebastian. En ik zou heel blij zijn als je me de komende weken ook zou willen ondersteunen.'

Het was een verzoeningsaanbod dat Sebastian dolblij aanvaardde en ze gaven elkaar een hand. Paul had zijn bedenkingen opzijgezet en Sebastian leek de onvoorwaardelijke strijd tegen het kapitalisme en voor het welzijn van de arbeiders voorlopig te hebben uitgesteld. Geen fabriek, geen werk. Zelfs een overtuigd communist moest dit simpele feit respecteren.

'Paul, het wordt nu echt tijd,' drong Marie aan. 'Laten we gaan. Mama en Lisa wachten op ons.'

Ze noemde het woord 'uitrusten' niet, omdat ze inzag dat haar man niet als een zieke behandeld wilde worden. Het was verstandiger om diplomatiek te zijn.

'Je hebt zoals altijd gelijk, mijn liefste.'

Toen ze de oprijlaan opreden, zag het ronde bloemperk voor de villa er prachtig kleurrijk uit. De tulpen en narcissen bloeiden, daartussen waren gele en paarse viooltjes geplant en in het midden stonden witte en roze hyacinten.

'Wat mooi,' zei Paul zacht tegen Marie. 'Weet je dat ik nu pas van dit soort dingen leer te genieten? Vroeger liep ik erlangs zonder het te zien.'

Hanna stond op de trap om de voordeur voor hen te openen. Ze glimlachte geheimzinnig en ging opzij zodat de hal goed zichtbaar was. De personeelsleden hadden in alle haast de trapleuning versierd met een guirlande van dennentakken, met witte en rode papieren bloemen erin. Bovenaan de trap zaten Johann, Hanno en Kurti op hun hurken om niets van het gebeuren te missen, waarbij Hanno meer geïnteresseerd was in de papieren bloemen dan in de mensen beneden in de hal.

'Beste meneer,' zei Humbert een beetje verlegen. 'We willen u een kleine welkomstgroet brengen, zodat u weet hoe erg we u hebben gemist. We zullen allemaal ons best doen om ervoor te zorgen dat u weer helemaal beter...'

De rest van de zin was niet te verstaan omdat Kurti de trap af rende om zijn papa te omhelzen. Tot Maries ontzetting tilde Paul zijn zoontje op, terwijl hij zich van de artsen lichamelijk absoluut niet mocht inspannen.

'Ik bedank jullie vanuit heel mijn hart voor deze fantastische, onverwachte ontvangst,' zei Paul en hij zette Kurti op de grond. 'Het is een fijn gevoel om weer thuis in de villa te zijn.'

Marie maakte zich ernstig zorgen, want Paul was bleek en rillerig. De inspanningen van die ochtend waren te veel voor hem geweest. Ze liet hem Alicia en Lisa nog begroeten, maar toen verklaarde ze dat Paul moest rusten en liep met hem mee naar de slaapkamer.

'Eén uurtje maar, Marie,' zei hij en hij liet zich aangekleed op het bed vallen. 'Wek me voor het middageten, goed?'

Hij viel meteen in slaap en Marie verliet stilletjes de kamer. Ze klopte op Leo's deur. Walter was bij hem op bezoek en de vrienden wilden die ochtend samen musiceren. De twee jongens zaten over een stapel notenbladen gebogen en keken Marie als twee samenzweerders aan.

‘Ga maar rustig verder,’ zei Marie met een glimlach. ‘Ik wil jullie alleen vragen om stil te zijn, want papa ligt even op bed.’

‘Natuurlijk, mama, dat dachten we al. Wanneer mogen we weer muziek maken?’

‘Als hij wakker is, Leo. Wat voor notenbladen hebben jullie daar?’

‘Eh, die hebben we overgeschreven. Van bladmuziek in de bibliotheek, die je niet kunt lenen.’

‘Dus jullie vermaken jullie wel,’ zei Marie opgelucht.

Paul sliep diep toen de etensgong luidde en Marie besloot hem te laten slapen.

‘Wat zeggen we tegen mama?’ vroeg Lisa toen Marie het haar vertelde. ‘Ze zal zich zorgen maken. Ze denkt nog steeds dat Paul voor een simpele controle in het ziekenhuis was en kerngezond is.’

‘We zeggen dat de dokter hem heeft aanbevolen om te slapen,’ besloot Marie.

‘Dat zal ze niet leuk vinden!’

Maar die dag had Alicia weer last van migraine. Ze kwam alleen even om wat soep te eten, zat zonder vragen te stellen met een gekwelde blik aan tafel en trok zich nog voor het dessert terug in haar slaapkamer.

‘Een telegram, mevrouw,’ zei Humbert, terwijl hij het dienblaadje voor Alicia ophield toen ze de eetkamer uit liep.

‘Nu niet, Humbert. Leg het alsjeblieft op het dressoir,’ mompelde ze. ‘Ik lees het later wel.’

Paul werd pas ’s middags wakker. Marie was naast hem op het bed gaan liggen om bij hem in de buurt te zijn en kreeg meteen verwijten naar het hoofd geslingerd.

‘Waarom heb je me niet wakker gemaakt?’

‘Je had je slaap nodig.’

Hij slaakte een diepe zucht en ging rechtop in bed zitten. ‘Het heeft geen zin, Marie. Het is de onzekere toestand die als een molensteen op mijn hart ligt. Het kan zo niet doorgaan. Ik laat me door onze trouwe personeelsleden welkom heten, terwijl ik overweeg om de villa te koop aan te bieden. Dat is niet eerlijk.'

'Dan moet er eindelijk een beslissing worden genomen over de toekomst van het huis en onze familie,' zei ze vastberaden. 'Laten we morgen alle betrokkenen bij elkaar roepen en alles nog een keer bespreken.'

'Nee,' zei hij, en hij pakte haar hand. 'Het moet vandaag gebeuren. Ik wil het zo, Marie.'

Dat beviel haar niet. Ze stelde voor om er nog een nacht over te slapen. Ze vond dat hij eerst weer op krachten moest komen en niet te veel tegelijk van zijn hart moest vergen. Maar hij was vastbesloten en liet zich niet van zijn mening afbrengen.

'We zullen Lisa en Sebastian erbij betrekken,' zei hij. 'Kitty en Robert hebben er minder last van. Voor hen verandert er niet veel als het huis wordt verkocht. Helaas moeten we mama eerlijk vertellen over de situatie waarin we verkeren.'

'Ze heeft last van migraine, Paul.'

Hij zuchtte en stond van het bed op om zich om te kleden. 'Dan alleen Lisa en Sebastian. Stuur Hanna naar hen toe om hen te vragen of ze naar de eetkamer willen komen.'

Een half uur later zaten ze in de eetkamer. Sebastian toonde zich erg behulpzaam en beloofde dat hij met Pasen zou doorwerken, zodat ze op tijd konden leveren. Marie was minder hoopvol, ze wist dat de grote order de fabriek niet langer dan een paar maanden kon redden. De twee vervolgorders waren kleine bestellingen die meer kosten dan winst op zouden brengen. Als de douane-unie met Oostenrijk eenmaal een feit was, zou dat de handel stimuleren en zou er reden tot hoop zijn. Maar helaas sleepten de onderhandelingen zich voort en was het verdrag nog niet rond.

Vooral de hypothecaire lening die op de villa rustte en die de bank terugvorderde, vormde een groot risico. Hierbij was het zaak om te handelen voordat de bank beslag op het gebouw legde, want dan zou het te laat zijn.

‘Omdat er momenteel veel huizen en percelen te koop staan,’ legde Paul uit, ‘zakken de prijzen enorm. Onze vader heeft de villa destijds voor meer dan een miljoen goudmark laten bouwen, maar de huidige marktwaarde is niet meer dan honderdduizend rijksmark en daalt met de dag.’

‘We kunnen de villa absoluut niet verkwanselen,’ riep Lisa verbijsterd. ‘Onze vader zou zich in zijn graf omdraaien als we dat deden. Desnoods verkopen we toch maar het park,’ suggereerde ze. ‘Dan hebben we tenminste nog een dak boven ons hoofd.’

Marie bracht ertegen in dat de opbrengst daarvan net genoeg zou zijn om de lening terug te betalen, maar dat ze dan geen reserves meer zouden hebben. De fabriek leverde niets op, ze zouden de personeelsleden niet meer kunnen betalen en misschien nieuwe schulden moeten maken.

‘Bovendien is er nog maar één geïnteresseerde partij die het park zonder de villa wil kopen,’ voegde Paul eraan toe.

‘Laat me raden,’ zei Lisa. ‘Toch niet…’

‘De hardwerkende, achtenswaardige advocaat Grünling!’

‘Die mag doodvallen! Ik emigreer nog liever dan mee te moeten maken dat Serafina op onze grond pal naast de villa een paleis laat bouwen.’

De discussie draaide in een kringetje rond, maar Marie wist dat er uiteindelijk maar één oplossing was. De villa en een klein deel van het park zouden moeten worden opgeofferd om in elk geval het grootste deel van het perceel te redden en financieel het hoofd boven water te kunnen houden. Mocht de situatie ooit veranderen, dan konden ze later op het resterende terrein een nieuw pand bouwen.

‘En als we nu al het meubilair en de andere waardevolle spullen verkopen?’ kreunde Lisa, die dit scenario niet kon accepteren. ‘Hoe zit het dan?’

‘Dat zal niet genoeg zijn, want…’

Paul werd onderbroken door Humbert, die de deur opende voor Alicia.

'Waarom wordt mij niet verteld dat de familie bijeen is voor het koffie-uurtje?' klaagde ze. 'Hoor ik er niet meer bij? En waar zijn de kinderen eigenlijk?'

Ze keek Paul verontwaardigd aan, maar voordat hij antwoord kon geven, schoot Marie hem te hulp. 'Kom alsjeblieft bij ons zitten, lieve mama. We moeten iets heel ernstigs met elkaar bespreken. Gaat het beter met je migraine?'

'Het gaat prima met mijn migraine. Is er geen koffie?'

'Later, mama,' zei Paul. 'Ik denk dat we dan allemaal behoefte hebben aan een kopje koffie.'

'Ik wil nu koffie,' zei zijn moeder kribbig. 'Humbert, koffie, thee en iets lekkers erbij, alsjeblieft. En nu zou ik graag willen weten wat er eigenlijk aan de hand is. Ik ben namelijk nog niet zo seniel dat ik dat constante geheimzinnige gedoe van jullie niet heb gemerkt.'

Lisa en Marie keken elkaar beschroomd aan. Sebastian wilde iets zeggen, maar zweeg omdat Paul het woord nam.

'Lieve mama. Het is ongelofelijk moeilijk voor me om onomwonden onze nare situatie uit te leggen. Maar gezien onze huidige omstandigheden heb ik geen andere keus...'

Alicia bleef voorbeeldig beheerst. Marie zag met bewondering dat de oude dame naar Pauls uitleg luisterde zonder hem te onderbreken. Ze begreep alles en zag de ernst van de situatie in, wat bleek uit het feit dat ze af en toe haar ogen sloot en dat haar handen, die ze ineen had gevouwen, lichtjes beefden.

'Helaas zullen er wat ongemakken zijn, mama, maar je kunt alle meubels waar je waarde aan hecht meenemen. In de Karolinenstraat zitten we vlak bij het centrum. Je kunt naar het theater gaan, een rondje over de markt maken of met de kinderen een wandelingetje door de stad maken.'

Bij deze woorden kwam er beweging in de oude dame. Ze sloeg met haar vlakke hand op de tafel en keek haar zoon boos aan. 'Genoeg! Vergeet alsjeblieft niet, Paul, dat ik levenslang woonrecht heb in dit huis. Dat heeft mijn lieve Johann in zijn testament vastgelegd.

Op mijn verzoek. Hoe groot bedraagt het krediet dat die gieren in één klap terug willen?'

'Iets meer dan tachtigduizend rijksmark,' bekende Paul.

'Dat is belachelijk! De villa heeft destijds meer dan het tienvoudige gekost. De bank loopt helemaal geen risico,' wond Alicia zich op. 'Ik verbied het je nadrukkelijk om dit huis, de nalatenschap van jouw vader, zomaar te verkwanselen!'

Marie zag dat Paul uitgeput naar achteren leunde. Ze zouden Alicia moeten uitleggen dat de waarde van het huis inmiddels enorm gedaald was, wat nog een psychische schok bij haar teweeg zou brengen. Het was helaas onvermijdelijk. Voorzichtig legde ze haar hand op Pauls arm, om aan te geven dat zij het nu weer over zou nemen.

Op dat moment nam Alicia echter weer het woord. 'Als het er alleen om gaat dat die belachelijke lening uit de wereld wordt geholpen, offer ik mijn briljanten op,' zei ze met opgeheven hoofd en fonkelende ogen.

Paul glimlachte gekweld. 'Dat is erg genereus van je, mama. Maar zelfs de verkoop van je sieraden zal niet zo'n hoog bedrag opleveren.'

'Je weet niet waar ik het over heb,' zei Alicia belerend. 'Ik bedoel niet de sieraden die ik zo nu en dan draag, maar het collier met briljanten dat je vader me voor onze bruiloft heeft gegeven. Ik heb dat collier sindsdien nooit meer gedragen, omdat het te kostbaar is. Johann beschouwde het als een investering. Het zijn loepzuivere stenen, waarvan de grootste drie tot vijf karaat zijn.'

'Dat heb je ons nooit verteld, mama,' zei Lisa verbaasd. 'Wist jij van dat collier, Paul?'

Haar broer was er wel van op de hoogte geweest dat zijn moeder haar bruidssieraden na de dood van zijn vader had gehouden, maar had de juwelen nog nooit gezien.

'Je vader heeft de briljanten altijd in een kluisje bij de bank bewaard. Maar in tegenstelling tot hem vertrouwde ik de banken niet en na zijn overlijden heb ik het bij me gehouden. Ik was van plan om het collier aan een van mijn dochters na te laten, maar Kitty zou het net als ik nooit dragen en Lisa staat het niet.'

Lisa verstarde. 'Wat bedoel je daarmee, dat het mij niet staat?' fluisterde ze.

'Omdat je te mollig bent. Je zou eruitzien alsof iemand je wil wurgen,' zei haar moeder genadeloos. 'Daarom stel ik het collier nu ter beschikking om dit huis, dat onze familie herbergt, te behouden.'

Er viel een stilte. Paul keek onzeker naar Marie. Het aanbod was edelmoedig. Maar om het echt goed te kunnen beoordelen, moesten ze eerst de waarde van het collier deskundig laten taxeren. Het zou kunnen dat Alicia te optimistisch was.

'Waar bewaar je dat waardevolle collier eigenlijk?' vroeg Paul.

Alicia keek in de eetkamer rond, alsof er achter de buffet- of vitrinekast luistervinken verstopt zaten. 'In een nis in de muur, direct naast mijn bed,' fluisterde ze. 'Als je wilt, zal ik het collier morgen naar de juwelier in de Steinsteeg brengen en vragen hoeveel het waard is.'

Paul maakte een afwimpelend gebaar. 'Je mag dat in geen geval in je eentje doen, mama. Ik denk dat Marie en ik samen met jou...'

Het gesprek werd onderbroken doordat Humbert aanklopte en de deur op een kier zette.

'Neemt u me niet kwalijk, meneer. Er zijn twee mensen die u graag even zouden willen spreken.'

'Later, Humbert,' zei Paul licht geïrriteerd. 'We willen nu niet gestoord worden.'

'Het duurt niet lang, meneer,' zei Fanny Brunnenmayer, die in de gang wachtte. 'En ik denk dat het heel belangrijk is. Voor ons allemaal.'

De familieleden keken elkaar verbluft aan. De kokkin kwam normaal gesproken maar één keer per week de keuken uit, om samen met Lisa het menu door te nemen. En Else, die naast haar stond en verlegen glimlachte, had het nog nooit gedurfd om alleen de eetkamer van de familie te betreden.

Marie vermoedde wat ze wilden zeggen. Ze kende Fanny Brunnenmayer, die een trouwe ziel en een doortastend persoon was.

'Komt u alstublieft binnen,' zei ze. 'En gaat u zitten.'

Dat wilden Fanny Brunnenmayer en Else niet. Het was voor hen uitgesloten om bij de familie in hun elegante kamer te gaan zitten.

'Het zit zo,' begon Fanny Brunnenmayer, die haar witte schort had afgedaan en ongebruikelijk feestelijk in een gebloemde donkerblauwe jurk voor hen stond. 'Else en ik, we hebben nooit veel geld uitgegeven. We hadden immers alles wat we nodig hadden in de villa en hebben dus gespaard. Else heeft vijftienduizend rijksmark en ik twintigduizend. Dat geld willen wij aan u lenen, zodat de villa niet verkocht hoeft te worden.'

Diep ontroerd sloeg Paul het aanbod af. 'Dat kan ik niet accepteren, dat is uw spaargeld. En ik weet niet eens of ik u ooit kan terugbetalen.'

Alicia zei geen woord, maar Marie wist dat ze ook ontroerd was. Toch zou de oude dame het tegelijkertijd ongehoord vinden om zulke bedragen van haar bedienden aan te nemen. Sebastian daarentegen was waarschijnlijk het liefst opgestaan om de twee vrouwen de hand te schudden. Lisa keek fronsend naar haar broer.

'Waarom niet, Paul? Daarmee zouden we allemaal geholpen zijn, toch? Staat het geld op een bankrekening, mevrouw Brunnenmayer? Daar is het momenteel sowieso niet veilig.'

'Wat denkt u nu, mevrouw?' riep Fanny Brunnenmayer en ze lachte. 'Ik vertrouw de banken niet. Mijn geld ligt boven in mijn kamer op een goede schuilplaats. En Else bewaart haar geld ook boven.'

Het was een aangrijpend beeld. Marie moest stilletjes grinniken. Paul was volkomen overweldigd en wist niet wat hij moest zeggen.

'Neemt u het geld alstublieft aan, meneer,' zei Else verlegen. 'De villa is mijn thuis. Ik woon hier al meer dan veertig jaar en wil hier ooit mijn laatste adem uitblazen. En mevrouw Brunnenmayer wil dat ook.'

'Maar voorlopig nog niet,' zei de kokkin. 'Ik wil nog wel een paar mooie jaren hebben en niet wildvreemde mensen moeten dienen.'

'Dan moeten we misschien opnieuw afspraken maken,' zei Paul, die de draad weer oppakte. 'Toch wil ik u allebei verzoeken om nog eens goed na te denken of u dit geld echt...'

'We hoeven er niet over na te denken,' zei de kokkin kortaf. 'We hebben gezegd wat we wilden zeggen. En nu moet ik terug naar de keuken, anders gaat het fornuis weer uit.'

De deur ging dicht en de familie was weer onder elkaar. Er viel een stilte. Daarna merkte Alicia op dat het niet verantwoord was om geld te lenen van het personeel. Lisa was het daar niet mee eens en Sebastian prees de goedheid en opofferingsgezindheid van de twee personeelsleden. Hij vergat niet eraan toe te voegen dat dit eenvoudige mensen waren die, in tegenstelling tot veel kapitalistische uitbuiters, hun hart op de juiste plaats hadden.

Marie zag aan Paul dat hij in zijn hoofd berekeningen maakte, over juridische formaliteiten nadacht en mogelijkheden overwoog en weer verwierp. Er doken onverwacht nieuwe kansen op om uit de crisis te komen, maar of ze geschikt waren, viel nog te bezien.

'Ik stel voor om de beslissing uit te stellen,' zei Sebastian. 'Onder deze omstandigheden zou het overhaast zijn om de villa te verkopen. Zie ik dat juist?'

'Absoluut,' benadrukte Alicia vastberaden en Lisa stemde ijverig knikkend in.

'Wat denk jij, liefste?' vroeg Paul.

'Ik ben diep onder de indruk,' zei Marie. 'We waren vergeten hoe fantastisch deze grote gemeenschap is die met elkaar in de villa leeft. Misschien klopt het gezegde wel, als de nood het hoogst is, is de redding nabij.'

'Laten we afwachten,' zei Paul, die niet helemaal overtuigd was. 'En nu heb ik dringend een kop koffie nodig. Humbert, bent u ons vergeten?'

De huisknecht bracht het dienblad dat al klaarstond binnen en deelde de kopjes uit. Marie probeerde Paul er vergeefs aan te herinneren dat hij geen koffie mocht drinken, maar de patiënt was ongehoorzaam.

'Eén kopje maar. Meer vraag ik niet, Marie.'

Alicia genoot van de eerste slok en keek toevallig naar het dressoir. 'Wat ligt daar eigenlijk? O ja, ik weet het weer. Dat kwam vanmiddag voor me. Wil je het even aangeven, Marie... Het is van Elvira. Mijn hemel, hopelijk niet alweer slecht nieuws.' Ze hield het telegram op grote afstand van haar ogen, zodat ze het beter kon lezen. 'Elvira komt op bezoek. Ze schrijft: "Aankomst woensdag met Liesl en vijf Trakehners."'

'Dat lees je verkeerd, mama,' zei Lisa. 'Er staat vast "met vijf dragers". Voor haar bagage en ik weet niet wat nog meer.'

Alicia gaf het telegram over de tafel aan haar dochter en pakte een plakje cake. 'Lees het zelf maar als je denkt dat ik slechte ogen heb.'

Lisa las de tekst met gefronste wenkbrauwen en legde het papier naast haar gebaksbordje. 'Er staat inderdaad "vijf Trakehners". Tante Elvira moet gek zijn geworden.'

33

HET VERDRIET DAT ZE diep vanbinnen voelde, zou altijd blijven. En ze kon niemand over die pijn vertellen, het was helemaal haar pijn. Voor de rest van haar leven. Liesl zat op de schommelende wagen en had tranen in haar ogen. Ze staarde naar het ontwakende voorjaarslandschap, naar de weidse, groen kleurende velden, waarin eilandjes van gele paardenbloemen bloeiden, naar de ruige silhouetten van donkere bossen aan de horizon en naar de verleidelijke schittering van een stromend beekje in het zonlicht.

'Ben je niet blij om weer naar huis te gaan?' vroeg Leschik, en hij keek haar aan. 'Dan zie je immers je moeder en je broers weer.'

'Ja, ja,' antwoordde Liesl snel. 'Ik kijk ernaar uit.'

Het klonk niet erg overtuigend en de paardenknecht draaide zich ontdaan weer naar voren om de oude merrie aan te drijven. Hij had besloten om op landgoed Maydorn te blijven, maar had erg veel moeite met het afscheid van de door hem vereerde meesteres. Naast Liesl stonden kisten, koffers en buidels opgestapeld, evenals haar reistas, die dit keer goed gevuld was met ondergoed en jurken, zijden kousen en schoenen. In een leren etui, zorgvuldig in witte watten verpakt, zat de mooie ring die mevrouw Von Maydorn haar had geschonken. De bontjas van mevrouw Brunnenmayer, waar ze in de eerste moeilijke maanden zo veel aan had gehad, zat opgerold in een van de koffers. Inmiddels had ze het warme kledingstuk niet meer nodig. Lentebriesjes streken zacht over het land, jonge haasjes speelden in de weiden, witgrijze reigers stonden onbeweeglijk als stokken aan de waterkant en boven in de heldere lucht trokken roofvogels hun cirkels.

Elvira von Maydorn reed voor de wagen uit. Ze had de hengst een paar dagen bij de merries in de wei gezet, zodat hij zich uit kon leven en nu rustiger was, en daarom durfde ze wel op hem naar Kolberg te rijden. Ze had nog steeds pijn in haar rug, maar het ging veel beter. Iemand die bijna vijftig jaar in het zadel had gezeten, verslapte niet op de laatste meters.

'Die boerin wilde me uit de weg ruimen,' had ze kwaad gezegd. 'Maar de lieve Heer heeft anders beschikt en mijn rug weer rechtgezet. De hemel is rechtvaardig!'

Twee jonge merries en hun eenjarige veulens liepen naast de wagen. De landgoedeigenaresse had deze dieren zorgvuldig uitgekozen. Tot haar grote verdriet moest ze de rest van de dieren voorlopig op Maydorn achterlaten. Zolang Hagemanns vrouw nog op het landgoed of in de buurt was, vreesde ze dat er mogelijk nog een aanslag gepleegd zou kunnen worden die haar paarden ernstig zou kunnen verwonden of zelfs kon doden.

'Ze zal wel proberen terug te komen en hij zal haar waarschijnlijk tegenhouden,' vermoedde de oude dame. 'Hij zal zeker kwaad op haar zijn. Misschien is het een les voor hem.'

Elvira von Maydorn had met haar advocaat gesproken die de opdracht had haar nalatenschap te regelen. Terwijl Liesl in het postkantoor van Kolberg naar Augsburg belde om een boodschap voor de ongelukkige Christian achter te laten, zodat hij wist dat ze hem niet was vergeten, had Elvira een lang en serieus gesprek met de jurist gevoerd, die haar had uitgelegd wat haar rechten waren.

'Mijn nalatenschap gaat naar Klaus von Hagemann,' vertelde ze Liesl op de terugweg. 'Daar is niets meer aan te doen. Ik ben zo dom geweest om dat bij Lisa's scheiding vast te leggen. Maar wat en hoeveel ik hem nalaat, dat is mijn zaak. Het landgoed is al meer dan tweehonderd jaar in het bezit van de familie Von Maydorn. Mijn lieve Rudolf was de laatste mannelijke erfgenaam. Alicia wilde het landgoed niet, en Lisa, de volgende erfgenaam, gaf het aan Von Hagemann toen ze scheidde. Heeft iemand mij gevraagd of ik het goedvond? Niemand! Lisa trok het pand onder mijn kont vandaan en gaf het aan haar ex. En hij begint wat met zo'n rotwijf dat me zelfs wil vermoorden. Maar dan kennen ze mij nog niet. Ik zal dat tuig eens een lesje leren!'

Hoewel Liesl de woede-uitbarstingen van haar moeder gewend was, waren die niets vergeleken met de ongeremde woede die de bedrogen barones in zijn greep hield sinds de aanslag op de stal. Want het moest een aanslag zijn geweest, dat bleek wel uit het feit dat iemand de grendel van de stal van de hengst Dzjengis Khan had opengeschoven. De avond ervoor waren alle stallen gecontroleerd en in orde. Dat had Leschik haar verzekerd, die van de Trakehners hield alsof het zijn kinderen waren. Ze zouden er wel nooit achter komen wie nog voor zonsopgang de paardenstal binnen was geslopen, maar waarschijnlijk was het dezelfde persoon geweest die kort daarna grote stenen tegen de ramen van de stal had gegooid.

'Stel je voor, meid,' zei Elvira von Maydorn, 'dat er in dat tumult een petroleumlamp van het haakje was gevallen. Dan was de hele stal in de fik gevlogen en waren we samen met de paarden levend verbrand. Misschien was het vuur dan zelfs overgeslagen op de andere stallen en het personeelshuis. We hebben allemaal veel geluk bij een ongeluk gehad!'

Toen ze 's middags uit Kolberg terug naar Maydorn waren gereden, had de barones het besluit genomen om het landgoed te verkopen. Klaus von Hagemann zou dan nog steeds recht hebben op het geld dat ze ervoor kreeg, maar daar had de oude dame een oplossing voor gevonden.

'Ik ga het opmaken, meid. In Augsburg, bij mijn schoonzus Alicia, de enige die nog over is van mijn generatie. Voor mijn paarden ga ik een goede wei en een stal huren. En ik ga mezelf ook wat gunnen. Ik ga het geld erdoorheen jagen. Over de balk smijten. Tot er niks meer van over is. Hij zal geen rooie pfennig erven.'

Ze had meteen een makelaar gevonden, die de volgende dag in een open automobiel het erf op kwam rijden. Hij bekeek alles nauwkeurig en maakte notities. Natuurlijk was de kleine, drukke man in de donkere mantel en met een hoed op de rentmeester Klaus von Hagemann opgevallen. Die sprak de vreemdeling geïrriteerd aan en hoorde zo van de plannen van de barones. Het moest nogal een schok voor hem zijn, want Liesl, die zich achter een gordijn had verstopt en door het raam naar buiten gluurde, zag dat haar vader roerloos bleef staan en de kletsende makelaar als een geestverschijning aanstaarde. Daarna schreeuwde hij iets wat Liesl niet verstond, hief zijn zweep en rende op de makelaar af. De verblufte man deinsde haastig achteruit, stapte scheldend in zijn automobiel, verjoeg twee kippen die erin waren gaan zitten en scheurde weg.

'Dit gaat je niet helpen, Klaus von Hagemann!' schreeuwde Elvira von Maydorn, die ook bij een raam had gestaan, kwaad over het hele erf. 'Je kunt er één wegjagen, maar daarvoor komen er drie andere terug. We zullen wel zien wie het hier voor het zeggen heeft!'

Het duurde niet lang of ze hoorden haar vader met zijn zware laarzen de trap op komen. Hij klopte kort aan en liep meteen de kamer in. Hij droeg de beduimelde jas en aan zijn laarzen zat varkensmest, die de stalmeiden bij het uitmesten hadden laten vallen.

'Wat moet dit?' blafte hij. 'Wat heeft die belachelijke makelaar op Maydorn te zoeken?'

Liesl verstopte zich angstig achter de leunstoel, maar de barones stond op en liep onbevreesd naar hem toe. 'Ik wist niet dat ik je in mijn vertrekken had uitgenodigd,' zei ze bazig.

De rentmeester snoof geïrriteerd. De littekens in zijn gezicht kwamen als dikke, rode lijnen naar voren, waardoor hij er nog gehavender uitzag dan anders.

'Laten we de formaliteiten alstublieft achterwege laten,' zei hij en hij deed zijn best om te kalmeren. 'Dit landgoed is mij als nalatenschap toegewezen. Dat is notarieel vastgelegd en bevestigd. U kunt het niet verkopen!'

De oude dame moest haar hoofd een beetje optillen om de rentmeester aan te kunnen kijken. Ze grijnsde vol leedvermaak naar hem. 'Een erfenis is pas een erfenis als de erflater dood is. En aangezien ik nog leef, is er voor jou geen erfenis. Het landgoed is van mij en ik kan ermee doen wat ik wil.'

Hij keek haar boos aan en zijn kin begon te trillen. 'Dat zal juridisch niet kunnen, mevrouw Von Maydorn. Er is een notarieel contract.'

'Ik heb gisteren met de advocaat gesproken en het is legaal. Of je het nu leuk vindt of niet, het landgoed zal een nieuwe eigenaar krijgen. Als je geluk hebt, behoud je je functie als rentmeester, maar ik zal je niet aanbevelen.'

'Dat is krankzinnig!' schreeuwde hij woedend. 'Waarom denkt u dat iemand een aanslag op u heeft gepleegd? Dat is belachelijk. Het was een betreurenswaardig ongeval. Een gek heeft stenen gegooid en dat speelt u tegen mij en mijn gezin uit!

'Ik wil niets meer horen,' zei de oude vrouw boos. 'Verlaat mijn kamer, Klaus von Hagemann!'

Hij wilde nog meer tegenwerpingen maken, maar toen hij de opengesperde, geschrokken ogen van zijn dochter zag, zweeg hij. 'Denkt u er nog eens rustig over na, mevrouw Von Maydorn,' zei hij met trillende stem. 'U snijdt in eigen vlees.'

Hij draaide zich om en liep de kamer uit. Er bleven een paar hompen mest op de vloer achter.

'Nu krijgt de boerin ervan langs,' zei Elvira von Maydorn vergenoegd en ze ging in haar fauteuil zitten en sloeg de krant open.

's Avonds barstte er op de benedenverdieping inderdaad een heftige ruzie uit. Dit keer domineerde de mannelijke stem. De vrouwelijke stem keef af en toe, maar later hoorden ze haar jammeren. Liesl bedekte haar oren. Ze wilde zich niet voorstellen wat voor scène zich daar beneden afspeelde. Haar weldoenster glimlachte echter tevreden en leek van het stemmenconcert te genieten.

De volgende dag verscheen de makelaar weer op het erf. Dit keer had hij twee sterke mannen meegenomen, die hem begeleidden tijdens zijn bezichtiging. Hij onderhandelde met de landgoedeigenaresse, bekeek de plattegrond van het perceel en de gebouwen en tufte weer weg in zijn automobiel. Er zouden advertenties komen in alle grote kranten van Berlijn, München en Hamburg, had hij beloofd. Nu was het officieel.

Er heerste een onaangename spanning. ’s Nachts dacht Liesl dat ze voetstappen in de gang hoorde en meende ze de trap te horen kraken. Het was alsof iemand op zijn sokken naar boven liep. Mevrouw Von Maydorn maakte zich ook zorgen. Ze deed de deur zorgvuldig op slot en barricadeerde de deurklink met de rugleuning van een stoel.

‘Voor de zekerheid,’ zei ze tegen Liesl. ‘Je hoeft niet bang te zijn, meisje. Ik heb de sabel van wijlen mijn broer naast mijn bed staan. Hij heeft het als officier gedragen. Het lemmet is glad en scherp.’

Liesl, die nog steeds op de bank in de woonkamer sliep, voelde zich hierdoor niet gerustgesteld. Ze trok de bontjas van mevrouw Brunnenmayer over zich heen en hoopte dat in geval van nood niemand haar zou zien.

Maar de dood vond zelfs bij gesloten deuren zijn weg naar het landhuis. Als een zwarte schim gleed hij onhoorbaar de treden op en deed zijn werk. Toen Liesl de volgende ochtend haar grootmoeder Riccarda von Hagemann een beker warme melk met honing wilde brengen, vond ze de oude vrouw levenloos in haar bed.

‘Er is een einde gekomen aan haar lijden,’ zei Elvira von Maydorn toen ze in de kamer van de dode kwam om afscheid van haar te nemen. ‘Ze was niet onaardig, die Riccarda. Toen ze nog helder in haar hoofd was, kon ik het goed met haar vinden. God hebbe haar ziel en moge haar het eeuwige leven schenken.’

Liesl wist niet of haar vader rouwde om de dood van zijn moeder.

’s Middags droegen twee knechten de overledene in een laken de trap af en legden haar in de houten kist die met een vrachtwagen was gebracht. De begrafenis zou na Pasen plaatsvinden, maar Liesl kon er niet bij zijn. Op dat tijdstip, zo had Elvira von Maydorn besloten, zouden ze het landgoed al hebben verlaten.

Diezelfde middag zagen ze de vrouw van de rentmeester, die zichzelf jarenlang als landgoedeigenaresse had beschouwd, met haar kinderen en twee meiden in een wagen klimmen, waar ook kisten en koffers op werden geladen. De ‘boerin’, zoals mevrouw Von Maydorn haar zelfs nu nog denigrerend noemde, droeg een wijde mantel van donkere stof en had een sjaal om haar hoofd gebonden. Ze keek niet op of om terwijl een van de knechten met de wagen het erf afreed. Voor de stallen en schuren stonden meiden en knechten haar met open mond na te kijken. Liesl en mevrouw Von Maydorn bekeken de scène van achter een raam van het landhuis, maar de oude dame zei niets.

’s Avonds klopte Klaus von Hagemann op de kamerdeur en het gesprek dat hij en mevrouw Von Maydorn toen voerden, zou zijn dochter zich nog lang blijven herinneren.

‘Zou ik u nog even mogen spreken, mevrouw Von Maydorn? Alstublieft?’ zei hij op een vriendelijke toon. ‘Ik denk dat ik het recht heb om deze kwestie een keer van mijn kant te belichten.’

De barones liet hem binnenkomen. Met genoegdoening stelde ze vast dat hij dit keer een pak had aangetrokken en geen laarzen maar normale schoenen droeg. Bovendien sprak hij nu op rustige toon en zei hij ‘alstublieft’. Toch bood ze hem geen stoel aan. Hij moest voor haar blijven staan terwijl zij in haar leunstoel zat en hem van onderaf aankeek.

‘Gecondoleerd met de dood van je moeder,’ zei ze. ‘Ter wille van Riccarda zal ik naar je luisteren.’

Liesl zat op de bank en wist heel goed dat haar vader het niet prettig vond dat ze erbij was, maar aangezien mevrouw Von Maydorn haar niet wegstuurde, bleef ze zitten.

Haar vader prees eerst zijn trouwe dienst op het landgoed en de successen die hij had geboekt. 'Toen ik deze functie meer dan tien jaar geleden aannam, was de landbouw- en bosbouwopbrengst erg laag. Er heerste onverschilligheid en er was sprake van wanbeheer. De knechten en meiden leidden een vrolijk leventje, de stallen waren smerig en het gereedschap was niet goed onderhouden. Kortom, behalve de paardenfokkerij was alles verwaarloosd. Ik ben degene geweest die het bedrijf weer tot bloei heeft gebracht.'

Elvira von Maydorn luisterde geduldig en toen hij klaar was, knikte ze langzaam. 'Het is een beetje overdreven, maar in wezen is het waar. Je hebt laten zien dat je een bekwame rentmeester bent, Klaus von Hagemann. Helaas ben je met de verkeerde vrouw een relatie aangegaan.'

Klaus von Hagemann probeerde halfslachtig zijn vrouw te verdedigen, maar gaf uiteindelijk toe dat mevrouw Von Maydorn gelijk had.

'Ik heb haar naar huis gestuurd, naar haar dorp,' vervolgde hij. 'Ze zal u nooit meer lastigvallen. Ik ga definitief scheiden en heb het haar ten strengste verboden om het landgoed ooit nog te betreden.'

Hij keek de barones verwachtingsvol aan. Maar Elvira von Maydorn was niet onder de indruk van dit offer. Integendeel. 'Dus ze heeft toegegeven dat ze de aanslag heeft beraamd?' vroeg ze terwijl ze hem strak aankeek.

Klaus von Hagemann zweeg, en die stilte was veelzeggend. 'Ik wist er niets van, mevrouw Von Maydorn,' zei hij ten slotte zacht. 'Dat zweer ik.'

Het was een poosje stil in de woonkamer. Von Hagemann wachtte op antwoord en Liesl zag de smekende vraag in zijn ogen, de smeekbede om hem niet alle hoop te ontnemen. Ze kon bijna niet geloven dat dit dezelfde man was die zo kil afscheid van haar had genomen en haar had weggestuurd. Het deed bijna nog meer pijn om haar vader zo vernederd te zien dan om zijn onverschilligheid te verdragen. Liesl wilde dat ze voordat dit gesprek was begonnen naar de kamer ernaast was gevlucht om er niets van te hoeven horen. En het werd nog erger.

'Ik wil wel geloven dat je er niet achter zat,' zei mevrouw Von Maydorn. 'Maar die poppenkast dat je van de boerin gaat scheiden, die kun je je besparen. Ik weet heel goed hoe dit zal aflopen.'

'Het is mijn bittere ernst. Waarom gelooft u me niet?'

'Omdat ik weet dat je je hele leven niet meer van dat mens af komt,' zei Elvira von Maydorn gelaten. 'Zodra ik ben vertrokken met Liesl en de paarden, zal ze weer terugkomen. Zelfs tegen jouw wil in.'

'U gaat weg?' vroeg hij geschrokken.

'Jazeker. De makelaar regelt de verkoop. Ik hoef de overdracht aan de koper niet mee te maken. We vertrekken morgen.'

Nu werd Klaus von Hagemann helemaal wanhopig. Hij schudde zijn hoofd en wrong zijn handen. Ineens viel zijn blik op zijn dochter, die alles met afgrijzen volgde. 'Liesl,' riep hij smekend. 'Zeg jij nou eens wat. Jij bent mijn kind en ik ben je vader. Doe een goed woordje voor mij!'

Het was een dilemma voor Liesl, die hem graag had geholpen. Maar dat was onmogelijk, want ze stond machteloos tegenover de wil van haar weldoenster.

'Laat het meisje met rust,' zei de barones boos. 'Je hebt nooit naar haar omgekeken, dus het is een schande om haar te smeken. En nu ben ik moe en wil ik naar bed. Morgen wordt een zware dag. Goedenacht, Klaus von Hagemann!'

Zonder een woord te zeggen en zonder Liesl nog een blik waardig te keuren liep hij de kamer uit. Hij deed de deur met een harde ruk dicht. Dit was dus het einde. Het einde van haar zoektocht naar haar vader en het begin van een leven lang verdriet.

Toen ze de volgende dag in de verte de imposante vuurtoren van Kolberg zagen, depte Liesl haar tranen en besloot ze vanaf nu niet meer aan haar vader te denken. Het was belangrijk om vooruit te kijken, en naar de andere problemen die haar ongetwijfeld te wachten stonden. Haar moeder zou niet blij zijn dat ze terugkwam, omdat ze iets anders had gehoopt. Bovendien was het niet zeker of ze haar baan in de villa terug kon krijgen. Als de familie inmiddels iemand anders had aangenomen, zou ze voorlopig bij haar moeder moeten wonen en in de tuinderij moeten meehelpen. En Christian? Zou hij geloven dat ze hem niet was vergeten? Misschien had hij de ontrouwe Liesl allang uit zijn hoofd gezet en wilde hij niets meer van haar weten.

Toen de kleine colonne op het station aankwam, werden voorlopig alle zorgen over de toekomst verdreven. Ze moesten nu zien hoe ze alle bagage en de paarden in de klaarstaande wagons kregen. Met de kisten en koffers ging dat dankzij de hulp van twee kruiers snel, aangezien die haastig aan kwamen lopen omdat ze op een flinke fooi hoopten. Met de paarden was het een ander verhaal. Leschik en mevrouw Von Maydorn moesten engelengeduld opbrengen om de twee merries en hun veulens over de houten laadbrug in de gesloten goederenwagon te krijgen. Zelfs toen de twee jonge paarden erin stonden en door Leschik vastgehouden werden, aarzelden hun moeders nog wantrouwig om de donkere wagon in te gaan.

De eigenwijze Dzjengis Khan moest alleen in een tweede wagon worden vervoerd, zodat hij geen onrust veroorzaakte bij de merries. Alleen wilde hij de luxecoupé absoluut niet in. Hoe hard ze ook hun best deden om hem rustig toe te spreken en met iets lekkers te lokken, hij weigerde de wagon zelfs maar te naderen. Hij bleef koppig voor de wagon staan waarin zijn merries met de veulens stonden, schudde boos zijn manen en wilde zijn dames terug.

'Er zit niks anders op. We moeten Cora uitspannen en de wagon in leiden,' stelde Leschik voor. 'De merrie is braaf, die gaat er wel in en dan zal Dzjengis Khan erachteraan gaan. Daarna haal ik Cora er weer uit en doet u snel de deur dicht.'

'Dat moet dan maar,' zuchtte mevrouw Von Maydorn. 'Maar schiet op, de man met de rode pet kijkt al op de klok.'

Liesl liep achter Leschik aan om de twee voeremmers met lekkernijen voor de paarden te halen. Maar na de eerste passen bleef ze als aan de grond genageld staan.

‘Pardon,’ zei een man tegen Leschik. ‘Iemand zei tegen me dat u naar landgoed Maydorn rijdt.’

‘Dat klopt,’ zei Leschik, die bezig was met de merrie. ‘Maar het duurt nog een poosje. Wilt u mee?’

‘Ja, ik wil naar Maydorn. Wat een geluk dat u me mee wilt nemen.’

Christian had inderdaad veel geluk vandaag. Hij kromp heftig ineen toen hij Liesls luide, verraste stem hoorde. ‘Christian! Christian! Ik kan het niet geloven! Ben jij het echt?’

Hij was zo perplex dat hij geen woord kon uitbrengen en ter plekke stokstijf bleef staan, terwijl Liesl recht op hem afliep en hem om de nek vloog.

‘Ja, Liesl…’ stamelde hij en hij kon niet geloven dat hij haar in zijn armen had. ‘Liesl, daar ben je.’

‘En jij, Christian? Hoe kom jij hier? Ik dacht dat je in Augsburg was en niets meer van me wilde weten.’

Eindelijk had hij begrepen dat hij op zijn bestemming was aangekomen. Eerder en gemakkelijker dan hij had gedacht. En dit weerzien was veel fijner dan hij ooit had durven dromen.

‘Ik kom je naar huis brengen,’ zei hij verlegen. ‘Omdat ik het wachten zat ben. En omdat ik niet wil dat je met een of andere graaf of prins trouwt en ongelukkig wordt met hem.’

Liesl moest lachen omdat hij zo’n onzin uitkraamde. Graaf of prins! Hoe kwam hij daar nou bij?

‘Ik heb speciaal naar de villa gebeld en tegen Humbert gezegd dat hij aan jou moest doorgeven dat ik je niet ben vergeten, Christian!’

Hij schudde zijn hoofd, want hij wist niets van een telefoontje. Maar omdat Liesl nog steeds heel dicht bij hem stond en niet weg wilde gaan, kuste hij haar heel teder op haar wang.

‘Liesl?’ klonk de felle stem van de barones. ‘Waar zit je in hemelsnaam, meid? De hengst staat erin en de trein vertrekt bijna. Waar zijn de voeremmers?’

Liesl en Christian stoven uit elkaar. Liesl pakte de ene emmer, Christian de andere, en zo liepen ze naar de laadbrug, waar mevrouw Von Maydorn ongeduldig stond te wachten en de stationschef ongeduldig met zijn spiegelei zwaaide.

'Hé,' zei de oude dame verbaasd. 'Heb je een man aan de haak geslagen?'

'Dit is Christian Torberg uit Augsburg, mevrouw Von Maydorn. Alstublieft, mag hij met ons mee naar huis reizen?'

Haar weldoenster bekeek de nieuwe passagier van top tot teen en vond hem er goed en gespierd uitzien. 'Kan hij met paarden omgaan?'

'Natuurlijk kan hij dat,' beweerde Liesl stoutmoedig.

'Stap dan maar in, Christian.'

De reis was lang en vermoeiend voor zowel mens als dier. Op elk station moesten ze kijken hoe het met de paarden ging, vers water voor ze regelen, de mest opruimen en nieuw hooi strooien. Als de trein verder reed, zat Liesl naast mevrouw Von Maydorn in de coupé. Ze kletste met haar, gaf haar de tas met het eten of de krant aan en deed kaartspelletjes met haar. Christian stond meestal in de gang en keek uit het raam van de trein naar het landschap. Als de oude vrouw een dutje deed, sloop Liesl naar hem toe om hem wat te eten te geven en even met hem te praten. Ze hadden elkaar veel te vertellen en wisselden lieve bekentenissen uit. En als er geen conducteur of medereiziger te zien was, legde Christian zijn arm om zijn meisje en liet hij haar voelen hoe enorm hij naar haar had verlangd.

34

LEO HAATTE EMOTIONELE AFSCHEIDSSCÈNES. Hij had nog nooit in bijzijn van iemand anders gehuild en gesnikt, zoals vrouwen deden. Hij trok liever een grimmig gezicht en kruiste zijn handen achter zijn rug.

'Ik wens u al het geluk van de wereld,' zei zijn moeder tegen mevrouw Ginsberg, waarna ze haar omhelsde. Ze hadden allebei tranen in hun ogen en hielden elkaar een tijdje vast.

'We zien elkaar terug. Ik weet heel zeker dat we elkaar ooit zullen weerzien. Vergeet u niet meteen te schrijven zodra u in Amerika bent aangekomen.'

Ze stonden bij de trap op de eerste verdieping van de villa. Beneden in de hal stond Humbert op de Ginsbergs te wachten om ze naar het station te brengen. Ze gingen eerst naar Hamburg en daarna naar Bremerhaven, waar overmorgen hun stoomschip zou vertrekken. En daarna naar New York. Naar het land van de onbegrensde mogelijkheden.

Walter had zijn viool in de kist gelegd, en de strijkstok ontspannen en zorgvuldig aan de zijkant geklemd. Nu legde hij de bladmuziek erbij en klapte de kist dicht. Leo stond naast zijn vriend en slikte een paar keer, maar de brok in zijn keel ging niet weg. Ze hadden de kleine vioolsonate die Leo voor Walter had geschreven een paar keer gespeeld en nu was het moment gekomen om afscheid te nemen van elkaar. Voor een heel lange tijd. Misschien wel voor altijd.

'Dan... ga ik nu,' zei Walter met hese stem. 'Het ga je goed, Leo. En schrijf me, goed? En vergeet me niet.'

Leo schudde heftig zijn hoofd. Hoe kon hij zijn enige vriend ooit vergeten?

'Jij moet eerst schrijven, Walter, want ik weet je adres niet...'

'Natuurlijk. Beloofd.'

De twee moeders liepen samen de trap af naar de hal, waar Hanna stond om mevrouw Ginsberg en Walter in hun mantel en jas te helpen. Walter en Leo keken elkaar nog steeds aan en verroerden zich niet.

'Goed,' mompelde Walter. 'Dag...'

'Dag,' fluisterde Leo.

Ze omarmden elkaar, wat ze normaal gênant zouden hebben gevonden. Ze grijnsden allebei een beetje, daarna maakten ze zich van elkaar los en Walter liep met zijn vioolkist zo snel de trap af dat het leek of hij achternagezeten werd.

Bij de voordeur draaide mevrouw Ginsberg zich nog één keer om en zwaaide naar de achterblijvers. Daarna stapte ze bij Walter in de auto en Humbert startte de motor. Ze reden over de laan naar de poort van het park en voegden in op de Haagstraat om naar de stad te rijden. Naar het station, waar Walter aan een nieuw leven zou beginnen, waar Leo van nu af aan geen deel meer van uitmaakte.

'Zo, Leo,' zei zijn moeder en ze legde haar arm om zijn schouders. 'Je bent zeker verdrietig, hè? Denk eraan dat het voor hen beiden beter is.'

'Ja, mama.'

Hij wist niet zeker of ze gelijk had. Maar de volwassenen hadden het zo beslist en de kinderen moesten zich ernaar voegen. Hij maakte zich los van zijn moeders troostende arm en zei dat hij nog even in het park wilde rondlopen om naar de paarden te kijken.

'Blijf niet te lang weg, Leo. Er is straks een vieruurtje met allemaal lekkere dingen die tante Elvira uit Pommeren heeft meegebracht. Tante Tilly, tante Kitty en oom Robert komen ook.'

O jee, dacht hij. Dan zou Henni er ook bij zijn. En nu hij de hele tijd aan Walter moest denken, was zij de laatste die hij om zich heen wilde hebben.

'Ik ben op tijd terug, mama.'

Natuurlijk had hij weer eens pech. Toen hij de treden voor de voordeur af liep, kwam net tante Kitty's auto knetterend het voorplein op rijden, die het ronde bloemperk in een donkere, stinkende wolk hulde en voor de villa stopte.

'Was je soms weer de handrem vergeten, schat?' grapte oom Robert.

'Hoe kom je daar nu bij?' vroeg tante Kitty met een onschuldig gezicht. 'Ik denk eerder dat de auto naar de garage moet. De remmen zijn zo slecht. Ik moet keihard remmen als ik de auto wil laten stoppen...'

Leo wilde snel rechts afslaan en over het grasveld wegsluipen, maar Henni had hem al gezien. Zijn nicht had altijd alles door.

'Waar ga je naartoe, Leo? We gaan zo koffiedrinken en taart eten. Grootmoeder Gertrude heeft kersenkruimeltaart gebakken.'

Hij draaide zich kort om en zei: 'Ik kom later.'

'Heb je mijn brief gelezen?' riep ze hem na.

Brief? Welke brief? O ja, die zat nog in zijn schooltas. Vast een uitnodiging voor haar verjaardag. Echt wat voor Henni, ze was pas in mei jarig en maakte er nu al ophef over.

Zonder antwoord te geven liep hij snel met grote passen weg en hij hoopte vurig dat ze niet achter hem aan kwam. Bij het tuinhuisje keek hij achterom. Hij had geluk, waarschijnlijk was ze met de anderen de villa in gegaan. Daar kon ze met Dodo kletsen, die zo meteen met papa uit de fabriek zou komen. Ze ging er inmiddels dagelijks met hem naartoe en bleef er dan lang rondhangen. Ze vertelde de arbeiders wat ze moesten doen en voelde zich heel wat. Hij hield veel van zijn zus, maar het deed pijn dat hun vader plotseling zo veel waardering voor Dodo had en hem nog nauwelijks aandacht schonk.

Achter het tuinhuisje lag de paardenweide, die ze eergisteren in alle haast met stokken en linten hadden omheind omdat oudtante Elvira met haar Trakehners was aangekomen. Dat was een heel circus geweest. Ze had vanaf het station naar de villa gebeld om te zeggen dat ze twee mensen voor de paarden nodig had en dat er ook heel veel bagage vervoerd moest worden. Tante Lisa en grootmoeder waren bijna over hun toeren geraakt van de schrik, maar mama had het heft in handen genomen en alles georganiseerd. Er waren twee mensen vanuit de fabriek gestuurd, Humbert en tante Kitty waren met de auto's naar het station gereden om de bagage naar de villa te brengen en de paarden hadden ze vanuit de stad over de weiden naar het park geleid. Oudtante Elvira had meteen Christian meegebracht en natuurlijk ook Liesl. Daar was Leo het blijst mee, want hij mocht Liesl graag.

Liesl stond nu bij de mensen die een stevige omheining maakten en deelde appelsap en boterhammen met ham uit. De wei moest in drie gedeeltes worden opgesplitst en later wilde Elvira von Maydorn nog een stal laten bouwen. Leo bleef op een afstandje staan en keek naar de paarden. Ze waren mooi, vooral de hengst, die groter was dan de merries en nogal wild was. Als hij galoppeerde, vlogen de grasplaggen door de lucht, zo veel kracht had hij. Soms renden de merries achter hem aan en dan maakten de twee veulens capriolen van plezier. Ze waren zeker blij dat ze niet meer in de treinwagon waren opgesloten.

Toen Liesl hem ontdekte, pakte ze de mand met het brood op en liep naar hem toe. Ze was vrouwelijker, volwassener en knapper geworden. En ze had een andere blik in haar ogen. Leo voelde dat ze dingen wist die hij nog niet wist, maar die 's nachts zijn dromen beheersten en hem inspireerden tot indringende, zoete melodieën.

'Hoe gaat het bij jullie thuis?' vroeg hij, om iets te zeggen.

'Het gaat goed. Maxl zorgt inmiddels overal voor en regelt ook de geldzaken. Hansl gaat naar de middelbare school en Fritz zit in de tweede klas van de basisschool. Hij is nogal lui op school en graaft liever in de tuin.'

Ze lachte en Leo lachte met haar mee. In de verte zwaaide Christian naar haar, die hielp met het aanleggen van de omheining.

'Ik moet weer terug naar de keuken,' zuchtte ze. 'Anders vraagt mevrouw Brunnenmayer zich af waar ik blijf.'

Leo keek haar na terwijl ze lichtvoetig met haar mand wegliep en overwoog even om samen met haar naar de villa te lopen. Maar hij deed het toch maar niet. Hij bleef liever nog een tijdje naar de paarden kijken. Ze stonden bij elkaar te grazen. Af en toe tilde de hengst zijn hoofd op en keek argwanend naar de mensen die de palen in de grond sloegen. Hij leek niet bang voor hen te zijn, want hij bleef grashalmen uit de grond trekken.

Met allerlei klanken en melodieën in zijn hoofd keerde Leo langzaam terug naar de villa. Hij liep de treden voor de ingang op en deed de deur open. Boven in de eetkamer waren ze waarschijnlijk al met het vieruurtje begonnen. Hij hoorde tante Kitty's geklets helemaal in de hal en hoorde ook tante Lisa en vooral Henni en Dodo praten. Hij had niet veel zin in de lawaaierige familiebijeenkomst. Hij trok zich liever in zijn kamer terug om een paar van de nieuwe melodieën te noteren, maar dan zou zijn moeder teleurgesteld zijn. Bovendien was zijn vader uit de fabriek gekomen. Zuchtend trok hij zijn schoenen uit en ging op zoek naar zijn pantoffels. Toen hij ze eindelijk had gevonden, ging achter hem plotseling de keukendeur open.

'Hallo, Leo,' zei mevrouw Brunnenmayer. 'Waarom ben je niet boven bij de rest, jongen? Je bent zeker nog verdrietig omdat Walter weg is, nietwaar? Hier, ik heb je lievelingskoekjes voor je gebakken. Voor jou en je zus.'

De goede mevrouw Brunnenmayer! Het waren dezelfde lekkere koekjes die Dodo en hij vroeger stiekem uit de keuken hadden gesmokkeld omdat ze van de gouvernante, dat akelige mens, geen zoetigheden mochten.

'Dank u wel, mevrouw Brunnenmayer,' zei hij ontroerd en hij pakte een koekje uit het blik dat ze voor hem ophield. 'U bent zeker blij dat Liesl weer terug is, hè?'

'Dat klopt helemaal, jongen,' zei ze en ze keek hem stralend aan. 'Dat het meisje heelhuids en in goede gezondheid terug is, daarvoor dank ik de lieve Heer elke avond en elke ochtend. Ik heb er nooit achter gestaan dat ze wegging. Maar blijkbaar was het nodig, want daardoor is ze in elk geval wel verstandiger geworden. Het is nu serieus tussen haar en Christian. Er hangt een verloving in de lucht.'

Leo pakte nog een koekje uit de koektrommel. Hij betwijfelde of hij de kokkin ooit zo kletserig had meegemaakt. Ze was nu eenmaal niet meer de jongste, misschien werd ze naarmate ze ouder werd wel helemaal praatziek. Liesl ging zich blijkbaar verloven met Christian. Leo voelde een kleine steek. Christian was heel aardig, maar Leo vond toch dat Liesl eigenlijk beter verdiende dan een tuinman.

Hij liep naar boven, naar zijn kamer, om zich snel om te kleden. Weemoedig keek hij naar zijn bureau en naar de bladmuziek die erop lag. Walter zat nu met zijn moeder in de trein en was vast net zo verdrietig als hij. Overmorgen zouden ze aan boord gaan van het stoomschip. Leo zuchtte en liep de trap af naar de eetkamer.

'Ah, Leo!' zei zijn moeder. 'Ik was bijna naar boven gelopen omdat ik bang was dat je je kamer helemaal niet meer uit kwam.'

Dodo en Henni waren er niet meer, wat een geluk. Papa, oom Robert en oom Sebastian hadden zich in de herenkamer teruggetrokken. Tante Lisa had Leo voor zichzelf. Ze schoof de schaal met rookworst en ham naar hem toe. Verder waren er versgebakken brood, augurken en zoetzure stukjes pompoen, die hij heel vies vond.

'Deze ham is zalig, Leo,' zei ze enthousiast. 'Wat ongelofelijk jammer dat we die voortaan moeten missen, want tante Elvira heeft het krankzinnige plan opgevat om het mooie landgoed Maydorn te verkopen.'

Leo legde wat ham op zijn brood en kauwde er lusteloos op. Oudtante Elvira zat bij Henni's grootmoeder Gertrude en grootmoeder Alicia en vertelde allerlei bizarre dingen over een boerin die een heks was en geprobeerd had Liesl en haar te vermoorden. Leo schrok eerst, vooral vanwege Liesl, maar grootmoeder leek het niet helemaal te geloven en Gertrude lachte zelfs. Dan had oudtante Elvira het vast verzonnen. Hij had haar hooguit één of twee keer in zijn leven gezien en toen was hij nog klein geweest. Ze had grijs haar en was iets langer dan grootmoeder, en ze praatte en bewoog op een heel andere manier. Ze was veel energieker en luidruchtiger en gebruikte woorden die zijn grootmoeder nooit in haar mond zou nemen. Zelfs Tilly's moeder Gertrude zou nooit dat soort dingen hebben gezegd, terwijl zij nooit een blad voor de mond nam.

'Dat wijf heeft hem mak gemaakt in bed, zodat hij helemaal afhankelijk van haar werd.'

'Alsjeblieft, Elvira. Er zijn minderjarigen in de kamer!'

'Ach, onzin!' De barones uit Pommeren keek naar Leo. 'Die heeft al de baard in de keel. Dan is het alleen maar goed als hij vroeg genoeg voor dat soort vrouwen gewaarschuwd wordt!'

Leo begreep niet helemaal waar ze het over had, maar hij vond het erg gênant dat ze hem zo aanstaarde en over zijn stemverandering sprak. Hij was de laatste tijd inderdaad vaak hees en sprak soms een octaaf lager. Op school bromden sommige klasgenoten sinds maanden met een basstem en op het schoolplein maakten ze diepe, grommende geluiden. Twee kinderen hadden daarvoor een reprimande gekregen.

'En heeft je makelaar zich inmiddels gemeld?' vroeg tante Lisa.

'Nog niet, maar ik denk dat ik de komende dagen wel iets van hem zal horen,' antwoordde Elvira, terwijl grootmoeder een trieste zucht slaakte en haar kopje leegdronk.

'Als ik bedenk dat een of andere wildvreemde mijn geliefde Maydorn zomaar kan kopen…' kreunde ze.

Tante Elvira lachte en beweerde dat zolang Klaus von Hagemann daar rentmeester was, de nieuwe eigenaar met de boerin te maken had. En zij was een taaie en kon je leven tot een hel maken.

'Dan kan de nieuwe eigenaar Von Hagemann maar beter ontslaan,' zei mama. 'Wel jammer. Volgens mij is hij wel een goede rentmeester.'

'Dat is waar, mijn lieve Marie,' bevestigde Elvira spijtig.

Tante Lisa tuitte haar lippen en kneep haar ogen tot spleetjes. 'Misschien weet ik wel iemand die interesse zou kunnen hebben, tante Elvira,' zei ze en ze giechelde.

'Echt? Als hij een goede prijs betaalt, kunnen we erover praten.'

'Het zou in elk geval een landgoedeigenaresse zijn die tegen de boerin is opgewassen.'

Nu mengde grootmoeder zich in het gesprek. Ze schudde verontwaardigd haar hoofd en vroeg: 'Je bedoelt toch zeker niet meneer Grünling? Ik moet er niet aan denken. Waarom zou hij een landgoed kopen?'

'Nou ja,' zei tante Lisa schouderophalend. 'Serafina's familie heeft ooit landerijen in het oosten gehad, die ze tijdens de naoorlogse inflatie zijn verloren. Zij zou het wel leuk vinden om baronesje te spelen.'

'Ik weet niet, Lisa. Wat een raar idee.'

Leo slikte het laatste stuk brood door en vroeg zich af waarom hij hier eigenlijk moest zitten en naar die saaie verhalen moest luisteren. Hij kreeg toch van niemand aandacht, dus hij kon net zo goed naar zijn kamer gaan. Maar op dat moment legde zijn moeder nog een stuk rookworst op zijn bord en fluisterde tegen hem dat zijn vader naar hem had gevraagd.

'Hij is in de herenkamer. Eet je bord leeg en ga dan alsjeblieft naar hem toe.'

'Ja, mama.'

Onverschillig sneed hij de roodachtige, naar rokerij ruikende worst in stukjes en prikte die met zijn vork op. Daarbij hoorde hij tante Kitty's stem, die vandaag ongewoon zacht praatte. Ze zat aan de andere kant van de tafel met tante Tilly en ze leken dingen te bespreken die grootmoeder niet mocht horen. Leo luisterde tegen wil en dank mee.

'Je hebt dus een rendez-vous?' vroeg tante Kitty. 'Mijn hemel, Tilly, lieverd. Wat ben ik blij voor je. Je hebt al een heel andere uitstraling. Je bent een knappe, aantrekkelijke vrouw geworden. Geen wonder dat hij heeft doorgezet.'

Leo vond niet dat tante Tilly er erg anders uitzag dan anders. Misschien had ze haar haar iets leuker opgestoken en het hangertje met de rode steen dat ze om haar hals droeg, zag er best mooi uit op de grijze jurk.

'Alsjeblieft, Kitty. Niet zo hard. Ja, ik heb een afspraak met hem. We willen naar de Rijn rijden en een wandelingetje maken. Verder niets.'

'Nou, lieve Tilly, je moet in elk geval zorgen dat je een condoom bij je hebt. Kijk nou niet zo geschrokken, je bent tenslotte arts en zou dat soort dingen moeten weten. Of wil je meteen bij de eerste keer zwanger worden?'

Het stukje worst viel van Leo's vork en hij moest drie keer prikken om het weer op zijn vork te krijgen. Een condoom! Daar hadden zijn klasgenoten het laatst over gehad. Ze hadden er een andere naam voor gebruikt, maar toen hij er een vraag over had gesteld, kwamen ze haast niet meer bij van het lachen en waren ze weggerend. Omdat hij er niet bij hoorde. Het moest iets zijn wat verboden en heel erg onzedelijk was. Misschien moest hij het eens in vertrouwen aan Maxl vragen, die wist dat soort dingen wel.

'Hoe kom je erop dat ik met hem naar bed zou willen?' zei tante Tilly boos. 'Het is een heel onschuldig wandelingetje, Kitty. Je fantasie slaat op hol.'

'Moet je mij de mannen leren kennen,' lachte tante Kitty. 'Voor je het weet heeft hij je in een hotel uitgenodigd en beleef je de hemel op aarde.'

'Absoluut niet!'

'Wil je eeuwig een oude vrijster blijven, Tilly, lieverd? Doe niet zo flauw. Het leven heeft zo veel kostbare, onvervangbare en prachtige momenten in petto en jij verzet je ertegen. Als je eenmaal oud en grijs bent, zul je spijt hebben van elke gemiste kans.'

'Zeker niet, Kitty.' Tilly raakte het hangertje om haar nek weer aan. 'Ik wil niet meer dan één man. Een man van wie ik hou. En met hem wil ik gelukkig worden. Zo denk ik erover.'

'Nou, dan hoop ik maar dat je meteen de ware vindt,' zuchtte tante Kitty met een sceptische blik. 'Ik had er een paar pogingen voor nodig… Ach, Leootje! Je moet even naar Henni gaan. Ze wil je geloof ik iets vragen.'

Leo schraapte verlegen zijn keel omdat hij helemaal van slag was van wat hij zojuist had gehoord. Er waren dus vrouwen die een paar mannen achter elkaar liefhadden. En die niet wilden trouwen, maar die de mannen als het ware wilden uitproberen, tot ze er een vonden die hun beviel. Het klonk angstaanjagend. Hij had zich altijd iets heel anders voorgesteld bij de liefde. Zoals bij zijn ouders. Op elkaar verliefd worden en voor altijd gelukkig blijven.

'Henni? Ja, ik weet het,' zei hij tegen tante Kitty. 'Ze heeft het me al gevraagd. Bedankt dat je me er nog even aan herinnert.'

'O, je hebt nu een lage stem, Leootje,' zei tante Kitty en ze floot en lachte. 'Mijn hemel, je bent een aantrekkelijke jongeman geworden en je oude tante Kitty heeft het niet eens echt gemerkt!'

Leo kon wel door de grond zakken. Tante Kitty was haast nog erger dan Henni. Ze kon iemand vreselijk in verlegenheid brengen met haar gezwets. Ze maakte hem gewoon belachelijk! Wat nou 'oude tante'. Ze was hartstikke ijdel en nog steeds heel erg knap en verleidelijk.

'Ik ga even naar de herenkamer,' zei hij. 'Mijn vader wil me spreken.'

Hij maakte een kleine buiging en vluchtte snel de gang in. Tante Kitty's heldere lach volgde hem tot aan het andere eind van de gang. In de herenkamer sloeg de sigarenrook hem tegemoet. Hij hield ervan, want het rook zo mannelijk en volwassen. Zijn vader rookte niet, maar nipte bedachtzaam aan zijn cognac en zette het glas snel neer toen Leo binnenkwam.

'Nou, dan heeft je vader wel een klein vermogen in briljanten belegd,' zei oom Robert, die niet had gemerkt dat Leo binnen was gekomen. 'Helaas zul je er niet de juiste prijs voor krijgen als je het collier nu verkoopt, maar het zal ook geen kleinigheid zijn. Als je alles bij elkaar optelt, zou het genoeg kunnen zijn…'

'Ah, daar ben je, Leo,' zei zijn vader en hij wees naar de vrije fauteuil. 'Kom bij ons zitten.'

Nu begonnen ze over het vertrek van de Ginsbergs en Leo hoorde dat Walter in eerste instantie geen vioolles zou krijgen, omdat mevrouw Ginsberg niet genoeg geld verdiende.

'Dat is erg jammer,' zei Leo. 'Walter is heel erg vooruitgegaan. Hij wil later solist worden.'

Oom Sebastian pafte zijn sigaar en knikte begripvol. Oom Robert zei dat het om belangrijkere dingen ging dan een carrière als solist.

'Wat zich momenteel in ons land afspeelt, geeft mij reden tot zeer grote zorgen,' zei hij tegen papa. 'Zoals je op de aanplakbiljetten van de NSDAP kunt lezen, houden ze de Joden verantwoordelijk voor de verloren oorlog, voor de werkloosheid en natuurlijk voor de wereldwijde economische crisis. Wie Duitsland wil redden, aldus die aanplakbiljetten, moet tegen de Joden vechten. En die leugenachtige provocateurs krijgen steeds meer aanhangers.'

'Ik heb inderdaad onlangs gelezen dat het marxisme eveneens een Joodse uitvinding zou zijn en dus bestreden moet worden,' zei oom Sebastian verontwaardigd. 'Vreselijk, wat je mensen allemaal kunt wijsmaken.'

'Mensen die geen werk hebben en niet weten hoe ze voor hun gezin brood op de plank moeten krijgen, zijn geneigd om iedere charlatan te geloven die hun een betere toekomst belooft,' zei papa.

Oom Robert boog zich naar voren om de as van zijn sigaar in de groene stenen asbak te tikken. 'Iemand vertelde,' zei hij terwijl hij de sigaar tussen duim en wijsvinger hield, 'dat die Hitler in Leipzig heeft gezegd dat hij over twee of drie verkiezingen de meerderheid zal hebben en de Duitse staat zo zal inrichten als zij het willen.'

'Moge God dat behoeden,' riep papa ontzet uit.

Er kringelde een kruidig ruikende blauwe walm rond de mannen en Leo had zin om ook eens een trekje van een sigaar te nemen. Maar het houten kistje met inlegwerk van ivoor en ebbenhout was streng verboden voor Leo. Toch was het interessant om bij de mannen te zitten, ook al klonken de gesprekken over politiek en inflatie nogal onheilspellend. Niemand in de villa was tevreden met de republiek die ze nu hadden, zelfs oom Sebastian niet. Hij wilde dat de communisten de meerderheid in de Rijksdag kregen, omdat hij geloofde dat de arbeiders het dan beter zouden hebben. Papa en mama waren eerder voor de SPD, althans meestal. De NSDAP wilde niemand hier hebben. Maxl Bliefert had onlangs gezegd dat zolang de oude Von Hindenburg nog leefde, Hitler sowieso geen kans had.

Oom Robert nam een slok van zijn cognac en glimlachte naar Leo.

'Mag ik een piepklein slokje proeven, papa?' vroeg Leo.

Zijn vader fronste zijn voorhoofd en leek erover na te denken, maar oom Robert zei dat er echt niets op tegen was.

'Je bent al vijftien, toch?' vroeg hij grijnzend aan Leo en voor papa voegde hij eraan toe: 'En bijna net zo lang als jij, Paul. Het scheelt nog maar een paar centimeter, dan heeft hij je ingehaald.'

Papa glimlachte en leek het leuk te vinden. 'Loop eens naar boven en haal je rapport, Leo,' zei hij. 'Ik heb nog helemaal geen tijd gehad om het te bekijken. En als ik het goed vind, dan is er misschien nog een klein borreltje met de mannen onder elkaar.'

Leo ging snel naar boven. Dat was tenminste iets. Hoewel hij zich ergerde aan dat stomme rapport, zou zijn vader waarschijnlijk blij zijn met de derde plaats. Boven in zijn kamer kon hij het niet meteen vinden. Had hij het niet op zijn bureau gelegd? Misschien lag het tussen het muziekpapier? Nee, daar was het niet. Dan zat het zeker nog in zijn schooltas. Maar waar stond die? Else had weer eens zijn kamer opgeruimd en alles door elkaar gehaald. Leo vond zijn schooltas onder in zijn kledingkast en haalde het rapport eruit. O ja, daar was ook Henni's brief. Hij was helemaal gekreukeld, omdat hij onder het aardrijkskundeboek geplet was. Leo scheurde de envelop open om de brief snel te lezen. Hij was stomverbaasd. De brief was geschreven in een vreemd handschrift. Wat had Henni nu weer verzonnen? Het was zeker een grap.

Zeer geachte, beste jonge kunstenaar,

Met zeer veel genoegen heb ik uw composities bekeken. Ze getuigen van een buitengewone creativiteit en van een goed gevoel voor stemmingen. En ze hebben iets eigens. Als het waar is wat in uw begeleidende brief staat en u pas vijftien jaar bent, dan geven deze eerste pogingen aanleiding tot hoge verwachtingen.
Als het zo uitkomt, zou ik u graag eens willen leren kennen om u voor uw verdere muzikale ontwikkeling wat adviezen te geven.

Met hartelijke groet,
Uw toegenegen
Richard Strauss

Natuurlijk! Hij had het geweten. Wat een stomme, gemene grap. Hij kneep zijn ogen tot spleetjes en bekeek de handtekening nog eens goed. Ze had echt haar best gedaan. Ze had de pen hard op het papier gedrukt en de handtekening met lange uithalen, zwierig en als één woord aan elkaar geschreven. RichardStrauss. Nou ja, ze kon goed tekenen, dus het was vast niet moeilijk geweest voor haar. Eigenlijk wilde hij met zijn rapport naar de herenkamer gaan, maar hij was zo boos dat hij met de brief in zijn hand naar Dodo's kamer liep en op de deur bonkte.

'Wat is er aan de hand?' hoorde hij Dodo zeggen.

'Hij heeft het gelezen,' zei Henni. 'Nu is de bom gebarsten.'

De twee meiden zaten op Dodo's bed en bekeken een fotoalbum. Toen Leo ongelofelijk kwaad met de brief in zijn hand binnenkwam, wierp Dodo het album opzij en keek hem grijnzend aan. 'En?' zei ze trots. 'Wat vind je ervan?'

Hij staarde haar aan en kon niet geloven dat zijn zus aan zoiets gemeens meedeed. 'Goede grap,' zei hij met verachting en hij gooide de brief voor hun voeten. 'Leuk, hoor. Weten jullie wat? Jullie kunnen de rambam krijgen!'

Hij draaide zich om en wilde de kamer uit lopen en de deur achter zich dichtsmijten. Maar zo ver kwam hij niet, want Dodo sprong van het bed op en hield hem tegen.

'Wat zeg je nou allemaal, Leo?' riep ze opgewonden. 'Het is geen grap. Het is echt. Loop nou niet weg. Ik heb je composities uit de prullenmand gevist en Henni heeft ze naar de dirigent Richard Strauss gestuurd. Echt! Het is geen grap!'

Omdat Dodo zich zo opwond, bleef hij staan en luisterde. Henni was een bedriegster, dat wist hij, maar zijn zus had altijd aan zijn kant gestaan.

'Mijn composities? Uit de prullenmand?'

'Ja, die had Else onderaan de trap gezet om ze te legen.'

Else weer! Die schopte altijd alles in de war.

'Onzin!' zei hij boos. 'De stukken die ik vroeger heb gecomponeerd, zitten in de kleine leren koffer onder mijn bed. In de prullenmand zaten de eerste ideeën, die ik had weggegooid omdat ze niet goed waren.'

Nu kwam zijn nicht in beweging, die tot nu toe op Dodo's bed had gezeten en niets had gezegd. 'Wat?!' riep ze verbijsterd en ze sprong op. 'Dat waren niet je echte composities? En we zijn weken bezig geweest om alles heel nauwkeurig over te schrijven.'

Hij keek van Dodo naar Henni en weer terug. Zou het kunnen dat er een kern van waarheid zat in dit hele verhaal?

'Ik heb nog nooit in mijn leven iets aan Richard Strauss gestuurd,' stamelde hij verward. 'Dat zou ik nooit gedurfd hebben. Aan zo'n beroemde man.'

'Dat heb ík gedaan,' zei Henni, alsof het het simpelste feit van de wereld was. 'Ik heb ze overgeschreven en opgestuurd. Of nou ja, ik heb ze laten overschrijven, door Anton en Emil. En Richard Strauss heeft geantwoord. Snap je, Leo? Want zo gaat dat. Als je beroemd wilt worden, moet je contacten hebben. Dan moet je belangrijke mensen kennen die je verder helpen. Anders werkt het niet.'

Dodo raapte de brief van het tapijt op, streek hem glad en gaf hem aan haar broer.

'Ik zweer het, Leo, het is allemaal waar. Je geeft "aanleiding tot hoge verwachtingen", staat hier. Nou, dat is niet niks, toch?'

Hij pakte de brief en las hem nog een keer. Hij begon weer opnieuw en de letters werden ineens wazig voor zijn ogen. Hij kon het nog steeds niet echt geloven, maar het stond er, zwart-op-wit. Richard Strauss wilde hem leren kennen! Goeie genade! De grote componist en dirigent Richard Strauss wilde hem, de scholier Leo Melzer, ontmoeten.

Leo werd duizelig. Hij kon nog net op tijd op het bed gaan zitten voordat het zwart voor zijn ogen werd.

Ik ben een musicus, dacht hij. Walter had gelijk. Ik ben een musicus. O, was Walter nu maar hier! Leo wilde dat hij de brief aan hem kon laten zien.

Henni en Dodo kwamen bij hem zitten. Zijn zus viel hem om de hals en kuste hem op zijn wang. Henni deed hetzelfde.

'Je moet mij ook kussen, Leo,' verlangde ze. 'Ik heb het allemaal voor jou gedaan. En het was veel werk, dat kan ik je wel vertellen.'

Ze hield haar wang naar hem toe en omdat hij zo blij was, wilde hij er wel een klein kusje op drukken. Maar die gewiekste meid draaide bliksemsnel haar hoofd om, waardoor de kus per ongeluk op haar mond terechtkwam.

'Niet slecht voor een eerste kus,' stelde ze stralend vast, terwijl hij verbijsterd zijn hand voor zijn mond hield. 'Later, als je een beroemde componist bent, ga ik met je trouwen en word ik je manager.'

'En ík neem de fabriek over,' zei Dodo. 'Maar pas nadat ik met het vliegtuig naar Amerika en Siberië ben gevlogen. Alleen, welteverstaan.'

Henni schoof haar onderlip naar voren, omdat ze het er niet mee eens was. 'Ík wil de fabriek overnemen, Dodo. Dat doe ik erbij.'

Leo las de brief voor de zoveelste keer en probeerde het gezwets van de meisjes, die rechts en links van hem over zijn hoofd heen praatten, te negeren.

'Dan regel jij de zakelijke transacties en ben ik verantwoordelijk voor de technische kant,' stelde Dodo voor.

'Voor mijn part,' gaf Henni toe. 'Maar ik wil natuurlijk ook kinderen hebben. Wat denk je, Leo? Twee is genoeg voor ons, toch? Een meisje en een jongen.'

'Jullie zijn gek.'

Leo stond op om eindelijk zijn rapport aan zijn vader te laten zien. De brief hield hij voorlopig nog voor zichzelf. Het was te nieuw, te groot, te onwerkelijk. Hij was een musicus. Leo Melzer was een musicus. Ach, hij had het altijd geweten. En nu mocht hij het zijn.